KB175589

서평의 언어

메리케이 윌머스 지음 | 송섬별 옮김

2022년 6월 30일 초판 1쇄 발행
2022년 8월 19일 초판 2쇄 발행

펴낸이 한철희 | 펴낸곳 돌베개 | 등록 1979년 8월 25일 제406-2003-000018호
주소 (10881) 경기도 파주시 회동길 77-20 (문발동)
전화 (031) 955-5020 | 팩스 (031) 955-5050
홈페이지 www.dolbegae.co.kr | 전자우편 book@dolbegae.co.kr
블로그 blog.naver.com/imdol79 | 페이스북 /dolbegae | 트위터 @Dolbegae79

편집 김유경·이하나
표지디자인 김민해 | 본문디자인 이은정·이연경
마케팅 심찬식·고운성·김영수·한광재 | 제작·관리 윤국중·이수민·한누리
인쇄·제본 상지사 P&B

ISBN 979-11-91438-67-3 (03840)

책값은 뒤표지에 있습니다.

The Language of Novel Reviewing —— Mary-Kay Wilmers —— London Review of Books

서평의 언어

《런던 리뷰 오브 북스》 편집장
메리케이 윌머스의 읽고 쓰는 삶

메리케이 윌머스 지음
송섬별 옮김

돌베개

처음 이 책의 아이디어를 낸
앤드루 오헤이건

그리고 그 아이디어를 성사시킨
존 랜체스터에게

서문

1956년 발행된 배드민턴 스쿨 교지에는 문학 동아리 연말 보고서가 실려 있다. 존 밀링턴 싱, 버나드 쇼, 션 오케이시를 위주로 아일랜드 희곡에 집중했던 한 해를 돌아보는 내용인데, 안타깝게도 "온갖 시험 때문에 원하는 만큼 모임을 갖지 못하"다가 시험이 끝난 뒤에야 동아리 활동에 박차를 가할 수 있었다고 적혀 있다. 동아리 회장은 "여름 학기가 끝날 무렵 우리는 문예 대회를 개최했다"고 보고하며 이렇게 덧붙인다. "표면상으로는 난민을 돕기 위한 행사였지만(참가비가 있었다), 그 은밀한 동기는 잡지에 실을 문학작품을 뽑아내려는 것이었다."

이 글은 오늘날 남아 있는 메리케이 윌머스의 글 가운

데 가장 오래된 것이며, 글 말미에 언급된 활동, 그러니까 '주저하는 작가들로부터 문학작품을 뽑아내는 일'은 이후 50년 넘는 세월 동안 그의 경력에서 주안점이 됐다. 메리케이는 페이버 출판사에서 처음 편집자 생활을 시작했는데, 당시 이 출판사의 주요 작가는 T.S. 엘리엇이었다. (동료들이 엘리엇을 부르는 호칭에는 위계가 있었다. 상사들은 그를 '톰'이라 불렀고, 아랫사람들은 'GLP'라고 불렀는데 이는 '현존하는 최고의 작가'Greatest Living Poet의 약자였다.) 페이버를 떠난 뒤 메리케이는 《리스너》Listener에서 칼 밀러Karl Miller와 일하다 《타임스 리터러리 서플먼트》Times Literary Supplement로 옮겼고, 이후 1979년 《런던 리뷰 오브 북스》London Review of Books(이하 LRB) 공동 창립자가 됐다. 메리케이는 1992년부터 쭉 이 '지면'the paper(LRB에서 쓰는 은어)의 유일한 편집자로 일하고 있다. 말하자면 단편을 뽑아내는 일을 그다지 은밀하지 않게, 아주 많이 하게 된 것이다. (우연이지만 '단편'pieces 역시 LRB에서 쓰는 은어의 한 예다. LRB에 실리는 글은 리뷰나 에세이, 기사가 아니라 단편이라고 불린다.)

하지만 이렇게 편집자 생활을 하는 내내 세상에는 또 다른 버전의 메리케이, 즉 작가 메리케이가 존재했다. 1987년 초 내가 LRB의 보조편집자로 입사하고 처음 메리케이를 만났을 무렵, 글쓰기는 그의 작업에서 그리고 무엇보다 그의 정체성에서 지금보다 더 중심적인 위치를 차지하고 있었다. 언젠가 그는 피우던 담배 연기를 손부채질 해 쫓으며 이렇게 말한 적이 있다. "내가 이런 얘길 하고 다니는 편은 아니지만, 그게 내 주업이지." 글쓰기를 두고 한 말이었다. 그 말은 앞뒤가 다 진실이다. 메리케이는 그런 얘길 하고 다니는 편이 아니었지만, 글쓰기는 그의 주업이었다. 그는 글쓰기에 지난한 노력과 에너지를 쏟았으며, 편집 작업을 하는 동안에도 언제나 진행 중인 단편이 있었다. 그는 이언 해밀턴Ian Hamilton의 《뉴 리뷰》New Review에 기고했고(이때 부고에 관해 쓴 단편은 이 책에도 실려 있다), 백과사전을 다룬 글(역시 이 책에 실려 있다)을 썼을 때는 그 글을 《뉴요커》New Yorker에 실어준 윌리엄 숀William Shawn으로부터 개인적인 감사 카드를 받기도 했다. 잡지 편집 일이 글 쓰는 데 방해가 되지 않았더라면 메리케이는 숀에게 더 많은 글을 내어줬을 것이다.

LRB를 읽는 모든 이는 편집자로서 문화에 영웅적인 기여를 한 메리케이에게 큰 빚을 지고 있는 셈이다. 그렇지만 우리 중 몇몇은 약간 안타까운 마음이 들기도 하는데, 메리케이가 잡지 편집과 병행하느라 글을 더 많이 써내질 않았다는 점에서 그렇다. 물론 이유는 알고 있다. 가장 큰 이유는 시간이 부족해서일 것이다. 그럼에도 우리는 쓰이지 않은 글이 못내 아쉽다. 메리케이는 LRB에서 가장 탁월한 필자로 손꼽히는 사람이었고, 그 어조며 정서가 남달랐기 때문이다. 메리케이를 처음 알게 된 시절 나는 몇몇 글을 읽고 또 읽으며 대체 뭐가 그토록 다르다는 건지 알아내려 했다. 그 뒤로 오랜 시간이 지나 재닛 맬컴이 조지프 미첼을 두고 했던 말에서 비로소 나는 실마리를 찾을 수 있었다. 맬컴은 "글쓰기의 흔적"을 글에서 지워내려는 미첼의 노력이 경탄스러웠다고 했다. 메리케이의 단편들도 마찬가지다. 그의 단편에선 글쓰기의 냄새가 풍기지 않는다.

이 책에 실린 단편들을 읽어보면 힘들여 쓴 글 같지가 않다. 하지만 그렇게 생각한다면 오해다. 메리케이는 내가 아는 어느 누구 못지않게 글쓰기에 열심인 사람이다. 그는 머리에 떠오르는 대로 써 내려가는 부류의 작가가 아니다. 나는 메리케이만큼 메모를 많이 하는 사람을 본 적이 없는 것 같다. 한번은 그가 아들 윌(당시 열네 살쯤 되었다)이 '엄마는 책을 베낀다'고 얘기하더라는 말을 내게 해준 적이 있다. 아이가 농담을 하려던 게 아니라는 점도 그렇거니와, 메리케이의 말마따나 "그것도 얼추 맞는 얘기"라는 점이 참 우스웠다. 그 결과 탄생한 단편은 보드카처럼 투명하다. 이런 투명함은 메리케이가 대상에 대해 곧잘 양가적인 마음을 갖기에 오히려 더욱 두드러진다. 그는 단편을 쓰면서 어떤 문제의 양면을 바라보는 데 특히 능하다. 가령 「나르시시즘과 그 불만」은 진 리스처럼 나르시시즘에 헌신하며 사는 삶이 꽤나 괜찮은 측면도 있다는 것과 한평생 자기 자신의 모습에만 집중하다 보면 끝내 비극을 맞게 된다는 것을 아울러 보여준다. 재닛 맬컴을 다룬 에세이는 프로이트의 위대함과 치졸함, 즉 정신분석이라는 세계가 가진 흥미로움과 그 세계관이 갖는 컬트적 한계점을 모두 담고 있다. 그 밖의 단편들은 장편소설 서평을 비롯해, 패티 허스트에서부터 앤 플레밍에 이르기까지 다양한 주제가 가진 문제의 양면을 보여준다.

앤 플레밍 서간집에 관한 서평은 인용을 적절히 사용할 줄 아는 메리케이의 뛰어난 재능이 빛을 발하는 글이다. 적재적소에 인용할 만한 구절을 찾아내는 것이야말로 그가 '책을 베끼는' 한 가지 이유다. 앤 플레밍의 편지를 예로 들면, 메리케이의 단편 전체(실제로는 앤 플레밍 서간집 전체)가 어느 시끌벅적한 파티에서 일어난 하나의 사건으로 압축될 수 있다. 앤 플레밍이 에벌린 위에게 보낸 편지에는, 귀족들이 통제 불능 상태로 욕설을 쏟아내는 상황에서 데버라(디보) 데번셔가 로이 젱킨스에게 싸움을 말려달라며 부탁하는 대목이 나온다.

디보가 로이 젱킨스에게 말했답니다. "뭔가 노동당원 같은 말을 해서 저들을 멈출 수 없을까요?" 그러나 그것은 로이가 결코 할 수 없는 일이었지요.

이런 대목은 단순히 책 한 권을 요약했다기보다 세상 전체를 통찰하는 것이리라.

이 책에 실린 단편들을 다시 읽자니 기억하고 있던 것도 여럿 있고, 잊고 있던 큰 특징도 떠오른다. 메리케이의 글이 주는 기쁨 중 하나인 매서운 금언을 만끽하는 것은 무척이나 즐거운 일이다. 가령 진 리스를 두고 그는 이렇게 말한다. "운명이 이끄는 대로만 살아가면서 남자들이 찾아오기를 기다리고 또 그들을 떠나보냈다." 또 작가 헨리 제임스의 아버지에 대해서는 이렇게 적고 있다. "그는 자식들에게 야심 찬 기대를 품었으나, 그가 요구한 것은 뭐라 꼬집어 말할 수 없는 어떤 것이었다. 성취나 성공이 아니라 '그저' 그들이 '무언가로 존재'하기를, 불특정하리만큼 일반적이며, 느슨하게 번역하면 '흥미로운'이라고 할 수 있는 존재가 되기를 바랐다." 패티 허스트에 대해서는 또 어떤가. "여성 주인공들이 사랑받는 것은 그들이 겪는 고난 때문인데, 공생해방군에게 납치되기 전 패티 허스트가 겪은 고난이라곤 키가 약간 작다는 것뿐이었다." 메리앤 무어와 그 어머니에 대해서는 이렇게 쓰고 있다. "그들은 마치 삶을 정확히 어떻게 살아야 하는 건지 모르는 사람처럼 살았다."

그러나 내가 그동안 몰랐던 것, 이 책을 긴 세월에 걸쳐 쓰인 단편들의 모음이 아니라 한 권의 책으로 단숨에 읽어 내리면서야 비로소 놀랍게 다가왔던 것은, 이 선집의 단편들이 눈에 보이지 않는 한 가닥의 실로 엮여 있다는 사실이었다. 전반부의 네 편을 제외한 나머지 에세이는 모두 LRB에 실렸던 것으로, 거의 모두 여성을 다루고 있다. 메리케이의 주된 관심사는 젠더 자체보다는 젠더들 사이의 관계, 특히 남성의 기대, 남성의 시선, 남성의 권력이 여성에게 미치는 영향이다. 진 리스에 관한 글에서 메리케이는 이 문제가 "기대의 문제, 그리고 그 기대가 어떻게 충족되는가의 문제"라고 썼는데, 사실 이 말은 이 책에서 논하는 모든 삶에 마찬가지로 해당하는 말이기도 하다. 여성의 현실은 남성에 의해 틀지어진다. 이 세상 온갖 중요한 주체성은 남성이 갖고 있다. 여성의 주체성은 남성에 의해 제약을 받으며, 주로는 여성이 남성에게 어떻게 지각되고 정의되길 바라는지에 따라 결정된다. 메리케이는 1990년대 초반에 쓴 단편에서 이렇게 말한다.

나는 1960년대 후반 자매들의 의식 고양에 함께하지 않았다. 당시 나는 기혼이었으며 의식이 1밀리미터라도 더 성장하면 정신이 나가버릴 것 같았기 때문이다. 그때 나는 만약 내가 찰스 다윈(또는 아인슈타인이라든지 메테르니히)과 결혼할 기회가 있었더라면 결혼에 수반되는 협의 사항을 조금이나마 더 품위 있게 받아들일 수 있었을지 모른다고 생각했다.

물론 메리케이가 대상에 양가적 마음을 지니고 있다는 증거가 없었더라면 그의 단편 선집도 만들어지지 않았을 것이다. 이 책에 실린 가장 따뜻한 단편은 한 남성에 관한 글이다. 그는 바로 오랫동안 LRB와 함께한 디자이너이자 화가이며, LRB의 창간부터 2011년 사망하기 전까지 '언제나 LRB의 심장부에' 있었던 피터 캠벨이다. 1992년 메리케이는 피터에게 이렇게 물었다. "벌거벗은 여자들을 그리는 건 왜 항상 남자들일까요? 어째서 여자들은 벌거벗은 남자를 그리지 않지

이 책 원서의 표지

요?" LRB 표지에 쓰이기도 했던 옆의 이미지는 그 질문에 대한 피터의 응답인 동시에, 은근슬쩍 메리케이의 초상을 내비칠 구실이 되어준다. 이 이미지는 예술에 대한 메리케이의 질문을 담고 있을 뿐만 아니라 피터의 눈에 비친 메리케이, 즉 등을 돌린 채 바라보고, 판단하고, 남몰래 이야기의 또 다른 관점을 들려주는 예술가 메리케이의 모습이기도 하다.

존 랜체스터

차례

일러두기   – [원주]로 표시한 부분을 제외한 모든 각주는 옮긴이의 것이다.
            – 인명과 지명 등의 외래어 표기는 국립국어원의 어문 규정과 용례를 따르되,
               기준이 모호한 경우에는 원지음에 가깝게 표기했다.

나는 황폐해져갔다

I was Dilapidated

"딸이에요, 아들이에요?"

"아들이에요."

"축하드려요."

첫아이가 딸이라면 사람들은 이렇게 말한다. "멋지네요." 멋지다니. 내 아이가 굉장한 건 당연하지만, 나는 그 애가 아들이라는 사실에 살짝 자랑스러운 마음까지 든다. 당혹스럽게도. 출산이란 이처럼 축하받고 싶은 소망이 상식을 압도해 버리는 함정으로 가득한 일이다. 나는 좋은 아내라는 일반적인 관념엔 딱히 흥미를 못 느낀다. 하지만 세상에 만연하는 정의대로 '좋은 어머니'가 되라는 압박은 실질적으로 거부하기가 어렵다. 얼마 전 데이비드 홀브룩이 '우리 시대의 예술,

사상과 삶'을 향해 일갈하며, 어머니 노릇mothering의 실패로 말미암아 지식인을 비롯한 포르노그래피 생산자들이 등장했다고 경고했다.[•] 나는 이런 경고 앞에서 침착함을 유지할 수 있다. 하지만 세상 모두가 정신분석가라도 되는 양 극도의 비난을 쏟아내는 와중에 분명히 방향을 잡아 나아가기란 좀처럼 쉽지 않다. 설상가상인 것은 좋은 어머니처럼 행동한다 해도 결코 충분치 않다는 점인데, 그런 행동에는 의지의 힘이 개입하기 때문이다. 한마디로 좋음이란 자연히 발생하는 것이어야 한다는 소리다. 존 볼비[•]가 등장하기 전까지는 아이를 잘 씻겨주고 도덕적으로 적절한 모범을 보이기만 해도 충분했다. 그런데 이제는 평범한 이기심조차 분만의 순간, 어쩌면 그 전에 배출해버려야 하는 것으로 여겨진다. 기대에 찬 얼굴로 당신을 둘러싸고 모여든 수술실 의사들은 겸자 없이는 분만할 수 없다는 당신에게 이기적이라고 말한다. 좋은 어머니에게는 겸자가 필요 없으니까 말이다.

충분히 논리적인 생각이다. 아이를 가진다는 건 선택의 문제요, 혹자가 보기엔 의도적인 방종이기에, 최선을 다해 좋은 부모가 되어야 한다는 의무가 따라붙는 법이다. 내가 걱정하는 부분은 여기서 사람들이 논리를 들먹이기보다는 자연스러움과 자발성을 구호 삼는다는 점이다. 배고프다며 성을 내면서 성이 가라앉아야 젖을 먹는 아기를 향해 누군가 느낄

■ [원주] David Holbrook, *Sex and Dehumanisation*.
◆ 아동 발달 분야에서 애착 이론을 창시한 영국의 심리학자이자 정신과 의사.

법한 분노 따위는 고려하지 않는 것이다. 이런 상황에서, 내가 내 '자연스러운' 성향에 따라 아이를 때리더라도 법적으로 한정책임능력자라는 판결을 받아 결국 감옥에 가진 않으리라는 사실은 큰 위안이 되지 않는다. 차라리 감옥에 가는 게 낫겠다. 하지만 어째서 '자연스러운' 것이 곧 '좋은' 것으로 여겨진단 말인가?

내가 하는 말 대부분이 출산과 관련된 편집증 증상으로 보일 거라는 사실은 인정한다. 단 이 편집증이 취하는 형태가 오늘날의 태도에서 기인한다는 단서는 달아줘야겠다.《뉴 소사이어티》에 따르면 제 아이의 기저귀를 갈 줄 아는 아버지는 드물단다. 아이가 말이 통하는 나이가 되기 전까지, 아버지는 아이의 좋은 점만 알며 지낸다는 것이다. 나는 내 아들의 기저귀를 갈아주는 것을 좋아한다. 오이디푸스 콤플렉스를 논하면서 이오카스테의 역할을 소홀히 다룬 프로이트는 어리석다. 하지만 나로서도 어째서 내가 배변 처리에 소질이 있다는 취급을 받는 건지 의문이 들 때가 있다. 사람들은 모유 수유가 즐거웠느냐며 열심히 물어댄다. 난 즐겁지 않았다. 첫 몇 주 동안은 몹시 수치스러울 때가 많았는데(남성들이 발기부전에 대해 가진 공포에 그토록 공감했던 적이 없었다), 그 수치스러운 순간이 세 시간에 한 번씩 돌아왔다. 이제 나는 자랑스럽게도 농부 겸 도매상 겸 식당 겸 웨이터라는 자급자족 가능한 생명유지 시스템이 되었지만, 처음에는 컨베이어벨트에 고정된 채 저만 아는 서먹서먹한 아기의 시

중을 드는 기분이었다. 뭐라도 내 입에 쑤셔 넣어야겠기에 담배까지 피우기 시작했다. 같은 상황에서 한 친구는 손톱 물어뜯는 습관이 생기기도 했다.

나는 아이들이 자라 집을 떠날 때 어머니가 겪는 불안감에 관한 글을 아주 많이 읽었는데, 아이가 내 자궁을 떠난다며 억울해하는 건 좀 지나치다는 생각이 들었다. 다만, 한때 아이가 내 것이었다면 이제는 내가 아이의 것이었다. 나는 아이의 허락 없인 잠을 잘 수 없었고, 내가 아니라 아이를 위해 밥을 먹었고, 아스피린을 복용할 때는 죄책감을 느꼈고, 늦게 귀가하는 건 아이의 존재 수단을 제멋대로 빼앗아 가는 것과 마찬가지라고 여겼다. 내가 화가 나면 아이는 식량을 빼앗길 위기에 처했으며, 위기에 처한 아이는 화가 났다. 게다가 아이가 숭배를 받는 가운데 나는 황폐해져갔다. 육아 지침서는 아버지 역시 갓 태어난 아이와 관계를 맺고 있다는 느낌을 가질 수 있도록 어머니가 나서줘야 한다며, 그 일이 얼마나 중요한지 별도의 섹션까지 마련해서 강조하고 있었다. 하지만 내가 내 아이와 관계를 맺고 있다고 느끼는 데만도 6주나 걸렸다. 남편은 아이를 마음껏 좋아할 수 있는 감독관이라는 위치를 차지했고 말이다. 나는 필립 라킨의 시에서 느꼈던 매정함을 상기하며 '도커리에게는 아들이 있고'■ 하고 생각했다.

요컨대 나는 육아 지침서에서 말한 대로 대처하지 못해 울

■ 필립 라킨의 시 「도커리와 아들」을 가리킨다. 친구의 아이 장례식에 다녀오는 화자가 아이를 갖지 않기로 한 자신의 선택과 친구의 상황을 견주어보는 내용의 어두운 시.

적했던 것이 아니다. 상황이 정말로 나쁜 게 아니라면 이를 악물고 어떻게든 대처할 수 있으니까. 내가 우울했던 건 내 안에 선한 모성이 차오르기는커녕, 이 상황 덕분에 내 성격의 악한 차원이 새로이 열리는 것만 같아서였다. 아마 소아과 의사들은 긍정적 사고의 힘을 믿는지도 모르겠다. 내가 언제나 유해하다고 여겨온 그것 말이다. 어머니가 아이와 맺는 관계에서 마법처럼 이루어지는 건 아무것도 없다. 여느 관계와 마찬가지로, 이 관계에도 양쪽 모두의 노력이 필요하다. 아이가 젖 먹기를 즐기게 되고, 우리가 이해할 수 있는 방식으로 상황에 대응하고, 함박웃음을 짓고, 놀고, '말하고', 바라보기 시작할 때에야 비로소 말로만 듣던 따스한 빛을 느낄 수 있게 된다. 그때까지 우리는 혼자이며, 갑작스레 성격을 바꾸는 것이야말로 세상에서 가장 덜 '자연스러운' 일이다.

《리스너》 1972년 5월 4일

나는 영국 시민이었소

Civis Britannicus Fuit

《타임스》가 예전 명성을 조금이라도 간직하고 있다면 이는 독자 편지란과 부고란 때문이리라. 사람들(중 일부)의 목소리와 신의 목소리, 그러니까 인자하고 몹시도 영국적인 하느님, 또는 해외에서 일어나는 하찮은 법석엔 별 관심 없이 학기말 보고서를 정교하게 적어 내리는 학교 선생의 목소리 말이다.

휴거슨의 경력은 성공적이었으며, 자신이 줄 수 있는 것 이상을 주어야 하는 상황에 한 번도 맞닥뜨린 적이 없다는 점에서 운이 좋았다. 그에게는 한계가 있었으나 본인이 매력적으로 이를 의식하고 허심탄회하게 인정했다. 예를 들면 그에게는 사람 또는 사건에 영향을 미칠 만한 강렬한 개성은 없었다. 실은 소년 같고, 덜 자란 아이 같은 면이 있었다. 학교에서 붙은 '스내치'Snatch라는 별명이 그의 평생을 따라다닌 데는 다 이유가 있었다.

휴 내치불휴거슨 경은 1939년부터 1944년까지 터키에 주재한 영국 대사였다.『키케로 작전』Operation Cicero이라는 책에 따르면 휴거슨을 수발하던 알바니아인 직원은 외무부에서 그에게 보낸 기밀문서들을 정기적으로 사진으로 찍어 독일 대사관에 넘겼다. 휴거슨의 부고에는 이렇게 쓰여 있다. "이런 이상한 사건이 그의 경력에 영향을 미치지 않았다는 사실은 외무부가 휴거슨에게 품었던 크나큰 존경심의 증거다." 그리고 휴거슨이 죽었을 때 그가 가진 여러 한계가 세 칼럼에 걸쳐 기려졌다는 사실은, 한때 하느님이 영국인들에게 품었던 것으로 간주된 크나큰 존경심의 증거다. 그러나 휴거슨은 천국이 영국인들, 그중에서도 보통의 능력을 지닌 영국인들을 향해 미소 짓던 시대의 사람이었으며, "복잡한 일은 본능적으로 피했고, 그렇기에 특히 영리한 외국인을 상대할 때 지나치게 독창적인 지성인이 빠지기 쉬운 함정을 피할 수 있는 정신의 소유자였다".

휴거슨은 1971년 여든넷의 나이로 세상을 떠났으나 그의 부고는 그가 죽기 몇 년 전에 쓰였을 테고, 어쩌면 이 부고의 작성자가 휴거슨보다 한참 먼저 죽었을 수도 있다. 오늘날의 부고를 20년 전의 부고와 비교해보면, 하느님의 은총을 받은 신분이라는 개념—나는 영국 시민이었소civis Britannicus fuit▪—이 사라지고 업적에 따른 정당화라는 한층 엄정한 원칙이 그 자리를 차지한 것이 눈에 띈다. 이런 차이를 만든 요인 중 하나는 정책적 결정이었다. 1952년《타임스》편집장이 된 윌리엄 헤일리는 누군가『데브렛 귀족 연감』, 심지어『후즈 후』에 실렸다는 사실만 가지고 그 사람의 부고를 낼 수는 없다는 결론을 내렸다. 그리하여 부고란에 실리는 사람을 선택할 때는 이들이 이룬 업적이 바탕이 되었다. 물론『후즈 후』에 실렸다는 사실이 여전히 적절한 근거로 간주될 때가 있기는 하지만 여기에도 변화가 있었다.

헤일리의 정책 이전에는 사냥터에서 우애를 쌓거나 저녁 연회를 즐기는 것 말고는 별달리 하는 일도 없던 귀족들, 그리 큰 공을 세우지 못한 군인이나 성직자("그는 성에 주둔하는 경비병들 돌보는 일이 적성에 맞았다")는 물론, 특권층 사이에서 매력적이라 여겨지는 이라면 누구나(친구의 친구, 공립학교 교사, 대주교의 아내의 비서 등) 죽었을 때만큼은 어느 정도 주목받는 것을 기대할 수 있었다. 그러나 이제 그들은 칼럼 아랫단 빈칸을 메꿔주는 신세가 되고 말았다.

얼마 전 사망한 셔틀워스 경(4대 남작이자 무공십자훈장 MC 수훈자)의 부고는 2인치의 지면을 얻었다. 한편 그린웨이 경 (3대 남작)이 얻은 지면은 간신히 1인치가 되는 데 그쳤다. 출신

▪ 키케로 연설문집『베레스 반박문』 In Verrem의 '나는 로마 시민이오' civis Romanus sum를 비틀어 표현한 문구.

학교와 대학, 소속 연대, 결혼, 상속자를 나열하는 데 1인치면 충분했던 것이다. 그렇다면 그린웨이 경이 그 자투리 지면을 어떻게 얻었는가 하는 궁금증이 들 수도 있겠다. 두 달 전 광부노동조합 지도자 윌 로더가 사망했을 때 그의 삶은 그린웨이 경의 25배에 달하는 길이로 회고되었으며 그 사망 소식은 1면에 실렸다(브리지트 바르도처럼 부모의 사망 소식까지도 기삿거리가 되는 유명인에게나 비견할 만한 유명세의 척도다). 한층 평범한 예시를 들자면, 국립그래픽협회(물론 이곳은 신문조합이므로 특수 사례일지도 모르지만) 사무총장 존 본필드의 부고는 15인치 길이로 실림으로써 "영국과 대륙의 법조계 및 학술계에서 가장 저명하고도 박식한 한 인물"을 넘어섰다(존 본필드는 『후즈 후』에 등재되었으나 문제의 저명하고도 박식한 인물인 콘 교수*는 등재되지 않았다).

민주주의는 어투와 독특한 표현에 할애되던 관례적인 비용에도 자취를 남겼다. 이런 것들은 가령 터키 주재 영국 대사가 애초 어떻게 그 자리에 오를 수 있었는지를 알고자 하는 적대적 독자를 겁내지 않고 그가 가진 결점들을 상세히 기술할 수 있게 했던 공통 감정 및 가치와 함께 대개 사라지고 말았다. 플로렌스 나이팅게일이 사망했을 때 《타임스》는 그 죽음을 몸소 애도했다. 또 험프리 워드 부인*의 부고에는 장례식장 가는 방법까지 안내되어 있었다. "장례식은 트링의 올드버리

* 1976년 1월 1일 사망한 언스트 조지프 콘을 가리키는 것으로 보인다.
* '험프리 부인'이라는 필명으로 집필한 소설가 메리 오거스타 워드.

에서 토요일 3시 15분 거행된다. 유스턴발 트링행 기차는 1시 40분 출발한다." 1922년 사망한 헝가리 태생의 지휘자 아르투어 니키슈의 부고는 마치 그의 공연을 관람하는 것이 온 국민의 관습이기라도 했던 것처럼 영국에서 열린 니키슈의 연주회를 회상했다. "어떤 이들은 그가 차이콥스키 교향곡 5번을 처음 연주했던 날을 영영 잊지 못할 것이다. 또 어떤 이들은 그가 지휘하는 공연에서 비로소 브람스 교향곡 4번의 황홀감을 처음 느꼈을 것이다." 어휘도 과하거니와, 마치 학교 교지에서 예전 교장 선생을 추모하는 듯한 어조의 부고다.

그러나 과한 표현을 쓰면서도 부고 작성자는 몇 마디 싸늘한(학교 선생을 연상시키는) 평가를 던지며 기사를 끝맺는다. "그를 알고 존경하던 몇몇 사람(부고 작성자 본인이려나?)의 말로는, 완벽하리만치 경제적인 지휘 기술은 그가 기질적으로 게을렀던 데다 불필요한 육체노동을 몹시 싫어했던 덕분이라고 했다." 상냥한 척 급소를 가격하는 이런 평가야말로 한가롭게 부고를 읽어 내리는 일을 즐거운 여흥으로 만들어주지만, 오늘날 부고 작성자들은 부고의 주인공을 주목받을 만한 인물로 만들어줄 책임이 자신들에게 있다고 여기는 경우가 많기에 이런 식으로 잽을 날리는 경우는 드물다. 그리고 잽을 날리는 경우에는 적절한 선을 넘어버릴 수가 있는데, 이에 대해서는 할 말이 많다.

가장 안전한 부고는 친밀한 집단 내부의 사람들끼리 써주는 부고다. 어쩌면 그 집단은 결혼이나 사교 활동 소식, 부음이 《타임스》 법정 면에 등장하는 사람들로 이루어져 있을지도 모르겠다. 1955년 11월 윌리엄 제임스 제독은 친구인 버디 니덤(소령이자 명예훈장 수훈자)을 위한 추모 글을 썼다. "그의 타고난 존엄과 조용한 예의(시끄러운 예의도 있나?) 그리고 청렴함은 때로 지나간 시대의 가치로 보였다. 전쟁이 우리의 기준과 가치에 타격을 입힌 이래 그와 같은 인간상은 보기 드물어졌으며, 이 아비규환의 새 시대에서는 사라지고 말지 모른다." 아비규환의 새 시대라는 것이 무엇인지는 모르겠지만 존엄·예의·청렴함 같은 단어는 지금까지도 부고에 흔히 쓰이고 있으며, 보통 이런 목록에 나열되곤 하는 다른 덕목들과 마찬가지로('겸손' 역시 어울리지 않게도 즐겨 등장한다) 고인이 어떤 사람이었는지에 대해 알려주는 바가 거의 없다. 오히려, 특히 아비규환의 시대에 포위되어 있다는 기분을 느끼는 사람이라면 그 누구라도 본인 역시 이런 덕목을 갖고 있다고 여길 것이다. 또 한편으로 부고 작성자들이 장담하던 이런 아비규환 이전의 가치는 오늘날엔 용납할 수 없는 속물성으로 치부될 것이다.

돈을 예로 들어보자. 오나시스의 부고는 그가 일군 부보다는 그가 잃은 돈을 더 강조하면서 전반적으로 그의 인품을 조롱하는 논조다. 이 부고의 소제목은 '난민에서 대부호로'인데, 그 뒤에 이어지는 이야기를 보면 차라리 '난민에서 더러운 부자로'라는 제목이 어울린다. 오늘날까지도 부를 상속받은 사람과 자수성가한 사람은 달리 취급받는 것 같다.

더군다나 오나시스는 외국인이고 처신이 사나우며 악명 높은 사람이었다. 악명은 덜하지만 처신은 훨씬 더 사나웠던, 더럽게 돈이 많은 스페인 사람*은 스페인 내전 중에 그리고 종전 이후까지 프랑코에게 자금을 대주었음에도 그저 부고에서 그가 저지른 행위가 단조롭게 나열되는 선에서 잘 빠져나갔는데 말이다. 오나시스의 부고에서 허락된 단 한 마디 찬사는 "크로이소스라는 이름이 엄청난 부를 상징하는 말이 된 것처럼 그도 이름을 남겼다"였다. 하지만 로즈버리 경이 축적한 부의 경우는 (그것이 모두 영국의 부가 아님에도) 그 어느 때보다 격식을 갖추어 기술되었다(역시 그가 아흔둘의 나이로 사망하기 훨씬 이전에 쓰인 부고였다).

> **6대 로즈버리 백작인 앨버트 에드워드 헤리 메이어 아치볼드 프림로즈는 (⋯) 진정 어마어마한 재산의 상속자였다. 그의 부모가 결혼하면서, 스코틀랜드에 있는 로즈버리 가문의 상당한 영지가 외동딸을 당대 최고의 상속녀로 만든 메이어 드 로스차일드 남작 가문의 부 및 사유지와 합쳐졌다.**

그다음에는 로즈버리 가문이 보유한 다섯 채의 저택이 나열된 뒤 다시금 찬사가 이어진다. "이렇게 웅장한 저택들 가운데 필요 이상 돈을 들여 관리한 곳은 한 군데도 없었으며, 정복을 갖춰 입은 로즈버리의 모

* 후안 마치를 가리키는 것으로 보인다.

습은 전설적이고 심지어 위압적이기까지 했다."

말하자면 로즈버리 경의 부는 마음껏 칭송되었던 것이다. 오늘날 부고에서는 돈벌이에 관한 언급은 거의 하지 않는다. 평생 시티◆에서 일한 이들을 향한 추모 글을 보더라도 그들이 업계에서 거둔 성공을 이야기하는 경우는 드물다. 부고의 주인공이 독지가라 불릴 만한 방식으로 돈을 처분한 경우라면 돈벌이가 언급될 가능성이 높지만, 논의는 자연스럽게 자선에 관한 맥락으로 흘러간다. 시티 인물들의 부고에서는, 그리고 개인적으로 쓰인 추모 글에서는 한층 더, 시티의 평판을 둘러싸고 사람들이 널리 갖고 있던 불편함이 배어난다. 때로 사람들은 부고를 통해 시티의 관습을 옹호하려 하기도 한다. 던디의 리치 경이 의장직을 맡던 시절 증권거래소는 "시티와 증권거래소를 향한 금융 스캔들에 기여한contributed〔나는 '원인을 제공한'attributed이라는 의미로 쓰인 말이기를 바라지만, 아닐지도 모른다〕 부당한 비판에 분노했다". 부고가 부고의 주인공을 옹호하거나, 부정직한 무리에서 주인공을 가려내고자 할 때도 있다. 어느 친구 또는 동료가 쓴 추모 글에 따르면 프레더릭 알트하우스의 영향은 "정의와 관용의 과정course〔명분cause이려나?〕에서 무분별하게 이용되었다. 이러한 가치는 금융계에서 그리 보편적이지 않기에 (⋯) 겉으로 드러나더라도 진심 어린 경의를 자아내지 않는다". 또 데니스 로슨 경의

◆ 런던의 금융 중심지를 이르는 말. 시티에서 일한 이들이라고 하면 흔히 은행가나 금융가, 주식 거래인을 뜻한다.

경우처럼 부고가 부고 주인공의 평판으로부터 시티를 보호하려 할 때도 있다. "그러나 전쟁이 끝난 뒤 사반세기가 흐르면서 시티의 윤리는 전반적으로 개선되었기에 데니스 경은 시티의 체제와 갈수록 불화했다." 다른 부고들이 믿을 만한 것이라면, 딱히 그렇지도 않았을 것이다.

취향, 스타일, 말하자면 매무새 역시 예전보다 다루기 어려운 영역이 되었다. '중동의 총독' 로널드 스토어스 경은 버디 니덤과 동시대 사람이었다.

그는 완전한 영국인임에도 세계시민다운 세계관을 지녔고, 아울러 고상한 안목, 볼테르적 냉소주의, (아나톨 프랑스를 연상시키는) 명료한 사고, 그리고 탁월한 예술·문학·음식·요리·대화를 향한 열정을 갖추었으며, 게다가 세상사와 사교계에서 중대한 일을 하는 이들의 친구이기도 했다.

문화/요리가 뒤섞인 스크램블드 에그scrambled egg는 오늘날 점점 더 익어가는 아비규환scramble의 세계에서 따스한 반응을 불러일으키기 어렵다. 그런데 오늘날 작가가 아니면서 일흔다섯 미만의 나이로 죽은 이를 향한 추모 글을 보면, 작가(아나톨 프랑스는 그렇다 치고, 볼테르만큼 유명한 작가라 할지라도)는 물론 독서 습관이 언급되는 경우가 거의 없다는 점을 이야기해야겠다. 《타임스》 전 편집자였던 제프리 도슨의 아들 마이클 도슨을 향한 추모 글에는, 그가 친구들에게 "윌리엄 코리가 헤라클레이토스를 불멸의 존재로 만들었던 것과 같은 식의 기억"을 불러일으킨다고 쓰여 있었다. 그렇긴 하지만 내가 이를 기억하는 것은 몇 달이나 부고를 꼼꼼히 읽어왔는데도, 아흔 살의 찰스 테니슨 경이 동년배인 콜린 애그뉴를 위해 쓴 추모 글에서 로스 디킨슨을 살짝 언급했던 것 외엔 이런 식의 인용을 한 번도 보지 못했기 때문이다.

부고는 사람의 심장을 뛰게 하는 취미마저도 등한시해 온 듯한데, 이 또한 아비규환 때문일지 모르겠다. 다시 휴거슨 이야기로 돌아오자면, 그는 취미가 많았지만 이 중 특기라 할 만한 것은 하나도 없었다.

그는 보통 이상으로 피아노를 잘 쳤으나 음악에 확고한 애정이 있었던 것은 아니었고, 연필·펜·수채물감으로 보기 좋은 스케치를 할 줄 알았다. 글을 즐겨 썼고(빅토리아 시대 베스트셀러였던 『소공자』 작가가 그의 이모였다), 문외한도 어느 정도 즐길 수 있는 가볍고 유머러스한 시를 쓰길 좋아했다.

상류사회의 전통이 꾸준히 이어질 뿐 아니라 (휴거슨의 재능과는 다르게) 부고 작성자들로부터 계속해서 각광받는 자리란 '순회법원 식당' 그리고 '의회 디너파티'가 전부였는데, 가령 "노던 서킷의 현인" 윈게이트솔 판사는 "대개 즉석에서 지은 탁월한 영웅 2구체시heroic couplet"로 저녁 연회에 활기를 더할 수 있는 존재였다. 그가 없었더라면 "웃음과 흥이 솟아나는 분수" 브래빈 판사가 그 역할을 했을 것이다. 아니면 "연극적인 기질을 가졌"으며 "라틴어·그리스어·프랑스어·영어로 고상한 시를 지을 줄 알았"던 마이클 앨버리 칙선변호사도 있었다. 법조인들의 부고를 읽어보면 이들은 혼자서도, 함께 있을 때도 즐길 줄 아는 사람들이었던 것 같다(여기서 법조인이란 판사와 법정변호사를 말한다. 사무변호사의 부고가 《타임스》에 실리는 일은 잘 없으니까).

아비규환의 시대에 또 하나 희생되는 것은 가족이다. 한때 그토록 중요시되던 '혈통'stock은 당연한 일이지만 오늘날 부고 작성자들의 어휘집에서 자취를 감추었다. 그러나 가족이 중요하게 다뤄지지 않는 부고에는 부고 주인공의 젊은 시절과 이에 영향을 미친 요소 역시 잘 등장하지 않는다. 올해 초 드 라 워 경이 사망했을 때, 그의 정치 인생에 관한 이야기는 이렇게 시작했다.

그는 젊은 시절 노동당의 이상을 열렬히 지지했으며, 훗날 정당을 등진 뒤에도, 그리고 그가 많은 빚을 졌다고 쭉 언급해온 드 라 워 백작 부인인 훌륭한 어머니 뮤리얼을 등진 뒤에도 그 본질은 여전히 민주주의자였다.

오늘날 쓰이는 부고에서는 고인의 어머니한테까지 경의를 표하는 경우가 드물고 드 라 워 경은 일흔다섯의 나이로 사망했으니, 이 부고는 적어도 그가 죽은 해보다 25년 정도 앞서 의뢰된 것이라고 짐작할 수 있겠다. 아울러 부고 작성자는 자기 어머니를 부끄러워하지 않는, 부고 주인공과 같은 귀족이었으리라. D.H. 로런스의 부고에서 그의 어머니에 관한 언급은, 고인의 몇몇 작품이 "적어도 아버지가 광부였으며 어머니는 이보다 덜 거친 일을 하는 집안 출신이었다는 점을 세상에 알려줄 만큼은 자전적이었다"라는 말을 통해 딱 한 번 나왔다.

드 라 워 경은 "거의 소년처럼 솔직담백"했지만 어머니를 저버렸다. 로즈버리 경은 "호탕하고 강건한 의지"의 소유자였으나, 무척 권위주의적이었던 듯한 아버지에게 순종적인 아들이었다.

이튼스쿨을 떠난 뒤 로즈버리는 왕립육군사관학교로 갔고 이곳에서 장교로 임관했다. 그러나 1903년 아버지의 고집으로 마지못해 사임하고 미들로디언의 자유당 후보로 출마했다.

훗날 캠벨배너먼이 "새로이 구성된 의회 개회식 연설에 힘을 실어주길 부탁하자 (…) 그의 아버지는 아들이 그 제안을 받아들이지 못하도록 엄중히 막아섰다". 그리고 이 일은 "그가 가졌던 자그마한 정치적 야심마저도 으스러뜨렸"음이 분명했다. 일반적으로 볼 때 가문이 대단할수록 부고는 익숙한 형식을 띠며 그 줄거리와 인물 묘사가 풍부하다. 로즈버리의 부고를 작성한 이는 가족의 지인이었던 듯하다. 그는 마치 소설의 주요 인물이 죽거나 사라지고 난 뒤에 이야기를 이어가는 인물 같은 존재다. 이 부고 작성자에게는 로즈버리의 아버지가 고인의 남동생인 닐 프림로즈를 편애했다는 사실이 참 중요했던 것 같다.

로즈버리도 아버지와 가까운 사이였으나, 닐과 5대 백작은 버컨헤드 경의 표현대로 형제 사이에 가까웠으며, "이상적인 사랑으로 가득한 삶 속에서 그 무엇보다 감동적인" 관계를 맺었다. 1917년 닐 프림로즈의 죽음은 (…) 아버지에게 영영 헤어나오지 못할 충격을 주었다.

아마 이 부고를 쓴 사람도 버컨헤드 경이었던 모양이다.

로즈버리 경의 부고 같은 경우는 마치 '5대 로즈버리 백작의 장남은 어떻게 되었나?'라는 질문에 대한 답변처럼 쓰였다. 오늘날의 추모 글은 대개 의심을 품은 친구(휴거슨의 부고는 무척이나 큰 의심을 품은 친구가 쓴 것이다)보다는 고인을 존중하는 동료가 쓰기 때문에, 고인의 삶을 그가 남긴 업적의 정점인 마지막 순간에서 시작해 역순으로 돌아본다. 가장 시시한 부고들은 대학에서 학위를 받고 60년 뒤 기사 작위와 명예 박사학위를 받기까지 꾸준히 이어지는 내용을 줄거리랄 것도 없이 터벅터벅 늘어놓는 경우다. 혹은 고인이 이룬 가장 널리 알려진 업적을 기리고는 그의 삶 나머지는 그 업적과 무관한 듯 취급하기도 한다. 언론인이자 방송인이었던 윌리엄 하드캐슬을 기리는 글은 거의 모두가 "최신 시사라는 딱딱한 주제를 담은" 〈1시의 세계〉World at One*에 관한 찬사로만 이뤄졌다. 그리고 스포츠 선수들의 삶도 무공십자 훈장 수훈자들과 마찬가지로 핏빛으로 물든 단 하나의 열광적 순간만을 위해 존재했던 것처럼 그려진다.

그럼에도 수준 높은 부고 작성자들은 경력 초반부에 대한 관심을 완전히 잃진 않았고("일반적인 가정에서 원예의 기준"으로 군림한 프레드 스트리터는 200여 통의 청취자 편지를 이끌어냈던 깍지 콩에 관한 강연으로 방송계 생활을 시작했다), 몇몇은 부고 주인공의 전문성이 띠는 특성을 설명해주는 수고를 마다하지 않는다. 어떤 이의 업적에 의심의 여지가 있거나, 그의 성품이 직업상 필수 요건과 어긋나는 경우에는 플롯이 등장한다("불행히도 눈치는 그의 특기가 아니었다"). 그러나 '전문가'의 부고 가운데 가장 생생한 것들을 보면 오로지 이야기를 만드는 것으로 관심사를 한정한 경우가 있다. 조지 도티 경이 운과 능력의 결합으로 수력 분야에서 출중한 업적을 남길 수 있었다거나, 복싱 선수 조르주 카펜티에가 (스포츠 선수로서는 예외적으로) 명성을 얻었다가 잃고, 다시 얻었다가 또 잃었다는 식의 이야기 말이다. 이런 면에서는 군인의 경력이 유리하다. 신문 부고

* BBC 라디오4의 오랜 시사 프로그램.

란은 2차 세계대전을 배경으로 한 탈출 서사라든지, 무너지기 직전의 영국이 막강한 외국을 무찔렀다는 이야기가 가득한 곳이기도 하다. (윌리엄 플랫 제독은 "유능한 리더십"을 실천했다는 찬사를 받았다. 다른 제독들은 그마저도 하지 않았다는 소리인지?)

이런 부고들은 대체로 어떤 업이 가진 광휘를 한층 더 빛내주기 위해 쓰인다. 적어도 그럴 수 있을 때는 말이다. 로즈버리 경의 부고는 어느 한 계층, 그리고 오늘날 모습을 감추고 만 구식 영국성에 찬사를 보낸다. 드 라 워 경보다 20년 일찍 세상을 뜬 그의 누이 레이디 이다나 색빌은 생전에 여러 번 결혼을 했다. 소설에나 등장할 법한, 한때 유복한 상류층 여성들이 누리던 전형적인 삶을 산 듯한, 감탄할 만한 매력과 회복력을 갖춘 이 낭만적 영국 여성에게 보내는 두 편의 추모 글에는 다음과 같은 짧은 부고가 이어졌다.

전 세계 곳곳에서 그를 알고 사랑하던 이들은 (…) 1·2차 세계대전 사이 그의 모습을 기억하리라. 아름다움이라는 말로는 모자란, 매혹적이었던 (…) 그는 흔들림 없는 용기를 지닌 사람이었다. 사냥터와 맹수 사냥에서 발휘하던 육체적 용기, 두 아들이 전사한 크나큰 슬픔을 마주하던 때의 도덕적 용기. (…) 그가 케냐 하일랜즈에 있던 사랑하는 집을 떠난 것은 마우마우 무장투쟁 때문이 아니라 건강 때문이었다. 그는 위험을 피해 달아난다는 걸 수치로 여겼을 것이다.

'V.S. -W'라는 이는 추모 글에 아서 웨일리가 번역한 한
시漢詩를 인용하여, "그의 비단 치마에서 나던 소리가 멈췄다"
고 썼다. 얼마 전 사망한 크리스타벨 레이디 앰프틸은 "엄청
난 미인"으로, 그가 "사냥터에서 보여준 기술과 대담함은 영
국과 아일랜드의 거의 모든 사냥인들의 귀감"이었다.

오늘날 정확히 어떤 종류의 사람들이 《타임스》 부고란
에 실리는지, 또 때로는 뜬금없는 사람의 부고가 실리는 만
큼 부당하게 부고가 실리지 못하는 경우도 있는지를 꼬집어
말하기는 어렵다(예전에도 그리 쉽진 않았다). 후보자 선정에
어떤 음모가 존재한다 해도, 그 음모는 마구잡이식이고 암묵
적인 것이리라. 부고에서 어떤 지위나 직업(완벽한 어른, 집안
의 가장, 일류 학자, 하키팀 대장)은 다른 기사들이 기사 작위
를 다루는 방식으로 등장하기도 한다. 음모가 존재하지 않는
다면, 이를 결정짓는 것은 부고란 편집자의 지인(보통은 《타임
스》 특파원)과 인맥이 있느냐 여부일 텐데, 부고란 편집자는
어떤 사람이 잘나가고 있는지(그래서 언젠가 부고에 실릴 자
격이 있는지) 또 누가 망하고 있는지(그래서 조만간 부고가 필
요하게 될지) 알려줄 인맥에 의존하기 때문이다. 《타임스》에
연줄이 있는 사람들이 점심 먹는 곳에 가서 점심을 먹는 것
도 도움이 된다. "트래블러스 클럽에서 아무개를 만났는데 안
좋아 보이더군요." 이 방법은 당신의 사망 소식을 《타임스》를

통해 알리는 데에도 도움이 될 텐데, 죽음의 초기 징조를 《타임스》부고 담당 부서가 목격할 수 있기 때문이다. 이렇게 보자면《타임스》를 꺼내 드는 사람들의 죽음이《타임스》에서 다뤄질 가능성이 높다고 말할 수 있을지도 모르겠다. 친구들 명의로 실린 추모 글을 보면《타임스》에서 지나치게 사소하다 여기는 사람들이 어떤 이들인지를 얼핏 알 수 있다. "사우스 데번 전역이 그의 죽음으로 깊이 슬퍼했다"는 말의 주인공이 되는, 지역에서 큰 관심을 얻는 유명 인사, 모호한 분야의 학자, 이미 대중의 관심에서 벗어난 지 오래인 아주 늙은 사람, 사교가, 그리고 "《프라이빗 아이》Private Eye 세 창립자의 스승"이자 크리스토퍼 부커*의 옛 학교 선생.

드물게 실리는 외국인들의 부고는 일관성이 없는 데다가 상대적 중요성은 완전히 무시하고 있다. 가령 한나 아렌트의 부고와 "미국 버지니아주 워런턴의 말 애호가이자 마차 운전수이던 비올라 타운센드 윈밀 부인"의 부고는 모두《타임스》직원들이 쓴 것으로, 이들의 관심사가 뭔지를 보여준다. 미국인, 특히 영화계와 관련된 인물들은 진짜 외국인보다 나은 형편인데, 외국인 가운데 가장 꾸준한 관심을 받는 존재는 독일 오페라 제작자와 디자이너인 것 같다. 독일 오페라는《타임스》에 공연평이 자주 실리는 만큼, 예술면 편집자가 각별한 관심을 갖는 분야이기 때문이다. 짐작건대 독일 음악학에 그만한 관심을 갖는 다른 직

* 영국 시사 잡지 《프라이빗 아이》 창립자 중 한 사람.

서평의 언어

원은 없을 것이다. 음악학계의 베런슨이라 불리는 프리드리히 블룸의 부고는 5인치짜리 지면에 실렸으며 그것도 3주나 지난 뒤였다. 한편 한나 아렌트의 부고는 4인치면 충분하다고 여겨진 모양으로, 이는 같은 날 실린 지미 너보 그리고 알 수 없는 미국 석유업자의 부고에 비해서도 상당히 짧은 분량이었다. 심지어 부고 작성자는 아렌트에 대한 찬사에도 박했다. "그가 출간한 저작들은 늘 인정받은 것은 아니나 경의를 불러일으켰다." 며칠 뒤 버나드 크릭이 쓴 추모 글에서 아렌트는 "아마도 우리 시대 가장 독창적이고 중요한 정치철학자"로 일컬어졌다. 크릭 교수는 그가 "우리나라에 미친 영향은 미미했다"고 적었는데, 이미 《타임스》가 그 점을 명백히 못 박은 뒤였다. 아마 하느님은 영리한 외국인에 대한 불신감을 여전히 거두지 않은 모양이다.

정치인을 향한 추모 글에서 들리는 목소리는 하느님의 목소리가 아니라 하느님의 총독, 즉《타임스》편집장의 목소리다(현 편집장 윌리엄 리스모그 휘하에서는 영국 가톨릭 고위직을 향한 길고도 신중한 찬사 역시도 읽을 수 있다). 군소 정치인의 부고에서는 묘한 언사를 통해 하느님의 관점 그리고 《타임스》의 관점을 슬쩍 드러내기도 한다. 가령 모리스 에델만을 두고 "좌파 또는 러시아의 총애를 잃은 지 오래되었다"고 표현한 부분이 있는데, 만약 그런 애정을 적절한 것이라 여겼다면 '총애'라는 단어는 쓰지 않았을 터다. 하지만 (영국인이건 외국인이건) 촉망받던 정치가가 사망하는 경우 그들의 부고는 업적에 바치는 헌사일 뿐 아니라 정치적 입장문의 성격도 띠게 된다. 데벌레라의 부고를 보면 애국심에 찬사를 보낸 것 외에는 칭찬이라고는 없다시피 했다. "그는 처절하리만치 청렴했으며 자신의 여러 행동에 대한 대가를 치르길 거부했는데, 이는 다른 이들의 투명한 기회주의와 명백히 대조를 이루었다." 반면 프랑코의 부고는 지난 일을 묻어두려 안달이 난 부고 작성자의 노력 덕분에 스페인을 떳떳한 서방 동맹국으로 만든 업적을 기리는 선에서, 덜 온건한 체제 반대자들의 공격으로부터 그를 보호하며 적당히 넘어갔다. 같은 지면에 "스페인에 법과 질서의 시대를 가져온 위대한 독재자" 사진 네 장이 실려 있다는 사실은 꽤나 분명한 조의를 내비친다.

이보다 더 분명한 논조를 보인 건 "개인 자유의 챔피언" 로스 매퀘터에게 조의를 표할 때였다. 매퀘터가 자기 집 침대에서 죽었더라면 그는 『기네스북』을 만든 '논란의' 인물로 추모되었으리라. 하지만 IRA의 손에 암살당했기에, 그는 《타임스》 칼럼니스트 로널드 버트와 엇비슷한 관점을 지닌 누군가에 의해 비영웅적 시대의 영웅으로 그려졌다. "그는, 이런 말을 해야 한다는 사실이 의아하지만, 다듬어지지 않은 정신을 가진 이였다. (…) 그저 불만을 늘어놓으며 아무 일도 하지 않는, 말만 앞서는 사람이 아니라 움직이는 사람이었다. 행동하는 사람이었다." (그가 그 행동을 저지른 대상인 "목소리를 높인 위압적인 소수"에 대해서도 같은 말을 할 수 있겠다.) 여기

서평의 언어

에 "때로는 극단적으로 보였던 정치적 견해"라는 말을 덧붙이는 것은 뜬금없게도 《타임스》 스포츠 특파원의 몫이 되었는데, 그가 다른 언제 부고를 작성해놨던 건지도 모르겠다. 이런 편집부의 이해관계가 새로운 사실인 건 아니다. 과거에 아무도 그 사실을 알 수 없었던 까닭은 《타임스》가 대중의 의견을 좋아하지 않았기 때문이다. 아마도 제프리 도슨 본인이 썼을 체임벌린 부고에는 충격적일 정도의 정치적 편향이 담겨 있었다. 이에 따르면, 가령 체임벌린은 "스페인의 이른바 '민주주의'에 맞선 이탈리아의 군사 행위를 용납했다는 명목으로" 노동당으로부터 극심한 포화를 맞았다. 유화 정책은 "명예롭게 실패했"고, "체임벌린은 전쟁을 선언하기 전 그 어떠한 평화의 가능성마저도 소진시킴으로써 최소한 영국을 결백한 상태로 전장에 내보냈다". 공군이 그보다는 유용했을 것이다.

체임벌린을 향한 추모 글이 예외적인 것은 그의 인품을 알 수 있는 그 어떤 정보도 담겨 있지 않다는 점 때문이다. 아마도 부고 작성자가 시대와 《타임스》 사이의 갈등 속에서 양쪽 모두 용납할 수 있는 형태의 언어를 찾지 못한 탓이리라. 물론 이런 문제가 부고 작성자를 좌절시키진 못한다. 평범한 부고 작성자보다 모순형용을 좋아하는 사람은 오스카 와일드밖에 없었으니까(와일드에게 "죽음은 비참함과 무용한 후회로 가득한 삶을 곧 끝내주었다"). 가여운 험프리 워드 부인의 경우 "영감이 사그라들면서 기량은 향상되었고, 담고

자 하는 특별한 메시지가 줄어들수록 작품은 더 나아졌다". 들자 하니 케네스 픽슨 경은 "말재간과 한결같은 논리를 지닌 덕분에 본인의 설득력이 떨어질 때조차 무적"이었다고 한다. 부고 작성자의 솜씨가 서툰 경우에는 케네스 경의 논리로도 버텨낼 수 없는 대조법—실은 변명—이 설정되기도 했다. "그는 문제를 흑백으로 바라보는 경향이 있었지만, 그렇다고 해서 그의 친절하고 유익한 천성이 지워지지는 않았다(당연한 소리 아닌가?). 전문가들이 항상 그와 의견을 같이한 것은 아니지만, 그의 명확한 표현, 그리고 종종 즐거움을 주던 태도는 인간 진화를 이해하는 데 귀중한 기여를 했다." 그렇다면 이 부고도 아무런 가치가 없지만 읽을 만한 글이라 하겠다. 한편에는 미덕이, 다른 한편에는 부덕이 나열되는데, 미덕의 부덕이나 부덕의 미덕이라고는 찾아보기 어렵다("말수가 적고 통찰력 있었으며, 때로 날선 말을 하면서도 상대의 기분을 상하게 하진 않았다"). 그렇다고 부덕의 부덕을 말하는 것도 아니다("때로 그가 보였던 당혹스러우리만치 무뚝뚝한 태도는 무례하거나 무신경하다는 오해를 사기도 했다").

이와 비슷하게, 고인이 매력적이지 않았던 경우 그것은 결코 그의 진정한 모습이 아니다("그가 거만해 보이는 모습에 감히 다가가기 어려운 태도를 지니기는 했으나 내면은 복잡하고 섬세한 사람이었다"). 태도가 오만한 사람은 알고 보면 무척 유쾌한 사람이고, 별생각 없어 보이는 사람은 실제로는 몹시도 진중한 사람이다. 역사학자 J.E. 닐은 이런 대조적인 태도를 전부 지니고 있었던 모양이다. "따뜻하고 다정한 성격 너머에는 거칠면서도 근직한 학자가 있었"고 "랭커스터인다운 무뚝뚝함, 그리고 때로는 엄청나게 눈치 없던 순간들 뒤에는 (…) 역사학자다운 심오한 겸손함, 대학자에 걸맞은 그윽한 관대함이 있었다". 한 사람이 가진 온갖 품성을 이런 식으로 무력화할 때는 그 누구의 경우에도 정말 나쁜 말은 등장하지 않는다. 가령 사람들에게 대체로 미움을 받는 사람은 "숨기는 것도, 위선도, 계략도, 협잡도 없는" 사람이다. 출세하려 안달을 내는 사람은 "개인적인 야심"이라고는 없기에 더 큰 무언가를 꿈꾸는 사람이며, "유력한 토지 소유자"는 "겸손하기 그지없는 사람"이다. 옷을 괴상하게 입는 것으로 유명한 사람은 "개인의 외모에는 관심 없는" 사람이다.

　　물론 이건 때로 진실이라 불리는 불쾌한 면모를 칭찬 속에 슬쩍 끼워 넣고자 하는 술수다. 과연 한 사람의 성격에 관해 진실을 말한다는 것은 얼마나 중요하며, 그런 일은 얼마나 자유롭게 이뤄지는가? 단호하게 '매우 자주'라고 답할 수도 있을 것이다. 그리고 그런 자유야말로 부고를 읽는 즐거움의 큰 부분을 차지하는 게 사실이다. 다만 그 일이 좀 더 쉽사리 정당화되려면 부고를 읽는 사람들이 지닌 가치가 서로 크게 다르지 않아야 한다. 게다가 한 사람의 성격이나 사생활을 둘러싼 진실이 모든 방면에서 다뤄지는 것도 아닌데, 동성애가 부고에서 언급되는 일이 결코 없는 걸 보면 이 점은 명백하다. 혹은 고인이 누구냐에 따라 성격이나 사생활의 진실이 다뤄지기도, 다뤄지지 않기도 한다. 콘스턴스 맬러슨의 부고에는 버트런드 러셀과의 관계가 전혀 언급되지 않는다. 반면 위트릴로의 부고는 고인의 변칙적인 삶을 설명하는 데 7인치의 지면을 쓰면서, 그의 작품을 이야기하는 데는 3인치만 할애하고 있다. 한편 오스카 와일드의 죄목처럼, 진실이 드러나지 않는 대신 넌지시 암시되기만 하는 경우도 있다. "너무 오랫동안 치유되지 않은 마음의 상처"만 없었더라면 엘리엇의 "시는 좀 더 친절하고 덜 금욕적이었을" 거라는 식으로 말이다. 때로 진실처럼 보이는 것이 전혀 진실이 아닌 경우도 있다. L.S. 로리의 부고는 그를 눌변의 은둔자로 그린다. 하지만 며칠 뒤 그를 잘 알았던 듯한 누군가는 추모 글에서 "내가 영광스럽게도 만나본, 가장 유창한 언변으로 대화를 했던 이들 중 하나"였다고 썼다. 아울러 진실이 얄팍하게 위장한 악의로 보이는 경우도 있다. 시릴 코널리의 팬이나 알래스테어 포브스가 아니더라도 "사랑의 목록 속 유명한 희생자"라는 표현은 불편하게 느껴질 것이다.

작가는 악의적 부고의 주인공이 되기 쉽다. 아마도 이는 작가들이 직업적인 당파성으로부터 보호받지 않기 때문일 것이며, 또 시릴 코널리의 경우처럼 작가란 개인의 삶을 공적 영역에 위치시킨 존재로 간주되기 때문일 것이다. 하지만 이보다 더 유력한 이유는, 작가들의 부고를 쓰는 사람이 이들의 삶을 마치 책이라도 되는 양 검토하고 속단을 내리거나, 이들의 삶을 작품의 근거로 활용하는 데 거리낌 없는 또 다른 작가들이라는 점에 있으리라. 재닛 애덤 스미스가 분노에 차 《타임스》에 보낸 편지에 따르면, 에즈라 파운드의 부고는 "문학적 의견과 개인적 사견의 잡탕"으로, 고인의 사생활을 애매하게 자세히 기술하더니 그가 "중요한 장인이자 비범한 에너지를 가진 사람이었으나 중요한 시인은 아니"었다는 이야기로 뒤를 이었다. 그런데 이 부고에서 가장 눈에 띄는 점은 엘리엇을 대놓고 공격한다는 점이다. 파운드는 『황무지』 초고가 출판되고 오래지 않아 사망했는데, 누군가는 이때다 싶어 부고를 통해 묵은 앙갚음을 하기로 했던 모양이다. 그 사람의 말에 따르면 『황무지』 초고는,

세련되고 과묵한 엘리엇에 비해 거칠고 부산하다고 여겨지는 경향이 있는 파운드가, 친구에겐 허락되지 않았던 근본적 순수성과 결벽을 지니고 있었음을 보여준다. (…) 루이스 주코프스키에서부터 앨프리드 앨버레즈에 이르기까지 파운드의 절친한 친구들 중 다수는 (오래된 끔찍한 농담의 클리셰를 빌리자면) 유대인이었다. 『황무지』를 쓸 당시의 젊은 엘리엇은 유대인에 대해 비상식적일 정도로 신체적 메스꺼움을 느꼈던 듯하다. 만약 『황무지』가 초고 그대로 출판되었더라면, 이는 딱 꼬집어 광기라 부를 수는 없더라도 고통을 유발하는 정신적 불안을 담은 글이 되었을 것이다. 이를 신비로운 대작에 가깝게 만들어준 주역이 파운드였다. 파운드가 품었던 반유대주의 정서는 고리대금업이

라는 개념에 토대를 둔 극도로 단순하고 이념적인 것이었다. 유대인들은 개방적이면서도 지적인 경향이 있고, 파운드 역시 유대인 개인에 대해서는 마음을 여는 경향이 있었다. 엘리엇이 그에게 "더 나은 장인"il miglior fabbro이라고 경의를 표할 만도 했으며, 아마 망상과 고통에 덜 사로잡힌 영혼이라고 경의를 표했더라도 맞는 말이었을 것이다.

어쨌든 부고를 쓴 사람이 유대인에 대해 좋은 말을 해준 건 잘된 일이다.

얼마 전 렉스 스타우트가 사망했을 땐 열의에 찬 부고가 실렸고, 애거서 크리스티의 부고는 비록 싸늘한 면이 있긴 해도("사실 그는 각별히 좋은 작가는 아니었다") 불쾌하지는 않았다. 손턴 와일더의 부고를 작성한 이는 (그를 좋아하는) 대중 또는 (그를 싫어하는) 평론가 중 어느 한쪽에 대놓고 동조하진 않았으나 대중에게 유리한 해석을 내놓았다. 반면 D.H. 로런스는 그럴 기회를 완전히 날려버렸다.

그의 지성에는 영문학 최고의 작품을 쓸 만한 무언가가 있었는지도 모르겠다. 그러나 시간이 가면서 (…) 그는 체면과 위선을, 또 솔직하게 구는 것과 막말하는 것을 혼동하게 되었다.

그렇게 로런스는 "그의 천재성이 도달할 수 있는 최고의 위치에 다가가지 못했다". 한편 "메릿 명예훈장OM 수훈자이자 노벨상 수상자"(원문 그대로임) 엘리엇은 부고를 무사히 통과했으니, 메릿 명예훈장 수훈자인 이상 그러지 않기도 어려웠을 것이다. 만약 그의 작품에 하느님 오른편에 앉은 나이 지긋한 사감 선생 보시기에 불편한 '것'이 있었다 해도, 이는 지식인이 으레 걸치는 허울에 불과한 것이었다. 『황무지』에 등장하는,

> 환멸의 제시와 가치의 해체는 당대의 정서를 포착하여 이 시를 전후 지식계급의 복음시로 만들었다. 그러나 당대에는 이 시를 헐뜯는 이들과 숭상하는 이들 양쪽 모두, 혁신과 절망의 언어라는 겉치레 이면에 존재하는 전통에 대한 깊은 존경심과 예리한 도덕 감각을 꿰뚫어보지 못했다.

"『율리시스』라는 책으로 큰 논란을 불러일으킨 아일랜드인" 조이스가 사망하자 엘리엇은 《타임스》에 편지를 보내, 적당치 않은 이가 그의 부고를 담당했다며 항의했다. 하지만 누구인지는 몰라도 부고 작성자가 공정을 기하지 않았던 것은 아니다. "한 개인으로서 조이스는 온화하고 친절했으며, 헌신적이고도 유머러스한 아내의 보살핌을 받아 파리의 아파트에서 고된 삶을 살아갔다. 〔그러나 안타깝게도〕 조이스에게는 자연이 가진 영원하고 평온한 아름다움과 인간 본성이 가진 고매한 특성의 진가를 알아보는 눈이 없었다."

《타임스》는 엘리엇의 편지 게재를 거절했고, 이 편지는 《호라이즌》에 실렸다. 엘리엇은 "부고 작성자가 해야 할 첫 번째 임무"란 다음과 같다고 썼다.

고인의 삶에 관해 중요한 사실을 알리는 것, 그리고 그가 누리던 위상에 대해 어느 정도 알리는 것이다. 부고 작성자의 역할은 (특히 작성자의 이름조차 기재되지 않을 경우) 즉결심판을 내리는 것이 아니지만, 부고의 주인공이 작가일 때는 당대 가장 우수한 평론가들이 그를 어떻게 보았는지에 대해서도 어느 정도 알려주는 것이 적절하다.

전통적으로 《타임스》 부고는 중요한 사실만 다루지도 않았으며 즉결심판을 내리는 일도 서슴지 않았다. 그것이 《타임스》 부고가 흥미롭고 매력적인 이유이기도 했다. 더군다나 익명으로 작성된 탓에 불가해한 신의 목소리처럼 들렸을지언정 때로는 그 즉결심판이 틀린 경우도 있었다. 그러나 이 역시 《타임스》 부고가 가진 독특한 영국적 매력의 일부였다. 《타임스》 부고는 사실을 넘어서는 것들, 즉 고인이 살았던 삶, 고인이 한 일의 의미는 물론 그 사람으로 살아간다는 것의 의미를 이야기하는 짤막한 인물 에세이에서 가장 빛을 발했다.

《타임스》에 실린 걸출한 인물들의 부고는 통상적으로 『옥스퍼드 인물사전』에 재수록된다. 그리고 1975년에는 엄선된 부고들이 처음으로 한 권의 책이 되어 나왔다.* 필립 하워드가 《타임스》에서 쓴 표현대로라면 이 책은 "오늘날의 국제적 인물사전이자 참고서"였다. 그러나 평범한 부고는 인물의 업적을 평가하고 가치를 부여할 뿐 아니라 앞으로는 그 어떠한 영예도 받지 못할 누군가를 기리는 것이라는 점에서, 이런 인물사전에 실린 부고와는 사뭇 다르다. 라이어널 트릴링은 윌리엄 모리스의 『유토피아에서 온 소식』을 인용하며, 완벽한 세계의 거주자들은 "한 인간으로 산다는 게 개혁 이전의 옛시대 소설가들이 살았음직한 삶만큼 흥미롭진 않다"고 느낄 것이라 말했다. 휴거슨은 위대한 인물이 아니었으며 인물사전의 한자리를 얻지도 못했지만, 그의 부고는 개혁 이전, 아비규환 이전의 옛 시대에서 한계를 지닌 인물로 살아가는 삶에 깃든 흥미로운 면을 잊지 않고 담아냈다.

《뉴 리뷰》1976년 4월

■ [원주] Obituaries from the 'Times',
1961~1970.

경건함에 버금가는

Next to Godliness

피어스 비누는 영국의 유서 깊은 비누다. 그 어떤 비누보다도 순하다고 선언한 최초의 비누이기도 하고 영국 최초이자 가장 성공적이었던 광고 캠페인의 주인공이기도 하다. 피어스 비누는 설탕 입힌 오렌지 껍질 빛깔을 띤 반투명한 타원형으로, 제조사에서 배포한 홍보용 전단에 따르면 "영국 정원의 섬세한 꽃향기를 담고 있"는 비누다. 하지만 피어스 비누에서 연상되는 것은 정원의 꽃보다는 영국의 오래된 기관들 모습이다. 얼음처럼 차디찬 기숙학교 욕실의 얕은 욕조, 보육원의 석탄 난방. 피어스 비누 광고 캠페인이 시작된 것은 100여 년 전, 메리 피어스가 춤과 몸가짐을 가르치는 학원에서 토머스 배럿이라는 젊은 남자를 만나 결혼하면서부터였다. 배럿은 피어스 가문의 사업을 거들기 시작했는데, 알고 보니 그는 광고 천재였던 것이다.

1897년 배럿의 지휘 아래 피어스사는 한 권짜리 『피어스 실링 백과전서』Pears' Shilling Cyclopaedia를 출판했다. 빅토리아 여왕 즉위 60주년, 대영제국의 권력이 절정에 달한 시절이었다. 이 책은 금세 빅토리아 시대 가정의 가족 성경과 디킨스 작품들 틈에서 한자리를 차지했고, 영국의 통치 아래 있던 해외 국가들에서도 수천 부가 팔렸다. 런던의 《타임스》는 이 사전엔 "부족함이 없거니와 부정확한 면도 없다"고 썼는데, 이 말이 전부 옳지는 않다. 한편 아일랜드의 한 재소자는 이 책이 "교도소 도서관에서 가장 인기 있는 책"이라고 했다. 피어스사는 "지금껏 스무 배의 가격으로도 이 책에 필적할 만한 책은 발행된 적이 없다"라는 문구를 광고에 썼다. 오늘날까지 이 책은 88판을 찍었으나 아직도 잘 팔리고 있다.

피어스 가문의 사업은, 프랑스 혁명이 있던 해 메리의 증조부 앤드루 피어스가 런던에 가게를 내고 오래지 않아 상류계층을 위한 비누 제조사로 인기를 얻으면서 시작됐다. 그러나 1865년 토머스 배럿이 A.&F. 피어스 유한회사에 합류했을 때는 산업혁명이 일어난 뒤였고, 상업적인 관점에서 상류계층이 더는 크게 중요치 않아진 시점이었다. 즉 광범위한 홍보 활동을 펼치면 모든 계층의 사람들에게 널리 제품을 판매할 수 있었던 것이다. 이 점을 가장 분명히 알아차린 사람이 배럿이었다. 그는 그 어떤 비누 제조사보다도 더 적극적으로 광고에 매진하겠다고 호언장담했는데, 오늘날 활용되는 광고 수법 중 당시 배럿이 생각지 못했던 것은 거의 없다. 배럿은 왕립외과학회 회장을 설득해 피어스 비누가 대단히 안전하고 위생적임을 세상에 알리게끔 했으며, 아름다운 릴리 랭트리*에겐 오로지 피어스 비누만 쓴다고 말해줄 것을 청했다. 또 뉴욕으로 출장을 갔을 때는 헨리 워드 비처◆의 집까지 찾아가 다음과 같은 찬사의 말을 받아 왔다.

> 청결함이 경건함에 버금가는 것이라면, 비누는 '은총의 수단'으로 보아야 할 것이며, 도덕을 권면하는 목회자는 선뜻 비누를 추천해야 할 것이다. 내가 10여 년 전 피어스 비누를 칭찬한 덕분에 미국에서 이 비누가 높은 판매고를 올릴 수 있었다고 들었다. 나는 내가 했던 모든 칭찬을 기꺼이 고수한다. 이 비누로 만족하지 못하는 이가 있다면 그는 무척이나 까탈스러운 사람이리라.

배럿은 비처의 말을 널리 알리고자 《뉴욕 헤럴드》 1면 전체를 사들이는 전례 없는 일을 벌였다. 피어스사가 생긴 뒤로 지난 80년간의 광고 비용은 총 500파운드였는데, 배럿이 입사하고 몇 년 만에 연간 광고비 예산이 총 12만 5,000파운드에 달할 만큼 늘어났다. 배럿은 프랑스의 10상팀 동전(당시 영국에서 1페니에 준하는 금액으

■ 영국의 배우.
◆ 미국의 목회자.

로 통용되었다)을 25만 개 수입해 표면에 '피어스'라는 이름을 새겨 유통했다. 이 동전의 유통을 막기 위해 의회 조례가 생겨날 정도였으니 그 파급력을 가히 짐작할 수 있다.

한편 배럿은 광고물로 활용할 수 있는 작품을 사들이기 위해 나름의 방식으로 예술계의 후원자가 되어 미술 전시회를 드나들었다. 그가 진행한 가장 성공적인 광고 중 하나는 파리의 어느 전시회에서 접한 그림에서 출발한 것으로, 원래 그림 한구석에는 손에 닿지 않는 고무 장난감을 잡으려고 양철 욕조 안에서 팔을 뻗은 채 빽빽 울고 있는 아기가 그려져 있었다. 배럿은 이 아기와 욕조에 대한 복제권을 손에 넣어 장난감 자리에 피어스 비누를 그려 넣었고, 그가 광고에 삽입한 "가질 때까지 행복해질 수 없다"라는 문구는 곧바로 뮤직홀 코미디언, 만화가, 정치인이 흔히 쓰는 문구가 되었다. 배럿의 광고에 가장 큰 명성을 가져다준 것은 이보다 한층 감미로운 영국 회화다. 광고에 사용된 덕분에 한동안 영국에서 가장 유명한 미술작품으로 통한 이 그림은, 점토 파이프로 불어낸 비눗방울을 바라보고 있는 손자의 모습을 담은 존 밀레이 경의 1886년작 〈비눗방울〉이었다. 배럿은 이 작품의 저작권을 가지고 있던 《일러스트레이티드 런던 뉴스》에 2,200파운드를 지불하고 그림 사용권을 손에 넣었다. 그런데 1896년 밀레이가 사망하고 난 뒤, 그가 배럿이 자신의 작품을 광고에 이용한 것을 마음에 들어 하지 않았다는 이야기가 알려지자 《타임스》독자 편지란을 통해 열띤 논의가 이어졌다. 밀레이의 아들은 1899년 출판한 존 밀레이 평전에서 아버지는 배럿이 광고를 보여주었을 때 "분노했다"고 밝혔다. 배럿은 이 말에 동의하지 않았다. 그는 밀레이가 광고를 보고는 '근사하다'는 말을 했다고 주장했다. 다음은 배럿이 《타임스》에 보낸 편지다.

그분의 호의적인 말에 힘을 얻은 저는 큰 광고회사가 작품에 불어넣어 줄 수 있는 장점에 대해 이야기했습니다. 좋은 그림을 대중에 널리 알리는 면에서는 왕립 아카데미 벽에 걸어놓는 것보다 광고가 더 효과적이라고 말입니다. 존 밀레이 경께서는 기꺼이 그 생각에 동의하셨으며, 제가 시각 예술이라는 수단을 통해 광고를 하고자 하는 이들이 겪는 극도의 난처함, 좋은 화가들에게 그림을 그리도록 설득하는 일의 어려움을 이야기하자, 존 경은 입에 물고 있던 파이프를 떼더니 이렇게 말씀하셨습니다. "뭐라고…… 말도 안 돼! 당신이 수수료만 지불한다면, 광고에 쓸 그림을 얼마든지 그려주겠소."

그림의 주인공이자 훗날 윌리엄 제임스 제독이 된 밀레이의 손자는 1973년에 사망했으며, 친구들에게는 죽을 때까지 '비눗방울'이라는 별명으로 불렸다고 한다.

좋은 광고인들이 모두 그렇듯, 배럿은 비누로 얻는 이익을 국가적 이익에 부합시킬 가능성을 민첩하게 알아보았다.

그는 피어스 비누를 사용하면 국민의 건강·외양·영혼을 향상시킬 수 있다고 믿었고, 대중에게도 그렇게 설파했다. 다만 비누가 정신까지도 향상시킨다고 설득할 방법은 아직 찾지 못하고 있었다. 19세기 말에는 영국 노동계급에서 등장한 많은 수의 식자층이 자기향상에 열을 올렸다. 한편 부유층 중에서는 상황을 빠르게 판단하고 이를 돕고자 하는 독지가들이 생겨났다. 배럿이 『피어스 실링 백과전서』를 출판하겠다는 아이디어를 떠올리자, 피어스사는 비누 제조사로는 최초로 출판에 진출하게 되었다. '백과전서'라는 아이디어는 배럿 스스로 떠올린 것이라고 전해지지만, 이 책의 발행인인 글래스고의 데이비드 브라이스가 영향을 주었을 가능성도 있다. 책에 편집자 이름은 나오지 않으며, 브라이스사와 피어스사 두 회사에 남은 관련 기록 모두가 소실된 상태였으나, 오늘날 편집자가 조사해보니 『피어스 실링 백과전서』를 직접 편찬한 이가 브라이스였을 가능성이 높았던 것이다. 『피어스 실링 백과전서』에 드러난 몹시도 일관적인 믿음과 편견, 열의와 고집을 보면 익명의 편찬자가 다른 이의 지시를 받고 만든 책이라 보기는 어렵다. 편찬자가 밀어붙인 아이디어 중 다수는 A.&F. 피어스사의 관리자들에게 승인받기 어려웠을 테니까.

　『피어스 실링 백과전서』 맨 앞에는 짧은 '사전'이 실려 있는데, 속표지가 내세우는 대로라면 "일상 단어 이외에도 영어의 최신 단어, 다양한 과학·철학·문학·기술 분야 용어에 대한 짧은 설명으로 구성되어 있다". 그리고 이 '용어' 중에는

'다이프노소피스트'deipnosophist가 소개되어 있고, 그 정의는 "식사 자리에서 교양 있는 주제를 논하는 사람"이다. 어떤 면에서 『피어스 실링 백과전서』 자체가 애초 다이프노소피스트 지망생의 필독서를 겨냥해 만들어진 셈이다. '사전' 항목 다음에는 '모두가 반드시 알아야 할 것들에 대한 다량의 흥미롭고 유용한 정보를 담은 일반 상식 대계'가 이어진다. 여기에는 저녁식사 자리에서 생기는 어색한 침묵을 메울 만한 정보가 아주 많이 실려 있는데, 전화선이 위아래로 오르락내리락하는 것처럼 보이는 이유, 깃발들의 유래, 따개비의 식사법(먹이를 입안으로 차 넣는다고 한다) 따위를 예로 들 수 있다. 혹여 저녁식사 중 벌이 화제에 오를라치면 식사 자리에서 사람들에게 깊은 인상을 남기려 안달이 난 다이프노소피스트는 "인류의 관심을 받은 최초의 동물은 아마도 벌들일 겁니다" 하고 나설 수 있었으리라. 또 고대 이집트가 화제일 때에는 "1890년 이집트에서 고양이 미라를 싣고 온 화물선이 리버풀에 도착했는데, 그 안에 총 20톤에 달하는 18만 구의 미라가 실려 있었답니다"라고 하며 흥미로운 사실을 슬쩍 흘릴 수도 있었을 것이다. (더 흥미로운 사실은, 이 고양이 미라들이 날개 돋친 듯 팔려나갔다는 것이다. '머리'는 개당 4실링 6펜스, 머리 없는 몸은 5실링 6펜스였다.) 다이프노소피스트가 익숙한 라틴어 경구의 의미를 익힐 수 있는 항목들도 있었다. 표현을 풍부하게 하고 싶다면 '유의어와 반의어 사전'에서 몇 가지 고르면 되고, 이성에게 의미심장한 말을 던지고 싶다면 '꽃말'이라는 장을 참고할 수 있었다. 그저 복숭아를 언급하는 것만으로도 상대 여성에게 '당신의 품성은 당신의 매력만큼이나 타의 추종을 불허한다'는 뜻을 전할 수 있었으리라. 『피어스 실링 백과전서』에는 '세계 지명 일람', 그리고 다이프노소피스트의 아내와 가족이 1년 열두 달 대규모 디너파티에 쓸 만한 요리법과 '가정을 위한 의료 정보 사전'도 실려 있었다.

1914년 A.&F. 피어스 유한회사는 레버 브러더스(지금은 유니레버)에 합병되었지만, 오늘날에도 피어스 비누는 예전 이름을 간직하고 있다. 『피어스 실링 백과전서』 역시 수년 전부터 한 독립 출판사가 '백과전서'라는 이름으로 출판하고 있으나 지금까지도 '피어스 백과전서'라 불린다. 최근 펠럼북스가 『피어스 실링 백과전서』 초판 복각본을 발행했다. 정가를 보면 1897년보다 100배 오른 5파운드에 달한다. 그럼에도 이 책은 다시 한 번 베스트셀러 반열에 올랐다. 백과전서의 그 어떤 부분도 흥미롭지 않은 구석이 없기 때문이다.

'사전'은 특정 단어, 특히 도덕과 예의범절에 관한 단어의 의미가 세월이 흐르면서 꾸준한 사용을 통해 고착화된 과정을 우리에게 보여준다. 1890년대에 '에고이스트'egoist란 오로지 인식론적으로만 문제 있는 사람을 가리켰다. '사전'의 정의대로라면 에고이스트는 자신의 존재를 제외한 그 무엇도 확신하지 않는 사람이었던 것이다. 또 '고상한'genteel 예의범절이란 '세련된'polished 예의범절이라는 뜻이었을 뿐, 오늘날처럼 과도한 예의범절이라는 의미는 없었다. '다듬어지지 않은'uncouth 사람이란 오늘날처럼 막돼먹은 사람이라는 의미가 아니라 그저 특이한 사람을 뜻했다. 사람이 '괜찮다'nice는 것은 정감이 있다는 뜻이 아니라 눈치가 빠르다는 의미였으며, 같은 맥락에서 '괜찮은 인식'이라든지 ('세심하다'는 의미로) '행동이 괜찮은' 같은 말이 쓰였다. 자유기업들이 평온을 누리던 시절 '카르텔'cartel이란 단순히 '죄수 교환에 관련된 협약'을 뜻했다. '격리'quarantine는 선박에만 적용되는 것으로 볼거리를 앓는 아동과는 무관했으며, '경험주의'empiricism는 과학에 대한 열린 마음이 아니라 의도적으로 과학을 경시하는 것을 뜻했다.

　'일상 주제들에 관한 안내 사항'이라는 제목이 붙은 장에서는 철자법 규정, "우리의 주요 영국 저자들"이 쓰는 단어들 가운데 외래어에 비해 앵글로색슨어가 차지하는 비중, 여성의 키에 맞는 체중 표(그러나 남성용 표는 실려 있지 않다) 등 엄청나게 많은 실용적이고 통계적인 정보가 친근하고도 인간미 넘치는 방식으로 조합되어 있는데, 그 목적은 다양한 세상사에 맞닥뜨린 이들의 사회적 지위 향상을 돕는 것이었다. 예를 들면 이 책에는 "손이 깨끗하지 않을 때는 절대로 책을 만지지 마시오", "책을 절대 바닥에 떨어뜨리지 마시오" 같은, 독학자를 위한 '책 사용 시 주의 사항'이 실려 있다 (한때 책이라는 것이 이렇게 존중받았던 사실을 상기할 수 있다는 면에서 좋다). 또 불한당에게는 "결혼이라는 상호 약속은 영국법의 보호를 받는다"는 정보가 주어지기에, 어느새 매력적인 여성이 된 방앗간 집 딸에게 눈길이 가더라도 옆집 아가씨와의 결혼을 무르는 일이 없도록 해준다. 지나가는 상인을 우연히 보았을 때는 "꼭 필요한 경우가 아니라면" 창문을 열고 고함을 질러서는 안 된다고 경고하는데, "길에서 상인을 멈춰 세우는 것"은 에티켓에 어긋나기 때문이란다. 한편 건강 염려증 환자를 위한 '병문안 시 주의 사항' 목록에서는 "피곤할 때, 땀 흘릴 때, 또는 공복일 때는 감염 위험이 무척 높기 때문에" 병문안을 가서는 안 된다고 권고한다. 한마디로 밖에 나가 점심을 먹고 싶을 땐 아픈 고모님 병문안을 가지 않아도 된다는 소리다.

'요리와 제빵 사전'을 보면 오늘날 우리가 얼마나 소극적으로 요리를 하고 식사를 하는지 알게 된다. 예를 들어 여기에 나오는 가짜 거북 수프 조리법은 다음과 같다. "잘 먹여 기른 송아지 머리를 커다란 냄비에 넣고 (…) 끓인 뒤 (…) 털을 깨끗이 긁어내고 (…) 뼈 안팎의 살을 발라낸 다음 머리를 쪼갠다. 혀를 끄집어낸다." 앨버트 수프를 만들기 위해서는 "황소 뒷다리 무릎 관절 두 개를 꺼내"야 하고, 양 머리 요리를 하기 위해서는 머리를 씻고 털을 완전히 뽑은 다음 커다란 냄비에 넣되 "숨골이 냄비 바깥으로 걸쳐지게" 넣어야 한다. 이 항목에서 다루는 것들은 "일상생활에 맞게 개량한 요리와 제빵"이라고 하니, 방금 이야기한 요리법들은 원저성이 아니라 일반 가정에서 먹는 음식을 만드는 방법이었나 보다.

어쨌든 요리의 양도 종류도 놀라울 따름이다. 비프스튜를 만들 때 권장하는 고기 양은 양지 살 중간 부위로 10에서 12파운드였고, 로스트비프를 만들 때는 구운 고기 16파운드가 필요했다. 또한 수프에는 딸기부터 마카로니까지 온갖 재료가 쓰였으며, 오리로는 스튜를 만들고, 칠면조는 끓이고, 소의 볼살은 커틀릿으로 만들고, 굴은 수플레로 만들고(또는 튀기거나, 지지거나, 크림소스에 졸였고), 닭으로는 커스터드를, 생선으로 소시지를, 흑빵으로 아이스크림을 만들었다. 책에는 아홉 가지 스콘을 만드는 조리법이 실려 있고, 생강 빵의 경우는 (고급) 생강 빵, 소박한 생강 빵, 매우 소박한 생강 빵으로 조리법이 나뉘어 있으며, 시골집 오찬이나 유아실 티타임 nursery tea ■이 있던 무렵 영국을 상기시키는 향수 어린 이름의 케이크나 푸딩을 만드는 방법도 담겨 있다.

　'의학 사전'은 폐결핵이 "인류에게 일어난 최악의 재앙"이던 시절, 또 거의 모든 질병에 권고되는 치료법이자 유일하게 실행 가능한 행동 방침이 "시원하게 장을 비우기"이던 시절을 떠올리게끔 한다. "어떤 경우에서건 천식 치료는 장 비우기부터 시작해야 한다"라는 식으로 똑같은 조언을 늘어놓는 세부 항목들을 차례차례 읽어가다 보면, 프로이트가 논한 항문기적 특성을 새로운 각도에서 보게 된다. 가령 평범한 영국 의사의 생각에 "질병을 일으키는 만악萬惡

■ 에드워드 시대의 한 관습. 중상류 계층은 주로 보모를 고용하고 양육에 직접 참여하지 않았는데, 오후에 아이들과 함께 간단한 간식을 먹는 이 티타임이 부모와 아이가 함께 보내는 유일한 시간이었다.

중에서 가장 흔한 것"은 변비였는데, 프로이트는 이런 걸 항문보유anal retention라 불렀다. 또한 히스테리 역시 프로이트가 가져다 쓰기 딱 좋은 질병이었으니, 이 백과전서는 (프로이트 이전의 빈과 마찬가지로) 후기 빅토리아 시대 영국에서도 여성의 불안과 불만이 뭔지 모를 자궁 장애에서 기인한 것으로 간주됐음을 분명히 해주고 있기 때문이다.

빅토리아 시대 출판물 중 대다수는 당대의 특징적 관념인 유용한 지식의 전파를 위해 만들어졌다. 『피어스 실링 백과전서』가 다른 책들과 차별화되었던 것은, 1실링이면 살 수 있는 놀랍도록 저렴한 가격, 그리고 거의 모든 형식의 빅토리아 시대 대중문학이 200페이지 분량으로 나열된 '일반지식 개요'라는 항목 덕분이었다. 다만 이 항목에 소설은 포함되지 않았다(그러나 여기 실린 유명한 남녀 작가 소개 글 대다수는 엽편소설처럼 읽히고, 그중에는 여느 대중적 멜로드라마만큼이나 선정적인 것들도 있다). '일반지식 개요'는 굉장히 재미있고 놀랍도록 전복적이다. 독자들의 정신을 고양하고 향상시키고자 만들어진 책이었음에도 여기 담긴 메시지는 정통을 거스른다. 한 예로 이 항목에는 성공회에 대한 호의적인 내용이 전혀 없는데 이런 성향 덕에 성공회를 불신하는 여러 노동계급 독자들의 사랑을 받았을 듯하다. 이 책은 다른 책들에 비해 순수과학 분야는 약했으나 기술 분야 정보는 풍부했으며 "건전하고, 유용하며, 적절한 정신적 가르침"을 제공했다(이 문구는 최초의 고상한 대중 언론지인 《체임버스 에든버러 저널》편집자 윌리엄 체임버스가 썼던 표현이다). 또 이 책은 좀 더 경박한 기업이 할 법한 방식으로 흥미로운 일화, 놀라운 사실 그리고 일반적으로 쓸모없는 지식을 담고 있었다.

첫 페이지를 보자. '압바스 파샤'Abbas Pasha, '노예폐지론자'Abolitionists, '압생트'Absinthe, '아킬레우스'Achilles, '어쿠스틱스'Acoustics 다음에 이런 표제어들이 이어진다.

검사劍士 역할을 맡은 배우들　헨리 어빙 경이 제일가는 전문가로 여겨지며 (⋯)

장수한 배우들　찰스 2세, 제임스 2세, 윌리엄 3세, 앤 여왕 시기에 활동한 스튜어트 왕조의 유명한 희극인 언더힐은 (⋯)

한 연극에서 모든 남성 역할을 연기한 배우들　베테랑 배우인 헨리 하우는 〈리옹의 숙녀〉에 등장하는 모든 남성 역할을 맡았다.

배우들의 키　〈친위대〉에서 캐러멜 하사관 역을 맡은 프리츠 라인마는 약 6피트 4인치로 (⋯)

관복冠服을 입고 등장한 배우들　(⋯)

여왕 앞에서 가장 자주 공연한 여배우들　(⋯)

가장 많은 역할을 연기한 여배우들　(⋯)

아마 『피어스 실링 백과전서』 편찬자는 '개요'를 통해 독자들이 오랫동안 궁금해하던 질문만이 아니라 전혀 궁금해할 생각조차 해보지 못한 질문에 대한 답까지 얻을 수 있도록 고심했던 것 같다.

이 항목에는 가장 쓸데없는 호기심마저도 충족할 만한 괴상한 내용이 넘치도록 담겨 있다. 그중 재난과 불행은 특히 자세히 다뤄진다. '은행'이라는 표제어에서는 역사상 최악의 부도 사태가 언급된다("역사상 최악의 부도는 오버랜드, 거니&Co. 사태로 이 때문에 다른 회사들까지 파산하여 1억 파운드라는 엄청난 손실액을 남겼다"). 그 밖에도 가장 큰 사상자를 남긴 조난 사고, 가장 큰 화재, 최악의 기근, 가장 무시무시했던 지진을 나열하고 있으며, 온갖 종류의 통계 역시 넘쳐난다. 색인이 가장 긴 작가, 제목이 가장 짧은 장편소설("미국에서 제목이 '?'인 책이 출간되었다"), 객석이 가장 많은 극장, 솔로몬 신전을 짓는 데 든 비용, 그리고 천국의 물리적 크기까지.

1만 2,000펄롱* 정육면체는 496,793,088,000,000,000,000세제곱피트다. [이 수치는 요한계시록에서 따온 것이다.] 만약 그 절반이 신의 왕좌 그리고 천국의 법정에 할애되고 4분의 1이 도시의 거리로 쓰인다 해도, 여전히 평범한 크기의 방 30,321,843,750,000,000개가 들어갈 공간이 남는다.

그러면 오늘날의 지상과 마찬가지로 조밀한 인구밀도의 세계 100만 곳에 사는 모든 거주민이 각각 방

* 22야드 또는 201미터에 달하는 길이 단위.

을 하나씩 차지할 수 있게 된다.

한편 세상에서 가장 큰 침대는 사라 베르나르의 침대다. 세상에서 제일 비싼 깃털은 영국 황태자의 왕관에 달린 장식술을 이루는 깃털들로, "모으는 데 20년이 걸렸고, 가치는 1만 파운드에 달하며, 이 깃털들을 손에 넣기 위해 최소 스무 명의 사냥꾼이 사망한 것으로 알려졌다".

하루에 생산되는 핀의 개수("영국에서만 5,000만에서 6,000만 개"), 자살자들의 직업(1위가 군인, 그다음이 도축업자), 여성이 60세 이후 결혼하면 불리한 점에 이르기까지 주제의 다양성에는 한계가 없다. 'T'라는 글자 아래 나열된 표제어 중 몇 가지를 살펴보자면 다음과 같다. '치아에 해로운 업계'Trades Injurious to Teeth, '알프스에서 사망한 관광객들'Tourists Killed in the Alps(연간 24명), '나이아가라를 가로지르는 팽팽한 밧줄'Tight Rope across Niagara, '홍차를 가장 많이 마시는 사람들'Tea Drinkers, the Greatest(호주인들), '그림자로 나무 높이 재기'Tree's Height from Its Shadow, '시골 저택 도움말'Tips in Country Houses 그리고 '식탁에 앉은 열세 사람'Thirteen at Table.

만약 이들 평균 연령이 72.5세라면, 과학적으로 그중 한 명은 1년 내에 사망할 가능성이 있다. 평균 연령이 72.5세 이하라면 과학적으로 그럴 가능성은 없다. 평균 연령이 20세일 경우 1년 내에 그중 한 명이 죽을 확률을 과학적으로 밝히려면 저녁식사 인원이 129명이어야 한다. 30세라면 119명, 40세라면 103명, 50세라면 73명, 60세라면 35명, 70세라면 17명이 필요하다.

편찬자가 '개요' 앞부분에 붙인 서문에는 이런 괴상한 사실들에 관한 언급이 전혀 없다. 편찬자는 평소의 대화나 독서 중 흥미를 느꼈던 주제를 다루었다고만 말할 뿐, 이 주제를 논함으로써 150년 전 저 유명한 사전을 편찬한 존슨 박사의 대담성에 대한 자신의 의견을 표출했다고는 하지 않는다. 그렇지만 존슨 박사와 마찬가지로 그도 사전 편찬이 몹시 즐거웠던 게 분명하다. 편찬자의 즐거움은 어디에나 묻어 있다. 책에는 다윈의 저서 제목이 '자연해소Natural Solution■를 통한 종의 기원'이고, 키츠의 가장 유명한 시는 「그리스 여관Inn◆에 바치는 송가」라는 식의 경박한 왜곡이 등장한다. 당시 유행하던 신지학神智學에 관해서는 "오늘날 이런 '붐'을 일으킨 주역들은 마담 H.P. 블라바츠키, H.S. 올콧 대령 그리고 W.Q. 저지 씨였다"라는 설명에 "이런 머리글자들을 가지고는 실패할 리가 없다!"라며 농담 섞인 여담이 덧붙기도 한다. "영국의 판사석에서 장갑은 금지되는데 (판사들이) 그 안에 뇌물을 쑤셔 넣을지도 모르기 때문"이라는 자극적인 날조. "원숭이는 작고 사랑스러우며, 인간 역시 그렇다"라는 기발한 공식.

■ 자연선택natural selection의 의도적인 오기로 보인다.
◆ 항아리urn의 의도적인 오기로 보인다.

'신과 나의 권리'Dieu et mon droit라는 어구를 "영국 왕실 문장에 처음 도입한 것은 리처드 1세였으나, 메리 스튜어트와 더불어 당대에 희롱을 즐기는 것으로 악명 높았던 엘리자베스 여왕이 이를 '항상 똑같이'라는 의미인 셈페르 에아뎀Semper eadem으로 바꾸었다"는 기교 넘치는 역설. 프뢰벨의 교육체계가 가진 "한 가지 위험성"은 "최소한의 노력으로 최대한의 결과를 거둘 수 있다는 암시를 이용해 교육하는 경향―무엇보다도 해롭고 삿된 풍조"라는 과장된 비난. 시몽 드 몽포르는 "유럽 최고의 검술가이자 무척 선한 사람"이었으며, 페리클레스는 "고대 그리스 최고의 철학자"라는 진심 어린 찬사. 그리고 다음과 같은 무정한 일축도 등장한다.

> 독일 시인 베르너 프리드리히는 (…) 낭만파 시인들 중 '운명론적 비극'이라는 과장된 수수께끼를 다루는 한 분파의 창시자였다. 세 번 결혼하고 세 번 이혼한 끝에 로마 가톨릭교회의 사제가 된 그 자신의 운명 역시 충분히 비극적이었다.

세 번의 불행한 결혼 끝에 수절한 것으로 기억된 가엾은 베르너.

오늘날의 백과사전은 한결같은 포커페이스를 유지하지만, '일반지식 개요' 편찬자는 내키는 대로 칭찬하고 야유하고 규탄했다. 동시대 영국 작가들을 다룬 부분을 살펴보자.

엘리자베스 배럿 브라우닝은 "역사상 가장 위대한 여성 시인 중 하나"였다. 키플링은 "아마도 세상에서 가장 영민한 단편소설 작가"였다. 칼라일은 "이 세기의 가장 위대한 영국 작가 중 하나"였고, 새커리는 "가장 사랑스러운 영국 작가 중 하나"였다. 테니슨은 "부정적인 비평을 병적으로 싫어했"지만 "작품을 수정할 때는 반드시 비평을 참조했다". 디킨스는 "'영향력'을 발휘한 뒤 지나친 압박을 받았다". 조지 메러디스의 "까다로운 문체는 불필요하게 신경을 거스르므로, 그가 유명해질 수 없었던 것은 당연하다". 한편 헨리 우드 부인의 작품은 "상당히 저속하다". 당연한 일이지만, 편찬자는 작가들을 내키는 대로 무시할 수도 있었다. 톨스토이는 "러시아 소설가"로 실려 있으나, 도스토옙스키는 어디에도 등장하지 않는다. 하물며 현대 이탈리아 문학에는 "특별히 중요한 작가가 없다". 그럼에도 이런 의견이 괴팍하거나 비뚤어진 것은 아닌데, 편찬자는 본인이 생각하기에 읽으면 유익한 책을 독자에게 알려주고 있을 뿐이니까 말이다. 헨리 우드 부인의 "진부할 수밖에 없는 멜로드라마"는 여기에 해당되지 않으며, 메러디스의 매력 없는 장편소설도 마찬가지다. 디킨스의 경우엔 신중한 접근이 필요한데, 그가 "뛰어난 예술가"인 것은 사실이나 편찬자가 암시한 바에 따르면 진실을 말하는 것보다는 "영향력"에 관심 있는 사람이었다는 점에서 그렇다. 반면 그보다 덜 유명한 작가인 새커리는 신분 상승이라는 야심에 깃든 위험성을 더욱 예리하게 감각할 줄 아는 작가였다. 편찬자는 새커리에 대해 개인적인 애정을 담아 이렇게 쓰고 있다.

그의 작품이 널리 읽혀지고 찬탄받는 만큼이나 그가 '냉소가'였다는 피상적인 비난 역시 반복된다. 그러한 비판의 근거라고는 그가 '속물성'에 대해 강렬하게, 나아가 병적일 정도로 민감했으며, 이에 맞서 매번 저항해왔다는 사실이 전부다. 그러나 그는 인간의 본성이 저열하다 생각지 않았으며 그 자신 역시도 부드러운 심성의 소유자였다.

이런 의견들 가운데 딱히 시류에 맞는 것은 없었고, 『피어스 실링 백과전서』에 수록된 본인에 대한 글을 읽은 작가들 역시 편찬자의 의견을 그리 중요하게 생각지 않았을 것이다. 그러거나 말거나 편찬자는 시류에 동조하지 않았으며, 저 높은 곳에서 시류라는 것을 맹렬히 비방하고 있는 칼라일 그리고 톨스토이("오늘날 단 하나뿐인 진정한 예언자") 같은 작가들을 좋아했다.

당대를 살아가던 대부분의 다른 이들(물론 칼라일은 제외하고)과 마찬가지로 『피어스 실링 백과전서』 편찬자 역시 진보의 가능성을 열렬히 믿었다. 그가 보기에 진보를 위해 필요한 것은 오로지 지식의 향상뿐이었다. 단순히 더 많은 지식이 아닌, 올바른 종류의 지식을 쌓는다면 반드시 올바른 종류의 사회로 나아가게 된다고 믿었던 것이다. 편찬자는 자신의 지식을 논리체계에 들어맞는 "과학적" 지식이라 일컬었으며, 사회구조를 심도 깊게 파고드는 교육·도덕철학·정치학 같은 주제에 흥미를 느꼈다. 몇몇 위대한 인물은 훌륭하게 처신했고 대다수는 똑바로 처신하지 못했지만, 이런 건 대개 우연이거나 변덕에 불과했으므로 비교적 중요한 부분이 아니었다. 편찬자가 왕과 여왕, 정치인을 냉담하게 다룬 것은 이 때문이다.

개인의 행동을 설명하는 것, 즉 심리 분석을 통해 죄질을 경감시키는 것은 편찬자의 관심사가 아니었다. 악인은 그저 악인일 뿐이었다. 네로는 "부도덕한 어머니를 (…) 살해한" "금수와 같은 로마 황제"였다. 티베리우스는 "인간의 모습을 한 악마인 세이아누스의 끔찍스러운 영향력 아래" 있었으며 "카프리섬에서 탐식과 고독에 사로잡혀 말년을 보냈다". 데번과 콘월에서 수많은 교수형을 선고한 것으로 악명 높았던 제프리스 판사는 "그가 생을 보냈어야 마땅할 런던탑에서 죽었다". 전반적으로 이 편찬자는 지배자에 반기를 드는 이들의 편이다. "루이 15세의 백만장자 정부"였던 퐁파두르 백작부인은 "짓밟힌 국민이 구제되어 열렬한 희망을 품고 기쁨을 누리던 순간" 죽었다. 편찬자는 "운명의 남자" 나폴레옹에 대해서는 주저하면서도 존경을 내비쳤으나, 프랑스 왕과 왕비, 정부들에 대해서는 할 말이 많지 않았다. '루이'라는 표제어를 보면 이렇다. "루이는 여러 프랑스 왕의 이름으로, 그중에서 가장 중요한 왕을 꼽자면 루이 4세('성인'), 루이 14세(성인이라고는 결코 말할 수 없는 인물), 그리고 루이 16세다." 루이

16세는 "너무 나약했고 (…) 왕비는 향락에 빠져들었으므로, 그가 체포되고 (…) 재판받고 (…) 단두대에서 죽음을 맞았다는 사실은 놀랍지 않다".

그렇다고 영국 왕들을 더 존중했던 것도 아니다. 아래는 조지 3세를 다룬 대목이다.

조지 3세에게서 눈에 띄는 점은 재임 기간이 60년에 달했다는 점, 1775년에서 1783년 사이 아메리카 대륙 식민지들을 잃었다는 점, 프랑스 혁명 및 나폴레옹 전쟁과 동시대 사람이었다는 점, 그리고 기나긴 재임 기간 중에 여러 번 미쳤다는 점이다.

리처드 3세는 "곱사등이가 아니었지만, 거짓말쟁이에 살인자였다". 찰스 2세는 "나태하고, 낭비벽이 심하며, 색을 밝혔다". 그러나 헨리 7세는 좋게 평가했다. "봉건귀족의 지위를 낮추고 중간계층을 상승시킨 그의 정책은 뛰어났다." 그리고 헨리 8세는 "폭정에도 불구하고 음악과 운동에 뛰어난 것으로 유명했다". 빅토리아 여왕에 대해 할 수 있었던 말은 고작 "여왕 폐하는 여성 작가였다"뿐이다. 편찬자는 당대의 각료들도 그리 중히 여기지 않았다. 예를 들어 글래드스턴에 대해서는 "비겁함 또는 꾸물거림 때문에" 고든 장군을 하르툼에서 구출해주지 못했고 자유당을 분열시켰음을 지적하는 한편, 여성 참정권이란 "남성이 참정권을 가진 어느 국가에서건 그 자체로 논리적이고 정당한 협의였음에도 (…) 영국에서는 글래드스턴 부부 때문에 끈질기게 좌절"되고 말았다며 비난하고 있다.

개인의 고집 때문이건 또는 특정 계층의 사리사욕 때문이건, 이로 인해 좌절된 논리적이고 정당한 협의는 비단 여성 참정권만이 아니었다. 편찬자는 그 사실을 통감했던 모양인데, 두 가지 노골적인 예를 꼽자면 토지 분배 그리고 부의 분배가 있었다. 편찬자의 추산에 따르면, 1897년에는 토지의 절반을 7,400명의 개인이 소유했으며 나머지 절반을 31만 2,500명이 나눠 가졌다고 한다. 계산법이 조금 알쏭달쏭하기는 해도 이 이야기의 교훈은 단순하다. 즉 "자연적 부의 원천"인 토지가 "선택받은 소수의 손에 들어가서는 안 된다"는 것이다. 편찬자는 부에 대해 짧은 설교를 펼치기도 한다.

재화의 공급이 제한적이고, 이를 과잉에 이르도록 취하면 다른 누군가가 재화 없이 살아가야 한다는 것을 뻔히 알면서도 수많은 사람들이 물질적 부를 이상이자 삶의 목표로 삼는 것은 의아하다. 한편 지식·여가·건강 등 '사람의 손으로 창출되지 않은' 재화는 제한이 없고, 각자가 이를 더 많이 가질수록 이웃에게 주거나 이웃과 나눌 수 있다.

이런 문제에 대한 해결책은 혁명이 아니었다. 프랑스에서 루소의 제자들은 "모든 것―신념, 제도, 관습, 삶―을 파괴하여 '자연으로의 회귀'를 시작했고, 나폴레옹은 그 폐허에서 자신만의 긍정적인 야망을 구축했다". 바쿠닌과 그 제자들이 제시한 것*은 "부당하고 터무니없는 과장과 허상"이요, 형편없는 쓰레기에 불과했다. 편찬자는 프롤레타리아트 독재를 목표로 보지도 않았다. 그는 이렇게 말했다. "교육받은 민주주의가 정부의 가장 올바른 형태이리라." (또한 그는 교육받지 못한 민주주의란 "가장 파괴적인 형태 중 하나"라고 덧붙였다.) 편찬자가 공감하는 것은 "과학적 사회주의자들"이었다.

과학적 사회주의자들은 자신들의 이상이 무엇이고, 이런 이상을 어떻게 품게 되었으며, 어떻게 실현해야 하는지 잘 아는 것으로 보인다. 잡역부건 수상이건 사람들은 출신과 무관하게 이러한 완벽함을 실현할 능력을 타고났으므로, 과학적 사회주의자들이 정의하는 이상이란 모든 국민이 이를 실현할 동등한 기회를 갖는 상태다. 또 이들은 종종 부유한 중산층의 기분에는 개의치 않고, 오늘날 사회가 많은 사람들로 하여금 완벽함을 실현할 '기회'를 주지 않는다고 주장한다. 교육은 그들에게 '의지'를 주지 않으며, 타고난 두뇌와 신체는 주로 질 낮은 음식 때문에 그들에게 힘을 주지 않는다. 나아가 이들은 재화를 향한 열띤 경쟁을 꼴사나울 뿐 아니라 비과학적인 것으로 보는데, 누군가가 재화를 가지면 다른 사람은 재화를

박탈당하기 때문이다.　　　　■ 아나키즘.

편찬자는 그들의 제언이 "불편의할지는 모르나 완벽하게 타당하다"고 주장하며, 협동조합 운동에 관해서는 "마침내 승리할 수밖에 없는 올바른 원칙이 담겨 있다"고 한층 강하게 단언한다. 배럿과 동료 책임자들이 『피어스 실링 백과전서』를 실제로 읽었는지 알 도리는 없지만, 그들은 이러한 의견이 자신들의 이름을 달고 세상에 나가기까지 놀라운 인내심을 보여주었다.

편찬자에게는 A.&F. 피어스사의 이득도, 익명성도, 백과사전이라는 형식도 제약이 되지 않았다. 그는 무엇보다 노동조합을 단호히 옹호하면서, 노동조합이 "파업수당"보다 더 큰 "장래의 이익"을 실현했으며 "최고 임금, 최저 노동시간, 최고의 노동조건을 보장하고 유지"했음에도 "저녁 식탁에서 파업이며 노동조합에 대해 떠들어대는 수없이 많은 경솔한 무식자들"을 비판한다. 책에서 그는 재차 이 주제로 되돌아오곤 하는데, 가령 "가장 위대한 여성복 재단사" 워스Worth 대목에서도 옷이 아니라 노동조건에 대한 이야기를 하고 있다. "그의 회사에는 (…) 1,000명가량의 여성 노동자가 일하고 있고 이 중 절반 이상이 사업장 경내, 즉 유일하게 위생적이고 경제적인 체계에서 일한다. 실외노동을 하면 땀을 흘리고 질병을 퍼뜨릴 우려가 있기 때문이다." 기계를 다룬 대목은 눈에 띄게 성난 어조로 시작한다. "기계가 인간의 노동을 대신하지 않는다는 것을 증명하고자 엄청나게 많은 그럴싸한 허튼소리가 쓰이고 또 말해졌다." 그러나 그는 더 나은 세상에 대한 웰스적인Wellsian 전망으로 이 대목을 마무리한다. "인류의 미래에 남은 한 가지 밝은 희망은 기계의 폭넓은 발전이다. (…) 결국은 모든 불건강하고 불유쾌하며 모멸적인 형태의 노동에서 인간의 노동을 해방시켜줄 것이다."

편찬자는 개인의 도덕성에 관해서는 그리 크게 관심을 갖지 않았다. 사회가 '과학적' 원칙에 따라 구성된다면 사람들이 더 나은 행동을 할 것으로 예상했기 때문이다. 세속적이건 종교적이건 모범은 필요치 않았다. 가령 그는 그리스도에게 일말의 관심도 없던 나머지, 나폴리 인근에서 발견된 동판에 새겨진 것으로 추정되는 폰티우스 필라투스*의 선고문 '텍스트' 외에는 그리스도에 관한 정보를 전혀 싣지 않았다. 그는 종교적 기질에는 조금도 반응하지 않았으며, 『피어스 실링 백과전서』 속에 종교적 선입견의 증거는 있을망정 그 어떤 종류의 종교적 충절심도 나타나 있지 않다. 선입견 역시 조금도 색다를 것은 없다. 수많은 잉글랜드인(그리고 이보다 더 많은 스코틀랜드인)과 마찬가지로 편찬자는 가톨릭교회를 혐오하고 불신한다. 그는 종교개혁이 "현대적 사회생활의 시작"("도덕을 정화하고 영적인 삶의 중심을 확장시켰으며, 인간이 스스로 사고하도록 만들었다")이라 표현하며, 개혁 이전 가톨릭교회의 특징을 횡포와 부패, 타락이라 여러 차례 이야기한다(종교적 건축물을 다룬 대목에서 그는 "고전주의 양식의 예배당이 보여주는 부자연스럽게

쭉 뻗은 수평선"은 "르네상스 시　　• 폰티오 빌라도.

대 타락한 이탈리아 교회에 특히나 어울린다"고 쓴다). 이후에 등장한 가톨릭교회의 관행과 사고방식 역시 그의 성향과는 맞지 않았다. 심지어 그는 '로마 가톨릭교도'라는 표현조차 마음에 들어 하지 않는다. "'로마 가톨릭교도'라는 용어는 한 사람이 로마, 즉 특정한 집단에 속한 동시에 가톨릭, 즉 보편적인 종교인일 수 없다는 점에서 엄청난 모순이다." 그리하여 그는 로마 가톨릭 대신 '로미시'Romish라는 비하어를 사용해 '로미시 처치'Romish Church 등으로 표현한다. 또한 성인聖人을 언급하는 경우는 종교인이 얼마나 어리석고 이기적인지를 보여주기 위함일 때가 많은데, 예를 들어 고행자 시므온을 모방하고자 하는 "광기"는 "자만에 찬 금욕주의"라는 식이다. 공격하기 좋은 목표인 성유물의 범람에 대해서는 아래와 같이 이야기한다.

> 트리엔트 공의회에서 1563년 성유물이 숭상할 가치가 있다고 공언한 덕분에 경제학적으로 기묘한 현상이 발생했다. 자연적으로 '한정된' 공급을 가진 사물이 수요를 충족하고자 늘어날 수 있다는 것이 그것이다. '진품 십자가'로 만들어진 십자가상의 수는 런던의 모든 거리를 뒤덮을 만큼 많다.

그러나 정도를 넘어설 수 있는 건 개신교 역시 마찬가지였다. 예정설은 "많은 이들을 주제넘은 추정에 들게 했고 그보다 많은 이들을 극도의 절망에 빠뜨렸다". 퀘이커 교인들은 "사회의 일반적 예의를 무시"하며, 보어인들은 "엄격한 칼뱅주의자로 무척 잔혹하다". 편찬자의 비난을 피해 갈 수 있는 종교는 만물에서 의미를 찾는 불교가 유일했다.

19세기 후반 스코틀랜드 로우랜즈 지역에는 자유사상의 전통이 이미 확립돼 있었다. 그리고 브라이스가 실제『피어스 실링 백과전서』 편찬자였다면 그 역시 이 전통에 속해 있었다고 가정할 만한 근거가 충분하다(역으로, 『피어스 실링 백과전서』가 종교와 종교 행위에 대해 취하는 태도가 브라이스가 편찬자라는 관점에 힘을 실어주기도 한다). 그러나 편찬자가 누구건 그와 가장 밀접하게 연관된 사상이 "자유사상을 옹호하는 것이 그 본질인 생철학" 곧 세속주의라는 점은 분명한 것 같다.

세속주의자는 진실에 다가가는 최선의 방법이 인간 이성의 작동을 완벽히 자신하는 것이라고 믿는다. 그들은 이성이 결코 틀릴 리 없다고 보진 않지만, 이성은 오로지 이성으로만 교정할 수 있는 것이라 생각하며, 또 아무리 일반적 의견을 벗어나는 것이라 해도 지적으로 형성되고 진실하게 견지된 의견을 보유하고, 표현하고, 실천하는 데서 어떠한 징벌적·도덕적·사회적 제약도 없어야 한다고 생각한다.

표면적으로 보았을 때 A.&F. 피어스의 경영진은 자유사상은 물론 일반적 의견과 상반되는 그 어떤 의견도 전파시킬 의도가 없었던 것 같지만(우리도 알다시피 광고인들은 그러지 않는다), 짐작건대 편찬자는 그런 노선을 지키라는 말을 들은 바 없는 것 같다. 그가 불가지론자인 동시에 사회주의자였다는 것은 드러나는 대로이니 말이다. 편찬자는 빅토리아 여왕, 또는 빅토리아 시대 도덕의 공식적 상징인 글래드스턴에게는 특별한 존경심을 갖지 않았다. 그렇다면 적어도 그가 애국자이기는 했을까?

지구상에 사는 사람 네 명 중 한 명은 빅토리아 여왕의 국민이다. 유럽에서는 100평방마일당 3평방마일, 아시아에서는 100평방마일당 10평방마일, 아프리카에서는 100평방마일당 19평방마일, 아메리카에서는 100평방마일당 24평방마일, 오스트랄라시아에서는 100평방마일당 60평방마일을 여왕이 통치한다. 여왕의 국민 비율은 아메리카에서는 6퍼센트, 유럽에서는 11퍼센트다. (…)

지구상의 다른 제국들과 비교했을 때 〔대영제국은〕 이탈리아의 40배, 독일의 열 배에 달한다. (…) 영국은 본토의 100배에 달하는 식민지를 갖고 있는 반면 프랑스의 식민지는 본토의 열두 배, 독일의 경우에는 다섯 배, 러시아는 3.5배, 이탈리아는 2.5배에 불과할 뿐이다. 또 빅토리아 여왕의 통치 기간 동안 대영제국의 크기는 매년 스코틀랜드와 아일랜드를 합친 것만큼 증가했다.

경건함에 버금가는

좋은 말 같지만, 여기서 또다시 편찬자의 태도는 애매해진다. 이 글을 읽고 그의 천부적인 기지에 찬사를 보내고 싶어지는 영국인이 있다면 실수하는 것일 게다. 다음 문장에서 편찬자는 "이런 탁월한 결과는 대개 지리학적 위치 때문"이라고 밝힌다. 그는 과학적 주제인 지리학을 존중하고 있던지라, 제국의 흥망성쇠를 비롯해 보통은 역사에 속하는 것으로 여겨지는 사건들을 지리학이라는 제목 아래 다루었다. 그런데 이렇듯 과학적인 입장에서 보자면 대영제국은 단순히 하나의 사실로 받아들여질 뿐이었다. 편찬자는 제국을 애국주의적 입장에서 칭송하지도, 사회주의적 입장에서 깎아내리지도 않는다. 그저 경탄에 차 그 규모를 이야기할 뿐이다.

편찬자는 영국의 여러 제도가 "과학적"이지 못하다며 탐탁지 않게 여기는데, 이때의 맥락에서 과학적이라는 것은 사회주의적이라는 의미로 쓰였다. 그 밖의 제도들에 관해 그는 상당히 회의주의적인 입장에서 다루고 있다(그의 말에 따르면 세속주의자에게 회의주의란 "도덕적 책무"다). 한편 책에는 스코틀랜드의 업적에 자부심을 드러내는 대목이 곳곳에 등장한다. '개요' 전체에서 가장 긴 대목 중 하나가 '스코틀랜드 철도의 속도'에 관한 것이기도 하다. 그러나 편찬자는 전반적으로, 즉 오늘날의 시류와는 반대로, 인종이나 국적에 따라 특별한 존중을 표하진 않으며, 인류학적으로 주목할 가치가 있는 소수의 색다른 민족만을 예외적으로 가려낸다. 베두인족은 "고독하고 위태로운 삶을 살아가지만 (…) 난폭한 열

서평의 언어

정을 가지고 있으며 노략질을 좋아한다". 에스키모는 "지성이 부족하지 않으며, 친절하고 호의적이다". 집시들의 "한 가지 장점은 음악에 대한 사랑과 재능이다". 아울러 유대인에 대해서는 "오늘날 (…) 예술과 문학 분야에서 가장 위대한 이들 몇몇을 배출했다"는 말과 함께 스피노자, 멘델스존, 하이네, 베토벤, 슈베르트를 언급한다. 하지만 인접해 있는 다른 대목에서는 유대인이 자기 친척들과 친구들을 팔아치운 가격을 구체적으로 밝히기도 한다. "요셉의 교우들은 그를 2파운드 7실링에 팔았다. 유다는 자신의 주인을 3파운드 10실링 8펜스에 팔았다. 나아만은 엘리샤에게 1만 파운드 이상을 주고자 했다. 그리고 빚쟁이는 같은 처지에 놓인 하인의 100펜스를 탕감해주지 않았으나 (…) 342만 2,625파운드에 달하는 자신의 빚은 없는 셈 쳤다."

그의 추정은 오늘날이라면 유럽 중심적이라고 불렸을 것이다. 예를 들어 젓가락은 "중국에서 우리의 칼·포크·스푼 대용으로 쓰는 것"이고, 간장은 당연히 젠틀맨스 렐리시*의 대용품이다. 러시아는 떼 지어 몰려온 아시아인들로부터 유럽을 구제해주었다는 점에서 호평을 받는다. "오늘날 프루트 강과 아드리아해 사이의 자유인 중 이 자유를 러시아에 빚지지 않은 이는 아무도 없다는 말은 상당히 옳다." ……글쎄, 그는 고작 '상당히'라는 표현에서 그친다. 아울러 서인도제도의 설탕 생산량이 감소한 것은 "검둥

* 영국에서 흔히 먹던 앤초비 페이스트의 상표명.

이들의 나태함" 때문이다. 그러나 유럽인과 아메리카인에게도 단점은 존재한다. 프랑스인은 "군사적 승리를 향한 욕망" 때문에 쇠퇴했고, 미국의 정치적 기준점은 높지 않다. 그는 제임스 A. 가필드가 "대통령으로 선출된 주된 이유는 그 어느 곳의 정치적 진보에서도 찾아보기 어렵지만 특히나 미국에서는 보기 드문 그의 눈부신 정직성 때문"이라고 했다.

비누도 그리 많이 바뀌지는 않았다.

《뉴요커》 1979년 10월

서평의 언어

Language of Novel Reviewing

장편소설 서평이 어떻게 시작하는지를 보면, 소설 도입부와 꼭 닮은 경우가 무척 많다.

어미 없는 소년들은 어머니들의 동정을 받지만 다른 아이들의 부러움을 얻는 경우도 드물지 않다.

피온테크 가문의 지인들에게 1939년 8월 31일은 경축일이었다.

진 호킨스는 평생 순종하며 살아왔다.

마치 서평가가 줄거리를 요약한다기보다는 이야기를 시작하는 것만 같은 도입부인데, 소설가 입장에서 보면 독자들이 서평을 읽는 것으로 만족해버릴 수도 있다는 단점이 있다. 반면 어떤 서평은 다른 종류의 이야기, 즉 서평가의 이야기로 시작한다.

베릴 베인브리지의 새 장편소설을 절반쯤 읽었을 때 나도 모르게 눈물까지 흘리며 웃고 있었다.

소설의 특징을 언급하며 시작하는 서평도 있다.

고故 제임스 존스의 사후 출간된 소설에는 죽음, 절망, 광기와 허무의 아우라가 감돈다.

또 어떤 서평은 서평가의 특징을 이야기하며 시작한다. 《뉴욕 타임스》에 실린 제롬 차린의 서평은 "나를 교양 없는 속물이라 여겨달라"는 불길한 말로 운을 뗀다. 그 밖에 소설의 한 단락을 인용하며 시작하는 서평도 있고, 독자에게 말을 걸며 시작하는 서평도 있다.

여러분은 양돈장에서 자위행위를 하며 13년을 보낸 발칸반도의 저능한 사팔뜨기 농민의 이야기에 대단한 기지나 서정이 있으리라 생각지 않을지도 모른다.

결론부터 말하면서 시작하는 서평도 있다. "『최종 지불』 Final Payment은 완성도가 높고, 세련된 감수성과 도덕적 양심을 담은 리얼리즘 소설이다." 반면 어떤 서평은 서론부터 시작한다. "서평의 대상인 다섯 명의 작가는 다음과 같은 탐색을 해왔다."

다양한 도입부는 소설에 대한, 또 서평을 쓰는 행위에 대한 다양한 태도를 보여준다. 소설의 이데올로기가 있듯 서평의 이데올로기가 있고, 소설의 관례가 있듯 서평의 관례가 있다. 그런데 이 둘이 반드시 겹치는 것은 아니다. 정기적으로 글을 실어 탄탄한 독자층을 확보한 서평가라면 자신이 느낀 점 위주로 소설을 설명할 것이다. 그렇다고 해서 자신처럼 사적인 글을 쓰는 소설가들에게 찬사를 보내지는 않겠지만 말이다. 서평가들이 가진 공통점은 그들 모두 어느 정도는 재창조, 즉 소설가들이 이미 빚어놓은 것을 새로이 빚는 일에 가담한다는 것이다. 작가의 흥망은 서평에 달려 있지만, 서평가가 쓴 책에 대한 설명─언론사에서 사용하는 언어를 빌리자면 서평가의 '스토리'─이 흥미로운가를 결정짓는 것은 책이다. 재미없는 소설에서 흥미진진한 서평이 나오는 일은 없다. 서평가가 소설을 희생하고서라도 재미있는 글을 쓰기로 결심한다든지, 소설의 부수적인 요소만 한정해서 솜씨 좋게 다루지 않는 한에는 말이다. 마음이 하해와 같은 서평가라면 소설이 얻을 수 있었음에도 얻지 못한 가치를 만들어 줄 수도 있겠다.

가장 인정사정없는 서평이 실리는 곳은 인기 없는 신문이다. 《캠든 저널》에는 이런 서평이 실렸다. "캠든 출신 작가인 베릴 베인브리지의 새 장편소설은 읽는 데 몇 시간밖에 걸리지 않지만 책값은 3.95파운드에 달한다. (…) 줄거리는 꽤나 흥미로우며 어느 정도 재미있고 약간 슬프다." 100년 전에는 소설가와 그 작품에 대해 가차 없는 혹평이 쏟아졌다. (가령 헨리 제임스는 『우리 둘 다 아는 친구』*에 대해 이렇게 썼다. "이 책은 잠깐 부끄럽고 말 수준이 아니라 영원한 고갈을 불러일으키는 종류의 빈곤함을 지닌 졸작이다.") 오늘날 장편소설이 중압감에 시달리고 있음을 아는 여러 문학 편집자는 서평가에게 친절한 글을 써주십사 부탁하고, 실로 서평가들은 대부분 친절하다. 늙은 소설가에게는 늙었다는 이유로, 젊은 소설가에게는 젊다는 이유로 친절하다. 영국인 작가에게는 미국인이나 독일인이 아닌 영국인이라는 이유로 친절하고 ("풍속과 이색을 고요하고도 풍자적인 정확성으로 다룬다"), 그 밖의 작가들에게는 흑인(또는 백인)이라서, 여성(또는 남성)이라서, 구소련 난민이라서 친절하다. 자유주의 신념이건 편협한 신념이건 누군가는 그것을 옹호한다. 빈약함은 미덕과 긴밀한 관계인 듯하고("그의 진지한 간결성에는 거친 모서리들이 있다") 심지어 미덕으로 탈바꿈하기도 하지만("비록 우아하지 못하고 때때로 흐릿하기도 하지만 그 묵직함과 긴박성은 나름의 정확한 질서를 창조

한다"), 열렬히 비난받는 경우는   ▪ 찰스 디킨스의 마지막 소설.

거의 없다. 소설가들은 혹독한 비평을 받았다며 불평하곤 하나 때로 소설 서평은 복지 정책이 아닐까 싶을 정도다.

그 이유는 출판계의 경제 논리와 밀접히 연관된다. 1920년대에 시릴 코널리는 소설 서평이 "언론계에서 백인 남성의 무덤"이라고 표현하며, "무성하게 자라나는 초목들 사이에 간신히 자리한 후줄근한 빈터가 밤사이 두 배로 불어난 정글로 잠식된다"고 탄식하기도 했다.[◆] 오늘날에 와서 그 정글은 일종의 식물원 규모로 줄어들었고(《타임스》의 어느 서평가는 "출판사들이 아직도 데뷔 장편소설을 출간한다는 사실이 말도 안 되는 기적"이라고 얘기하기도 했다),[●] 비평가들은 무성하게 자라나는 초목을 베고 앞으로 나아갈 필요도 없이 위태롭게 자라나는 꽃들에게 매주 입맞춤으로 생명을 불어넣어야 하는 형편이다. 앵거스 울프 머리는 서평가들을 향해 "소설을 구하라"SAVE THE NOVEL고 간청했다.[▲] 소설 서평가들은 오로지 해럴드 로빈스나 시드니 셸던처럼 부와 명성에 아무 영향을 받지 않는 소설가들을 상대로만 마음껏 비평할 자유가 있다.

소설을 구하기 위해 서평가들이 해야 할 일은 무엇인가? 존 가드너는 저서 『도덕소설에 관하여』On Moral Fiction (1978)에서 "진지한 소설들"의 빈약함을 비판한다.

◆ [원주] "Ninety Years of Novel-Reviewing", 1929년 8월.
● [원주] 1978년 11월 2일.
▲ [원주] New Fiction, No. 18, 1978년.

젊은 예술가들이 겉모습과 참신한 효과에 무게를 두는 것은 그저 하나의 징후에 불과하다. 병은 한층 깊은 곳까지 스며들어 진정한 예술이 어떻게 작동하는가에 대한 믿음, 어쩌면 이해를 완전히 상실케 한다.

오늘날 잊혀져가는 진정한 예술의 구체적인 실질적 의미는 삶을 투명하게 보여주고, 인간 행동의 모범을 세우고, 미래를 향해 그물을 던지며, 무엇이 옳고 그른가를 세심하게 판단하고, 찬양하고, 애도하는 것이다.

그런데 고양된 어조로 쓰인 서평들을 살펴보면, 여러 서평가가 자신이 읽은 소설 안에서 가드너의 지도 편달을 찾아냈던 게 분명하다.

그는 야심 찬 창작 과정을 통해 자기를 초월하고 우리를 자유로 이끌어주었다.

그의 책은 창조적 문학 기술, 삶, 그리고 이 두 가지가 서로를 반영하며 상대의 의미를 드높이고 깊이 있게 만든다는 교훈으로 가득하다.

이 책에 담긴 분노는 타오르듯 창의적이고, 맹렬하게 활기차며, 우리에게 희망을 선사한다.

모국을 다룬 그의 (…) 단편들에서는 (…) 세계의 고뇌에 대한 한층 더 진실하고 심오한 인식이 느껴진다.

이런 서평을 보면 소설가들이 책무가 줄어들어 괴로워한다든지 비평가들이 솔직한 반응을 할 수 없어 괴로워한다는 암시는 전혀 읽을 수가 없다. 그러나 이는 어떤 서평을 읽느냐에 따라 다를 것이다. 서평을 쓰기 위해 전달받은 책에서 희망, 고뇌, 삶과 예술의 의미, 자아 초월을 그것도 일주일에 한 번꼴로 찾아내는 서평가가 있는가 하면, 책에서 혼란, 양가성, 모호함을 발견하고 그것으로 만족하는 서평가는 더 많다.

영국 최고의 소설가들은 자꾸만 더 모호해진다.

아이리스 머독이 철학과 허구를 구분한 것은 소설의 최대 미덕이 우리의 끝없는 혼란과 혼돈을 반영한다는 의미이리라.

오로지 가드너만 소설가와 비평가 양쪽 모두 불확실성에 온 몸을 던져 헌신하고 있음을 감지한 건 아니다. 《타임스 리터러리 서플먼트》의 한 서평가는 미스터리와 그 추리 과정을 다룬 어떤 소설에 관해 이렇게 썼다. "먼 옛날 소설과 독자들과 탐정은 무언가를 발견했지만, 오늘날에는 발견에 실패한다." 성공적으로 구축된 인물이란 모순적인 인물을 뜻하여, "그의 슬픔과 집착에는 모호함이 없어 진짜 같지 않"고, 그

▪ [원주] 1978년 4월 7일.

는 "혼란스러워하기에 더욱 설득력을 갖는다". 가드너는 혼란이야말로 혼란스러운 세상에 대한 무엇보다 적절한 반응이라는 개념을 불쾌히 여기지만, 분명한 것은 아무것도 없으며 더이상 거침없는 급진성을 기대할 수 없음을 분명히 한 소설을 상찬하는 사례는 무수히 많다.

이 책은 설득력 있게 희극적인 동시에 겉으로 보이는 것만큼 확고한 것이란 아무것도 없음을 암시하는 애매하고도 신경질적인 책이다.

그She 소설에서 자서전을 쓰는 극적인 존재야말로 우리들 대부분이 어떻게 기능하는지를 보여주는 최고의(이를테면 가장 문제적인) 은유다.

위 인용문 속 괄호는 '최고'와 '가장 문제적인'이 가진 의미를 동일한 것으로 둠으로써 논지를 강화한다. 또 다른 서평에서는 영국인의 생활을 다룬 프랭크 투오이의 단편소설들이 "형편없는 개연성"을 지니고 있지만, 해외에 사는 영국인들에 관해 묘사할때는 "미묘한 재능이 드러난다"고 적고 있다.

언어와 문화의 장벽은 현실에 대한 다소 혼란스럽고 머뭇거리는 의문을 불러일으킨다. 시점이 이동하고 흐려지고, 외관은 어리둥절해지며, 우리가 품었던 확신은 문득 기반을 잃어버린다.

작가는 독자를 혼란스럽게 하는 데 그치지 않고 본인 역시 혼란에 빠져야 한다. 단 그럼에도 자연주의 전통을 인정하고 이에 몰입하는 방식으로 말이다. 줄거리와 인물을 해체하는 데 주력하는 보르헤스, 사로트, 로브그리예 같은 포스트모더니즘 작가들이 보여주는 혹독할 정도의 불확실성은, 특히 영국 작가들이 이를 모방하는 경우 비평가들에게도 대중에게도 그리 환영받지 못했다.

혼란에 빠진 작가가 핍진성을 부정하는 데는 다양한 방법이 있다. 예컨대 레나타 애들러의 『쾌속선』Speedboat 서사는 일련의 개별 사건과 일화, 자각으로 파편화되어 있다. 엘리자베스 하드윅은 이 소설에 경의를 표하는 의미로 《뉴욕 리뷰》에 발표한 서평에 소설의 파편적 형식을 채택했다. 하드윅은 『쾌속선』이 바셀미, 핀천, 보니것의 작품들에 비견될 만하다고 상찬하며 이런 작품들은 "삶의 형태에 의문을 제기하고 우리가 실제로 무엇을 할 수 있는가를 모색하는 지성"을 투입하고자 하는 "고결한" 시도라고 주장하면서도, 이렇게 덧붙인다.

이 고결함과 대담성, 야망은 인정해야 한다. 비록 세상에 『죽은 혼』보다 『중력의 무지개』를 읽으면서 더 즐거워하는 사람이 있다고 믿기는 어려울지라도.

서평가는 오래된, 있는 그대로의 독서의 기쁨을 때로 잊는 것 같지만, 즐거움 그리고 작가가 의심과 혼란을 담아내기 위해 취하는 '고결한' 조치가 상충한다는 사실은 인정할 필요가 있다. 로버트 나이의 『멀린』Merlin을 살펴보자. 이 소설은 요즈음 전형을 탈피한 소설들의 전형적인 시도를 따라 플롯 대신 사방으로 뻗어나가는 여러 개의 플롯, 목록, 농담, 옛이야기 다시 쓰기로 이루어져 있다. 예비 독자들은 소설 속 수많은 "예술과 현실에 대한 함의"를 끌어내는 데 골몰하느라 이 소설이 가진 정신을 그대로 담아낸 서평보다는 이런 소설을 읽으면 어떤 기분이 드는지("결국은 너무 과하다 … 하루에 세 끼 크리스마스 만찬을 내오는 호텔처럼") 알려주는 서평을 더 반길 것이다.

　　혼란에 빠진 작가들이 가장 자주 취하는 전략은, 소설 속에 자기 자신의 모습으로 등장하거나(마거릿 드래블의 『황금의 왕국』The Realms of Gold), 해당 소설 또는 해당 소설 속에 등장하는 또 다른 소설을 쓰게 된 작가의 허울을 쓰고 허구의 일부가 되는 것이다. 그렇게 소설은 소설 자체의 이야기와 소설가의 이야기라는 두 이야기를 동시에 들려줌으로써 복선을 깔고, 때로는 소설 서평에 대한 복선을 깔기도 한다. 최근의 예를 두 가지 들어보자면 존 어빙의 『가프가 본 세상』 그리고 존 웨인의 『면벌자의 이야기』The Pardoner's Tale가 있다. 『면벌자의 이야기』는 한 소설가의 삶을 전형적인 방식으로 이야기하면서, 마찬가지로 그가 쓰고 있는 전형적인 소설을 이 이야기와 연결한다. 스스로를 의심하는 글이라는 개념에 헌신한 비평가 맬컴 브래드버리는 이 소설을 "겸허한 자성의 리얼리즘 소설이며 웨인이 쓴 최고의 소설 중 하나"라고 상찬했다. 서평가들은 때로 리얼리즘이 무슨 실체라도 되는 양 이야기하기도 하는데(《뉴 스테이트먼》에 따르면 팀 오브라이언의 『카차토를 쫓아서』는 "리얼리즘의 낯설고도 인상적인 균형"을 담고 있다), 의도와 의미가 의문의 대상이 될 때 문체와 문학적 장치는 그 자체로 생명을 얻는다는 것이다. 『가프가 본 세상』은 훨씬 더 복잡한 책으로, 바로크적이고 미궁 같은, 허구 속 허구들과 이 허구에 대한 견해들로 가득한 작품이다. 어느 서평가는 "어빙조차도 어떤 의미에서는 자신의 글을 예상치 못했기에, 이 작품이나 작가에 대해서는 할 수 있는 말이 거의 없다"고 했다. 혼란에 빠진 작가는 비평가보다 유리하다고 볼 수 있다. 소설의 단점을 서평에서 지적받기 전에 자기가 선수 쳐서 말할 수 있으니까.

어떤 소설 안에 서평이 이미 담겨 있는 것과 마찬가지로, 수많은 서평 안에는 서평가의 소설이 담겨 있다. 이는 해석의 다양성 때문이라기보다는(이는 불가피한 문제다. 어느 서평가는 『면벌자의 이야기』에 관해 "충족된 욕망의 모습이 … 환희를 흩뿌리는 색정적 안개 속에서 … 설득력 있게 그려졌다"고 썼는데, 또 다른 서평가는 "진정한 사랑을 회피했던 한 남자"라고 묘사했다) 소설을 소설적으로 설명하고자 하기 때문이다. 예를 들면 다음과 같다.

윌리엄 트레버의 인물들은 (…) 조지 시대 양식의 채광창 너머에서 찾아와 해진 카펫 위로 흩어지는 오후의 햇살 속을 영원토록 살아가는 것 같다.

아니면 이런 식이다.

'그'she가 넬이건 줄리건 엘렌이건 간에 작별의 순간 오래된 연애편지를 입 속에 쑤셔 넣으며 흐느낌을 참는 눈물 젖은 목소리는 항상 똑같다.

베릴 베인브리지의 작법이 유별나다는 말을 다음처럼 직설적으로 할 수도 있다.

그는 평범한 비율이나 강조점이 당황스러울 만치 뒤바뀐 특이한 각도에서 삶을 바라본다.

원한다면 모방적으로 표현할 수도 있다.

인물들은 말을 잘 듣지 않는 양말과 씨름하면서 군데군데 빵가루가 묻어 있으며 우툴두툴한 사랑과 혐오를 보여준다.

서평가의 소설이 가진 한 가지 위험성은 저자의 소설에 훼방을 놓을 수도 있다는 점이다. 서평가의 소설과 저자의 소설이 양립할 수 없는 경우가 있다. 캐나다 작가 메리언 엥걸이 『연장시간』Injury Time 서평 속에서 주인공이 불륜을 저지른 뒤 "행동을 조심하라는 지시를 받았다"고 묘사하는 순간에는 중부 대서양 지역의 또 다른 베릴 베인브리지가 등장한 것처럼 느껴진다. 다른 한 가지 위험성은, 이런 모방이 곧 패러디(못 쓴 소설을 폄하하는 흔한 방법 중 하나는 그 소설이 가진 나쁜 습관을 흉내 내는 것이다)가 될 수 있기에, 서평가가 소설가의 습관을 흉내 내다 보면 악의 없이 소설에 부당한 일을 저지르게 될지도 모른다는 점이다.

서평가가 오로지 소설을 설명하려는 목적으로(그 어떤 경멸의 의도도 없이) 소설을 흉내 낸다면, 어떤 의미에서 그는 본인 또한 인물의 행동을 예측할 수 있다는 식으로 이 소설을 탈취하는 것이다. 물론 핍진성을 부정하는 요즘 소설들은 독자가 소설의 세계에 발 들이기 어렵게 하는데, 사실 이런 소설이야 허구성 자체를 쟁점화하고 있기에 의도적으로 진입하기 어려운 장벽을 세우는 것이다. 사로트처럼 극단적인 형태의 경우는 독자의 참여를 유도하기도 하지만, 이 또한 허구가 실제 삶을 모방한다고 여기는 오류를 보여주고자 하는 의도에서 나온 것이다. 이와 대조적으로, 한층 리얼리즘에 가까운 소설은 독자에게 새로운 친구 (또는 적) 그리고 새로운 장소가 있는 완전히 새로운 세계를 제공한다. 어느 서평가는 "우리는 여성 주인공의 삶을 따라 우회로를 헤치며 잘 그려진 수많은 인물을 만나고 여러 흥미로운 장소를 방문한다"

라고 했다. 그러나 이런 새로운 세계를 논하는 서평가들은 과도하게 열을 올리는 경향이 있다.

간이식당의 김이 오르는 찻잔, 볼썽사나운 카페에서의 실패한 소개팅처럼 완벽한 관찰을 통한 세부 묘사 덕분에 독자는 데스먼드의 삶을 살아가고 있는 듯한 느낌이 든다.

최고의 소설은 실제 현실에 없는 현실을 담은 것인지도 모르겠지만(다른 이의 삶의 세부 요소를 아무리 속속들이 안다 해도 우리가 그 삶을 살아가는 느낌을 갖게 되는 경우는 별로 없다), 위 예시는 그 주장을 뒷받침하지 못한다. 그저 익숙함에 불과한 것을 그보다 뛰어난 무언가로 착각한 서평가가 데스먼드의 삶을 이야기하기 위해 성급히 자기 삶을 내다 버렸기 때문이다. 인물의 감정이 순식간에 서평가의 감정이 되어버리는 경우도 마찬가지다. "주인공의 아내가 배란일 차트를 불태워버리는 순간 나는 주인공 부부만큼이나 안도했다." 공감능력이 이렇게까지 뛰어나다고?

모든 인물의 우여곡절에 공감한다고 공언하는 서평가는 우리에게 자신의 감상을 지나치게 많이 이야기한다. 데이비드 로지는 메리 고든의 『최종 지불』 서평을 쓰면서 자신이 이 소설을 좋은 소설이라 여기며, 작품이 가진 장점 중 하나는 독자들이 여성 주인공을 연민하게끔 하는 점이라고 밝혔다. "고든의 필력 덕분에 독자들은 여성 주인공의 정신적·신체적

쇠약이라는 스펙터클 앞에서 진심 어린 경악감을 느낀다." 이 주장은 주인공의 아내가 배란일 차트를 태워버렸을 때 본인 역시 안도했던 서평가의 주장과 무척 비슷하지만, 로지는 자신의 감수성보다는 고든의 글에 중점을 둔다.

일반적으로 고급 출판물일수록 서평가도 자기 자신을 덜 내세우거나, 혹은 덜 내세우는 듯 보인다. 대중 신문에 글을 싣는 서평가는 이 신문 독자들이 자기 없이는 어떤 작가의 이름조차 모를 거라 주장할 수도 있고, 그 말은 맞는 말이기도 할 터다. 그렇기에 그는 솔직하고도 복잡하지 않은 글을 써야 한다고 생각할 것이다. 《이브닝 스탠더드》 소설 서평 담당자인 오베론 워가 바로 그런 필자다. 그의 버릇 중 하나는 소설을 읽으면서 느끼는 개인적인 고통, 이를테면 고문에 가까운 지루함이라든지 골치 아픔을 토로하는 것이다. 또 다른 버릇은 그런 소설을 대상으로 "금메달을 수여하는바 (…) 부상으로 귀족 작위 또는 만찬 이용권을 증정한다"며 상을 하사하는 것이다. 워는 자신이 보통 사람이 가진 보통 사람의 상식선에서 글을 쓴다고 여긴다. 더 진지한 학술지나 신문에 글을 싣는 서평가는 전문성을 보여줌으로써 본인에게 자격이 있음을 증명해야 한다. (물론 이런 지면에서도 어떤 이들은 책임감을 저버릴 핑계로 개인적인 의견을 밝히는 척하곤 한다. '즐겁게 읽었다'는 말은 때로 '미천한 나로서는 이 책을 즐겁게 읽었다'는 의미로 통한다.)

어떤 지면에 실린 것이건, 아마 서평을 읽는 사람들 대부분은 이 서평에서 다룬 소설 자체를 읽어보는 일이 없을 것이다. 이런 점에서 서평은 소설의 대체물로서, 서평을 읽는 이들에게 서평가의 경험이라는 또 하나의 차원을 더해준다. 그렇기에 서평가가 소설 속에서 삶이 기록되는 방식에 흥미를 보이는 것이리라(소설 속에서 묘사하고 있는 세계가 사회학적으로 구체적일수록 서평가들은 자신 있게 "극장의 톤과 느낌을 정확하게 전달한다", "영화의 모든 요소를 흠 잡을 데 없이 묘사한다" 같은 말을 쓴다). 서평가들은 실험·상징·알레고리 따위를 그리 좋아하지 않으며("어쩌면 여기엔 내가 놓친 알레고리적 의미가 있을지도 모른다. 만약 있었다 해도 키팅 선생은 이 알레고리를 밀어붙이지 않았으며, 나 역시 이쪽이 좋다고 생각한다"), 원대한 계획이나 쉽게 알아차릴 수 있는 메시지를 담은 소설이 좋은 반응을 얻는 경우는 드물다. 책이 의도를 드러나지 않게 숨기고 있다는 이유로 칭찬을 받는 일도 왕왕 있다.

『침투』Getting Through는 수많은 것들에 대해 말하지 않고, 그렇기에 남은 것들―축소된 이야기 그 자체―은 위대한 것들의 반영이 된다.

이들의 만남이 가진 목적은 저자의 견해나 이미지의 침투적 사용으로 형상화되지 않는다.

이 책은 마치 세상의 모습은 오로지 설교하지도 개입하지도 않는 산문으로만 담아낼 수 있다는 듯 거리를 두고 무심하게 표현한다.

저자의 비개입("명확하고 꾸밈없는 문장", "직설적이고 사실적인 관찰", "명확하지만 절제된 어조의 패턴"), 절제된 효과와 정동. 이것이야말로 서평가들이 높이 평가하는 가치들이다. 그들이 원하는 것은 '치밀한' 플롯이 아니라 '정교한 상황 구성'이며, '충돌하는 기호들'이 아니라 '자연스러운 병치'이기 때문이다.

그러나 작가가 불분명하게 표현해냈다고 높이 평가받은 그 무엇을 분명하게 만들어주는 것 또한 서평가의 할 일이다. 상세하게 진술하고("그들은 접촉을 통해 우리 모두에게 익숙한 사회적 교류 패턴을 되짚어간다"), 근거에 기반을 두고 추정하는 것("베인브리지는 폭력이란 우리가 아는 그림자만큼이나 무심하고 몰개성적이라고 말하는 것 같다"). 소설가는 설교해서는 안 될지 모르나 서평가는 매번 설교를 일삼는다.

그에게는 궁극적으로 자만심의 정복이 프라하의 정복보다 중요하다. 이런 주장을 위해서는 큰 용기가 필요하건만, 타인을 거친 사고와 빌려 온 감정으로부터 우리의 영혼을 해방시키는 것만이, 비슷하게 생각하고 비슷하게 말하고자 하는 마르크스적 군중 심리에 맞서는 단 하나의 해독제다.

나는 어떠한 형태의 인종주의도 용납할 수 없기에 그런 점에서 브링크의 정직한 소설에 갈채를 보낸다.

작가들이 도덕적인 설교를 하지 않거나, 해서는 안 된다고 여기더라도, 그들은 도덕적 언어 덕분에 찬사를 받는다. "인물들 그리고 사상이 가장 빛나는 지점은 암에 걸린 동료에게 감사의 말을 보내는 부분이다."

칭찬은 서평가들에게 무엇보다 어려운 과업이다. 대부분의 신문에서 그저 그런 장점을 가진 장편소설 서너 편에 관한 서평 분량으로 1,000단어를 할당받은 서평가는, 소설 한 권 한 권을 다룰 지면이 부족하기에 어쩔 수 없이 경제적인 속기법에 안주한다. 이 소설이 어떤 소설이며 누구에게 무슨 일이 일어나는지를 알려주어야 하는 서평 첫머리에서는 보통 소설 자체가 그 역할을 대신한다. 서평가가 이 부분을 잘 설명해주거나 인물에 흥미를 느끼게 해주는 것만으로도 독자의 관심을 끌 수 있는 큰 칭찬을 베푼 셈이다. 능수능란한 서평가라면 평가와 묘사를 한데 엮을 것이다. "버니스 루벤의 새 장편소설은 자기 삶의 줄거리를 알고 싶어 하는 인간의 욕망을 설득력 있게 보여준다." 여기서 '설득력'이라는 말은 앞부분에 등장했기 때문에 설득력을 줄 수 있다. 만약 서평 맨 마지막에 '설득력 있는 소설'이라고 썼더라면 독자들이 거기까지 읽지도 않을 테니까.

칭찬의 어휘는 한정되어 있기에 같은 표현이 주야장천

등장하지만, 이런 어휘 중에는 상징적 무게를 담고 있는 것들도 있다. 예를 들면 '진실'이 그렇다. 서평가가 이 소설은 '전반적으로 진실의 울림을 담고 있다'고 말한다면 이는 그저 '개연성'이 있다는 말을 중요해 보이도록 포장한 것일 수도 있다. 하지만 써서는 안 되는 표현도 있으니, 바로 '근사한'marvellous, '재미있는'delightful, '대단한'brilliant 같은 형용사다. 소설에 대해 좋은 말을 해주려고 근질근질한 서평가가 이런 단어를 피하기란 참 어렵지만, 이런 표현들은 가령 『우리 둘 다 아는 친구』 같은 소설에 비해 비교적 평이한 수준의 소설을 두고 자주 쓰이기 때문에 독자에게 신뢰감을 주지 못한다. 출판사 입장에서는 광고 문구에 이런 표현을 넣어야 하고, 소설을 홍보하고 싶은 서평가 역시 출판사가 인용할 수 있도록 이런 표현을 몇 개 꼭 집어넣겠지만, 서평이 천편일률적으로 보이게끔 하고 싶지 않은 문학 편집자라면 걸러낼 만한 표현들이다.

서평가들이 부끄러운 사태를 면하기 위해 취하는 전략은 다양하다. 그런데 동료들이 큰 자각 없이 사용하는 클리셰를 피하고자 선택하는 표현들 역시 금세 또 하나의 클리셰가 된다. 요즘에는 '근사한 소설' 같은 간단한 표현은 보기 어렵다. 요즘 유행은 형용사 세 개를 나열하거나("정확하고 통쾌하며 익살스럽다", "풍부하고 신비로우며 활력 넘친다"), 부사와 형용사를 짝 짓는 것인데("뇌리에 남도록 스며드는", "치명적으로 간단명료한", "영리하게 경제적인") 이때 부사와 형용사의 역할을 서로 바꾸어도('스며들 만큼 뇌리에 남는', '간단명료하게 치명적인') 실질적인 의미는 변하지 않는다. 소설을 상찬할 때는 단조로움으로부터 탈피하기 위해 부정어를 사용하거나("장황함이라고는 없는") 소설의 어떠한 미덕이 지나치지는 않는다는 의미로 대조를 사용하기도 하고("스타일리시하지만 불편한", "자연스러우나 고통스러운"), 그 밖에 자잘한 구문론적 장치를 다양하게 사용하기도 한다. 어떤 소설은 "에너지 덕분에 가식을 탈피"하고, 또 어떤 소설은 "저자가 애매하고 신비로운 특정한 의식 상태를 환기시킴으로써" 지나친 익숙함으로부터 벗어난다. 어떤 소설은 "너무나 익숙하기에 수치심과 부끄러움으로 눈을 깜박일 수밖에 없는 우리의 괴상한 문화를 느끼게끔" 하며, 다른 소설에서는 "진실하기 그지없어 역설적으로 느껴지지 않는 충격"이 발생한다.

분명 남들보다 글을 잘 쓰는 서평가도 있지만, 이들 역시 줄곧 사용하는 버릇을 버리지 못한다. 그중 한 가지로 언어유희를 꼽을 수 있다. "엄중한stern 현실 직시 가운데서도 쿤데라는 투지를 가지고gamely (스턴Stern처럼, 그렇기에 무절제하게unsternly) 게임game을 하는 사람들에 관한 이야기를 지어낸다." 이들은 형용사보다는 동사를 선호한다. "이야기가 분출하고 거품을 일으킨다." "유머 감각이 폭발한다." 또 때로는 '복잡성들'intricacies이라든지 '예리함들'acutenesses처럼 명사를 복수형으로 쓰기도 하고, "세부 요소들이 생쥐처럼 은신처로 숨어든다"처럼 추상적 표현과 구체적 표현이 뜻밖의 병치를 이루기도 한다. 요즈음 서평가들은 소설가의 재능을 직접 언급하기보다는 소설을 의인화하는 경향도 있다. "핸리의 소설은 그 무엇보다 어려운 기교를 안다는 듯 이야기를 끌고 나간다." 클리셰를 피해보려 애쓴 것이 가상하기는 하지만 그 결과 혼란스러운 표현이 탄생할 때도 있다. "시간의 이러한 매듭과 단절 속에서, 인내에 대한 흔치 않은 적응력은 트레버가 가진 대체 불가능한 상상력의 꾸밈없는 형태다."

당연히 서평의 결말은 소설의 결말과 다르다. 소설가는 인물에게 행복한 삶이라는 대가를 줄지언정 (또는 주지 않을지언정) 인물을 칭찬하거나 질책하면서 작품을 끝맺는 경우가 거의 없으니까. 그럼에도 우리가 서평가에게 바라는 바는 서평가 자신이 바라는 바와 얼추 비슷하다. 절제되고 두드러지지 않는 참신함, 소설의 장점에 대한 정교하면서도 정황적인 설명, 그리고 이에 대한 그럴싸한(아니, '진실한'이라고 해야 하려나?) 감상 말이다.

리어나드 마이클스·크리스토퍼 릭스 엮음, 『언어의 양태』, 1980년

나르시시즘과 그 불만

Narcissism and Its Discontents

결혼식 하객으로 캐스트리스에 머물던 이들 중에는 케너웨이라는 젊은 남자가 있었다. 그가 나를 바라보는 눈길을 보고 나는 그의 눈에 내가 예뻐 보이지 않는다는 사실을 알았다. 하느님, 제발 제가 어른이 되면 예뻐지게 해주세요.

세인트루시아섬의 수도 캐스트리스에서 이 결혼식이 열렸을 때 진 리스는 열두 살이었다. 여섯 살에 찍은 사진 속 그는 흰 드레스를 입은 아주 예쁜 아이였다. 3년 뒤 진 리스는 "내가 더 이상 그 모습 그대로가 아니라는 사실을 깨닫고 크게 실망했"고 썼다. "그때 나는 처음으로 시간과 변화, 과거에 대한 그리움을 알게 되었다. 아홉 살 때였다."

프랑지파니 꽃으로 엮은 화관을 쓰고 처음으로 입어보았던 드레스—"나는 그 마법 같은 드레스를 영영 잊지 못할 것이다"—의 기억은 그 드레스를 받았던 장소이자, 아버지가 앞으로의 재정을 낙관적으로 전망하던 시절 구입한 도미니카 언덕의 "너무나 아름답고, 거칠고, 외롭고, 외딴" 보나 비스타 저택에 관한 기억과 뒤섞인다. 진 리스의 가족은 얼마 지나지 않아 저택을 팔아야만 했고 "다시는 돌아가지 못했"으며, "보나 비스타 역시도 사라져버렸다".

진 리스는 아홉 살 이후로 크게 달라진 것이 없었다. 근본적으로 미학적인 상실감과 그칠 줄 모르는 막막한 심정이 리스의 글쓰기뿐 아니라 그의 삶, 어쩌면 그가 기록으로 남기고자 했던 만큼의 삶을 지배했던 것 같다. 장편과 단편을 막론하고 진 리스의 소설에 등장하는 여성 주인공들은 상황이나 재능에서 약간의 차이는 있을지언정 모두 몽상에서 깨어나지 못해 고달픈 이들이다. 그들 역시 자신의 문제점을 인식하고 있으나 세상은 그들에게 너무나도 가혹하고, 그들에게는 이를 타개할 '판단력'이 없다. 단편소설 「9월이 오기까지는, 페트로넬라」Till September Petronella에서는 이같이 판단력이 결여된 여성 주인공에게 한 젊은 남성이 다음과 같이 말한다. "내 조언을 가슴에 새기고 조금 더 뻔뻔해지도록 해요. (…) 너무 늦기 전에 말입니다." 딸을 그리 탐탁지 않게 여겼던 진 리스의 어머니는 리스가 스스로를 돌볼 능력이 없다며 걱정했다. "남들처럼 행동하는 법을 배우지 않으면 무슨 일이 일어날는지 도저히 상상도 안 되는구나."

진 리스가 어린 시절부터 다른 사람처럼 행동하길 어려워했던 데에는, 그가 애초에 다른 사람들이 어떻게 행동하는지 잘 알지 못했던 까닭도 있다. 그리고 어쩌면 이는 세인트루시아섬에 살던 흑인 거주민을 향한 그의 복잡한 감정 때문인지도 몰랐다. 어린 시절 그는 흑인이 되었으면 하는 마음으로 매일 밤 기도하고, 아침이 되면 "거울 앞으로 달려가 (…) 기적이 일어났는지 확인했다". 나중에는 흑인들의 삶을 부러워하며 "그들은 우리보다 나은 시절을 보내고 있었다"라고 했고, 또 가톨릭교도인 그들에게 "영생을 얻을 기회가 더 많"이 주어지는지도 궁금해했다. 하지만 무엇보다 그가 흑인을 부러워한 건 "우리보다 이곳에 더 깊이 소속된 이들"이기 때문이었는데, 진 리스에게 장소에 대한 소속감은 무척이나 중요한 것이었다. "너무나 아름다운 곳에서 어린 시절을 보내며 그곳의 아름다움을 보는 건 이상한 일이었다. (…) 나는 이 장소와 나를 동일시하고 그 안에 몰입하고 싶었다(그러나 이곳은 무심하게도 나를 외면했기에 나는 깊이 상심했다)."

세인트루시아섬은 그를 받아주지 않았고, 그가 아무리 간절히 바란들 흑인 거주민 역시 마찬가지였다. 『광막한 사르가소 바다』에서 리스는 백인 정착민을 불안에 빠뜨리고 이들을 미친 사람으로 만들어 쫓아내고자 하는 흑인들의 음모를 탁월하게 그려낸다. 리스의 어린 시절 기억 중 하나는 밤이면 바퀴벌레가 방으로 날아들어 "내 입을 물어뜯고 그 상처는 영영 아물지 않을" 거라는 등의 악랄한 농담을 일삼던, 사악한 마법사에 견줄 만한 흑인 간호사 메타에 대한 것이다. 메타가 그 집을 떠났을 때 리스는 이미 생긴 상처란 영영 복구되지 않을 것임을 직감하며 '이미 너무 늦었다'고 말한다. "메타는 나에게 공포와 불신으로 가득한 세계를 보여주었고 나는 여전히 그 세계에 있다."

이런 메타의 본모습을 리스의 가족은 알지 못했다. 리스가 느끼기에 가족은 심지어 흑인들이 자신들을 미워한다는 사실조차 몰랐다.

그들은 우리를 미워한다. 우리는 미움받고 있다.

불가능한 일이다.

아니다. 가능한 일이고 그것이 사실이다.

더 이상 어린아이가 아니었을 때에도 리스는 여전히 미움받는다는 감정을 강하게 느꼈다. 그리고 이 때문에 자신이 남들보다 세상을 더 명징하게 볼 수 있다고 여겼다.

진 리스의 아버지는 웨일스 출신 의사로 영국에서 날아오는 신문 말고는 아무것에도 관심이 없었으나, 기민하고 유능했던 어머니보다 리스에게 "친절하고 다정했다". "어머니는 내게 '너는 정말 별난 아이구나' 했다." 리스는 어머니로부터 그런 말을 꽤 자주 들었던 모양이다. 가족 관계가 다정했는지 (아니면 적어도 각별한 사이였는지)는 알 수 없지만 리스의 삶에서 그런 면모는 드러나지 않는다(그에게는 형제자매가 여럿 있었음에도 이들에 대해서는 거의 언급한 적이 없다). 그러나 단편소설, 특히 후기 단편소설과 무척 유사한 자서전의 짧은 장들에서 리스는 아름다운 풍경과 무서운 사람으로 가득했던 그 시절의 고립감을 털어놓는다. 백인 세계가 흑인 세계보다 따뜻한 것도 아니었기에(리스의 어느 여성 주인공은 "나는 이 빌어먹을 인류 모두가 너무 두려워"라고 했다), 그는 사람들의 환심을 사려 노력하기도 하고 외톨이로 지내기도 하던 중 가족이나 친구들 사고방식을 도무지 이해하기 어렵다는 걸 깨닫게 된다. 그리고 여기엔 그럴 만한 이유가 있었던 것 같다. 어쩌면 그는 세상과 맞지 않는 사람이었을지도 모른다. 하지만 그가 세상이 자신과 맞는 곳인지를 고민했는지는 분명 치 않다. 또 세상의 일부가 되지 못한다는 점이 그에게 마냥 괴롭기만 한 것도 아니었다. 리스는 친구가 되어보려 애썼던 한 여자아이에게서 모욕받은 경험을 묘사한 다음 이렇게 썼다. "나는 자발적 외톨이가 되는 편이 더 나았다."

이제 외모라는 곤란한 문제(그가 친해지고 싶어 했던 여자아이들은 역시 평범한 외모를 가졌다는 이유로 그의 선택을 받은 것이었다), 그리고 아무리 노력해도 타인의 호감을 살 수 없었다는 문제가 남는다. 리스의 소설을 연구한 토머스 스테일리는 그의 소설에 나오는 여성 주인공들이 "남성이 지배하는 부르주아 사회"의 손아귀에서 맞는 비극적 운명을 논하며, 이들을 "부정적 나르시시즘"—"배제적 대상화를 겪은 여

　　　　　　　　　　　　서평의 언어

성이 자기 자신에게는 정신적 에너지를 쏟지 않는 감정 상태에 이르는" 상황—의 희생자라고 일컫는다. 이런 고찰에는 (이 표현이 가리키는 것보다 더 노골적인) 의미가 있다. 진 리스가 자라난 세계에서 여성은 우선 예뻐야 하고, 그 뒤에는 연애 상대가 되었다가 결국은 결혼해야 한다는 기대와 마주한다. 그러나 케너웨이는 리스가 예쁘다고 생각하지 않았고, 그레그는 리스를 좋아하지 않았다("나는 앞으로 평생 그가 나를 생각할 때마다 혐오감에 작게 욕설을 뱉으리라는 것을 알았다"). "나는 어른이 되는 것이 두려웠다. 얼마나 구혼을 받을는지가 고민이던 때에, 구혼을 못 받으면 어쩌나 겁이 났다." 구혼을 받지 못할 수도 있다는 두려움 속에 여자아이들이 성장하는 세계란 해로운 부르주아의 세계라고 말할 사람도 있을 것이다. 그러나 진 리스는 세계를 그렇게 일축해버리진 않았다.

구혼을 받지 못하는 것보다 리스가 더 두려워했던 건 그런 모습을 남에게 보이는 일이었다. "울적해진다는 것은 그 울적함에 사람들의 요란한 웃음소리가 따라붙는 거예요." 『한밤이여, 안녕』에 등장하는 사샤 젠슨의 대사는 진 리스 소설에 나오는 모든 여성 주인공을 대변한다. 리스 가족이 살던 도미니카의 집 가족실에는 스코틀랜드 메리 여왕이 형장을 향해 가는 모습을 그린 그림이 걸려 있었다. "절멸을 향해 얌전하게 걸어가는 여왕의 오른발은 영원히 앞으로 내밀어진 상태였다." 그리고 리스는 여왕의 뒤를 따르는 군중이 "남성들이었다"며 이렇게 적는다. "그 뒤로 나는 그들의 가늘게 뜬 눈과 흡족한 표정을 종종 보곤 했다." 열일곱 살이 된 리스는 도미니카를 떠나 영국으로 향하면서 그곳은 틀림없이 지상 천국이리라 믿었다. 그러나 리스가 쓴 소설은 물론, 그의 인생에서도 희망은 산산이 부서지고 만다. 리스의 소설을 읽은 이들이라면 모두 알겠지만 영국은 일종의 절멸을 나타내는 공간이었다. 그곳은 춥고 흐리며 우쭐대는 적의로 가득했다. "나중에 나는 대개의 영국 사람은 혀 아래에 나를 찌를 칼날을 숨겨 다닌다는 사실을 알게 되었다."

진 리스가 1979년 사망했을 때에는 서인도제도에서 보낸 어린 시절을 그린 그의 자서전 1부만이 출판 준비를 마친 상태였다. 1907년부터 1920년 또는 1921년에 이르는 기간을 담은 2부는 이후 소설가 데이비드 플랜트가 구술 기록을 받아써 완성한 것인데, 그럼에도 가필은 거의 거치지 않았다. 3부는 1940년대에 쓴 일기에서 가져온 짧은 글로 이뤄져 있다. 2부는 1부에 비해서는 지루하지만 그 안에 담긴 사건들 자체는 충분히 흥미롭다. 케임브리지 퍼스 스쿨에 잠시 다니던 중 연기를 배우는 학생으로 또 그다음엔 코러스 걸로 지낸 시절, 첫 연애와 잇따른 불행, 군대 구내식당에서 일한 이야기, 그리고 전쟁이 끝난 뒤 파리로 건너가 거의 알지도 못하는 장랑글레라는 남자와 했던 결혼 생활. 이렇게 리스는 첫 네 권의 소설에 극히 잘 묘사돼 있는 허무하고 궁핍한 생활을 이어가기 시작했다. 잠을 많이 자고, 술도 마시고, 우울감에 사

서평의 언어

로잡힌 생활("만약 우울감이 사라졌다면 나는 그것을 그리워했으리라"). 리스는 아무런 의욕도 없이 운명이 이끄는 대로만 살아가면서 남자들이 찾아오기를 기다리고 또 그들을 떠나보냈다. 처음으로 출간한 단편소설에서 그는 '이브의 저주'라 할 만한 이 시절을 노골적으로 그려냈다. "아름다워지고자하는 끝없는 허기와 사랑받고자 하는 갈등", 이는 언제나처럼 그 자신을 표현한 말이었다.

리스가 여성 주인공들에게 고통의 극복을 허락한 적이 한 번도 없다는 건 안타까운 일이다. 하지만 리스의 운명은 소설 속 주인공의 운명보다는 너그러웠다. 그는 일기에 이렇게 적었다. "나는 글을 써야만 한다. 글쓰기를 그만둔다면 내 인생은 비참한 실패에 지나지 않을 것이다." 첫 연애가 끝나고 전쟁이 시작되기 전 리스는 잠시 궁색한 단칸방에 살게 된다. 그리고 이곳에서, 그의 표현에 따르자면 운명이 그를 이끌고 만다. 명확한 목적도 없이 그는 새 펜과 연습장을 여러 권 산 다음, 무언가에 홀린 사람처럼 근래 자신에게 있었던 온갖 일을 써 내려갔다. 그 뒤로 수년간 그는 이 노트들을 다시는 읽지 않았으나 그걸 버리지 않고 간직했다. "그것이 내가 운명을 믿는 이유 중 하나다." 이후에도 역시 운명의 이끌림에 따라 포드 매덕스 포드*를 만나게 됐으며 저 노트들이 『어둠 속의 항해』를 쓰는 데 바탕이 되었다"는, 그답지 않게 당당한 선언으로 리스의 자서전은

* 영국의 소설가이자 시인, 비평가로 《잉글리시 리뷰》와 《트랜스애틀래틱 리뷰》를 창간했다.

끝을 맺는다.

"아름다운 것은 무엇이든 슬픈 운명을 가지고 있는 걸까요?"『광막한 사르가소 바다』에서 냉소적인 로체스터는 이렇게 묻는다. 첫 번째 아내는 그렇지 않다고 대답하지만, 아름다웠던 그 아내는 슬픈 종말을 맞게 된다. 진 리스가 그려낸 여성들은 전부 외모에 집착했으나 그 외모의 덕을 보진 못했다. 페미니즘 시각으로 보면 적절치 못할 테고, 스테일리 교수의 '부정적 나르시시즘'과도 들어맞지 않는 주장일 테지만 아직까지도 뛰어난 외모란 좋게 쓰일 수도 나쁘게 쓰일 수도 있는 화폐인지도 모르겠다. 애니타 브루크너가 "벨 에포크의 유명한 난봉가"라고 일컬은 리안 드 푸지를 한 예로 들 수 있다. 리안 드 푸지는 프랑스에서 가장 아름답고 고상한 여성으로 거의 평생을 살며 창부로 승승장구하다가("국가의 재산인 리안"), 삼십 대 후반에 루마니아 왕자와 결혼한 뒤(결혼 이후에도 그의 방만한 생활은 여전했다) 결국은 하느님 품에, 어쨌거나 교회에 귀의했다. 메이미 핀저의 경우는 더 복잡하다. 아름다운 외모를 가진 유대인 여성 핀저는 1995년 필라델피아에서 태어나 열세 살에 학교를 그만두고 백화점에서 일하게 된다. 그곳에서 핀저는 여러 남성과 관계를 갖기 시작하는데, 이후 그가 고통스러운 삶을 살았을지언정 이 때문에 가난을 벗어날 수 있었다는 사실에는 의심의 여지가 없다.

『메이미의 편지들』편집자 중 한 사람의 지적대로 매춘은 상승의지의 한 형태다. 적어도 타락한 여성 또는 여성 전반을 갱생시키는 데 헌신하는 이들이 보기엔 불완전한 형태겠지만, 매춘부의 삶이 언제나 비극으로 끝나는 것은 아니다. 예쁘지만 무일푼인 젊은 여성으로서는 자신의 아름다운 외모가 이 세상을 살아가기 위한 자산이 된다는 사실을 부정할 이유가 없을 수도 있고, 뛰어난 외모 덕분에 정기적으로 상당한 소득을 올리며 살아갈 수도 있다. 장차 카사마시마 공작 부인이 될 크리스티나 라이트는 흔치 않은 미인이었는데, 그 어머니는 딸에게 남들이 하는 것과 크게 다를 바 없는 조언을 했다. "그는 다섯 살 때부터 어머니로부터 하루에 스무 번씩이나 '너는 미인 중의 미인이며 (…) 위대한 일을 하려 태어났으니 패를 잘 쓰기만 하면 부유한 남자와 결혼할 수 있을 것'이란 말을 들으며 자랐다." 역시 미국인이자, 칩스 섀넌에 따르면 "한때 세상에서 가장 아름다웠던 여성"인 글래디스 디컨은 말버러 공작과 결혼하는 것을 일생의 과제로 삼았다(물론 결혼하자마자 그를 극도로 혐오하게 되었지만 말이다). 다들 그렇다고 한다면, 이제 가능한 대안을 찾는 수밖에. 그리하여 런던으로 돌아간 진 리스는 일을 해서 돈을 버느니 차라리 남자에게 돈을 받는 길을 택한 것이다. 오늘날의 글래디스 디컨이라 할 만한 메이미 핀저는 신실한 기독교인 남성에게 '구원'을 받았는데, 그 기독교인은 남성들과 어울리는 것은 저속한 일이며 스스로의 가치를 떨어뜨리는 일임을 핀저에게 쉽사리 납득시켰으나 핀저가 다른 직업을 갖도록 설득해내진 못했다. 핀저는 이렇게 말했다. "나는 오전 6시

30분에 일어나 8시에 출근한 뒤 좁고 답답한 방에서 혐오스러운 사람들과 함께 밤늦게까지 일하고 주급으로 고작 6~7달러 남짓 받으며 살고 싶진 않아요! 전화만 걸면 마음 통하는 사람을 만나 오후를 함께 보내는 대가로 주급을 훌쩍 웃도는 돈을 벌 수 있는걸요." 어쩐 일인지 모르겠으나 요즈음에는 매춘이 쾌락을 위한 행위라는 낡은 관념은 사라지고 이제는 훌륭한 노동, 어쩌면 심리 치료이기도 하다는 새로운 관념이 생겨났다.

그러나 재산을 노리고 결혼하려는 것과 뛰어난 외모 사이의 연결고리를 보면, 경제적 필요라든지 부자가 되어 결혼을 잘 하고 싶다는 소망은 그저 일부분에 지나지 않는다. 이는 기대의 문제, 그리고 그 기대가 어떻게 충족되는가의 문제다. 뛰어난 외모만큼이나 '지력'으로도 유명했던 글래디스 디컨은 "나는 태어난 것이 아니라 발생한 것이다"라는 말을 남겼다. 이때 그는 이미 무척 나이가 들어 선택적 노망 증세까지 보이고 있었지만, 그가 보기에 인생의 법칙—생물학적인 것이건 사회적인 것이건—이란 자신에게는 적용되지 않는 것이었다. 디컨은 자연의 축복을 받은 외모를 타고났음에도 이를 한층 더 향상시키고자 콧등에 파라핀 왁스를 주입했는데, 자연의 복수였는지 그 왁스가 얼굴의 다른 부위로 퍼지고 말았다. '위대한 일을 하려 태어난' 디컨의 운명은 그럼에도 사그라지지 않았기에 그는 거울을 무척 많이 보았고(메이블 도지 루언은 글래디스가 "몇 시간씩 침대에 홀로 누워 제 아름다움을 감상하며 행복해했다"고 말했다), 그를 따르던 수백 명에 달하는 숭배자도 여전했으니 그중에는 프루스트, 몽테스키외, 베른슨, 호프만스탈, 그리고 독일 황제의 아들도 있었다. 디컨은 자신을 유달리 사랑한 만큼 타인을 격렬히 경멸했다. 타이타닉호가 침몰했을 때 그는 "천박한 여종업원"도 그렇게 많이 구조됐는데 자신의 친구 한 명은 죽었다는 사실에 경악을 금치 못했다. "그들이 얼마나 비명을 질러댔을지 귀에 선하지 않나요?" 디컨이 어머니에게 쓴 편지다.

디컨은 인생 말년에 자신의 표현에 따르면 "호소력 있는 개성"을 지닌 히틀러를 숭상하게 되었다. "작은 마을 출신인 그가 온 세상을 호령하게 되기까지 얼마나 고초를 겪었겠어요?" 디컨 역시 세상을 시끄럽게 한 사람이었다. 안타깝게도 말버러 공작과 결혼해 권력을 얻으려던 시도가 불만족스럽게 끝나고, 이후로는 나이가 들면서 점점 괴팍해지기만 했지만 말이다.

리안 드 푸지는 무솔리니 숭배자였다. "무솔리니가 있는 이탈리아가 부럽기 짝이 없어요! 우리나라 지도자들은 머리가 허옇게 센 기운 빠진 늙은이들인데." 겸양, 체면, 관습. 아름다운 여자들은 마치 인생을 거울에 비친 상에 걸맞게 살도록 되어 있는 양 각별한 어려움을 타고난 것만 같다. 메이미 핀저는 『메이미의 편지들』을 꾸린 보스턴 출신 패니 퀸시 하우에게 보낸 편지에 이렇게 썼다. "저는 뭐든 최고급이나 최하급이 좋아요. 출신이건, 영혼이건, 교육이건 이도 저도 아닌 사람이 있는 곳은 본능적으로 꺼리게 돼요." 이후 그는 몬트리올에 젊은 성노동자를 위한 쉼터를 만들며 자신이 거기서 가장 좋아하는 사람은 "'부르주아'와는 정반대"라고 묘사했다. 글래디스 디컨도 리안 드 푸지도 외모를 일종의 자격으로 여기는 본인의 행동을 제외하곤 '최하급'에 대해 별로 아는 바가 없었다. 리안 드 푸지는 이렇게 말했다. "저에게는 순수한 것과 방종한 것이 전혀 다르지 않아요." 글래디스 디컨이 극작가 장 지로두와의 약속에 한 시간 반이나 늦었을 때 지로두는 이것이 아름다운 여인을 기다리는 데 드는 "최소한의" 시간이라고 느꼈다. 이들에 비하면 진 리스는 불행한 허무주의자였다. "나는 이방인이고 언제나 그럴 테지만, 어차피 신경 쓰지 않았다." 그가 만들어낸 주인공들 역시 신경 쓰지 않은 면에서는 같았기에, 이들은 앞서 언급한 당당하고 화려한 두 여성만큼이나 변덕을 부리며 살아갈 수 있었다.

지금까지 언급한 모든 여성의 삶에서는 남성의 존재감이 두드러지는 동시에 전혀 없기도 하다. 진 리스는 오랜 기간 정서적으로나 경제적으로나 남성에게 온전히 의지하는 삶을 살았다. 그러나 그가 남성과 함께하기를 즐겼다는 증거는 어디에도 없다. 진 리스에게 남성은 구혼자이자 희생자, 칭찬을 해주는 사람이자 선물을 사주는 사람 역할을 하며, 리스 자신이 필요로 했던 대로 그의 존재를 의식해주었을 뿐이었다. 리안 드 푸지는 프랑스에서 가장 값비싼 진주 목걸이를 선물받은 것으로 유명했지만, 그가 기록한 것 가운데 가장 육감적인 장면은 다른 여성과의 사이에서 일어난 장면이다. "3시경 플로시(그의 기록에 상당히 자주 등장하는 나탈리 바니)가 도착했다. 우리는 꽃향기에 휩싸인 채 누워서 휴식을 취했다. 플로시가 나를 끌어안자 (…) 우리 둘 다 그 부드러운 감촉에 놀라 멍해지고 말았다." 리안 드 푸지가 "남성들이 있을 때면 (…) 초조했다"고 주장한 것을 뒷받침할 증거는 거의 없지만 그가 남성을 타자로 인식했던 것은 분명하다. 말년에 그는 예수를 영접하며 약간 곤란을 겪기까지 했다. 어느 날 밤 그는 예수를 향해 이렇게 말했다. "예수님의 생애를 떠올리면 예수님 안에서 너무나 많은 남성이 보여 주저하게 됩니다." 메이미 핀저는 비록 남성들 안의 남성성에 주춤하진 않았으나, 상류계층 여성인 하우 부인과 편지를 주고받는 내내 그에게 강렬한 애착을 보였다. 스테일리는 냉랭한 성품의 진 리스조차 여성들과 함께할 때 가장 행복해했다고 주장했다.

나와 닮은 자여, 내 자매여Mon semblable, ma soeur……■ 오늘날 세상은 보다 포괄적인, 남성들의 자만과 여성들의 연대라는 더 큰 틀 안에서 외모에 대한 설득력 있는 반론을 펼치는 자매들로 가득하다. 그러나 이는 여성들의 자만과 남성들의 연대라는 문제를 간과함으로써 여성에게 부당한 대우를 하고 있는 건지도 모른다. 일부 래디컬 페미니스트들의 주장대로 성평등을 위해 아름다운 외모라는 관점 자체를 폐기한다 한들, 모두가 반드시 행복해지진

■ 보들레르의 『악의 꽃』에 등장하는 "나와 닮은 자여, 내 형제여"라는 구절에서 착안한 것이다.

않을 것이다. 심지어 나르시시즘조차도 그 불만에 상응하는 보상이 있으니까 말이다. 리안 드 푸지와 글래디스 디컨의 친구들은 대개가 예술가였고("그는 엡스타인을 찾아와 함께 예술을 논해달라고 간청했다"), 두 사람은 이들과 어울리며 부르주아 세계에 대한 경멸이며 외모에 대한 유별난 헌신을 화제로 대화를 나눴다. 어쩌면 외모라는 감각과 예술이라는 관념 사이엔 모종의 관계가 있는지도 모르겠다. 스테일리는 진 리스가 "이 시대에 여성으로 살아간다는 것이 무엇인지"를 "총체적으로" 이해하고 있었다며 상찬했으나, 사실 그는 진 리스라는 사람을 극히 제한적으로만 이해하고 있을 뿐이었다. 리스는 스스로를 아름답게 묘사한 나르시시스트였기 때문이다.

《런던 리뷰 오브 북스》 1981년 8월 6일

죽음과 소녀

Death and the Maiden

앨리스 제임스가 마흔셋의 나이로 런던에서 세상을 뜨기 전 유일하게 안타까워한 것은 자신의 죽음을 알고 또 알리는 기쁨을 누리지 못하리라는 사실뿐이었다. 앨리스의 죽음을 대신 알린 사람은 그가 가장 좋아하던 오빠 헨리 제임스였다. "저는 오후의 햇빛을 조금 더 들이려 창가로 갔고, 침대로 돌아왔을 때 누이는 다음 숨으로 이어지지 않는 그 숨을 이미 쉰 뒤였습니다." 헨리는 미국에 있는 큰형 윌리엄에게 오늘날의 유행대로 마치 화성인에게 죽음을 설명하듯 이런 편지를 썼다. 죽음이라는 사건 앞에서 자기가 할 수 있는 최선을 다한 앨리스는 바로 전날 윌리엄에게 작별의 전보를 보냈는데, 훗날 헨리가 확인해준 바에 따르면 그럼에도 윌리엄은 누이의 죽음이 그저 망상일지 모른다고 생각했다. "그 애의 신경증적 기질과 고질적인 활기 부족은 환각이라는 속임수가 펼쳐지는 경기장에 불과하다." 앨리스가 이룬 가장 위대하고도 하나뿐인 업적을 앗아가려는 것은 참으로 윌리엄다운, 또는 앨리스가 생각하는 윌리엄다운 일이었다.

앨리스는 1892년 3월 사망했다. 그는 지난해를 돌아보며 일기장에 오빠들이 쓰거나 출판한 책에 대해 기록하면서 이렇게 덧붙였다. "한 집안에서 이룬 것치고 나쁘진 않다. 특히 내가 자살까지 한다면 말이다." 제임스 집안 사람들은 죽음을 생각하거나 죽음을 가까이하는 일을 한껏 즐겼다. 누이가 죽어가고 있다는 사실을 알고 윌리엄이 앨리스에게 보낸 편지엔 이렇게 적혀 있다. "네가 육체를 벗어난다면, 분명 해방된 힘과 생명력이 폭발했다가 끝내는 빛을 잃고 사그라질 것이다." 이 이야기는 그들의 아버지가 준 교훈이었다. "우리는 모두 아버지로부터 죽음이 유일한 진실이고 삶이란 단지 실험에 불과하다는 가르침을 받았습니다." 막내아들 로버트슨 제임스가 어머니의 타계 후에 한 말이다. "우리는 예전보다 더욱 어머니와 가까이 있다는 느낌이 드는데, 순전히 이건 우리가 경쾌하게 다가가고 있는 그 목표 지점에 어머니가 이미 다다랐기 때문입니다. (…) 지난 2주간은 (…) 그 어느 때보다도 행복했습니다." 제임스 집안에서는 죽음을 극히 고귀한 일로 여겼기에, "이 특별한 일"이 자기네 가족 일원이 아닌 사람에게 일어나는 것을 과분하다 생각할 때마저 있는 듯했다.

제임스 집안 일원으로 사는 건 간단한 일이 아니었고, 다섯 명의 자녀는 누가 봐도 분명하게 갈렸다. 윌리엄과 헨리라는 성공한 두 아들, 윌키와 로버트슨(그는 자신이 주워 온 자식 같다고 말한 적이 있다)이라는 성공하지 못한 두 아들, 그리고 성공한 동시에 그렇지 못하기도 한 막내이자 고명딸 앨리스. 자식들의 삶이 간단치 않았던 주된 원인은 아버지에게 있었다. 아버지 헨리 제임스는 어린 시절부터 청년기까지 부친의 엄격한 아일랜드 칼뱅주의에 시달렸고, 이를 멸시하면서도 두려워하다가 결국 제 아버지를 정면으로 부인하는 그런 아버지가 되었다. 부친이 규율을 강요했다면 그는 자유를 강요했으며, 부친이 냉랭하고 권위주의적이었다면 그는 다정하고 너그러웠다. 제임스 집안 자녀들에게 허락되지 않은 유일한 권리는 불행할 권리였다는 말이 있지만, 그들은 자기 자신을 나쁘게 생각하는 것 역시 허락받지 못했다. 만약 자녀들이 그런 생각을 한다면 이는 아버지의 철학이 금하던 바, 즉 제임스 가문 내 악의 존재를 인정하는 셈이 됐기 때문이다. 진 스트라우스는 앨리스의 삶을 다룬 탁월한 평전에서 이런 지나친 긍정적 사고가 제임스 집안 자녀들에게 안겨준 곤혹을 지적했다. "순수하고 선하다는 것은 자신의 본성이 가진 어두운 면을 알지 못한다는 걸 의미했다. 사랑하고 사랑받으려면 (…) 특정한 종류의 앎과 느낌을 단념해야 했다." 그리고 이를 감당하기 위해 앨리스는 사실상 그 밖의 모든 것을 단념해야 했다.

아버지 헨리 제임스의 기이한 철학은 스베덴보리가 택한 유별난 노선에서 유래한 것이었다. 아버지 헨리는 1844년 영국을 방문했다가 훗날 그가 스베덴보리식으로 '황폐'vastation라 표현한 "완전히 정신 나간 극도의 공포"를 경험했고, 이로 인해 신의 자비와 인간의 영적 능력에 대한 새로운 믿음을 얻게 되었다. 그가 신앙을 업으로 삼은 건 그때부터였다. 이후 아버지한테 제대로 된 직업이 없다는 사실에 걱정이 된 아들 헨리가 학교에 가서 다른 아이들에게 아버지의 직업을 뭐라 말해야 하느냐고 묻자, 그는 이렇게 대답했다. "철학자라고 하려무나. 진실을 찾는 자, 동류를 사랑하는 자라고 말이다." 어린 헨리는 "참담하게도 (…) 자신의 존재를 만든 자가 항만노동자 일을 하고 있다"고 했던 친구를 내내 질투의 눈길로 바라보았다. 아버지 헨리의 철학은 세계 전반에 그리 큰 인상을 주지 못했으나(윌리엄 딘 호웰스는 그가 자신의 저서 『스베덴보리의 비밀』The Secret of Swedenborg을 '간직했다'고 말했다), 당신 아버지의 칼뱅주의가 그랬던 것처럼 자녀들의 인생을 지배했다. 자녀들 중 그 누구도 이를 완전히 거부하지는 않았다.

그는 자식들에게 야심 찬 기대를 품었으나, 그가 요구한 것은 뭐라 꼬집어 말할 수 없는 어떤 것이었다. 그는 성취나 성공이 아니라 "그저" 그들이 "무언가로 존재"하기를, 불특정하리만큼 일반적이며, 느슨하게 번역하면 '흥미로운'이라고 할 수 있는 존재가 되기를 바랐다. 자식들은 다방면에 걸친 교육을 받았는데, 아버지의 표현에 따르자면 "감각적인" 이 교육은 정신을 훈련하기보다는 감성을 발달시키기 위한 것이었으나, 훗날 앨리스도, 윌리엄도, 자신들에게 과연 감성이 있는지에 관해 의문을 품었다. 앨리스는 만약 자신에게 감성이 존재했더라면, "때때로 두뇌의 공백을 잠재적 가능성이라는 기분 좋은 감각으로 채워주는 격렬한 정신적 헛배부름을 (…) 내게서 앗아갔을 것"이라는 생각으로 스스로를 위로하곤 했다.

'잠재적 가능성이라는 기분 좋은 감각'이야말로 그들의 아버지가 자식들에게 바란 것이었으며, 자식들이 자라자 아버지는 이들이 어느 한 가지 활동에 정착하지 못하게끔 무진 애를 쓰며 막아섰다. 가문에 돈이 있다는 사실, 그래서 아버지가 일하지 않아도 되었다는 사실은 자식들의 선택을 더 어렵게 했다. 『아들과 형제에 관한 기록』Notes of a Son and Brother에서 헨리는 아버지가 품었던 기대를 압축해 보여주는데, 이때 그의 문장에 담긴 태도가 그 아버지의 정신적 태도를 빼닮았다는 사실 또한 부수적으로 드러난다. 아들 헨리의 소설이 아버지 헨리의 스베덴보리주의를 정교히 따온 것이라는 주장은 또 별개의 얘기고 말이다. 아버지가 원한 것은 "특정 행위와 연관되지 않은 무언가, 자유롭고 구속되지 않은 무언가, 한마디로 무엇―무엇이건 간에―으로 존재하는 것보다 세련된 무언가"라는 것이 아들 헨리의 말이었다. '무엇'이 그렇게 힘든 일이 아니었다면 더 좋았을 텐데.

아버지의 위대한 계획에서 앨리스가 어떤 위치를 차지

했는지는 분명치 않다. 앨리스는 자신이 "아내이자 어머니의 정수"라는 찬사를 보낸, 그러나 그 밖에 다채로운 미덕은 없었던 것 같은 어머니보다 아버지와 훨씬 가깝게 지냈다. 아들 헨리는 어머니 메리 제임스의 "천사"였던 데 반해, 어머니가 딸에게 특별한 관심을 보였다는 증거는 어디에도 없다. 앨리스는 어머니와는 다르게 상상력이 있고 영민하여, 아버지 헨리는 본인 말마따나 "아비의 위트를 물려받은" 이 딸을 곁에 두고 싶어 했다. "그 아이의 존재는 제 아버지에게 티 없는 햇살이다"라고 어머니는 말했다. 그러나 아버지가 가족과 함께 처음엔 유럽을, 그다음에는 이런저런 나라를 떠돌며 오빠들에게 알맞은 환경과 학교를 찾아주는 동안 앨리스는 그저 집안에 앉아 이런저런 것을 조금씩 배우며 주어진 환경을 받아들일 뿐이었다. 아버지는 앨리스의 영리함을 기꺼워했지만 이를 북돋워줄 만한 일은 거의 하지 않았으며, 앨리스는 자신의 역량을 강렬하게 감지하는 한편으로 아무도 이 능력을 원치 않는다는 것 역시 그만큼 강렬하게 느끼면서 인생 대부분을 살았다.

아버지 헨리가 여성의 삶에 대해 지닌 생각이 전통적인 관념과 구별되는 부분은 딱 하나였다. 그는 여성들이 너무나 뛰어나기 때문에 아무것도 해서는 안 된다고 보는 사람이었다. "그 아이는 여자이기에 그 어떤 품위 있는 교육에도 걸맞지 않다. 배움과 지혜는 그 아이한테 어울리지 않는다." 제 오빠들과는 달리, 영리한 딸 앨리스는 영리한 머리를 그 어디에도 활용해서는 안 되었다. 그렇다면 앨리스는 자기 어머니라든지 한집에 있는 이모처럼 살아야 했던 걸까? 릴라 캐벗은 당돌하게도 이들을 "화려하게 차려입은, 덩치 크고 우둔해 보이는 여인들"이라 묘사하며 "평범성의 현신 그 자체"라고 평했다. "오, 앨리스, 너는 정말 무정하구나." 아버지는 앨리스에게 이런 말을 한 적 있었는데 수년이 지난 뒤에도 앨리스는 자꾸만 그 말이 마음에 걸렸다. 성정이 유순하지 못한 것, 여성성이 없는 것은 그의 흠결이었다. 가족은 앨리스더러 도덕성이 높다고 했다. 이 말인즉슨 그가 지나치게 도덕적인 칼뱅주의 정신의 소유자라는 의미였다. 슬픈 사실은, 앨리스 제임스의 편지가 담긴 루스 예젤의 섬세하고도 지적인 평전을 보면, 아버지가 생각하는 의미로서의 '여성'―"개인적 애정의 형상화"이자 남성을 사랑하고 축복하는 존재―이 아니었던 앨리스, 아무것도 하지 않았으며 실제로 삶의 대부분을 삶이 끝나길 바라면서 살아간 앨리스야말로 자식들이 그저 무언가로 **존재해야** 한다던 아버지의 이상을 가장 근접하게 실현한 자식이었다는 것이다.

앨리스는 사춘기 이전부터 죽음을 생각하기 시작했다. "나는 열두 살에서 스물네 살 사이에, 누군가의 말을 빌리자면 '자신을 죽이는 일', 무채색 옷을 입고 잔잔한 물가를 걸어 다니며 영혼을 고요하게 두는 일에 매진해야 한다는 사실을 뼛속 깊이 받아들이느라 상당히 분투했다." 이는 앨리스가 마흔 살부터 쓰기 시작한 일기에 나온 말인 만큼, 성인기의 삶에 의해 왜곡된 기억일 가능성도 있다. 그러나 앨리스가 열일곱 살이었을 때, 브라질 여행을 가 있던 윌리엄이 헨리와 앨리스에게 안부 인사를 전하며 이렇게 물은 적이 있다. "앨리스는 여전히 죽고 싶어 하니?" 어쩌면 단순히 앨리스의 눈에는 자기 앞날이 보이지 않았던 것인지도 모른다. 나머지 가족 구성원들의 현실을 규정하는 역할을 자처한 아버지는 앨리스에게 미래를 주지 않았고, 어머니는 부적절한 역할 모델이었다. 게다가 앨리스는 어머니와 달랐다. 『헨리 제임스의 생애』Life of Henry James에서 리언 에델은 앨리스를 가족의 피해자라기보다는 시대의 피해자로 보고 이렇게 말한다. "오늘날이었다면 앨리스는 테니스를, 수영을, 조정을, 스키를, 운전을 배울 수도 있었을 것이다." 그 어떤 시대라 해도 헨리가 자신의 곤혹을 극복하고자 스키를 타는 모습은 상상하기 어렵다. 그러나 에델이 나아가 주장하는 바대로 앨리스가 가족으로부터 떨어진 삶, 아내이자 어머니가 되는 것 외의 직업을 생각할 수 있었더라면, 앨리스 자신이 표현했듯 "소파에 사슬로 묶인 채" 그리 오랜 세월을 보내지는 않았을 것이다. 앨리스는 죽어가며 윌리엄에게 이런 편지를 썼다. "내가 죽거든, 나를 신경과학이 탄생했더라면 다른 무언가가 될 수 있었을 존재로만 생각지 말아줘요." 당당하고 기개 넘치는 동시에 선견지명을 담은 말이다. 정신분석이나 신경안정제의 시대에 그의 삶이 어떠했을지를 생각해보는 건 아무 의미 없으니 말이다.

제임스 가족은 1860년 유럽에서 돌아와 다시금 뉴잉글랜드의 삶에 정착하여 처음에는 뉴포트, 그 뒤에는 보스턴, 마지막으로 케임브리지에 터를 잡았다. 앨리스는 학교에 가고 친구를 사귀고 승마를 배우고 수영을 하고 항해를 했는데, 이는 에델의 처방과 일치하는 활동들이다. 그러나 이곳은 "뉴포트의 회색빛 낮은 하늘 아래"였기에 앨리스는 무채색 옷만 입기로 했다. 이때부터 가족들의 편지에는 알 수 없는 고통과 탈진에 얽매여 "벌떡증에 시달리는" 앨리스가 등장하기 시작했고, 몇 년 뒤 앨리스에 대한 언급은 거의 항상 그의 건강 상태에 관한 것이 되어버렸다. 에머슨 집안으로부터 며칠간 그 집 딸들과 시간을 보내달라며 초대를 받았을 때, 앨리스는 지나치게 흥분하는 바람에 초대를 거절해야 했다. 19세기의 다른 유명한 병약자들처럼, 그리고 당연히 유명하지 않았던 병약자들과 마찬가지로 앨리스는 병 때문에 자신의 선택지를 제한하기 시작했다. 헨리가 1889년 여동생을 두고 했던 "그 애는 아무 일도 일어나지 않을 때만 버틴다"라는 말은 어쩌면 앨리스의 전 생애를 아우르는 설명인지도 모르겠다.

1860년대, 앨리스의 오빠들이 집을 떠나 무언가를 해야 한다는 필요성을 마주하자 제임스 집안에는 "긴장감"이 흘렀다. 손아래 두 형제는 남북전쟁에 참여하며 제임스 집안답지 않은 모호하고도 실패로 가득한 삶을 향해 떠나갔지만, 결국 병과 절망이 담긴 편지를 집으로 보내왔다. 한편 장남인 윌리엄과 차남인 헨리는 모두 집을 떠날 상황이 아니었고, 특히 윌리엄은 앞으로 근 17년간, 사실상 결혼 전까지 지속될 침울성심기증에 빠져 있었다. 그런 그들의 아버지는 자식들이 아프거나 곤혹스러울 때면 자식들을 더 사랑했으며("우리 아이들이 굴종하는 모습을 볼 때만큼 내가 희망과 기쁨으로 차오르는 순간은 … 없다"), 앨리스가 점점 더 강하게 아픔을 호소할수록 그가 아버지의 관심에서 차지하는 비중도 높아졌다. 헨리 제임스는 『비둘기 날개』 서문에 이렇게 썼다. "태곳적부터 죽음이나 위험에 시달리는 것은 (…) 흥미로운 상태로 향하는 가장 빠른 지름길이다." 앨리스 본인이 아무리 매도하려 한들 그의 육체는 그의 정신이 하지 못한 일을 해냈으니, 그건 바로 앨리스를 '흥미로운' 존재로 만든 것이었다.

1866년 열여덟 살이 된 앨리스는 뉴욕에서 6개월을 보내며 '운동요법'이라는 명칭의 신경증 치료를 받았다. 이는 대부분 근육에 자극을 주는 신체 운동과 마음을 가라앉히고 정신이 번쩍 들게 하는 강론으로 이루어진 치료법이었다. 그리고 1년 반 뒤 앨리스는 첫 신경쇠약을 겪었다. 신경쇠약 상태는 몇 달간 지속되었지만, 가족은 이를 지극히 고결하게 견뎌낸 앨리스를 칭찬했다. 불행한 오빠들은 차례차례 어머니로부터 "구제 불능"이라는 비난을 받았으나 앨리스는 용감하다는 칭찬을 받았다. 메리 제임스는 불행한 아들 로버트슨에게 "우리 딸이 자신에게 주어진 짐을 감당해낸 불굴의 용기는 진정 아름답다"는 말이 담긴 편지를 보내기도 했다. 앨리스의 고결한 도덕성이 마침내 그 작동을 허용하는 장에서 드러난 것이다.

서평의 언어

20년 뒤, 이제는 하버드대학교 철학 교수가 된 윌리엄이 프랑스 의사 자네가 쓴 히스테리 연구 논문과 관련해 발표한 글을 읽은 앨리스는, 십 대 후반 자신이 겪었으며 "히스테리의 난폭한 굽이들"이라는 딱 맞는 표현으로 이름 붙인 상태에 관하여 일기장에 기념비적 서술을 남겼다.

> 내가 서재에서 별안간 난폭하게 찾아오는 격랑과 함께 꼼짝도 하지 않고 앉아 책을 읽으며 (…) 그 무수한 형태 중 일부를 받아들이고, 스스로를 창밖으로 내던지거나, 은빛 수염을 기른 채 책상에 앉아 글을 쓰고 있는 온화한 아버지의 머리를 깨부수고 싶은 것 같은 상태를 받아들일 때면, 나와 광인의 유일한 차이라고는 나에게는 광증이 주는 공포와 고통뿐 아니라 의사, 간호사 그리고 구속복이 내게 부과한 책무들도 있다는 점이 전부인 것처럼 느껴졌다.

배 속 깊은 곳이, 손바닥이, 발바닥이 각각의 발증을 겪는 와중에 앨리스의 정신은 그에게 일어나고 있는 일의 영향을 받지 않으면서 이를 멈출 수도 없는 "선명하고 활력적인" 상태를 유지했다. 어머니는 이렇게 관측했다. "그 애의 정신은 전혀 개입하지 않는 것으로 보인다." 진 스트라우스는 샤르코가 이야기한 히스테리의 '아름다운 무심함'을 넌지시 암시하지만, 이는 금욕주의자의 건강한 무심함이었을지도 모른다. 앨리스가 이후에 살아간 삶을 생각하면 금욕주의 쪽으로 결론짓고 싶은 생각도 든다.

"앨리스는 빈둥거리느라 바쁘단다." 앨리스가 회복하자 메리 제임스는 헨리에게 이런 편지를 썼다. 그 뒤 10년 동안 앨리스의 삶은 병세가 나빠졌다 회복되기를 반복했는데, 그 두 가지가 앨리스의 주업이었던 것이다. 몸 상태가 좋을 때면 앨리스는 케임브리지 지식인들의 누이나 딸들과 어울려 자전 거를 타고 수다를 떨고 소풍을 갔고, 이들이 종종 유럽으로 떠날 때는 격정적이며 센티멘털한 편지를 보냈으며, 바느질 모임이나 아마추어 연극에도 참여했다. 때로는 집과 부모를 벗어나 짧은 휴가를 떠날 수 있을 만큼 건강해지기도 했다. 그렇게 1872년 앨리스는 헨리, 그리고 이모 케이트와 함께 유 럽에서 의기양양하게 여름휴가를 보내기도 했다. 이따금 아 팠지만, 또 에델에 따르면 앨리스를 걱정하느라 헨리의 즐거 움이 줄어들긴 했지만, 앨리스의 삶에서 즐거웠다고 할 만한 순간은 오로지 그때가 전부였다. 5년 뒤 앨리스는 한 친구에 게 이런 편지를 썼다. "내가 해외에서 보낸 그 여름을 자꾸만 생각한다는 사실을 문득 자각할 때마다 무서워." 이런 기쁨 은 자신의 감성이 오빠들보다 결국은 그리 열등하지 않다는 깨달음에서 얼마간 나온 것이었다. "나 역시도 '감성적인' 사 람이라는 걸 깨달았을 때 얼마만 한 환희를 느꼈을지 상상해 봐." 앨리스가 케임브리지로 돌아왔을 때 가족들은 그의 열 의와 생기(윌리엄은 앨리스가 모든 면에서 "활력적"이었다고 했 다)에 감명을 받고 "이 여행은 앨리스에게 모든 면에서 좋은

서평의 언어

일이었다"고 결론지었다. 그러나 다시금 이 경험을 선사해줄 수는 없었다. "또다시 그곳으로 가서 더 오래 지내다 오는 게 그 애가 가장 기뻐할 일일 거야." 메리 제임스는 헨리에게 보낸 편지에 이렇게 쓴 다음, 당연히 "아버지가 살아 계시는 동안에는 불가능"할 것이라고 덧붙였다. 진 스트라우스는 앨리스의 아버지가 "딸이 독립하여 얻을 기쁨을 위해 딸과 함께 하는 기쁨을 희생"할 리가 "없었다"고 했다.

스트라우스가 아버지 헨리 제임스, 그리고 그와 공모한 어머니를 바라보는 암울한 관점은 눈길을 끈다. 오래지 않아 독자는 아버지 헨리의 강압적인(스트라우스라면 이기적이라고 표현했을 것이다) 사랑과 독특한(마찬가지로 이기적인) 사고가 여러 면에서 앨리스의 운명을 힘들게 했다는 생각을 떨치기 어려워진다. 이를 프리츠 랑식으로 바라볼 수도 있을 텐데, 부모의 사망 전까지 앨리스의 삶이 주로 부모의 시선을 통해 제시된다는 점에서 더욱 그렇다. 그가 어떤 사람이었느냐가 아니라, 부모가 그를 어떤 사람으로 이야기했느냐, 즉 부모가 그를 무엇으로 만들었느냐가 중요해지는 셈이다. 이는 어느 정도 우리가 참조할 수 있는 문헌들에 따른 것이기도 하지만, 앨리스에게 이런 아버지가 미친 영향에 대한 스트라우스의 무척이나 설득력 있는 의견에도 부합한다(앨리스에 관해 에델이 쓴 글을 보면, 마치 두 작가가 묘사하는 부모는 각각 다른 이들인 것 같은 느낌이 들지 모른다). 물론 앨리스의 문제를 바라보는 관점이 프리츠 랑식 관점만 있는 것은 아니며, 스트라우스 역시 오로지 이 관점만을 취한 것은 아니다. 스트라우스는 앨리스가, 특히 그의 건강이 당대와 맺고 있던 관계를 훌륭하게 그려냈다. 그럼에도 스트라우스의 책에 등장하는 앨리스가 희생양이라면, 예젤의 글에 등장하는 앨리스는 자기 자신의 천적이라 하겠다.

앨리스의 건강 상태에서 (아직까지는) 그리 특이할 점이 없었다. 또 이런 종류의 신경쇠약을 일으키는 다양한 원인들은, 19세기 후반 그 쓸모없음 면에서 바닥을 친 유복한 젊은 여성의 사회사에서도 찾을 수 있고, 한편으로는 신경학이라는 새로운 과학을 통해 완전히 신체에만 국한된 것도 정신에만 국한된 것도 아닌 질병을 이제 막 해소하기 시작한 의학사에서도 찾을 수 있다. 히스테리는 여성이 겪는 고통이라는 인식이 있었으나 대체로 신경학자들의 이해는 거기서 그쳤다. 탁월한 위어 미첼조차도 "(히스테리에) 미스터리라는 이름을 붙여도 되었을 것"이라고 할 정도였으니 말이다. 여러 의사가 낙관을 가지고 다양한 치료법을 고안했으며 앨리스도 이 중 많은 방법을 시도해보았으나, 그 대부분은 앨리스가 뉴욕에서 처음으로 만난 의사인 찰스 테일러의 것과 마찬가지로 육체에는 자극을 주고 정신은 진정시켜야 한다는 관점에서 만들어진 것이었다. 얼마 지나지 않아 지나친 교육은 여성에게 해롭다는 얘기가 돌았는데, 대부분의 신경학자들이 실제로 그렇게 말했다. 테일러는 이런 글을 썼다. "참을성, 신뢰성, 지시를 수행하는 실제 판단, 자기통제를 연구할 수 있도록, '교육'을 지나치게 많이 받지 않고 현모양처가 되고자 하는 어린 여성을 나에게 데려다 달라. (…) 이런 여성들은 남성들의 어머니가 될 능력이 있다." 진 스트라우스는 앨리스의 일기장에 등장한 히스테리 발작이 마치 그가 두뇌를 사용할 때에만 일어나는 양 아버지의 서재 또는 공부방에서 일어났다는 점을 지적한다. 한편으로 이는 앨리스가 발작 때문에 가장 괴로워했던 때일 가능성도 있다. 이유가 무엇이건 앨리스는 "의식적이고 지속적인 두뇌 활동"은 "불가능한 운동"이라 결론 내렸고, 이로써 우연히, 어쩌면 그리 우연은 아니게도 아버지와 의사가 옳다는 것을 증명했다. 사고란 여성에게 어울리지 않는 업이라고 말이다. 앨리스의 병에 대한 스트라우스의 상식적이면서도 자매애가 느껴지는 설명에는 프로이트였다면 집어넣었음직한 해석은 등장하지 않는다. 반면 예젤은 앨리스의 증상과 프로이트의 유명 환자들 일부가 앓던 증상의 유사성을 지적하는데, 이는 상당히 적절해 보여서 앨리스의 고통에 강렬한 성적 요소가 없었다는 점이 믿기지 않을 정도다.

이십 대를 지나며 알고 지내던 여성들 중 약혼하는 이가 점점 늘어나자, 앨리스가 몇 남지 않은 결혼하지 않은 친구들에게 보내는 편지에는 심술궂은 말이 담기기 시작했다.

지난번 무슨 얘길 들었는지 아니? 그 지독한 러버링 자매들한테 구혼이 끊이질 않는다나.

우리끼리 하는 이야기인데 그 남자가 그 여자한테 원하는 게 뭔지 짐작 가? 넌 돈이라고 하겠지만 어차피 그 여자한테는 그만한 권리도 없는 데다가 그 애 어머니는 50년은 더 살걸.

사지(릴라 캐벗과 결혼하기로 한 남자)는 가마우지처럼 그 애를 통째로 삼켜버릴 텐데, 그 애가 몰락해가는 걸 보면 그게 어렵지도 않을 테니 생각해줄 필요도 없을 거야.

잠깐 동안 앨리스는 한두 명의 남자를 짝사랑하기도 했으나 상대는 그에게 관심이 없었기에 구혼은 받지 못했다. 스트라우스는 앨리스가 자신의 가치를 알아보지 못하는 "매력 없는 젊은이들"에 대해 저 홀로 농담하던 와중에, 가족들 역시 앨리스의 결혼을 적극적으로 밀어붙이지 않았다고 본다(너무 섬세해서? 아버지가 마음에 안 들어 해서? 독신으로 살게 너무 뻔해서?). 그에게 수작을 건 남자는 오빠인 윌리엄뿐이었다. 윌리엄과의 로맨스—적어도 로맨스로 보였고, 여기서 얼마만큼이 아이러니인지 구분하기는 어렵다—는 앨리스가 어릴 때부터 시작된 것으로, 가령 1870년대까지도 윌리엄은 애정 어린 암시가 듬뿍 담긴 편지 속에서 누이를 "스위틀링턴"sweetlington, "사랑스러운 미녀"beloved beautelet▪라 부르고 있었다. 하지만 1878년 앨리스가

▪ 별 의미 없는 귀여운 어감의 애칭들이다.

서른이 되었을 때 윌리엄은 (헨리의 말에 따르면) "뉴잉글랜드 여성들' 중 '비할 데 없는 모범'"인 또 다른 앨리스와의 약혼을 발표했다. 윌리엄의 첫 앨리스는 결혼식에 참석하지 못했다. 또다시 무너지고 만 것이다.

이번에도 앨리스는 신체적 증상을 겪었다. 배 속에선 "뱀 무더기가 똬리를 틀었다가 풀기를 반복"하고, 다리는 힘을 잃어 1년 뒤에도 제대로 걷지 못했다. 이제 앨리스는 첫 번째 신경쇠약 발작 때보다 훨씬 더 불행해했으며, 아버지에게 자살 생각이 있다고 말했다. 독특한 성격에 걸맞게 아버지는 이를 허락하면서(그의 표현에 따르면 "딸이 원한다는 전제 아래 원하는 대로 할 자유"를 준 것이다), 딸의 불안이 "종족〔즉 인류라는 종족 말이다〕으로서 우리가 갖는 고뇌" 그리고 "필멸의 존재가 지는 짐" 때문이라고 했다. 그는 자살을 허락해주면 딸이 자살하지 않으리라 확신했고, 결과는 그의 생각대로였다. 그러나 일기장에 쓴 말들이 사실이라면 앨리스는 우회로를 찾아낸 셈이었다. 죽기 얼마 전 앨리스는 이렇게 썼다. "사실상 나는 오래전부터 죽어 있었고 남은 시간을 그저 우울하게 떠밀어가며 버텼을 뿐이다. (…) 1978년 여름, 내가 깊은 바다에 들어가자 검은 물이 나를 덮쳐 왔고 그 뒤로 나는 희망도 평화도 몰랐으며 이제 남은 것은 영영 채워지지 않을, 쪼글쪼글해진 텅 빈 콩꼬투리뿐이다."

아직 14년은 더 버텨야 했다. 1881년 어머니가 기관지천식 발작으로 사망했을 때 앨리스는 모든 이의 예상과는 달리 무너지지 않았다. 평소처럼 앨리스에 관한 여러 소식이 전해졌다. 로버트슨은 앨리스가 어머니의 "간병이라는 시련을 이겨내는" 모습을 보았고, 메리 제임스가 사망한 뒤 케이트 이모는 "어머니의 죽음이 앨리스에게 새 생명을 가져다준 것 같다"고 했다. 앨리스는 행복했다. 아니, "거의 행복"했다. 그리고 어머니를 "아름답게 채색된 기억"으로 간직하며 새로이 얻은 책임들을 즐겼다. 1878년 연말 그는 최근 겪은 신경쇠약을 이야기하며 편지에 이렇게 썼다. "자기 자신뿐 아니라 세상의 나머지도 감당하고픈 젊은 여성으로서, 이러한 도덕적 탈진은 내 상식을 크게 갉아먹었다." 이제 앨리스에게는 세상을 감당할 기회가 생겼고 또 대체로 그는 잘 감당해냈다. 다만 앨리스는 아버지까지 사망할까 두려워했는데, 머지않아 그렇게 되었다. 아버지가 병으로 사망한 것인지 아닌지는 명확하지 않다. 그는 대체로 죽고 싶어 했고, 그의 머릿속에서 점점 더 완벽한 모습이 돼가던 아내와 다시 만날 수 있을 죽음을 "말로 다할 수 없을 만큼 갈망했다". 그는 음식을 끊고 "이 죽어감"은 "고단한 일"이라 불평했으며, 앨리스의 새 친구 캐서린 로링에 따르면 "이미 자신이 죽었다고 선언함으로써 죽음의 지연"을 극복했다. 그는 아들들에게 마지막 말을 남겼다. "착하디착한 아들들." 아버지의 사망 이틀 뒤 영국에서 돌아온 헨리는 이 집안 사람들의 형이상학에 충실하게도, 아버지의 침상에서 읽기에는 너무 늦게 도착한 윌리엄의 작별 편지를 아버지 무덤 앞에서 소리 내어 읽었다. 헨리는 윌리엄에게 이렇게 말했다. 아버지는 분명 "겨울바람이 불지 않는 잠잠하고 환한 어디선가" 이 편지를 들었을 것이라고.

아버지의 사망으로 앨리스는 잠깐이나마 무너졌다. 그러나 이제 그에게는 (적어도 병든 가족에게서 벗어날 수 있는 때엔) 자신을 돌봐줄 캐서린 로링이 있었다. 두 사람이 만난 것은 몇 년 전, 여성을 위한 자선 통신 강좌를 개최한 보스턴의 여성 모임으로부터 역사 강사로 선발되었을 때였다. 그 일은 앨리스가 '했던' 유일한 일이었고, 당시 캐서린은 역사학과 학장이었다. 마치 어떤 로맨스 서사의 도입부처럼 들리기도 하는데, 실제로 이는 '보스턴 결혼'이라고 알려진, 제임스 가문 지인들 중 상당수가 행하고 있던 관계의 시작이었다. "당신도 캐서린 로링을 알았더라면 좋았을 텐데요." 앨리스는 세라 세지윅에게 이런 편지를 썼다. "그는 그 누구보다도 놀라운 존재입니다. 남성이 여성에 비해 가진 온갖 우월성을 갖추었을 뿐 아니라 뚜렷하게 여성적인 미덕까지 지니고 있으니까요. 나무 깎기와 물 긷기부터 사나운 말 몰기, 북미의 모든 여성을 교육시키는 일까지 못하는 것이 없어요." 실제로 캐서린은 존경스러울 만큼 손재주가 뛰어난 여성일 뿐 아니라 지나치리만치 용기를 북돋워주는 간호사이기도 했다. 제임스 집안의 다른 누구도 캐서린에게 호감을 갖지 않았지만(윌리엄의 아내는 캐서린이 앨리스의 연인일 것이라고 의심했으나 실제로 그랬을 가능성은 별로 없으며, 두 사람의 관계가 《더 보스터니언스》에 조금이라도 실렸다면 헨리가 마음에 들어 하지 않았을 것임은 분명하다) 캐서린이 앨리스에게 드물게 찾아온 '축복'이라는 데 대해서는 의견이 같았다.

1884년 캐서린 로링은 앨리스를 데리고 영국으로 갔고, 앨리스는 남은 평생을 이곳에서, 주로 침대에 누운 채 보내게 되었다. 이제 앨리스는 고통이 휴지 없이 곧장 또 다른 고통으로 이어지는 전업 병자가 되었으며, 본머스의 방에 살고 있건 리밍턴의 방에 살고 있건 그에게 일어나는 모든 일은 방 안에서 일어나는 것으로 국한되었다. 그의 편지에는 이렇게 고립되고 불편한 것이 어떤 기분인지를 묘사하는 부분이 많은데, 이 모든 글이 그 주제와 상반된 강인함을 품고 있다. 또한 편지에는 병 외에도 많은 내용이 담겨 있다. 마음에 드는 친구들과 (더 자주 등장하는) 반만 좋아하는 친구들 이야기, 헨리와 헨리의 책 이야기, 영국 이야기, 비루한 영국인들과 비루한 영국 정치에 관한 이야기 말이다. "지금만큼 죽어 있을 줄은 몰랐어요." 그는 윌리엄에게 보내는 편지에 이렇게 쓰고는 오빠가 『카사마시마 공작 부인』에서 보여준 "부르주아적" 태도를 공격했다. 그의 편지와 일기장을 살펴보면 영국 빈민의 빈곤, 실업, 파업, 제국의 불평등, 특히 아일랜드 문제 등이 급진적 열정의 목소리로 다뤄지고 있는데, 이는 그가 더 적극적인 삶을 살지 않은 것을 아마도 후회했으리라 추측하게 해주는 유일한 증거다. 하지만 당시의 앨리스로서는 그저 "모든 것이 이런 속도로 일어나는 시대에 살다니 굉장한 나날이었다"는 생각으로 스스로를 위로할 수밖에 없었다.

앨리스가 일기장에 쓰기도 했거니와 아무튼 그의 관점으로는 "소파에 드러누운 마비 상태의 환자도 원하기만 한다면 야만인을 도륙하는 스탠리보다 폭넓은 경험을 할 수 있"었다. 맞는 말이기도 하고 아니기도 하지만, 이런 관념이 그에게는 중요했던 것이다. 삶이 막바지에 다다랐을 때 앨리스는 자신에게 일어나는 일을 받아들이는 한편으로, 한층 더 중요한, 자기 자신을 좋게 생각할 수 있도록 해주는 철학을 찾아냈다. 이것이 아버지가 스베덴보리에게서 얻은 것 같은 거창한 철학은 아니었으나, 그의 비非인생을 가치 있는 것으로 만들어주었음은 물론이다. "우리는 실패를 만났던 식으로만 성공을 얻는 게 아닙니다. 그건 결코 부서지는 법이 없습니다." 그가 불행한 로버트슨의 아내에게 쓴 편지다. 그는 조지 엘리엇이 쓴 세 권짜리 『일기와 편지들』Journals and Letters을 읽고 "부질없이 징징거리는" 엘리엇을 경멸하기도 했다. 앨리스에 관한 글을 쓴 모든 사람이 지적한 대로, 영국에서 지내는 동안 그가 쇠진해진 이유 중에는 캐서린 로링으로부터 전적인 관심을, 헨리로부터 상당한 관심을 얻고자 하는 욕망도 있었다고 가정하는 것이 합당하다. 예전과 마찬가지로 앨리스의 신체와 정신은 서로 다른 말을 했다. 그는 불평하지 않았으며, 대놓고 동정을 요구하지도 않았다. 그리고 언제나 상황 파악이 느린 윌리엄은 누이의 고통과 절망을 동정하는 말을 해서 노여움을 샀다. 자신이 누이를 "역겨움과 고통과 무능의 수렁 속에서 서서히 질식"케 했다는 윌리엄의 편지에, 앨리스는 그만 폭소를 터뜨렸다며 이렇게 답장했다. "저는 스스로를 이 시대의 가장 '유능한' 이들 중 하나라고 여기기 때문에, 비록 제 발치에 앉아 심리적 진실을 들이켜는 하버드 대학생 한 무리는 없을지언정 최후의 나팔 소리를 들을 때 제가 떨지 않으리라는 것은 장담해요." 그즈음 그는 최후의 나팔 소리 앞에서 떨지 않는 것을 가장 중요한 가치로 정해놓았던 것이다.

1891년 드디어 의사는 그럴싸한 (그리고 치명적인) 장기의 질병을 진단해냈다. 앨리스가 불치의 유방암에 걸렸다는 것이었다. 앨리스는 일기에 이렇게 썼다. "그 자리에 없었던 이들은 AC선생님의 단호한 의견이 우리를 실체 없는 애매함에서 들어 올려 지속적이고 구체적인 것의 핵심에 내려놓았던 그때 우리가 얼마나 어마어마한 안도감을 느꼈는지 이해하기 어려울 것이다." 임박한 죽음은 그가 바랐던 삶의 선명함을 가져다주었다. 캐서린 로링의 절대적 헌신도 더불어서 말이다. 앨리스의 일기에는 이렇게 쓰여 있다. "가장 추악한 일이 가장 아름다운 것을 만들어내듯, 내 가슴에 생겨난 불경스러운 단단한 물질이야말로 캐서린의 전례 없는 우정과 헌신이 완벽하게 꽃피기에 안성맞춤인 토양이 되리라는 것은 놀라운 일이 아니다." 그는 죽음의 순간 떨지 않았고, 캐서린 로링의 말에 따르면 최후의 나팔 소리가 다가오리라는 사실을 알고는 "무척이나 행복해했다". 헨리는 누이가 죽은 뒤 이렇게 썼다. "그 애의 처참하고 비극적인 건강은 어떻게 보면 그 애 인생의 실질적인 문제를 해결할 유일한 방법이었다. 그것이 평등, 호혜 등의 요소를 억압했기 때문이다." 헨리의 말이 앨리스가 인생을 감당하기 힘들었다는 뜻인지, 인생이 앨리스를 감당하기 힘들었다는 뜻인지는 뚜렷하지 않다. 둘 다 가능성이 높은 이야기이기 때문이다. "저는 언제나 제 자신에게 의의를 두었어요." 앨리스가 윌리엄에게 쏘아붙인 말 중 하나다. 앨리스가 죽고 나서 오빠들은 처음으로 그의 일기를 읽으면서 여동생이 가족에게도 의의를 두었다는 사실을 알게 됐다. 이들은 그 일기장이 "가족의 명성을 새로이 떨치게 하리라는" 데 의견을 같이했다. 아쉽게도 헨리는 "세간의 관심이 가져올 재난"이 두려워 그것을 "세상"에 내보이고 싶어 하지 않았기에, 리언 에델이 편찬한 전문은 1964년에야 출간되었다. 캐서린 로링은 이 글이 후세에 읽히기 위해 쓰였음을 단 한 번도 의심하지 않았다.

《런던 리뷰 오브 북스》 1981년 12월 17일

나와 이혼해주오

Divorce Me

12년 전, 조녀선 개손하디는 이혼으로 10년간의 결혼 생활에 종지부를 찍었다. 그 뒤로 불행한 시간을 보내던 그는 자기 자신, 그리고 사회에 대해 생각했다. "그 역시도 무너져버릴 것인가?" 개손하디가 이혼 가판정을 받은 해인 1969년 영국의 이혼 부부는 6만 쌍이었다. 1980년대엔 그 수가 15만 쌍이 되었다. "로마제국의 마지막 한 세기 동안, 위대한 문명이 무너지자 이혼이라는 맹렬한 전염병이 걷잡을 수 없이 확산되었다." 섬뜩할 정도로 비슷하다고? 그건 아닌 것 같다. "과거에 대한 상당히 일반적인 지식에서도 진정효과를 얻을 때가 있다." 개손하디는 이렇게 말하는데, 그도 그럴 것이, 그가 가진 지식은 일반적인 것 이상이 아니었기 때문이다. 그가 보기에 "로마 문화"는 "이를 괴롭히는 유혹을 견뎌내기에는 지나치게 피상적"이었고, "그 결과는 우리가 다가가지 못한 채 오로지 상상할 수만 있는 도덕적 타락이었다". (로마제국에 관한 개손하디의 말은 제롬 카르코피노의 『고대 로마의 일상생활』에서 따온 것이다. 이 책은 카르코피노가 비시 정권하의 국가 교육부 장관이던 1941년 루틀리지에서 번역되어 나왔다.) 하지만 우리에게 일어나고 있는 일은 더 거대한 것으로, 이는 "근대 정신의 광범위한 재구성"이자 "인간 의식의 깊은 변화"다.

"당신이 자기 자신에 대한 책을 한 권 쓰고 '세계의 위기'라는 제목을 붙인 걸 봤습니다." 아서 밸푸어가 처칠에게 했던 말이다. 개손하디는 잘 알려진 두 권의 책을 썼다. 『영국 보모 흥망사』The Rise and Fall of the British Nanny 그리고 『공립학교 현상』The Public School Phenomenon. 그런데 이 책들은 그의 인생이 아니라 그가 속한 부류의 삶을 기록한 것, 즉 부족사다. 『사랑, 섹스, 결혼 그리고 이혼』은 그가 이혼한 뒤 수행한 3년 간의 분석을 세계사로 해석해낸다. 이제 그는 의사이고 우리(독자들)는 환자다. "우리는 여느 지각 있는 분석가가 할 방식대로 시작해야 한다. (…) 과거를 들여다보는 것부터." 그렇게 들여다보면, 과거가 그리 안정적이지도, 그리 도덕적이지도 않았다는 사실을 우리는 알게 된다("중세 후기까지 배우자를 빈번히 바꾸는 것은 드물지 않은 일이었다"). 그리고 나서 우리는 오늘날이 특별히 나쁘거나 힘든 것도 아니라는 사실을 알게 된다. "오늘날은 특히나 불안과 스트레스로 가득한 시대다. 뻔한 이야기다. 어쩌면 클리셰일지도? 분명 클리셰다. 나는 저 말이 사실이라고는 단 한 순간도 생각지 않는다." 분석가들이란 언제나 환자들이 겪는 문제를 경시하는 경향이 있다. (분석가들은) 말이 많을수록 화근이 된다.

비평가들이 대번에 지적했던 바대로, 정신분석은 사회학적인 의미로 볼 때 걱정할 것 없는 이들이 의지하는 치료 형태다. 개손하디가 사로잡혔던 문제 역시 흔치 않을 정도로 엄청난 재산을 가진 결과라고 볼 수 있다. 이 책의 제목은 기만적이다. 사랑, 섹스, 결혼은 부수적인 것일 뿐, 그의 진짜 관심사는 맨 마지막에 나오는 이혼이다. 이혼의 첫 번째 원인은 섹스인데, 섹스가 실패하기 때문이 아니라 그것이 충격적일 정도의 힘을 품고 있기 때문이다. 그것이 바로, 개손하디의 설명대로라면 그 누구의 도움 없이 이루어진 업적, 즉 "성적 자유를 역사상 처음으로 엘리트와 식자들의 유행이 아닌 대중운동으로 바꾼" 킨제이의 작업이다. 킨제이—본인이 스스로 내세우는 바에 따르면, 동물학자 앨프리드 킨제이—가 쓴 첫 논문만 보아도 그는 참 생각이 깊은 사람이다. "비가 올 때 새들은 무엇을 하는가?" 그는 천성이 수집가였고, 연구자로서의 경력 초기에는 말벌에 인생을 바쳤으며 결국 자연사박물관에 400만 종의 말벌 표본을 기증할 정도로 헌신했다. 킨제이는 행동 변화를 이끌어내는 데는 아무런 관심도 없다고 주장했으나(개손하디는 "그건 헛소리"라고 말한다), 가장 훌륭한 이들이야말로 누구보다 활발한 성생활을 한다고 지적했으며(개손하디는 "누차 말하지만, 일주일에 40번 수음을 하는 변호사들은 '직업적 성공'을 거둘 것"이라고 썼다) 또 역으로, 일찌감치 성에 눈을 뜬 청소년은 그렇지 않은 청소년보다 더욱 "기민하고, 정력적이고, 쾌활하고, 즉흥적이고, 외향적인 사회성을 갖춘, 인구 중 가장 적극적인 개인들"이라고 표현했다.

성적 기량의 연대기를 살펴보았으니 이제 성적 쇠약을 살펴볼 차례다. 킨제이 이후에는 매스터스와 존슨이 등장해 "클리토리스를 중심으로 주요한 발견을 이루었다". 섹스는 더 이상 문제로 간주되지 않는다는 점에서 하나의 문제다. 개손하디는 다음과 같이 쓴다. "유사 이래 남성은 자신의 정복을 과시해왔고 자유로운 시대가 도래한 뒤로는 여성도 마찬가지다. 지금은 정복자와 정복당하는 자 모두 각자가 어떻게, 또 얼마나 잦은 빈도로 오르가슴에 도달하는지를 걱정하게 된 최초의 시대다." (이런 맥락에서 우리는 『제이크의 것』Jake's Thing을 통해 우리에게 단 하나뿐인 불능과 경험의 노래를 선사해준 킹즐리 에이미스를 칭찬하는 게 좋겠다.) 개손하디는 섹스가 가정 내 불안의 증상인지 원인인지는 확신하지 못한다. "섹스는 핵심인 동시에 극도로 달성하기 어려운 것이다." 그럼에도 그는 책의 말미에서 '결혼, 섹스, 이혼의 문제에 대한 몇 가지 해법'이라는 제목으로 매스터스와 존슨이 성적 '기능장애' 치료를 위해 고안한 복잡한 절차들을 공들여 설명하고("성기에 차츰 다가가는 감각집중 훈련"), 이를 통해 결혼 생활을 상당 부분 회복할 수 있다고 주장한다. "전반적으로 이 테크닉을 적용한다면" 조루증도 "다른 일부 성병들처럼" "10년 내로 완전히 퇴치할 수" 있을 거라고 말이다.

이혼의 두 번째 원인은 여성이다. "일본에는 실종자를 찾는 것을 전문으로 하는 TV 프로그램이 존재한다. 20년 전에는 가출자의 70퍼센트가 남성이었다. 그런데 지금은 거꾸로 70퍼센트가 여성이다." 개손하디의 관점으로 보면, 이렇게 많은 여성이 집을 나가는 건 꼭 나쁜 일만은 아니다. 여성들이 청소와 요리로부터 탈출하고 싶어 한다는 것("가사노동의 주요한, 따지자면 단 하나뿐인 의의는 수많은 사람이 이를 끔찍해한다는 사실에 있다")은 당연할 뿐 아니라, 남성들에게도 그 자리를 대신할 기회가 주어진다는 점에서 말이다. 그렇다고 남성들이 먼지떨이를 쥐게 된다는 얘긴 아니고(그런 내용은 책에 언급되지 않는다) 자녀를 돌볼 수 있게 된다는 얘기다. "1950년대의 이데올로기가 해체되고 여성에게 노동을 허용하는 새로운 이데올로기가 확립되자 누군가가 가정 내 어머니의 자리를 도맡아야 했다. 바로 아버지다." 1950년대의 이데올로기란 위니콧과 볼비의 이데올로기를 말한다. "명민한 아동심리학자 위니콧은 어머니의 역할, 특히 어머니의 가슴이 가지는 역할을 시적인 지위까지 격상시켰다. (…) 위니콧 자신이 의붓어머니가 되고 싶었던 것인지도 모르겠다." 개손하디야말로 어머니 그 자체가 되고 싶었던 것 같기도 하다. 개손하디의 책을 살아 숨 쉬게 하는 열정은 이혼으로 자식들과 떨어져 살게 된 아버지의 열정임이 분명하다. 그의 말에 따르면 덴마크에는 "볼비의 사상에 푹 빠진 판사에게 아버지 역시 자녀를 돌볼 수 있다는 사실을 보여주려는 오직 그 이유만으로" 자기 아이를 납치하는 아버지들도 있다고 한다.

크리스토퍼 래시가 '병적 나르시시즘'이라 칭하는 자기 집착은 우리 시대 이혼율이 상승하게 된 세 번째 원인이다. 개손하디는 래시의 이름을 언급하진 않지만, '특권의 급증'이라는 제목을 붙인 장에서 래시가 자신의 책에서 공격했던 것과 마찬가지로, 요가를 통해 또는 재혼을 통해 "성장으로 이어지는 분노"를 다루고 있다. 여러 명분에 대한 반감을 숨기지 않는 개손하디의 말에 따르면, 이런 일은 전부 1930년대에서 1940년대에 출생하여 (그와 같은 세대인) "억압 없이 보낸 어린 시절이 가져올 행복을 기대하는, 정신분석학적 개념의 영향 속에서 자라난, 특권에 물든 세대"와 함께 시작된 것이다. 이들은 40년이 지난 뒤에도 같은 기대를 품는다. 그 증거로 개손하디는 오늘날의 사랑 이야기 중 "상당한 비율"을 차지하는 것이 중년 남녀를 주인공으로 한 이야기임을 들며, 이는 "사랑을 다루는 것과 관련해 역사상 처음" 있는 일이라고 언급한다. 진정과 확장을 위한 치료법이 난무하는 가운데 "결혼이 '성장'으로 이어지지 않는다면", 물론 10~15년 뒤엔 그럴 가능성이 높겠지만, 해법은 단순하다. "버려라."

"낭만적 사랑이 주는 황홀한 기쁨"을 생각할 때 사랑이란 결혼의 마지막 이유다. 개손하디는 "현실적 목적으로 결혼 중개업체를 이용하는 이들조차 '사랑에 빠지는 것'을 목표로 하며 '보통은 실제로 그렇게 된다'"고 말한 뒤 심오한 질문을 던진다. "사람들이 빠지는 이 사랑이란 무엇인가?" 코빗은 사랑을 영국적 질병이라 부른 바 있다. "사랑은 다른 국가를 모두 합친 것보다 영국에서 더 잦은 빈도로 자기파괴를 유발한다." 십자군("포악하고 종종 술에 취한 깡패, 살인자, 간음자의 무리")에서부터 존 업다이크의 소설까지 이어지는 개손하디식 사랑 담론의 모델이라 할 수 있는 『열정과 사회』Passion and Society(1956) 저자 드니 드 루즈몽은 사랑을 낭만적인 죽음 충동이라고 불렀다. 옛날, 그러니까 12세기부터 2차 세계대전까지는 결혼과 간통(또는 간통에 대한 생각)만이 존재했다. 결혼이 안정성과 집과 지참금을 의미했다면, 간통은 갈망과 욕망과 절망을 뜻했다. 드 루즈몽은 이런 구분이 사회를 유지시킨다고 보았고, 이 구분이 사라진 뒤에 일어날 일, 즉 많은 사람들이 한 번 이상 결혼하게 될 일을 두려워했다. "나는 당신이 정부로 있어주길 바라는 게 아니야. 우리의 삶은 그렇게 만들어진 것이 아니니까." 업다이크의 소설 『나와 결혼해주오』Marry Me 주인공은 자신의 아내가 아닌 여성에게 이렇게 말한다. "이곳에는 결혼 외에는 어떤 제도도 없지. 결혼, 그리고 금요일 밤의 농구 게임 말고는."

위기에 처한 것은 결혼이 아니라 일부일처제다. "통계를 어떻게 해석하건 간에 분명한 것은 한 가지다. 결혼이라는 제도가 여전히 통계적 안정성이라는 기반 위에 놓여 있다는 것." 16세기 말부터 19세기 초까지, 평균 결혼 지속 기간은 20년이었다(피터 래슬릿이 말한 수치다). 오늘날 부부가 이혼하지 않는다면 이들의 결혼 생활은 40년에서 50년이 될 것이라고 기대할 수 있다. "많은 이들에게 이는 너무나 긴 시간이다." 이런 맥락에서 볼 때, 언뜻 바보 같은 소리로 들리는 "이혼이란 현대의 죽음"이라는 전제도 대충 말이 되는 것처럼 느껴질 수 있겠다. "어서 이혼하세요." 나는 아버지가 물에 빠져 죽을 거라고 생각한 어느 미국 아이가 제 엄마에게 그런 말을 하는 것을 들은 적 있다. 마가니타 래스키는 《런던 리뷰 오브 북스》에 실린, 콜린 머리 파크스의 『사별』Bereavement을 다룬 글에서 "결혼의 유기를 죽음으로 인한 사별로 뻔하게 빗대는 뒤틀린 회피 성향"이라고 표현하며, 전자의 경우는 "이 모든 악몽이 우연이 아니라 인간의 선택이 유발한 것이라는 사실을 알기에 더 지독하다"고 덧붙였다. 그러나 한편으로 '인간의 선택'이 유발한 고통에는 저항하기가 더 쉽다. 저항하면서 심지어 기쁨을 느낄 수도 있다.

개손하디는 이혼에 수반되는 다양한 불행을 사소하게 취급할 생각이 없다. 적어도 이 분야는 그에게 홈그라운드나 마찬가지니까. "죽는 날까지 계속되는 암울하고 완강한 일부일처제"가 서서히 사라지고 있다는 점에는 그도 큰 불만이 없을지 모르겠다. 하지만 일부일처제가 물러나는 방식은 그리 평탄해 보이지 않는다. 그는 "이혼의 끔찍한 불길," "20세기 말의 산문 속에 난입하는 끔찍한 고통의 비명", "이별이

주는 거의 신체적일 정도의 예리한 고통"을 이야기하며 이런 일의 "희생자들"을 나열하는데, 그중에는 크레인 조종사도 한 사람 있었다. "나는 저 높은 곳 크레인 안에 앉아 있다가도 별안간 울음을 터뜨릴 겁니다." 이 문장은 이 책 전체에서 유일하게 잘 쓰인 문장이다.

이 책에서는 이혼에 뒤따르는 온갖 곤혹을 피상적이게나마 모두 다루고 있다. 곤혹은 수치심과 당혹감(특히 여성의 경우엔 남편을 잃고 나면 소름끼치게 싫은 남자의 관심이라도 간절히 바라게 된다고 한다)에서부터 부자건 가난하건 대부분 부모가 언젠가 다시 합칠 거라는 생각을 버리지 않는 자녀들의 불행에까지 이른다. 《타임스》에 실린 알렉산더 오나시스의 부고에는 그와 그 여동생이 '부모님의 재결합에 대한 희망을 줄곧 버리지 않았다'고 쓰여 있었다." 개손하다가 하는 말 중에는 괴상한 것들도 있다. 예를 들면 그는 떠나는 이(대놓고 쓰지는 않았으나 보통은 남편)와 남겨진 이(즉 아내)가 겪는 악몽은 동등한 것이라 주장하는데, 그럴 가능성은 낮아 보이고 어쩌면 그가 자신의 아픔을 과장하는 것 같기도 하다. 경제적인 곤란에 대해 그는 이렇게 이야기한다. "이혼의 가장 일반적이고, 가장 확고하고, 가장 고통스러운 결과 중 하나는 삶의 기준이 순식간에 붕괴된다는 것이다." 그러면서 곧장 이 문제에서 가장 큰 고통을 겪는 것은 중간계층이라고 한다. "최하위 소득자들은 단지 한 형태의 빈곤을 다른 형태로 교환할 뿐이다." 줄곧 그랬듯 그는 낙관에 가득 차 있다. 고독을 이야기하면서도 현실적으로 새로운 파트너나 새로운 삶의 방식을 찾는 방법 역시 이야기하고 있으니까. 이혼한 사람들 모임은 "꽤나 침울할 것 같고" 또 "프티부르주아적"이지만, "전반적으로는 제 기능을 한다"고. 또 이런 모임은 한심한 구석도 있지만 "한부모가정들이 자녀와 함께 가장 힘든 시기를 헤쳐나가는 데 도움이 된다"고. 심지어 결혼 중개업체를 향해서도 콧방귀를 뀌어서는 안 된다. 헤더 제너의 중개업체는 "1만 5,000건의 결혼을 성사시켰"고, 이 업체를 이용한 기존 고객들 중 다수가 자녀 역시 이곳에 "보내" 같은 방식으로 배우자를 찾게 할 것이라고 했다. 종합하자면 이런 "발전"은 좋은 것이고, 이 중 어떤 것들은 실제 삶보다는 TV에서나 보는 경우가 많지만 그럼에도 "우리가 무언가의 시작점에 놓여 있다는 증거"라는 얘기다. 또 하나, 이혼을 통해 우리는 최악의 시기를 창조적으로 보낼 수도 있다. "버트런드 러셀은 첫 번째 결혼에 실패한 뒤의 끔찍한 나날을 앞으로 그의 이름을 길이길이 기억되게 할 『수학 원리』를 집필하며 보냈다."

개손하디에게는 한 가지 곤혹이 다른 어떤 곤혹보다도 큰 의미가 있다. 이혼이 보편적인 것이 되기 이전 옛 시대에는 결혼 생활이 위태로워진 부부가 공통의 관심사를 찾고자 아이를 가지기로 했다. 오늘날엔 더 이상 그렇지 않다. 그리고 대개의 이혼은 결혼 후 3년 내로 이뤄진다. 즉 아이가 태어나자마자 부모가 갈라서기로 하는 것이다. 사회학자들은 "자녀는 결혼 생활의 행복에 기여한다기보다는 이를 훼손하는 경향이 있다"고 말한다. 개손하디는 자녀가 부모의 "성장"을 방해한다고 말한다. 이 때문에 오늘날의 아이들 중 3분의 1이 한부모가정에서 자라고, 여기서 한부모는 주로 어머니다. 그런데 어머니가 교활하게 구는 일도 있다. "오늘날 이혼의 가장 부당한 점은 아버지와 자식을 서로에게서 앗아간다는 것이다." 어머니들은 이혼해도 괜찮다. 자녀가 있고, "수백 년간 이어져온 수다 떨기와 서로 응원하기라는 전통이 있으니까". 반면 아버지들은 "대개 완전히 혼자다". 아버지들은 대개 직업이 있지 않느냐고 반문하는 이도 있겠지만, 상관없다. 아버지들도 자신의 "성장"에 골몰해야 하니까. 그럼에도 대개의 경우엔 어머니가 양육권을 가져가며, 이들 중 몇몇은 앙심을 품고 전 남편이 아이를 만나기 어렵게 하는 것이 사실이다. "극작가 테런스 프리스비는 격주에 한 번 오후 반나절에만 아이들을 볼 수 있는 면접권을 매주 한 번으로 늘리고자 고등법원을 찾았다. 판사는 그의 청원을 완전히 묵살하더니 그가 '지나친 소유욕을 발휘할 위험'을 품고 있다며 말도 안 되는 전문용어를 쏟아냈다고 한다." 개손하디는 법이 바뀌어야 한다고, 또 "이런 변화의 바탕이 되는 원칙은 아이가 부모에 대한 양도 불가능한 권리를 가지고 있다는 것, 또 부모가 저마다 아이를 만나고 양육할 동등한 권리를 가진다는 것"이어야 한다고 주장한다. 말이야 되지만, 어떻게 하면 이런 변화를 이룰 수 있을까? 청원을 해야 하나? 그 와중에 개손하디는 심지어 이런 주장까지 한다. 법이 바뀌지 않더라도 "아버지와 자식을 서로 못 만나게 하는 어머니 몇 명 감옥에 보내 버리면 상황은 즉각, 그리고 헤아릴 수 없을 만큼 나아질 것이다". 페미니스트라면 찬성할 수밖에 없겠다는 생각이 든다.

"이혼의 끔찍한 불길" 너머에는 "미래라는 높고 푸른 하늘"이 있다. 이를테면 재혼 말이다. 정신분석학적 관점에서 보면, 재혼은 이전의 결혼(들)보다 실패 가능성이 높다. 에드먼드 버글러 박사의 말을 빌리자면, "재혼을 통해 의식적 행복을 찾을 기회는 정확히 0이다"(무의식적 행복으로 만족하면 되려나?). 통계가 이 말을 뒷받침해준다. 그러나 개손하디는 이런 말은 무시하라고 한다. "당연히 부부로 사는 것이 더 좋다." 더욱이 한 번 더 이혼을 하더라도, 여전히 한 번 더 재혼할 기회가 있다. 게다가 두 번째 고통은 더 견디기 쉽다. 개손하디에게서 멋진 점을 꼽자면, 맥 빠지는 소리를 하는 법이 없다는 것이다. 무슨 일이 일어나건 간에, 그게 더 잘된 일이라는 식이다. "힘과 비전을 증대하고 해방감을 불러일으키는 깊고 짜릿한 감각"은 손닿는 곳에 있다. "강한 신앙심을 지닌 여성 중 73퍼센트는 매번 오르가슴을 느낀다."

《런던 리뷰 오브 북스》 1981년 12월 17일

패티와 신

Patty and Cin

퍼트리샤 허스트는 시민 케인의 손녀로 사는 삶을 이렇게 표현했다. "나는 청명한 푸른 하늘, 눈부신 햇살, 사방으로 열린 탁 트인 들, 길고 푸른 잔디밭, 크고 편안한 집, 수영장과 테니스코트와 승마장을 둔 컨트리클럽이 있는 환경에서 자랐다." 분명 근사한 삶이었을 테고, 영화에 나오면 보기 좋았을 것이다. 다만 여성 주인공들이 사랑받는 것은 그들이 겪는 고난 때문인데, 공생해방군SLA에게 납치되기 전 패티 허스트가 겪은 고난이라곤 키가 약간 작다는 것뿐이었다. 5피트 2인치, 엄청나게 작은 건 아니지만 친구들에 비해서는 작았다. 잠시 후 그는 이렇게 쓴다. "웬만한 것은 쉽게 이뤘다. 스포츠, 대인관계, 학교 성적, 인생. 뭐든 시작하기만 하면 만족할 정도로

잘한다는 걸 알게 됐다." 그는 자신의 인생이 이토록 수월했던 만큼 여기에 끼어든 공생해방군은 각별히 더 잔혹하다는 말을 하고 싶었던 걸까, 아니면 우리에게 자기가 힘든 환경에서 신경쇠약에 걸려버리는 노이로제 환자가 아니라는 걸 알려주고 싶었던 걸까?

패티는 부유했을지는 몰라도 느긋한 성격은 아니었다. 어머니는 엄격한 "옛날식 남부 숙녀"였고, (다섯 명의) 딸들은 담배를 피우지도, 술을 마시지도, 약물을 섭취하지도, 청바지를 입고 "어디 가지도" 않았다. 아버지는 딸에게 총 쏘는 법을 알려주었다. 그는 부모를 믿었고, 부모도 그를 믿었다. 몇몇 선생이 그의 잘못을 흠잡아도 그는 사과하지 않았다. 잘못한 건 선생이었고, 그의 아버지 역시 같은 의견이었다. 그러니까 패티는 어린 시절이 평범하고 행복했다고 주장하는데, 이는 곧 훗날 그가 가족을 등진 것으로 보이더라도 그건 자기 뜻이 아니었음을 암시한다. 이렇게 "자애롭고" 완벽에 가까운 부모들이 훈계를 일삼는 경향이 있는 것은 사실이지만 그는 오래지 않아 "고분고분한 척하면서 딴생각하는" 법을 배우게 된다. 나중에 가서도 그의 삶에서 어느 정도 중요해질 기술이었다. 이번에 그가 쓴 책은 건전하게도 "엄마와 아빠"에게 바치는 책이다. 실비아 플라스의 『집으로 보내는 편지』가 떠오를 지경이다.

그는 열일곱 살에 어느 선생과 사랑에 빠졌다("아마도 내가 그에게 들이댔던 것 같지만 뻔한 방식은 아니었기를 바랐

다"). 스물셋의 젊은 남자였던 그는 스티븐 위드라는, 딱히 유
명해질 기대를 품지 않을 종류의 이름을 갖고 있었다.■ 위드
가 교직 장학금을 받고 버클리로 가게 되자 패티는 그를 따라
가 학부생으로 입학했고, 나중에는 예술사를 공부하게 되었
다. "나는 한평생 예술에 둘러싸여 살았기 때문이다." 1972년
의 일이었다. 그의 어머니가 "미국을 위대하게 만드는 전통적
가치를 파괴하려 했다"며 "질색했던" 1960년대의 학생운동은
"사그라진" 뒤였다. "스프라울 피자에서 한 젊은 사회주의자가
내 손에 억지로 선전물을 쥐어주자 나는 근처에 있던 수십
개의 쓰레기통 중 한 군데에 이 선전물을 버리면서 특별한
즐거움을 누렸다." 그는 위드 선생과 아파트를 빌려 살았다.
"괜찮은 동네에 있는, 해가 잘 들어 밝은 복층 아파트였다."
그리고 1974년 2월 4일 밤 9시, 공생해방군이 팬티에 목욕 가
운, 알파카 슬리퍼 차림의 그를 발견한 곳도 이 아파트였다.

　패티는 결박되고 재갈이 물리고 안대가 씌워진 채로 납
치당했다. 그렇게 6.5피트 길이의 벽장 안에 갇힌 그는 그 안
에서 안대를 쓴 채 57일간 지내게 되었다. 도착한 지 두어 시
간 뒤, 벽장문이 열리더니 납치단 우두머리가 자기소개를 했
다. "나는 공생해방군 사령관이다. 내 이름은 신Cin이다." ('신
Sin이라니' 하고 패티는 생각했다. '이 사람들은 인간의 모습을
한 악 그 자체일 거야.') 웨스트모
얼랜드 장군 같기도 하고 도시게 　　■ 영어 weed는 쓸모없는 사람을 뜻
릴라 같기도 한 그의 연설은 베 　　하기도 한다.

트남 전쟁 이후 등장한 종류의 궤변이었다. 공생해방군은 미국을 상대로 선전포고를 했다며, 이는 파시즘에 대항하는 가난하고 억압당한 이들의 전쟁이라고 했다. 또한 자신들이 패티를 현재 "신변 보호 중"이며 제네바 협약에 따라 대우할 것이라고 했다. 공생해방군이 가장 먼저 손봐준 건 패티의 매너였다. 납치단 중 한 사람이 이렇게 말했다. "오줌을 누고 싶으면 '오줌 눠야겠다'고 해. 똥을 누고 싶다면 '똥 누고 싶다'고 하고. 가난한 사람들은 이런 식으로 말하니까." 그들은 같은 날 밤 다른 전투부대들이 다른 인질들도 데려왔다면서, 공생해방군은 국제적으로 대단한 연줄이 있는 대규모 군대라고 말했다. 패티는 곧 그 말을 믿었다. 그는 비밀요원들이 "인민의 곤경과 문제를 그들의 목소리로 직접 듣고자" 식당에서 도청 중이라는 얘기, 공생해방군 의료부대가 "총상 치료법을 익히기 위해 숲으로 들어가 개를 총으로 쏘며 전장戰場 수술을" 연습하는 중이라는 얘기, 아이들에게 기관총 사용법을 가르치는 여름 캠프가 있다는 얘기도 들었다. 벽장에서 풀려나고서 패티는 다른 부대는 어디 있느냐고 물었다.

내 질문을 듣고 다들 놀라서는 신을 쳐다보며 답을 기다리는 것 같았다. 잠시 뜸을 들이다가 신은 얼굴을 구기면서 웃음을 터뜨렸다.

"다른 부대라니? 여기 있는 게 다야, 아가씨. 우리가 군대라고. 네 눈에 보이는 이거."

날 감쪽같이 속였다는 사실에 그들은 모두 신나서 웃었다.

이 군대는 총 여덟 명의 대원, 즉 남자 셋, 여자 다섯으로 이뤄져 있었다. 그중 몇몇은 퍼트리샤 허스트와는 달리 나름의 유머 감각도 갖추고 있었다.

공생해방군은 한 흑인 교육감을 살해하며 캘리포니아주에서 이름을 알렸는데, 이런 희생자를 선택한 덕분에 경쟁 관계에 놓인 다른 좌익 단체들로부터 멍청이로 낙인찍히게 되었다. 공생해방군이 패티 허스트를, 그들의 표현대로라면 '체포'해서 정확히 무엇을 얻고자 한 건지는 본인들도 몰랐던 것 같지만, 그래도 패티를 두고 납치하기 알맞은 후보가 아니라 할 사람은 아무도 없었을 것이다. 이 사건에서 그의 활약은 공생해방군의 말도 안 되는 예상마저도 뛰어넘었으니까. 이런 단체들이 으레 그렇듯 공생해방군은 유명해지고 싶었다. 일단 패티를 설득해 자신들의 대변자로 삼기만 하면 캘리포니아주의 모든 뉴스 매체가 저마다 공생해방군이 그날 저지른 일을 떠들어댈 게 분명했다. 패티 역시 자신이 기여한 바를 잘 알았다. "나를 인질로 잡은 덕분에 공생해방군은 온 세상에 알려졌다." 그리고 시간이 지난 뒤에는, 자신이 기여할 만한 부분이 있다는 사실에 기뻐했다. 알고 보니 패티는 돈줄로는 큰 도움이 되지 않았다. 처음에 납치할 당시 공생해방군은 그의 아버지에게 미국 내 모든 빈민에게 각각 70달러어치의 식품을 제공하라고 요구할 생각이었다. 그러면 총 4억 달러가 들 텐데, 허스트 가문에서도 감당할 수 없는 큰 금액이었다. 늘 그랬듯 책임자였던 신은 그 말을 믿으려 들지 않았다. 패티 허스트는 이 에피소드에 대해 유감스럽다는 듯 "교육을 거의, 어쩌면 전혀 받지 못한 그 남자는 100만 달러짜리 프로젝트를 도저히 이해하지 못했다"라고 말한다. 마침내 조건에 합의하고 식량을 배분한 뒤에도 공생해방군은 만족하지 못했다. 이런 관대한 생각을 해냈는데 아무도 공생해방군을 인정해주지 않았던 것이다. 그들은 사람들에게 음식을 마구 집어 던지는 식으로 식량 배분이 이뤄지는 바람에 "한 여자가 칠면조 다리에 맞아 중상을 입었다"고 말했다. 그러고는 패티의 아버지 덕분에 패티를 죽일 수밖에 없다는 결론을 내렸다.

벽장 안에 갇혀 있던 있던 패티 허스트는 공생해방군을 도저히 이해할 수 없었다. 그들의 반응은 언제나 예상 밖이었고 대체로 과격했다. 신은 하느님의 계시를 받았다고 주장했으며, 다들 죽음에 사로잡혀 있었다. 그럼에도 이들은 패티를 먼저 죽이겠다면서 을러댔고, 그는 결코 죽고 싶지 않았다. "나는 살아서 이곳을 나간 뒤 이 사람들이 전부 감옥에 가는 모습을 보고 싶었다. (…) 나에게 저지른 죗값으로." 살아서 나가려면 이들에게 협력해야 한다는 사실을 깨닫기까진 얼마 걸리지 않았고, 패티는 망설이지 않았다. 그는 온종일 자본주의의 해악에 대한 장광설을 들으며 자신의 생각을 "그들의 생각과 일치하게" 맞추었다. 그는 좀 더 마음을 굳게 먹지 못했던 것이 후회된다고 딱 한 번 언급한다.

> 내가 신의 취조를 꿋꿋이 버텨냈다고, 핵심 정보를 밝히길 거부했다고, 거짓말로 그를 속였다고 말할 수 있으면 좋으련만. (…) 비협조적인 인질이라고 천장에 매달려 끊임없이 공포에 시달리고 위협받으면서 (…) 나는 그저 그들에게 협조해서 내게 화를 내지 않게 하고 싶었을 뿐이다. 나는 겁에 질렸고 많이 울었다. 여주인공과는 거리가 멀었다.

패티 허스트의 어조는 대체로 방어적이고, 고상한 척 굴기도 하는데, 이는 그가 풀려난 뒤 공생해방군이 시키는 모든 일을 지나치게 열심히 했다는 비평가들의 지적에 대한 응답 같기도 하다. 그는 자신에 대해서도, 공생해방군에 대해서도 거리를 두고 품위 없이 썼으며, 그의 이야기는 그가 완전한 진실을 말하지 않았다고 느끼는 미국의 서평가들에게 (조앤* 디디온의 표현을 빌리면) "불만스러운" 반응을 불러일으켰다. 하지만 이는 어쩌면 단지 그에게 일어난 사건, 그리고 그 사건에 대한 그의 반응이 지금의 그(또는 그 시절의 그)가 받아들이기에는 너무 복잡했던 탓인지도 모르겠다. 그는 어린 시절에 관해 이렇게 말한다. "나는 나에게 무엇이 옳고 무엇이 그른지 알고 있다고 여겼다." 이 말인즉슨, 그는 일반적으로 무엇이 옳고 그른지에 대해서는

* Joan은 실제 발음상 '존'에 가깝지만 국립국어원 표기 용례에 따라 '조앤'으로 표기했다.

관심이 덜했다는 것이다. 또, 공생해방군이 시도했던 재교육에 관해서는 이렇게 말한다. "사실 나는 그들이 무슨 말을 하건 전혀 관심이 없었다. 나는 그 전에도, 그때에도, 정치에는 아무 관심이 없었다." 정치에 조금이라도 관심이 있었더라면 정신을 좀 더 붙들고 있었을 텐데. 한편 그랬더라면 살아남지 못했을 수도 있고.

공생해방군은 식량 계획의 실패, 그러니까 언론에서 그 일을 제대로 다뤄주지 않았다는 사실을 "파시스트에 공조하는 국가"가 패티의 석방을 위해 협상할 의사가 없다는 증거로 받아들였던 모양이다. 하지만 이제 그들도 패티를 죽일 마음이 없다는 사실 역시 드러났다. "넌 사람들이 농장에서 애완용으로 기르는 닭이랑 비슷해. 일요일 저녁거리로 닭을 잡을 때가 오면 아무도 그 일을 하고 싶어 하지 않지." 이때 가능한 대안이 생겨났다. 공생해방군 전원이 동의하면 패티를 해방군에 받아들이겠다는 것이었다. 패티는 횃불 하나와 책 몇 권(엘드리지 클리버, 조지 잭슨, 마르크스, 엥겔스 그리고 공생해방군 전투강령)을 지급받았고, 읽은 책으로 시험을 치렀다. 그들은 조금 더 살가워지더니만 패티의 암호명도 처음에 붙였던 '마리 앙투아네트'에서 한층 정감 가는 '타이니'로 바꿔주었으며, 담배를 건넸고, "여기 있는 아무 남자와 섹스해도 된다"고 했다. 섹스는 강제적인 것은 아니었지만, "한 동지가 다른 동지에게 요구한다면 동의하는 게 '동지다운' 일"이라고 했다. 그날 젊은 '쿠조'가 패티를 따라 벽장 안으로 들어

왔다. 두 사람은 옷을 벗었고 "쿠조는 일을 치른 뒤" 떠났다. 패티는 벽장 밖에서 다른 이들이 귀 기울이고 있다고 생각했다. 풀려나거나 살아서 구조되리라는 희망은 버린 지 오래였고("공생해방군에 대한 두려움 속에서 너무 오래 살았기 때문에, FBI에 대한 두려움도 자연히 찾아왔다"), 해방군 일원들이 차례차례 가입 의사의 진정성을 물어 왔을 때 패티는 점점 더 영리하게 그들이 듣고 싶어 하는 대답을 해주었다. 그들이 패티의 부모를 깎아내리며 공생해방군을 찬양하는 메시지를 써준 뒤, 읽어서 녹음하라는 지시를 내렸을 때에도 그는 "힘차게 열심히" 따랐다. 공생해방군에게 이것은 하나의 승리였다. 그리고 비록 대놓고 말하지는 않았지만, 패티에게는 그들의 신념에 맞춰 개심한 것 역시 자신이 주어진 일은 뭐든 쉽게, 만족스럽게 해낸다는 것을 증명하는 일이었다.

공식적인 공생해방군 가입 절차는 어느 정도 엄숙함을 띠었다. 대원들이 둥그렇게 바닥에 둘러앉아 있는 가운데 패티는 안대를 낀 채 벽장 바깥으로 이끌려 나왔다. "침묵 속에서 신의 목소리가 들렸다. '자매와 형제 모두 네가 전투부대에 들어오는 데 찬성표를 던졌다.' 그 말을 듣는 순간 온 몸에 안도감이 물결처럼 일었다." 짧은 서약식을 마치고 안대를 벗어도 된다는 허락을 받은 그는 눈앞에 펼쳐진 광경을 보고 실망하며 이렇게 생각했다. "세상에, 이다지도 평범하고 매력 없는 시시한 사람들이라니." 1년 반이 흐른 뒤 패티가 공생해방군에 가담해 은행 강도를 저지른 혐의로 재판을 받게 되었을 때, 재판 결과는 그가 세뇌를 당했다고 볼 수 있을 것인지 아닌지에 달려 있었다. 배심원들은 세뇌를 믿지 않았지만, 한 때 버클리의 좌파 대학생들을 그리도 경멸했던 그가 이제는 새로운 동지들이 이토록 변변치 못한 데 실망하는 사람이 되었음을 설명할 다른 이유를 찾긴 어려울 것 같았다. "그들의 외모는 내가 상상한 반란군의 모습과는 완전히 달랐다. 나는 그들이 더 크고, 강인하고, 위압적일 줄 알았다."

부르주아로서 그에게 끔찍했던 순간은 이후에도 있었다. 그는 공용 칫솔을 쓰는 게 싫었고, 벽장에 갇혀 있는 동안 다른 여성들이 자신의 목욕 가운을 입었다는 사실을 알고는 기겁했다(나중에 그는 TV에서 자신이 예전에 입던 재킷을 입고 있는 여동생의 모습을 보게 되는데, 이 역시 끔찍한 순간이었다). 동지들 중에는 아직도 그가 "돈 많은 부르주아년" 같은 말투를 쓴다고 불만을 토로하는 이들이 있었고, FBI의 불심단속 시 할당받은 "전투 위치"만 보아도 그가 공생해방군에서 소모적인 역할을 담당하고 있다는 것은 분명했다. 그럼에도 그는 이제 그럭저럭 자신이 "선을 넘어갔다"는 느낌이 들었다. 그들은 훈련을 하고, 선언문을 작성하고, 미래의 "행동"을 구상하고, 미래의 "행동"을 구상하지 못한다는 이유로 서로를 질타하느라 바빴다. 매일 밤 두 명이 장전한 총을 들고 보초를 섰다.

4월 초, 그들은 은행을 털기로 결정하고 꼼꼼하게 준비를 마쳤다. "나는 힐즈버러에 있는 부모님 집보다 노리에가

스트리트와 22번가의 하이버니아 은행 지점에 대해 더 잘 알았다." 전날 밤 잠자리에 들 때 신은 "자기가 의사 명단을 가져갈 것이며, 필요한 경우 이 의사 중 몇 명에게 총구를 들이대고 이들을 납치해서 경찰이 총알을 제거하게 할 것"이라고 했다. 그리고 다음 날 아침에는 경찰로부터 "배에 총알을 맞은" 사람 외엔 아침을 못 먹게 했다. 이들 중 유일하게 아무런 위장을 하지 않았던 패티 허스트는 "현상 수배범"이 되었으며, 뉴스를 통해 자신이 미국 대중에게 극도로 혐오를 받는다는 사실을 알게 됐다. TV 화면에서 "공개적으로 공생해방군과 한 몸이 된" 자기 모습을 보았을 때는 토할 것 같은 기분이었다. 그럼에도 그는 언론에서 은행 강도 사건을 다룰 때 "약간의 경외감"이 담겨 있다는 사실을 (약간의 기쁨과 함께?) 알아차렸다.

공생해방군은 이렇게 말했다. "한 팀이란 함께 작전에 참여하고, 성공도 실패도 함께하며, 살아도 같이 살고 죽어도 같이 죽는 것이다." 하지만 은행 강도를 저지르고 몇 주 만에 공생해방군의 꽃은 죽어버렸다. 은행 강도 이후 패티 허스트의 첫 외출 장소는 스포츠 용품점이었는데, 아프로 가발을 쓴 채 두꺼운 양말과 속옷을 사는 임무를 맡아 거기에 보내졌다. 동료 군인 두 명, '욜란다'와 '티코'라는 부부가 그와 동행했다(이들의 본래 성은 해리스였다). 공생해방군은 여름에 혁명이 시작되리라 확신했기에 여념이 없었다. 전투 준비(그래서 두꺼운 양말이 필요했다), 그리고 그즈음 수도 없이 입에 올렸던 죽을 준비를 하느라. 패티 허스트는 타인을 죽이는 연습을 하는 건 즐거웠는지 몰라도, 동료들이 죽음을 생각하는 태도가 점점 더 낯설게 느껴졌다. "그 어느 때보다 현실적이게 된 나는 도대체 이 사람들이 왜 살아서 보지도 못하리라 믿는 무언가를 위해 싸우는지 이해할 수가 없었다." 그런데 스포츠 용품점에서 작은 실랑이가 일었다(양말을 계산한 다음 티코가 탄띠를 훔치려 시도했던 것이다). 세 사람은 패티가 총을 난사하는 가운데 탈출했지만, 부주의했던 나머지 FBI는 이들을 추적해 로스앤젤레스에 있는 이들의 안전가옥을 찾아냈다. 패티와 두 동료는 디즈니랜드 옆 모텔로 피신해 동지들과 로스앤젤레스 경찰대 간의 전투를 TV로 지켜보았다. 현장에서는 총 9,000발의 탄환이 발사됐으며 안전가옥은 화마에 휩싸였고 그 안에 있던 이들은 타 죽었다. 그 누구도 탈출 시도를 하지 않았다. 상황 판단이 빨랐던 검시관은 "이들은 마지못해 죽음을 맞았다"고 했다.

패티 허스트는 디즈니랜드의 세 생존자가 이제 "미국에서 가장 악명 높은 삼인조 수배범"이 되었다고 자랑스레 말한다. 해리스 부부는 잠시 동지들을 따라 죽을까 생각했으나 다행히 죽지 않기로 마음먹었다("신이라면 우리가 살아남아 계속해서 싸우기를 바랐을 테니까"). 마지막 뉴스 보도가 끝난 뒤 이제 사령관 자리를 넘겨받은 티코는 잘 시간이라고 선언했다. "욜란다가 나를 보더니 세심하게 배려하듯 물었다. '오늘 밤 우리랑 섹스할래?' '고맙지만 사양할게요.' 나는 그렇게 대답한 뒤 혼자 다른 침대로 올라갔다." 이 총격 사건에서 패티를 언짢게 했던 점은, 자신이 현장에 있을 수도 있었는데 아무도 신경 쓰지 않았다는 것이었다. "경찰은 발포 전에 나, 패티 허스트에게 밖으로 나오라고 하지 않았다." 이 일로 "돌아갈 수 없다"는 그의 입장은 더 확실해졌다. "나는 인민군 군인이었다. 내 목숨을 대가로 받아들인 역할이었다." 여기서 가장 특이한 점은 그가 붙잡히기 전 해리스 부부와 보내야 했던 대체로 악몽 같았던 18개월 동안 탈출할 기회가 여러 번 있었음에도, 인민군 군인이라는 저 역할에 내내 충실했다는 점이다. 사실 해리스 부부가 그를 사살할 마음이 있었는지조차 분명치 않다. 그는 성난 어조로 두 사람이 자신을 "우둔한 신병"처럼 대했다고 말한다.

세 사람은 여전히 자신들이 전시 상황에 놓여 있다고 여겼지만, 그해 여름 일으키기로 한 혁명은 이들이 동부 해안 시골 지역의 여러 리조트에 집을 빌려 숨어 있는 동안 연기되었다. 이런 집들은 《램파츠》Ramparts와 연줄이 있으며 스피로 애그뉴가 한때 "스포츠의 적"이라 묘사한 바 있는 급진 성향의 스포츠 기자 잭 스콧이 마련해준 것이었다. 스콧은 세 사람이 공생해방군에 대한 책을 써서 혁명 자금을 마련해야 한다고 했다. 책은 당연히 잘 팔릴 것이며 리히텐슈타인에 회사를 차릴 테니 소득세를 내지 않아도 될 것이라면서. 이들을 도울 작가도 한 명 파견되었는데, 패티 허스트에 따르면 그는 영국에서 자기 말로는 "여왕 사진에 똥을 눈" 죄로 구속되어

서평의 언어

유명해진 사람이었다. 책 쓰기는 그해 여름 일어난 다른 모든 일과 마찬가지로 형편없었다. 그들은 작가와 싸우고, 서로 싸우고, 스콧이나 그 아내와 싸웠다. 티코는 이들을 살해하기로 마음먹었지만 결국 실행에 옮기진 못했다.

그해 가을 세 사람은 캘리포니아주로 돌아와 새로이 합류한 신병들과 함께(전 동지들의 죽음으로 공생해방군의 지위가 몹시 격상되었던 것이다) 다시 혁명군으로서의 일상적인 생활을 시작했다. "이제는 살인을 저지를 때다." 티코는 명랑하게 말하더니 함께 직접 폭탄 만들기에 도전했지만, 화장실용 휴지를 아무리 쑤셔 넣어도 폭탄은 터지지 않았다. 패티 허스트의 위치 역시 격상되었다. 패티는 신병들과 잘 지냈으며 "공생해방군 버전의 래디컬 페미니즘에 관한 입장문"을 쓰라는 제안을 받았고, 직접 총 쏘기 수업을 이끌기도 했다. 아마도 그가 다시금 시민의 삶으로 돌아가고 싶다는 생각을 할수 있었던 건 이런 일을 통해 얻은 자신감 때문이었던 것 같다. 패티가 다른 이들에게 그만두고 싶다고 했을 때는 모두 충격을 받았다. "그러면 안 돼." 그들이 말했다. 정확히는 그들이 말했다고 패티가 말한 것이지만. "넌 혁명의 상징이야. 사람들에게 희망을 주는 존재라고."

결국 결정을 내려준 것은 1975년 초가을 어느 향기로운 밤 그를 체포한 FBI였다. 그는 전혀 기뻐하지 않았다. "눈앞에서 플래시가 펑펑 터지는 순간 나는 얼마 전 체포된 혁명가 수전 색스의 언론 사진을 떠올리며 색스처럼 활짝 웃으면서 주먹을 쥐고 팔을 들어 경례했다." 그것이 사람들에게 희망을 주기 위해 그가 마지막으로 한 일이었다. 처음에는 신이 FBI에 대해 갖고 있던 야단스러운 환상을 떠올렸던 그는 협조하길 거부했다. 가족이 찾아왔지만, 그에겐 "낯설게" 느껴졌다. "꼭 다른 세상에서 온 이들처럼." 한편 가족들도 "태아처럼 웅크린 채" 거의 아무 말 하지 않는 그를 못 알아보다시피 했다. 하이버니아 은행 강도 사건에 연루된 죄로 재판을 받는 사람이 그 혼자만은 아니겠지만 자신의 재판이 다른 두 명의 옛 동료보다 먼저 열린다는 사실이 확실해지자, 침체는 불만으로 바뀌고 마침내 분노가 되었다. 패티는 "유명세를 위험성과 동일시하며" 자신을 사슬에 묶어 끌고 다니는 연방 법원 집행관에게 화가 났다. 아버지가 마련해준 변호사에게도 화가 났다. 그 변호사는 미라이 학살의 메디나 대위, 그리고 보스턴 교살자를 변호한 것으로 유명해진 인물이었는데, 수수료 일부로 패티에 대한 책을 쓸 독점적 권리를 요구하는 한편 그의 변호를 망쳐버리기까지 했다. 또한 패티는 재판 전 면담에서 자기가 '랜디 허스트'를 아는데(사실은 몰랐다) 그의 재산이 별것 아니라며 허세를 떤 판사에게도 화가 났다. 아울러 패티의 가족이 법정에서 자기네 기를 죽이기 위해 맞은편에 기자단을 배치했다고 믿고 있던 배심원단에게도 화가 났다. "먹이를 향해 미친 듯 달려드는 상어처럼 굴던" 언론에도 화가 났다. 그러나 그 무엇보다도, 자신이 납치 피해자가 아니라 범죄자로 대우받고 있다는 사실에 화가 났다.

서평의 언어

대중이 "해리스라는 듣도 보도 못한 두 명의 급진주의자"보다는 "상속녀"이자 "유명인"에게 관심을 가졌기 때문에 일이 이런 식으로 전개된 거라는 패티의 생각은 물론 합당하다. 어느새 예전보다 훨씬 슬프고 또 현명한 여성이 된 패티는 말한다. "미국에 모두를 위한 평등한 정의가 존재한다는 것을 증명하기 위해 정부는 나를 기소해야 했다." 한편으로 만약 그가 재판 중 단 한 번이라도 스스로를 낮추어 자신이 저지른 일을 사과했더라면 그는 유죄판결을 받지 않았거나, 받더라도 징역 7년이라는 최고형을 받지는 않았을 가능성이 높다. 문제는 그에게 미안한 마음이 없다는 것이었다. 심문을 받으면서 그는 이렇게 말했다. "다시 그때로 돌아가도 그렇게 할 것입니다. 덕분에 목숨을 구했으니까요." 사과라는 것은 그의 성격에는 전혀 맞지 않는 일이었다. 결과적으로는 유명인이 된 보람이 있었다. "이 나라 역사상 가장 큰 규모로 벌어진 감형 청원 운동" 덕분에 사람 좋은 지미 카터로부터 감형을 받아냈던 것이다.

『비밀스런 모든 것』은 매력적인 책이 아니다. 평이하고 반복적이다. 그럼에도 이 책은 좋은 이야기를 담고 있고, 더 나은 영화의 소재가 될 요소를 품고 있다. 패티 허스트가 더욱 정직했더라면, 공생해방군과 보낸 시간이 즐거웠고 신Cin (또는 죄sin)에게 홀딱 반했으며 무법자 무리의 일원이 된 것이 좋았다고, 또 재판에서 검사가 주장한 바대로, 훗날 고백한 것보다 쿠조와의 관계는 더 깊었다고(이 책에는 확실히 쿠조에 대한 이야기는 거의 없다) 말했을 가능성이 무척 높기는 하지만, 그렇다고 해서 그가 (속마음이 어디에 있었건 간에) 마음속 깊이 그들의 슬로건대로 미국 정부를 전복시키려 단단히 작심하고 있었다는 얘기는 아니다. 그는 자신이 묘사한 바대로 "언제나 실용주의적인" 사람이다. 패티 허스트의 책을 읽은 미국의 여러 서평가, 그리고 영국의 일부 서평가는 이 책이 오로지 돈벌이를 위해 쓰인 거라고 결론 내렸다. 조앤 디디온은 "허스트가 하게 될 일이 달러로 바뀔 것이라 보는 꿈같은 생각"이라고 지적한다. 하지만 패티는 그저 자신이 했던 모든 일이 옳았다는 사실을 보여주고 싶었는지도 모르겠다. 그러니까 자기 자신에게는 말이다.

《런던 리뷰 오브 북스》 1982년 3월 6일

성인전

Hagiography

1975년 12월 어느 날 저녁, 데이비드 플랜트는 사우스켄싱턴의 한 호텔에 묵고 있던 친구인 소설가 진 리스를 찾아갔다. 리스의 표현에 따르면 그곳은 "여기 드글거리는 노인들한테 스위트 베르무트 한잔 내주지 않는 크고 따분한 호텔"이었다. 그는 접객 담당자가 "분홍 라운지"라고 표현한 곳에 분홍 모자를 쓰고 앉아 있었다. 당시 리스는 팔십 대였다. 플랜트는 리스에게 입을 맞춘 다음 건강이 기막히게 좋아 보인다고 말했다. 리스가 대답했다. "거짓말 마. 난 죽어가고 있단 말이야." 저녁식사를 마치고 과음한 두 사람은 리스가 묵는 방으로 올라갔다. "그의 지팡이가 몇 번이나 다리 사이에 끼어버리는 바람에 내가 똑바로 세워주어야 했다." 두 사람은 방 안에서 술을 조금 더 마시며 리스의 인생에 대해 이야기했다. 다섯 시간 뒤, 데이비드 플랜트는 자리에서 일어나 소변을 보고 온 다음 이제는 가보아야겠다고 했다. "진은 '가기 전에 화장실에 좀 데려다줘' 했다." 플랜트는 리스를 화장실에 데려다준 뒤 분홍 모자를 쓴 그가 세면대에 기대어 있는 모습까지 보고 밖으로 나왔다. 잠시 후 리스가 플랜트를 불렀다.

나는 문을 살짝 열면서 어쩌면 내가 문을 조금만 열면 화장실 안에서의 일 역시 조금만 일어날 수도 있으리라고 상상했던 건지도 모르겠다. 머리에는 우그러진 모자가 비뚜름하게 얹혀 있고, 속바지를 발목까지 내린 채 두 발은 허공에 뜬 채로 변기에 빠져버린 진이 보였다. 그제야 나는 내가 변기 시트를 도로 내려두는 걸 깜빡 잊었다는 걸 알아차렸다. (…) 나는 오줌 구덩이가 된 화장실로 들어가 두 팔로 진을 안아들었다.

"내 발로 갈 거야." 침대에 뉘어주겠다는 플랜트의 제안에 리스는 이렇게 대답했다. 그래서 플랜트는 리스를 벽에 기대 세워두고 "흠뻑 젖은 속바지를 벗겨주었다". 리스를 침대에 눕힌 뒤 그가 소니아 오웰에게 전화를 걸자 곧 오웰은 상황을 정리하러 달려왔다. 오웰이 말했다. "세상에, 데이비드, 이렇게 취할 때까지 뭘 한 거야?"

며칠 뒤 플랜트는 다시 진 리스를 찾아갔고, 그사이 리

서평의 언어

스는 오웰의 도움을 받아, 고객에게 스위트 베르무트를 내줄 것이 틀림없는 다른 호텔로 옮겨 가 있었다. 몸 상태는 한결 나아 보였다. "자, 데이비드. 앞으로 또 어느 숙녀분과 이런 일이 생기더라도 당황해서는 안 돼. 숙녀분을 침대에 눕히고, 이불로 덮어주고, 물 한 잔과 수면제를 침대 협탁에 둔 뒤 조명을 아주 어둡게 낮춰. 떠나기 전엔 말쑥해 보이게 넥타이를 가다듬고 접객 담당자에게 가서 숙녀분은 휴식을 취하는 중이라고 말해. 그리고 나중에 이런 이야기를 입 밖에 내게 될 땐 우스운 이야기로 만드는 거야."

데이비드 플랜트는 이런 이야기를 어렵잖게 우스운 이야기로 만들었다. 원한다면 더 우스꽝스럽게 얘기할 수도 있었겠으나, 친구들과 등질 생각이 아닌 바에야 친구를 우스운 이야깃거리로 만드는 건 좀 곤란하다. 영국에 사는 미국인 소설가 플랜트는 꽤나 활발한 사교 생활을 즐기는 사람이다. 소니아 오웰은 그의 생활이 "정말 세련됐다"고 표현한 적이 있는데, 작가 치고는 지나치게 세련됐다는 것이 오웰의 생각이었다. 하지만 이번에는 플랜트가 오웰에게 앙갚음을 해준 셈이다. 『어려운 여자들』은 한때 세련된 사람과만 어울리던 세 여성에 관한 회고록이다. 그중에서도 오웰과 친분을 갖는 건 가장 세련된 일이라는 취급을 받았다. 비록 오웰은 플랜트에게 자신은 파리에서 "정말 정말 평범한" 사람들과 알고 지냈다고 했지만 말이다. 『어려운 여자들』은 호의적인 어조로 쓰인 책은 아니고 특히 오웰에 대해 이야기하는 방식이 그러하지만, 플랜트가 이 책이 그와의 우정을 배신하는 일이 될 수 있다는 생각을 했을지는 확실치 않다. 오웰을 전혀 호감 가지 않는 사람으로 그려내는 와중에도 자신이 그를 얼마나 사랑했는지 독자들에게 끊임없이 이야기하고 있기 때문이다.

진 리스는 1979년 세상을 떠났다. 조지 오웰의 아내였던 소니아 오웰은 1년 뒤에 세상을 떠났다. 플랜트가 다룬 세 번째 여성은 저메인 그리어로, 그는 이탈리아에서 플랜트와 이웃으로 지내며 친분을 이어가기도 했고, 털사대학교에서 한 학기 동안 동료 교수로 지내기도 했다("털사에서 나는 소니아에게 편지를 여러 통 보냈는데 저메인 그리어 이야기를 길게 써서 보낸 적도 있다"). 세 여성 중 플랜트가 가장 좋아했던 사람은 저메인 그리어인 것 같지만, 이제 그리어는 이 책을 썼다는 이유로 그를 "기분 나쁜 놈"이라고 생각한다. 아마도 나머지 두 사람과 생전에 친분이 있었던 이들이라면 플랜트에게 더 심한 말을 퍼부을 것이다. 사실 두 사람과 모르는 사이였던 이들조차 이미 그를 가혹하게 비난했고, 어쩌면 플랜트가 책 속에서 묘사한 디너파티들은 이제 그를 빼고 열리는 중일지도 모르겠다. 플랜트는 스스로를 방어하려는 듯 자신은 외국인이기에 공적인 삶과 사적인 삶을 구분하는 영국인들의 선을 이해할 수 없다고 주장한다. 편리한 변명 같지만, 사실일 수도 있으리라. 친구들이 하는 행동이나 말을 전부 기록해두는 사람치고 악의 없는 사람은 없지만, 친구들의 우스꽝스러운 면모를 그려내느라 자기 자신마저 바보처럼 그

서평의 언어

릴 수밖에 없는 상황에서도 자기 일기에 살을 붙여 책을 출판하기로 마음먹은 건 순전한 악의 때문만은 아니었으리라.

사교적인 여성이던 오웰은 엄청나게 많은 디너파티를 주최했다("소니아는 요리에 일가견이 있었고 아주 관심이 많았는데, 주로 프랑스 요리였다"). 플랜트는 이런 파티를 그리 즐기지 않았다. "나는 희생양 노릇을 하느라 화가 나고 낙심한 채 저녁을 보낸 뒤 집으로 돌아갈 때마다 다시는 소니아를 만나지 않겠다며 이를 갈고는 했다. 그러나 다음 날이면 그에게 전화를 걸어서 정말 멋진 디너파티였다고 (…) 어서 또 만나자고 말했다." 당연히 플랜트는 인맥이 넓은 오웰의 가까운 지인이라는 것, 진 리스와 개인적으로 친분이 있다는 것, 열광의 대상인 그리어의 친밀한 동반자라는 것을 기쁘게 여기던 속물이다. 또, 얼마나 부유하고 유명한 이들이건 모두와 친하게 지낼 수 있는 유쾌한 젊은 남성 행세를 하는 것 역시 기쁘게 여겼다. 딱 꼬집어 말하지는 않지만 그는 동성애자이기도 하며, 순종적이지 않은 여성, 배우들이 '유별나다'고 표현하는 부류의 여성에게 약하다. 그는 '어려운' 여성을 향한 애정을 설명할 때면 종종 이런 약점을 언급하지만, 이에 대한 해명을 충분히 제공하지는 않는다. 그는 한 인터뷰에서 이렇게 말했다. "아마 어머니와 관련된 프로이트적 결론으로 비약할 수 있겠지요." 그러곤 이내 "하지만 저는 이를 결단코 부정합니다"라고 덧붙였다.

어쩌면 '어려운 여자들'이란 이성애자 남성은 살면서 누릴 수 없는 호사일지도 모른다. 그러나 그것(여성과 함께 살아야 하는 남성은 지각이 있는 한 분명 성격이 느긋한 여성을 택하리라는 것)이 어느 정도 사실이라 해도 이를 뒤집으면 전혀 말이 되지 않는다. 레즈비언들은 어려운 남자를 찬양하는 노래를 부르지 않는다. 그런 건 그들 도덕률에 어긋나는 일인데다가, 어차피 이성애자 여성들이 언제나 하고 있는 일이니 불필요한 일이기도 하다. 세계사는 세상을 지배해온 어려운 남자들의 역사라 볼 수 있다는 사실을 감안하면, 플랜트의 책 제목에 반기를 들어도 마땅할 것 같다. 어쩌다 보니 서로 알게 된, 적당히 유명한 남자 세 명에 관한 책을 쓰고 '어려운 남자들'(또는 한 술 더 떠서, '괜찮은 남자들: 세 사람에 관한 회고록')이라는 제목을 붙인 사람은 여태 없었으니까. 하지만 그렇다고 심술을 부리거나, 세상에 어려운 여자 같은 것은 존재하지 않는다는 양 굴어보았자 의미가 없다. '어려운' 사람이 아니라면 누가 그 사람에 관해 책을 쓰겠는가? 플랜트는 여성들이 자기 인생을 고단하게 만드는 방법 몇 가지를 굉장히 잘 묘사하는 한편으로, 쉽게 친해질 수 있는 이들과 친구가 돼봤자 좋을 게 없음을 넌지시 암시한다. 알고 보니 '어려운 여자들'이 가진 의의는, 그들을 좋아하는 자신을 더 좋아할 수 있게 해주는 것인 모양이다.

진 리스의 경우를 보자. 플랜트가 책에 쓴 세 친구 중 그의 인생을 가장 괴롭게 한 사람은 리스였는데, 주된 이유는 플랜트가 리스와의 관계에서 우정 이상의 것을 바랐고,

그런 스스로를 마음에 들어 하지 않았기 때문이다. "어쩌면 내가 그에게 관심을 갖는 가장 큰 이유는, 그를 작가로서 이용할 수 있어서가 아닐까 하는 생각이 들었다." 두 사람이 처음 친분을 맺었을 무렵을 돌아보며 플랜트는 이렇게 쓴다. "그런 기분이 즐겁진 않았다." 플랜트는 리스가 쓰고 싶어 했지만 이제는 쓸 수 없게 된 자서전 작업("나 혼자서는 할 수 없는데, 누구도 날 도와줄 수 없어." 늘 그렇듯 리스는 이렇게 말했다)을 돕겠다고 나섰는데, 막상 수락을 받자 또다시 그런 기분이 찾아왔다. 두 사람의 협업은 길고도 고통스러웠다. 같은 내용을 검토하고 또 검토했다. 리스는 어떤 때는 흡족해했고, 어떤 때는 싫어했다. 술에 취해 이 작업은 무가치하고 계속해봐야 소용없다며 고함치기도 했다. 플랜트가 1,000개쯤 되는 이질적인 파편을 연대순으로 짜 맞춰놓으면 리스가 바닥에 집어던져 버렸다. 그러고 나면 방금 자신이 저지른 일을 살펴보며 또 이렇게 말했다. "이 일이 끝나기는 할지 모르겠어. 엉망진창이야." 진 리스가 세상을 떠난 뒤, 소니아 오웰은 플랜트 역시 분명히 알고 있던 바를 못 박아 설명했다. 리스는 자기 책을 다른 작가가 장악할지도 모른다는 생각에 겁에 질려버렸던 것이다. 그런 공포심에 공감하기는 어렵지 않다. 안타까운 일이지만, 언제나 도움을 청하면서도 도와주는 이로부터 끊임없이 흠을 찾아내곤 하는 여성이 가진 편집증에 너무나도 잘 들어맞는 감정이었으니까. "이젠 아무도 만나고 싶지 않아"라고 말한 지 10분 만에 "아무도 날 보러 오지 않아" 하는 그런 여성 말이다. 진 리스가 젊을 때 쓴 글이나 나이 들어 쓴 글에서도 모두 나타나지만, 데이비드 플랜트의 묘사는 리스가 자신이 부당한 취급을 받는다는 생각에 매달 린 동시에 이로부터 영감을 받았음을 분명히 해준다.

플랜트는 노년에 느끼는 고독에 관한 리스의 이야기를 받아 적던, 어느 슬프디슬픈 오후를 떠올린다.

그는 아무도 자신을 도와주지 않는다고, 자신은 완벽한 외 톨이라고 했다. 그는 자기가 홀로 런던에 가야 했다고 했 다. 실제로는 소니아와 담당 편집자가 동네에 사흘씩 머무 르며 채비를 도운 다음, 자신들이 마련해둔 런던의 아파트 까지 태워다 주었는데도 말이다. 그는 내게 글을 처음부터 끝까지 소리 내어 읽으라고 했다. 다 읽고 나자 그가 말했 다. "음, 좋은 문장이 한두 개 있군." 나는 그의 인생을 차 지한 '어마어마한 고독' 가운데 얼마만큼이 문학일까 생각 했다. 좋은 문장이 한두 개 있길 바라는 그런 문학. 그는 종 종 자신의 글이 남길 것은 바로 그 좋은 문장 한두 개뿐일 거라고 했다.

리스는 어마어마하게 고독했는데, 그의 정신 속에는 오 로지 자기 자신밖에 존재하지 않기 때문이었다. 소니아 오웰 은 젊은 시절의 진 리스가 얼마나 아름다웠는지 플랜트가 모르는 게 아쉽다고 했지만, 리스의 매력은 그의 소설 속 여

서평의 언어

성 주인공들을 통해 환히 드러난다. 저마다 작가 자신의 여러 버전인 동시에, 하나같이 매력적인 데다가 몹시 예쁜 여성 주인공들 말이다. 리스는 플랜트에게 "인물이라는 게 뭔지 모르겠어"라며 털어놓았다. "난 그저 일어난 일을 쓸 뿐이거든." 즉 자신에게 일어난 일이라는 뜻이다. 이 말은 소설가로서 인물이라는 개념을 종잡기 어렵다는 것만을 의미하진 않았다. 리스에게 사람들이란 모두 그가 평생 이해할 수 없는 수수께끼였다. 그는 플랜트에게 자신의 첫 남편과 세 번째 남편이 감옥살이를 한 이유를 몰랐다고 고백하며 "난 내 남편에 대해 아는 게 별로 없어"라고 했다. 리스의 세 번째 남편이던 맥스 해머는 이전에도 결혼 생활을 한 적 있었으나, 리스는 "그에게 아이가 있었는지 여부는 모른다"고 했다. 리스 역시 첫 남편 장 랑글레와의 사이에 두 아이가 있었다. 이혼 후 딸은 (분별 있게도) 아버지와 살기를 택했고, 아들은 태어난 지 오래지 않아 죽었다. "왜 죽은 겁니까?" 하고 플랜트가 묻자, 리스의 대답은 "모르겠다"Je n'sais pas였다. "난 전혀 좋은 엄마가 아니었거든."

본인의 글, 그리고 글쓰기 전반이라는 본인에게 큰 의미를 갖는 듯한 두 가지에 대해 아주 많은 말을 하면서도, 한편으론 한두 줄의 슬픈 문장을 쓰기 위해 여태 쓴 모든 글을 등질 준비가 되어 있었다는 점이 진 리스의 특징이다. "난 살아보지도 못한 채 죽을 거야. (…) 나는 작가가 되고 싶었던 적이 없어. 내가 원한 건 행복해지는 것뿐이었어." 이해하기 어려운 것은, 진 리스의 자기애가 타인의 애정을 유발했다는 부분이다. "나는 당신을 말도 안 되는 이유로 사랑합니다." 어느 날 데이비드 플랜트는 리스에게 이렇게 말한 뒤 어째서 그런 말을 했는지가 아니라 어째서 그를 사랑하는지에 관해 고민했다. 스콧 피츠제럴드는 아내 젤다에 대해 이런 말을 한 적이 있다. "처음 만난 뒤 4년 반 동안 젤다로부터 받은 가장 커다란 영향은 그의 완전하고 세련되며 열의에 가득한 이기심이었다." 어쩌면 아무런 일에도 대처할 수 없을 정도로 자신에게 매몰된 아름다운 여자란 도저히 거부할 수 없는 매력이 있는 존재인지도 모르겠다. 플랜트는 진 리스에 대해 "그가 선물받은 콤팩트 여는 법을 알려주기 위해 내가 세 번이나 찾아가야 했다"는 여담을 쓰기도 한다. 어쩌면 상대의 이기심 때문에 정중한 관심을 베풀다 보니 그를 사랑한다고 생각하게 된 건지도 모를 일이다.

데이비드 플랜트가 진 리스를 처음 만난 것은 소니아 오웰의 집에서 열린 '오찬 파티' 때였고, 리스의 자서전 작업을 하던 시절 그는 오웰과 함께 리스 이야기를 즐겨 하기도 했다. 이유야 알 길 없지만, 오웰은 자기가 리스에 대해 모르는 사실 단 하나라도 그가 알고 있는 걸 질색했다. "자네가 진한테 들어서 아는 건 모조리 내가 아주 자세히 들어 알고 있던 것들이고, 진이 나한테만 말하고 자네한테는 말하지 않은 것도 아주 많아." '어지간한 사람들'은 자기를 좋아하지 않는다고 여겼고, 아마도 실제로 그랬을 소니아 오웰은 행복이라는 끔찍한 감정이라도 끌어낼세라 상대를 기분 나쁘게 하는 화법을 썼다. 플랜트는 말한다. "함께 있을 때마다 오웰은 내가 내 인생을 무가치한 것으로 느끼게 만들려고 애를 썼는데, 나는 그가 자신의 인생에 대해 그렇게 느낀다는 것을 알고 있었다." 누군가와 친해지고 싶어 하게 되는 이유치고는 참 이상하다. "나는 그의 불행을 사랑했다." 이어진 플랜트의 말이다. 데이비드 플랜트보다 상식적인 인간이었던 오웰은 누군가 스스로에 대해 그런 식으로 말하는 건 방종이라 여겼는데, 그 말엔 일리가 있다.

플랜트는 오웰이 가진 장점들, 시간과 돈을 후하게 쓴다는 것, 그리고 그의 표현으로는 친구들에 관한 "무관심한 헌신"을 인정했다. 하지만 책에서 부지런히 전하는 것은 오웰의 행동이 가진 수많은 불쾌함, 혹은 '어려움'이다. 플랜트는 오웰의 친구들의 만류에도 그를 이탈리아로 데려가 자기 집에 머물게 했다("내가 소니아 오웰과 이탈리아에 간다고 하자 그는 '제정신이 아니군' 했다"). 오웰은 그 집에 머무는 내내 불평을 쏟아냈으며, 플랜트가 특히 자랑스러워하는 것들을 모조리 싫어했다. 오웰은 자주 술에 취했고, 자기가 모르는 사람들은 전부 (그리고 자기가 아는 사람 중 많은 수를) 싫어했다. "그 작가가 자기 친구들 이야기를 했다. 그러자 소니아는 '돼지 같은 놈들이야'라고 했다." 오웰은 제자 한둘을 존중하긴 했지만 대체로 타인의 노력을 경멸했고, 타인의 명성은 더더욱 경멸했다. "프레디 에이어. 그는 그렇게 생각하지 않는다고. (…) 참 나. 나도 프레디 에이어를 알아. 그자가 생각 따윈 안 한다는 것도 알지." 스스로를 작가가 되는 데 실패했다 여기던 오웰은 작가들에게 특히 가혹했고, 그중에서도 성공을 꿈꾸는 작가들에겐 가차 없었다. "소니아는" 본인이 있던 자리에서 어느 작가가 최근에 출간한 책을 칭찬받자 "'난 안 읽을 거야, 분명 형편없을걸' 하고 말했다". 하지만 플랜트보다 오웰 스스로가 자신의 행동을 더욱 역겨워했던 것 같다. "소니아는 어려운 여자였지만, 어려운 데는 이유가 있었다. 그는 자신에게도 타인에게도 정말 많은 것을 바랐고, 자신도 타인도 결코 품었던 포부만큼을 이룰 수 없다는 사실에 노여워했다". 찬사라 할 만한 말이지만, 오웰의 분노가 언제나 찬사를 받을 만했던 것은 아니었다. 오웰이 앓아누웠을 때 한 친구가 찾아와 곁에 머물러준 일이 있었다. "느지막한 오전 그가 쟁반을 들고 찾아가면 소니아의 반응은 둘 중 하나였다. 컴컴한 방에서 베개를 베고 누워 있다가 고개를 들고 성난 말투로 '딱 잠들려는 순간 깨우다니, 빌어먹을' 하거나, 밝은 방에서 침대에 앉아 있다가 담배꽁초를 재떨이에 짓눌러 끄며 '드디어enfin. 아침식사가 영영 안 올 줄 알았는데 말이야' 하거나."

소니아 오웰은 진 리스가 자신의 비극을 팔아먹는다며 깔봤으나, 본인도 그보다 딱히 더 나을 건 없었다. 그러나 오웰은 적어도 자신이 무얼 하고 있는지는 알고 있었다.

"어제 길을 가는데 어느 젊은 여자가 나를 멈춰 세우더니 몇 시냐고 묻더라. 그래서 고함을 질렀어. '내가 길에서 날 멈춰 세우는 사람한테 쓸 시간이 어디 있어?' 나중에 가서 내가 왜 그 사람한테 그렇게 무례하게 군 건지 생각해봤어. 왜지? 난 왜 그렇게 분노에 차 있는 걸까?"

나는 아무 말도 하지 않았다.

그는 말했다. "난 인생을 망쳐버렸어. 난 내 인생을 망쳐서 화가 난 거야."

데이비드 플랜트가 진 리스에 관해 쓴 이야기는 대체로 진 리스 자신의 입에서 나온 것들이다. 또 그가 그려낸 오웰의 모습은 설득력이 있다. 그러나 애초 오웰을 모르는, 소니아 오웰이라는 사람의 이름을 들어본 적도 없는 이라면 그가 얼마나, 그리고 왜 스스로를 그토록 혐오했는지 알 도리가 없다. 소설가라면 자신이 친구들에 관해 품는 생각을 한층 더 기교 있게 말할 방법이 있을 텐데 말이다.

소니아 오웰과 이탈리아에 함께 머물던 그해, 플랜트는 영국으로 돌아가기 전 저메인 그리어와 며칠을 보내기로 했다. 그리어와 함께 그 집에 도착한 플랜트가 처음으로 보게 된 건, 무화과나무 아래 탁자 앞에 앉아 손가락 물감을 가지고 노는 아기였다. 그리어가 아기를 향해 "손가락 물감은 그 딴 식으로 쓰는 게 아니"라며 고함을 지르자 아이는 마치 "물감 놀이를 하는 데 옳고 그른 방식이 있다는 사실에 충격을 받은 것 같은 표정으로" 그를 올려다보았다. "저메인이 아기에게 손가락 물감 쓰는 법을 알려주는 동안" 플랜트는 집 안으로 들어갔다. 아기 엄마가 집 안에서 잡지를 읽고 있었다. 정원에 있던 그리어는 "내가 빌어먹을 큰돈을 주고 사다 준 그놈의 손가락 물감으로 아기가 난장판을 쳐놓는 동안 너는 안에서 뭣 하는 거야?" 하고 소리를 질렀다. 저메인 그리어는 그놈의 손가락 물감을 올바르게 사용하는 방법 외에도 많은 것을 알고 있었다. 플랜트의 묘사대로라면 그리어는 할 줄 모르는 일이라고는 단 하나도 없었다. 이튿날 아침 그리어는 비둘기장을 설계하겠다며 도면을 그리고 있었다.

내가 말했다. "궁전이라도 설계하는 것 같네요."

"난 그저 마땅히 해야 하는 방법대로 만들고 있는 것뿐이에요." 그가 대답했다.

두 사람은 동네의 구리 세공인을 찾아갔다. 그리어가 세공인과 그 지역 사투리로 대화를 나누었다.

밖으로 나온 뒤 내가 물었다. "그런데 사투리는 어떻게 아는 거죠?"

"당신은 몰라요?" 그가 되물었다. "당신은 여기 살잖아요. 그런데 사투리를 모른다고요?"

두 사람이 정비소에 가자 정비공들이 그리어를 빤히 쳐다보았다. "엉덩이를 양쪽으로 실룩이며 양손을 가슴 앞에서 꼭 맞잡고 입을 삐죽 내밀고선 충격흡수장치에 대해 자기들만큼이나 잘 알고 있는 여자를 난생 처음 보았던 것이다." 털사에서도, 투스카니에서도 그리어와 플랜트가 함께 어디를 가건 똑같은 일이 벌어졌다. 그리어는 전적인 통제권을 휘둘렀고 플랜트는 당혹스러워했다. 두 사람이 함께 나눌 수 있는 전문지식은 각자 성적 욕구를 어떻게 충족시키는가에 관한 것뿐이었던 듯하다.

우리 말고 여섯 명이 더 참석한 저녁식사 자리에서, 식탁 맞은편에 앉아 있던 저메인이 내게 말했다. "여기 온 뒤로 몇 주째 섹스를 한 번도 못 했어요." 내가 대답했다. "저도 마찬가지입니다." 그러자 그가 말했다. "뭐, 작은 하얀 방에서 혼자 처리하는 것도 충분히 즐거웠어요." 내가 대답했다. "저 역시 그걸로 상당히 만족하고 있습니다."

플랜트는 그리어의 매력에 홀딱 빠져 있었다. 욕조 테두리를 따라 초를 켜놓고 욕조에 앉아 있는 그리어의 가슴이 촛불 빛을 받아 반짝이는 모습에 매료되었고, 치마의 벌어진 단추 사이로 들여다보이는 그의 음모에 매료되었고, 그의 "온전한 존재감"과 그의 외모(그는 그리어의 "몽땅한" 발을 보기 전까지는 그가 "흠 하나 없이 아름답다"고 생각했다)에 매료되었다. 또한 그리어의 성생활에, 가령 중고차 판매원들과 바다에서 섹스했던 경험담이며 "길고도 격렬하게 전율하던 오르가슴" 묘사에 매료되었고, "온 세상에 대한, 그리고 세상에서 일어나거나 일어나지 않는 일에 대한" 그의 지식에 매료되었고, "여성으로 사는 것이 무엇인가"(그게 뭘까?)에 대한 그의 생각에도 매료되었다. "나에게 그의 지성은 여성의 지식으로 다가왔는데, 그가 여성으로서 세상에서 자신의 역할에 관한 독창적인 생각을 해냈기 때문이다. 이 복잡한 역할을 이해하려면 지식이 필요한데, 나는 그가 그 역할을 완벽하게 이해해냈다고 생각했다." 무엇보다도 플랜트는 그리어가 공적인 자리에 있을 때 뿜어내는 광휘에 매료되었다. 이 장은 털사의 유니테리언 교회에서 강연하는 그리어의 대단한 모습을 묘사하며 끝을 맺는다.

TV 카메라를 이용한 강연 녹화를 위해 강한 조명이 무대 위를 비췄다. 강렬한 조명 속에서 저메인은 활활 타오르는 은빛 광채를 내뿜는 것 같았다. 강연을 하는 동안 그는 느슨하면서도 부드럽게 팔을 움직이는 제스처를 취했고, 부지불식간에 나는 임신중지 찬성에 관한 그의 공적인 주장이 아니라, 사랑에 관한 사적 고백에 몰입하게 되었다. (⋯) 나는 생각했다. 그가 자기 이야기를 하고 있다고. 그럼에도 자기 이야기를 하는 게 아니라 바깥세상을, 그리고 그 세상에 관한, 내가 모르는 그만의 풍부한 지식을 이야기하고 있다고. 마치 그에게는 세상에 관한 남모를 지식이 있는 것 같았고, 그 비밀을 배우고 나면 나도 다른 사람이 될 것만 같았다. 나는 다른 사람이 되고 싶었다. 저메인의 대중 강연을 듣는 건 처음이었다. 그렇게 사적인 모습을 본 것은 처음이었다. 나는 생각했다. 내가 그를 사랑한다고.

놀라운 점은 그리어가 플랜트를 기분 나쁜 놈으로 여긴다는 사실이 아니라, 이런 이야기 끝에 플랜트가 그리어를 어려운 여자로 정의한다는 사실이다. 어렵다는 말이 무력한 진리스와 유능하기 짝이 없는 저메인 그리어 둘 다를 아우를 수 있는 형용사라면, 나머지 우리에겐 무슨 희망이 남아 있겠는가?

《런던 리뷰 오브 북스》 1983년 3월 3일

비타 롱가

Vita Longa

"화장대에 놓인 낡은 초록 벨벳 드레스를 바라보며, 나는 내 온 존재가 사랑에 녹아드는 것을 느꼈다. 그 순간부터 단 한 번도 그를 사랑하길 그친 적 없었다." 이 말을 한 사람은 크리스토퍼 세인트 존(으로 알려져 있지만 그의 진짜 이름은 크리스타벨 마셜)이다. 열정을 바친 상대인 비타 색빌웨스트에 대한 그의 마음을 우리가 알 수 있는 것은 크리스토퍼가 비타를 기리며 "열애 일기"를 썼기 때문이다. 얼마 전 (그리고 몹시 드물게도) 다른 여성으로부터 버림받은 비타는 크리스토퍼가 자신의 손을 잡도록 허락했다. 빅토리아 글렌디닝에 따르면 비타는 톤브리지까지 가는 "내내" 그와 차에 동승하기까지 했다. 톤브리지에 도착한 뒤 크리스토퍼는 기차를 타고 런던으로 돌아갔다. 그러나 런던을 떠나는 길, 정확히는 웨스트민스터브리지 로드에서 비타는 "왼손을 뻗어" 크리스토퍼에게 사랑한다고 말했고, 톤브리지의 역에 도착했을 때는 골목에 차를 세운 뒤 그에게 "연인의 키스"를 해주었다("11월의 그날을 제외하면 나는 V.와 순수한 기쁨을 누린 적이 없다"). 이연인의 키스에는 "사랑의 하룻밤"이 뒤따랐다. 그것으로 모두 끝이었다.

　글렌디닝의 책은 주로 사랑에 초점을 맞춘다. 비타가 사랑에 빠지고 죽도록 사랑하고 사랑에서 빠져나오는 과정, 사랑을 받고 정신없이 휩쓸리며 천국을 일별하다가 그만 지겨워지는 과정 말이다. 크리스토퍼 세인트 존과 정사를 나눌 때 비타는 마흔 살이었다. 글렌디닝의 묘사에 따르면 크리스토퍼는 "추하기 짝이 없는 용모를 지닌 오십 대 후반 여성이었다"(크리스토퍼를 대신해 비타에게 탄원하러 나선 버지니아울프는 "그 노새 얼굴을 한 성질 나쁜 당신 여자"라고 묘사했다). 비타는 크리스토퍼를 내치지 않았다. 비타는 상대가 큰 대가를 바라지 않는 한 사람들이 끊임없이 자신을 사랑하는 걸 즐겼으므로, 결국 크리스토퍼는 금요일 밤마다 그와 통화를 나눌 수 있었다. 그럼에도 그는 비타를 향한 사랑을 멈추지 않았고, 20년 뒤 여든이 가까운 나이에도 여전히 비타를 사랑하고 있었다. "사랑하는 나의 비타—내 영혼의 기쁨."

　비타 색빌웨스트를 사랑한 모든 여성은 이와 엇비슷한 밀도로 그를 강렬하게 사랑했다. 바이얼릿 트레퓨시스는 이렇게 썼다. "평생 당신을 사랑했어. 내 이상으로서, 내 영감으로서, 내 완벽으로서." 그리고 대부분의 경우 비타의 감정 또한 적어도 한동안은 비슷한 수준으로 강렬했다. 비타의 아들인 나이젤 니컬슨은 어머니와 바이얼릿 트레퓨시스 사이에 오간 감정을 두고, 이 두 여성이 "산들바람을 타고 태양을 향해 실려 가며 천공의 희박한 공기에 아찔하게 황홀해했다"고 표현했다. 비열한 말이 되겠지만, 서로를 극도로 사랑하기 위해 그들에게 필요한 것 하나는 자신들이 그 누구보다 우월하다는 감각이었다고 할 수도 있겠다. 웅장하며 자유롭고 위험을 무릅쓰며 모험을 하고 대체로 산들바람을 타고 태양을 향해 실려 가는 것이 중요한 삶에서, 크리스토퍼 세인트 존 같은 단역이 자신에게 일어난 일이 (그 아무리 변변치 않을지언정) 정확히 무엇인지, 그 거리의 이름은 무엇이며 차를 어디에 세웠는지까지 기록해두었다는 사실은 언급해둘 만하다.

놀 저택에 살던 어린 비타 색빌웨스트는 모험으로 가득한 삶을 다양한 문학 형태로 준비했다. 버지니아 울프는 이 어린 올랜도의 작품들을 가리켜 "낭만적이기 그지없고 전부 길다"고 했다. 자신에 대한 불만족이 엄청났던 비타("난 아마 상당히 끔찍했을 것이다")는 과거에 대한 정교하고도 고매한 회고로 연습장을 가득 채웠다. 그는 리슐리외, 메디치 가문, 그리고 색빌 가문의 조상 같은 화려한 옷치레를 한 이들을 주인공으로 삼았다. 해럴드 니컬슨은 아내를 가리켜 이렇게 말했다. "나의 비타는 사랑스런 자기 자신을 포함해 모든 사람의 여주인공이었습니다." 그러나 비타가 자신이 어떤 유형의 여주인공이 될지를 알아내기까지는 시간이 걸렸다. 남북전쟁에서 대단찮은 공을 세운 에드워드 색빌을 찬양하는 6만 5,000단어 분량의 장편소설을 완성하고 난 뒤 비타는 수줍게 '작가의 말'을 덧붙였는데(그가 열네 살 때였다), 그 내용인즉 에드워드 색빌이 자신을 볼 수 있을까 그리고 "내가 얼마나 그를 닮고 싶은지" 알고 있을까 하는 것이었다. (그 수줍음은 전염되었다. 글렌디닝도 자신의 '작가의 말'에다가 비타라면 자신의 전기가 취한 형식을 "마음에 들어할" 거라 생각한다고 쓴 것이다.) 비타는 다음번 소설을 쓸 때는 한층 대담해져서 여자애이고 싶지 않다는 소망을 어느 정도 담아냈고, 어머니에게 소설의 어린 주인공 크랜필드 색빌―"그는 입을 꼭 다물고 자기 생각은 종이 위에만 털어놓았다"― 은 자신의 모습을 그려내려는 의도였다고 말하기도 했다.

소설 속에서 사내애의 행색을 갖추는 것보다 더 나은 것이 현실에서 사내애의 행색을 갖추는 것이었다. 열일곱 살 때 비타는 토머스 채터턴의 삶과 죽음을 다루는 시극을 썼다. 흰 셔츠와 검은 승마바지 차림으로(하녀인 에밀리가 비밀리에 마련해준 것이었다), 그는 놀 저택의 다락방에서 이 시극을 혼자 연기했고 매번 자신의 연기에 "눈물 나게 감동했다". 20년 뒤 비타는 『고갈된 열정』All Passion Spent의 여성 주인공에게 부여한, 자신이 겪은 청소년기에 대한 현란한 서사 속에서, "심지어 야생의 젊은이에게까지 인정받고자 하는 사치스러운" 생각을 품었던 시절이라고 썼다. "그것들은 그저 탈출과 위장에 관한 생각 그 이상은 아니었다. 이름을 바꾸고 성별을 속여 낯선 도시에서 자유를 누리는 것이었다." 그러나 이 시기에 그는 비록 진주 목걸이를 곁들이기는 했으나 매일같이 승마바지를 입었고, 남성으로 위장해 바이얼릿 트레퓨시스와 함께 춤을 추러 갔다. 바이얼릿을 향한 열정이 최고조에 달했을 무렵에는 심지어 이름을 바꾸고 성별을 속인 채 낯선 도시에서 잠시나마 자유를 누리기도 했다. 바지를 입은 비타를 보고 흥분을 느낀 사람이 비단 비타 자신이나, 아찔함에 들뜬 바이얼릿만은 아니었다. 버지니아 울프는 『올랜도』에 영감을 준 것이 각반 신은 비타의 모습이었다고 그에게 말한 바 있는데, 이 책은 비타의 양성성에 바치는 오마주인 셈이었다.

비타는 (여성이 되고 싶어 한 남성들은 말할 것도 없이) 남성이 되고 싶어 한 대부분의 여성들과는 달리, 자기 자신에게 불만족할 만한 충분한 이유가 있었다. 사실 남성으로 태어나기만 했어도 그는 놀 저택을 상속받았을 것이다. 사촌이었던 엘리자베스 1세가 토머스 색빌에게 선물한 이 집은 쉰두 곳의 계단과 365개의 침실을 가진 웅장한 저택으로, 비타의 표현대로라면 "건너편 공원에서 보았을 때는 집이라기보다는 중세의 마을처럼" 보일 지경이었다(어느 날 그는 대형 홀에 들어갔다가 추위를 피해 숨어 있던 떠돌이와 마주친 적도 있었다). 버지니아 울프는 이 집을 대단치 않게 여겼지만("내

취향에 비해서는 의식적 미가 부족하다"), 비타에게 이 집은 그가 품었던 많은 애착들 중에서도 가장 강렬하고 길이 남을 대상이었다. 저택이 폭탄을 맞았다는 소식을 들었을 때 그는 해럴드 니컬슨에게 이렇게 말했다. "상처 입은 놀 저택을 생각하면, 내가 거기서 함께 상처 입지 못한 것을 생각하면 견딜 수가 없어요." 그가 종종 자신과 놀 저택을 동일시한 것은 사실이지만, 그게 전부는 아니었다. 비타에게 이 집은 수백 년 전까지 거슬러 올라가는 다양한 버전의 자신을 보여주는 곳이었다. 글렌디닝은 비타가 저택을 잃은 일에 대해 "단한 번도 허구의 글을 쓴 적이 없다"는 점을 짚어낸다. "비타의 주인공들은 언제나 대대로 살던 집을 소유하고 있다." 하지만 누군가는 비타의 주인공들에겐 언제나 소유해야 할 대대로 살던 집이 있다는 점을 짚어낼지도 모르겠다.

비타는 여성으로 사는 것을 전적으로 싫어하지도 않았고 완전한 레즈비언도 아니었다. 바이얼릿과의 연애가 끝나고 몇 년 뒤 버지니아 울프와 관계를 시작할 즈음 그는 해럴드 니컬슨에게 "나는 동성애에 반대하지 않는다"고 했다. 이는 사촌 에디를 두고 한 말이었지만, 그래도 그가 머릿속에서 자신과 남편의 행동을 그 어떤 섬세한 카테고리 속에 두고 있었던 것인지 궁금해지는 말이다. 어린 시절 그는 글렌디닝이 '짜릿했다'고 표현하는 종류의 관계를 두 번 가졌는데, 한 번은 로저먼드 그로브너와의 관계("내가 로디를 사랑하는 것처럼 누군가를 사랑한다는 건 정말 우스운 일이다"), 또 한 번은 바이얼릿 케펄과의 관계였다. 1913년 스물한 살의 나이로 해럴드 니컬슨과 약혼했을 무렵엔 비타를 향해 "온 마음을 다해de tout mon coeur, 그리고 가능하다면 매일 더 많이" 사랑한다고 말하는 여성이 네다섯 명 있었다. 그에게는 실제로 결혼하고 싶어 하는, 이 책에서 몇몇은 '부적격'이었고 몇몇은 '훌륭했다'고 묘사되는 젊은 남성들이 있었는데, 그는 이들을 닿을락 말락 한 거리에 둔 채로 희롱했다. 그는 나이젤 니컬슨의 『결혼의 초상』Portrait of a Marriage에 실려 1973년 처음 출간되었던 「1920년의 자서전」에서 "남성은 말하자면 '그런 식으로' 나를 매혹하지 못했다"고 썼다. "여성은 할 수 있었다. 로저먼드는 할 수 있었다." 글렌디닝은 이렇게 설명한다. "그와 로저먼드는 충만하고 센티멘털한 관능을 나누었지만, 그때도 훗날에도 결코 실질적으로 '사랑을 나누지는' 않았다." 보아하니 "그들은 그런 생각을 떠올리지 않았"던 모양이나, 이런 종류의 일은 확언하기 힘든 것이다.

비타가 해럴드 니컬슨을 만났을 때 했던 말은 "재미있네"였다. 두 사람이 만난 뒤 결혼에 이르기까지 3년이란 시간 동안 그는 앞으로 로저먼드나 라셀스 경 같은 다른 사람들과, 또는 "책을 들고 탑에서" 재미를 누리지 못하게 될까 봐 걱정했다. 독자들이 비타를 '비호감'으로 낙인찍을 가능성—그는 훗날 속물성과 반유대주의로 다소 곤경을 치르게 된다—을 꾸준히 염두에 두었던 글렌디닝은 이 지점에서 현명하게 고개를 주억거린 뒤 이렇게 쓴다. "생기 넘치고 영리하고 매력적

서평의 언어

이며 복잡한 스무 살 여성에게, 인생에 묶이고 싶어 하지 않는 현대적 정신이란 특이한 게 아니다." 그 말인즉슨 오늘날 특이한 게 아니라면 그 시절에는 특이했을 게 틀림없다는 의미일 것이다. 그렇다면 비타가 통상의 삶을 벗어나 살게 된 맥락을 글렌디닝이 좀 더 알려주었으면 하는 독자들도 있을 것이다. 글렌디닝은 비타의 부모에 관해 이렇게 이야기한다. "육체적 충절은 영국 상류계층의 결혼 생활에서 그리 큰 가치는 아니었다." 그러나 그 점이 비타의 행동을 전부 설명해주지는 못한다. 1960년 결혼한 지 47년이 되었을 때 비타는 해럴드에게 편지를 보내 젊은 날 일어난 모든 일은 "일부 당신의 잘못"이었다고 말했다.

나는 정말 어렸고 정말 순진했어요. 동성애에 관해서는 아무것도 몰랐죠. 남성들 간에건, 여성들 간에건 그런 게 존재하는 줄도 몰랐다고요. 당신이 말해줬어야죠. 나한테 경고했어야죠. 당신에 대해서 말해주고, 같은 일이 나에게도 일어날 것 같다고 말해줬어야죠. 그렇다면 우린 수많은 곤경과 오해를 줄일 수 있었을 텐데.

그는 남편이 지금 자신의 편지조차 마음에 들어 하지 않으리라는 이야기도 덧붙였다. "당신은 사실을 직시하는 걸 싫어하니까." 하지만 1920년에 쓴 자서전을 보면 비타는 그 당시에 "일단 해럴드와 약혼하고 로저먼드를 깊이 사랑해야겠다"는 생각을 잘못이라 여기지 않을 정도로 이미 많은 걸 알고 있었다. 게다가 중년의 나이에 힐다 매서슨, 에벌린 아이 언스, 올리브 라인더를 비롯한 수많은 다른 여자들과 사랑에 빠진 것은 어떻게 설명하겠는가? (버지니아 울프가 오톨라인 모렐에게 말한 대로라면 "그는 남자랑 마찬가지로 예쁜 여자라 면 누구나 사랑해버린다".) 해럴드가 젊은 남성들과 갖던 동성 애적 우정에 대해 말하자면, 그는 이를 그저 당연하게 받아 들였던 것 같다. 『결혼의 초상』에서 그 아들이 쓴 대로 해럴 드에게 "섹스는 열차를 갈아타는 사이 갤러리에 잠깐 다녀오 는 것과 마찬가지로 부차적으로 따라오는 것이며 그만큼 즐 거운 일이었다". 영국 상류계층이 그리 큰 가치를 두지 않았 던 다른 한 가지는 비밀을 무덤까지 가져간다는 케케묵은 생 각이었던 것 같다.

"여성임을 자각하던 그때 그는^{she} 오로지 그에게^{him} 한 껏 낮추어 종속되기만을 욕망했다." 비타가 결혼했을 즈음 에 쓴 출판되지 않은 소설에 나오는 이 말은 다소 과장된 것 처럼 보일지도 모르나 그가 자기 자신에 대해, 특히 소설 속 에서 했던 말에 비할 바는 아니다. 그는 해럴드와의 사이에 서 "로저먼드에게 느꼈던 육체적 열정을 전혀 알지 못했다"고 인정했으며, 훗날 어머니에게 남편이 성적으로 열의가 없다 고 불만을 토로했다(어머니의 말에 따르면, 가엾은 남자 "H.는 언제나 졸음에 시달리며 허겁지겁 아내를 취했다"). 하지만 한 편으로 그는 해럴드가 "나에겐 햇살 드는 항구 같았다"고 말했다. 1920년의 자서전에서는 결혼 초기의 "함께한다는 순전한 기쁨"이 "그 무엇에도 비할 바 없고 적어도 그 누구에게도 지지 않는다"고 썼으며, 1915년에는 일기에 "우리는 그 어느 때보다도 깊이 사랑에 빠져 있다. 내가 이러한 절대적 행복을 알게 되다니 하느님께 감사한다"라고 적었다. 그는 "우리 집 문 앞에 설 때면 천국을 일별하는 것 같다"던 친구의 말을 자랑스럽게 인용하기도 했다. 장년기로 접어들 때까지 비타는 극도로 행복하거나 극도로 비참하거나 둘 중 하나였고, 혹은 두 가지를 동시에 경험했다.

해럴드와의 절대적 행복은, 1917년 가을 해럴드가 자신이 만나던 젊은 남성들 중 하나로부터 성병에 감염되었을 때 종지부를 찍었다. 비타는 상처를 입기보다는 속박에서 벗어났고, 그 결과가 기나긴 세월 동안 놓지 못한 바이얼릿과의 관계였다. 비타가 "새로운 장소"로 가고 싶다고, 점심을 주문하는 데 질렸다고 말하자 해럴드는 "나는 너무 길들여져 있고 권태에 시달리는 사람이라 그럴 만한 정력이 없다"며 한숨지었다. 1920년 2월 10일 두 여자는 사랑의 도피에 오른다.

우리는 그대를 데리고 무도회에 갈 거야
벨기에건 프랑스건
하지만 그런 시시한 일을 오래 하지는 않을 거야

비타는 불로뉴에서 아미앵으로 가는 열차 안에서 이렇

게 썼다. 2월 14일 해럴드와 데니스 트레퓨시스는 각자의 아내를 찾으러 2인승 비행기를 타고 아미앵으로 향했다(레이디 색빌은 일기장에 "상당히 센티멘털한 소설 같았다"고 기록했다). 바이얼릿과의 관계는 1922년이 되어서야 끝났다. 비타는 해럴드에게 이런 편지를 썼다. 야생 귀리는 잘 자라지만, "정글에서만큼 높이 자라지는" 못한다고.

어머니가 사랑의 도피를 떠났을 때 나이젤 니컬슨은 세 살이었다. 비타는 아이들이 어린 시절에는 그리 큰 관심을 보이지 않았고, 자란 뒤에는 지나친 관심을 쏟았다. 예비학교나 이튼스쿨에 다니던 아들들이 집에 오면 비타는 해럴드에게 이런 불만을 토로했다. "아이들은 내가 눈에 띄기만 해도 달려오는데 그저 달리 할 일이 없기 때문이라고요." 또 해럴드가 아내에게 부모로서의 책임은 "부끄러워할" 일이 아니라고 주지시키자, 비타는 1년에 넉 달은 당신이 두 아이를 전적으로 책임지는 게 어떻겠느냐고 물었다.

다른 사람이, 예를 들어 에디가 두 아들을 돌보는 게 정말 힘들다고 말한다면 당신은 곧장 맞장구치겠죠. 말도 안 되는 소리라는 생각은 잠시도 하지 않을 거예요. 그런데 나한테는 왜 다르죠? 아마 성별이 달라서겠죠. 음, 난 그게 달라야 할 이유라고 생각지 않아요, 그러니까 여기까지.

그러니까 여기까지. 아이들을 돌보는 것은 비타에게 '위

서평의 언어

험', 즉 자신은 원치 않지만 해럴드(또는 세상)로부터 응당 해야 하는 일이란 소리를 듣는 무언가였다. 아이들에 대한 비타의 관심사는 자신이 나이젤보다 벤을 더 좋아하는지, 아니면 벤보다 나이젤을 더 좋아하는지, 또는 둘 중 누가 자신을 더 닮았는지 하는 게 전부였다.

그렇다면 나이젤 니컬슨이 어머니에게 반감을 품으리라 예상하는 이도 있었을 것이다. 상류계층에게 자신과 타인의 나쁜 행동을 치켜세우는 버릇이 없었더라면 말이겠지만. 나이젤은 바이얼릿과의 일에 대해서, 만약 비타가 잔인했다고 한다면 "그건 영웅적 규모의 잔인성이었다"고 말한다. 비타가 만약 대단치 않은 잘못을 저질렀더라면 덜 존경스러웠으리라는 소리일까? 이 같은 구분에는 신경 쓰지 않은 글렌디닝은 비타에게 "범죄에 가까운 경솔함이 잠재해 있었다"고 지적한다. 이런 표현 역시 지나치게 극적이기는 하지만, 실제 비타는 자신만의 지독한 쾌락을 찾아 떠돌아다녔다. 몇 년 뒤 그는 예술사학자 제프리 스콧과의 관계를 시작했다. 나이젤 니컬슨은 이 일에 대해 이렇게 쓴다. "비타는 제프리에게 친절하지 않았다. 그의 삶을 망가뜨리고 결국은 결혼 생활마저 좌초시켰다. 하지만 사랑 앞에서 친절함이 무슨 역할을 한단 말인가?" 물론 답을 기대하는 질문은 아니겠으나, 심지어 비타조차도 자기 성격의 "잔인한" 면에 대해 때로 불편함을 드러냈다. 물론 자신이 남에게 끼치는 해를 걱정하기보다는 자기 자신을 더 걱정했지만 말이다.

바이얼릿과의 관계가 끝난 뒤 비타는 버지니아 울프와 한층 냉철한 관계를 시작했다. 버지니아 울프는 1922년 12월 15일 일기에 이렇게 썼다. "화려하고, 콧수염을 기르고, 잉꼬처럼 알록달록하고, 귀족들이 가진 유연한 편안함을 지녔으나 예술가로서의 기지는 없다." 전날 밤 그는 비타를 처음 만났다. 클라이브 벨이 블룸즈버리 그룹에 니컬슨 부부를 소개했는데, 대체적으로 반응은 좋지 않았다. "그러니까 우리는 두 사람 모두 구제불능으로 멍청하다고 판단했다. 남편은 허세를 부렸지만 속이 빤히 들여다보였다. 아내 쪽은, 덩컨이 보기에는 남편의 지시대로 행동했고 아무 말도 자유롭게 할 수 없었다." 버지니아는 비타의 지적 능력에 대한 생각을 영영 바꾸지 않았다. 심지어 그와 레너드*가 비타의 책으로 상당한 돈을 벌었을 때조차(『에드워드 시대 사람들』은 하루 만에 800부가 팔렸다) 비타 앞에서는 칭찬을 하고 뒤에서는 "몽유병 걸린 하녀가 나오는 소설들"이라고 폄하했다. 자크 라베라에게는 "비타가 가진 것 중 대단하게 생각할 만한 것이라고는, 저속하게 말해도 된다면 그의 다리뿐이지요"라고 하기도 했다. 해럴드는 아내에게 행동을 조심하라고 했다. "마치 기름 탱크 옆에서 담배를 피우는 것과 똑같소." 이번에 비타는 상대를 더 우러러보되 예전만큼 강렬하게 빠져들지는 않았다. "나는 그와 (두 번) 침대로 갔었지만 그게 다다." 바네사 벨◆은 여동생과 약국에서 약을 사며

■ 버지니아 울프의 남편.
◆ 버지니아 울프의 언니.

큰 소리로 물었다. "정말 여자와 침대에 드는 게 좋단 말이야? 그건 어떻게 하는 건데?" 안타깝게도 글렌디닝은 우리에게 이것까지 알려주지는 않는다. 두 여자는 함께 동물원에 갔고, 찻집에서 머핀을 먹었고, 비타는 버지니아에게 운전을 가르쳐주었으며, 열정이 사그라진 뒤에는 친구로 남았다. 비타는 힐다 매서슨과 어울리기 시작했으며, 버지니아는 에설 스미스에게 위로받았다.

힐다 다음에는 에벌린, 올리브, 메리 캠벨 등이 차례로 이어졌다. 몇몇은 질투 많은 파트너를 두고 있는 확고한 레즈비언이었고, 메리 캠벨처럼 질투 많은 남편을 둔 이들도 있었다. 그중에는 한 번도 여성과 자본 적 없는 이도 여럿이었다. 그렇게 이런 일은 나이도, 관절염도 개의치 않고 1962년 비타가 죽을 때까지 이어졌다.

그리고 이런 일이 이어지는 내내 비타와 해럴드는 쭉 친구로 지냈으며, 세상 어느 한 쌍보다 끊임없이 서로를 사랑한다고 말했다(적어도 비타는 그랬다). 1929년 비타는 해럴드를 향한 자신의 사랑은 "불멸"이라고 했다. 그는 자서전에 이렇게 썼다. "내 안에 있는 모든 온화함과 여성성은 오로지 해럴드가 끌어내준 것이다." 그러나 그는 해럴드가 하는 일에 관심을 가질 만큼 아내답지는(열린 마음으로 말하자면 심지어 남편답지도) 않았다. 외무부에서 해럴드를 베를린으로 발령 보내자 비타는 그를 잠깐 방문한 뒤 집으로 돌아왔다. 해럴드가 국제연맹의 영국 대표단에 들어오라는 제의를 받았을 때,

비타는 국제연맹이 무엇인지도 몰랐다. 해럴드가 버킹엄궁에 동행해달라고 제의하면 비타는 거절했다. "나는 그냥 눈에 띄지 않게 있겠어요. 그리고 누가 내가 어디 있느냐 물어도 당신은 떳떳하게 돌아다니도록 해요." 비타가 남편이 하는 일에 관해 생각하는 때라고는 그에게 그 일을 그만두라며 지칠 줄 모르고 설득할 때뿐이었다. "당신같이 뛰어난 글을 쓰는 사람은 그런 협잡이며 보잘것없는 일만 하면서 재능을 낭비해서는 안 돼요." 협잡이며 보잘것없는 일이라고 표현한 것은 2차 세계대전 예비회담을 가리키는 것 같다. 마침내 외무부를 나왔을 때 해럴드는 비참함에 사로잡혔다. (비참했던 나머지 모즐리의 신정당에 가입하기까지 했다. 이에 불만을 품은 비타는 자기 여자친구의 여자친구 한 사람을 모즐리의 신문사에 넣어주며 스스로 위안을 삼았다.) 나이젤 니컬슨은 "비타가 해럴드의 경력을 망쳐버렸다는 말은 과장된 진술이리라"라고 썼으나, 그 과장된 진술 안에는 모종의 입장이 담겨 있다. 해럴드는 1934년 일기에 이렇게 썼다. "나는 두 성별 간에 평등 같은 것은 없다는 사실을 알고 있다. 또 여성은 남성에게 종속되지 않는 한 적절한 역할을 달성하지 못한다는 사실도 안다." 해럴드의 과장된 진술 역시 모종의 입장을 담고 있다.

《런던 리뷰 오브 북스》 1983년 12월 1일

자매들의 수호자

Sisters' Keepers

정부를 두는 것은 말을 소유하는 것과 마찬가지로, 부유한 이들은 할 수 있으나 그렇지 못한 이들은 할 수 없는 여러 일 중 하나다. 경제적인 검약을 위해 정부를 두는 일도 있지만, 이 역시 부자만 할 수 있는 검약이다. 에드나 샐러먼이 인터뷰한 어느 여성은 엘리베이터 안에서 상대 남성을 만났다고 한다. "저는 그에게 제가 정말 경제적으로 쪼들린다고, 저와 사귀려면 돈을 달라고 말했어요. (…) 그는 500파운드면 충분하냐고 묻더군요." 그 여성은 50파운드면 된다고 했고 그날부터 지금까지 단 한 번도 쪼들린 적이 없다. 세상에는 아내를 두는 것만큼이나 정부를 두는 것도 쉽지 않다고 여기는 남성들이 있겠지만, 샐러먼이 연구를 위해 인터뷰한 남성들은 대체로 이혼하는 것보다 이편이 "경제적으로 더욱 현명한 선택"이라고 주장했다. "그 사람은 제게 자기 아내만큼의 사치를 누리게 해줬어요." 어느 중년의 텍사스 여성이 자신의 연인에 대해 한 말이다. "저는 늘 새 차, 예쁜 옷, 고급 프라이빗 클럽 회원권을 받았죠." 검약이란 경제적인 부분만이 아니라 정서적인 측면에도 적용되는 모양이다. 이혼으로 버림받은 아내라면 전 남편이 자기 여자친구만큼의 사치를 누리게 해준다 하더라도 고마워할 이유가 적을 테니까. 아니면 애초에 검약 문제가 아닌지도 모르겠다. 아무리 괜찮은 남편이라 할지언정 아내에게 세단을 사주는 것보다는 정부에게 스포츠카를 사주는 게 확실히 더 재미있을 것이다.

샐러먼은 남성 각각의 부유함을 세심하게 구분하지만("모든 남성을 부유하다고 묘사한다면 그들 사이에 존재할 수 있는 극단적인 차이들이 흐려지게 된다"), 그래도 그가 인터뷰한 남성들이 얼마나 부유한지는 짐작만 할 수 있을 뿐이다. 부자들이란 자기가 얼마만 한 부자인지 상대방이 알고는 당황하는 사태를 막으려고 열심인 법이니까. 이 남성들이 돈을 쓰는 대가로 얻고자 하는 것들 사이에도 극단적인 차이가 존재한다. 한 여성은 지난 26년간 매일 낮에 연인을 만났고, 그 대가로 지금까지 연인에게서 총 25만 파운드를 받았다. 해당 남성, 그리고 이런 관계를 유지하고 있는 남성들 중 대다수에게는 그저 돈 쓰는 기쁨이 가장 큰 기쁨인지도 모르겠다.

당연히 남성들은 그렇게 말하지 않는다. 샐러먼의 책은

누군가의 정부이거나 정부가 되고자 하는 다양한 여성들을 묘사하는 데 대부분의 분량을 할애하는데, 마지막 장에서는 이 여성들을 통해 알게 된 바와 남성들이 했던 말을 비교한다. "남성은 대개 자신이 상대에게 갖는 매력이 곧 뛰어난 정력이라고 주장하는 한편, 여성은 대개 이 관계 속에서 성적인 측면을 덜 중요시한다." 이 남성들은 젊지 않다. 정부와 1년에 네 번 주말을 함께 보낸다는 남성은 육십 대다. 남성들이 침대에서의 능력을 얼마나 뽐내건 간에 여성들은 다르게 생각하며, 뒤돌아서서 '중년의 고민'이라든지 '남성 갱년기' 같은 말을 입에 올린다. 남성이나 여성이나 둘 사이에 오가는 경제적인 대가에 관해서는 언급하기를 꺼린다. 그러나 정부를 둔 남성과 정부 양쪽 모두에게 돈이란 건 돈으로 살 수 없는 것보다 더 중요해 보인다.

"보석 박힌 목걸이를 한 고양이는 그저 주인의 영예를 보여주는 것에 지나지 않는다." 샐러먼의 (심술궂은) 말은 핵심을 찌른다. 문제는 그게 어떤 영예인가 하는 것이다. 정부를 다이아몬드로 치장해주는 남성은 자신이 뛰어난 정력을 과시하고 있다 생각할지 몰라도, 이때 다이아몬드를 보고 알 수 있는 건 남성에게 현금이 많다는 사실뿐이다. 게다가 돈 자체가 일종의 횡포를 행사하기도 한다. 정부가 아내만큼의 사치를 누리기를 바랐다던 남성과 만난 그 텍사스 여성은, 두 사람 사이의 유일한 문제는 자신은 직업을 갖고 싶었던 반면 "그는 내가 하고 싶은 일을 자유롭게 하기를 바랐다"는 것이라고 샐러먼에게 말했다. 여기서 눈에 띄는 건 해당 남성이 여성에게 무엇이 최선인지를 자기가 안다고 주장한 점이 아니라, 여성은 오로지 돈으로 살 수 있는 것만을 원해야 한다고 주장한 점이다. 샐러먼은 때로 '과시적 소비'의 삶에 빠져든 여성들에 관해 이야기한다. 하지만 혹자는 그 여성들이 만난 남성들의 '과시적 건방짐'에 관해 생각할지도 모르겠다.

샐러먼은 1980년 캐나다에서 런던으로 건너가, 여성이 지독한 남성 곁에 머무는 이유를 주제로 런던정경대 학위논문을 쓰고자 했다. 그러나 다양한 결혼 생활을 말해주는 표본을 수집하기는 어려웠고, 결국 미용사의 조언을 받아들여 정부를 다루는 논문을 쓰기로 했다. 그 미용사가 수많은 정부와 아는 사이였던 것이다. 샐러먼의 책 『감춰진 여자들』은 지도교수에게 헌정한 이 논문의 축약본인데, 출판사의 손을 거쳐 풍성한 초콜릿 상자 같은 모습으로 탈바꿈했다. 뒤표지에는 온갖 형태로 겹겹이 컬을 넣은 머리카락에 얼굴이 반쯤 가려진 아주 매력적인 샐러먼의 사진이 크게 실려 있다. 그러니까 어째서 샐러먼이 미용사를 그렇게 자주 찾아갔던 건지, 또 어째서 그가 인터뷰한 남성들이 혼란스러워했던 건지 짐작할 수 있으리라. (남성들 중 한 명은 샐러먼에게 크리스마스에 함께 아카풀코에 가자고 제안했다가, 아마도 그의 얼굴에 떠올랐을 질겁하는 표정을 보고는 덧붙였다. "원치 않으면 섹스는 안 해도 되고요.") 여성에 관한 글을 쓰는 여성 중 대다수와는 달리, 샐러먼은 개인적인 불만족 때문에 이런 글을 쓰는 것 같진 않다. 또 정부들이 다른 여성에 비해 꼭 덜 괜찮은 사람인 건 아니라는 점을 보여주려 애쓰고는 있지만 그는 자매들의 수호자가 아니다.

정말이지 결단코 아니다. 샐러먼은 과학자이기에 그 어떤 환상도 품지 않는다. 정부들과 그 연인들이 가진 보수적인 면에 대해 이야기하던 중 그는 이렇게 말한다. "나는 여성의 성적 해방이란 네스호의 괴물보다 딱히 더 실체가 있는 것은 아니라고 주장하겠다." 박사학위를 받은 그는 캐나다로 돌아가 사이먼 프레이저 대학교에서 범죄학을 가르친다. 하지만 그가 가르치는 과목이 범죄일 것 같진 않은데, 오늘날 대학에서는 범죄가 '일탈'이라 불리는 그 무엇에 밀려 자취를 감추고 있기 때문이다. 예를 들면 정부는 '성적 일탈자'들이며, 이들에게 관심을 갖는 이들 역시 자칫하면 그런 취급을 받는다. "성적 일탈에 관한 글을 쓰는 사람은 근소하게나마 일탈자 취급을 받게 된다." 샐러먼은 책 서문에 이렇게 쓰고 있다. 친구 하나는 "에이디! 어떻게 그럴 수가 있어!" 하고 악을 쓰기도 했단다. 하지만 이런 경우 일탈이라는 용어에는 오해의 여지가 있으니, 그것이 의미하는 바가 특이한 행동(이 여성들이 침대에서 하는 일 중에 상궤를 벗어난 건 하나도 없다. 거울이라든지, 낯부끄러운 속옷이라든지, '비정상적인' 행위라든지)이 아니라 특이한 사회적 약속일 뿐이기 때문인데, 알고 보면 이 또한 그다지 특이하다고는 할 수 없는 것이다. 샐러먼은 인터뷰한 한 남성에게 혹시 런던에 정부가 많이 사는 지역이 있는지 물었다. "만약 그런 곳이 있다면 교통체증 때문에 들어가지도 못할걸요." 남성의 대답이었다. '일탈'이라는 개념의 문제는, 그것을 연구하는 사람들이 '무엇으로부터의 일탈인지'에 대해 과도한 신경을 쏟을지도 모른다는 점에 있다.

놀랄 것도 없이, 정부에 관해서도 같은 지적을 할 수 있다. 샐러먼의 책에 나오는 여성 대부분은 섹스에 관해서도 허심탄회하게 이야기하지만, 섹스나 상대 남성이 그들의 삶에서 항상 큰 비중을 차지하는 것은 아니다. "그 남자랑 저는 아마 1년에 두어 번 정도 섹스하는 것 같아요. 별로 많진 않죠?" 또한 그들은 자신을 정부로 둔 남성을 사랑하는 척하지도 않는다. 상대를 정말로 사랑하는 이들과 그렇지 않은 이들이 있을 뿐이다. 이들 중 다수가 그렇듯 정부 노릇을 습관적으로 하는 한 여성은 상대 남성들을 전부 '윌리'라고 지칭한다. 꼭 영국의 국왕(즉 수호자)처럼 윌리1, 윌리2, 윌리3, 윌리4라고 이름 붙이는 것이다. 마찬가지로 그들은 대개 연인이 다른 사람의 배우자라는 사실에 크게 괴로워하지 않는다. 사실 여자친구보다는 좀 더 아내 같지만 아내라기에는 좀 덜 아내같은 입장이 될 수 있다는 점이 정부로 살아가는 장점 중 하나 같기도 하다. 이들 중 한 명은 정부가 된다는 것을 "미묘한 게임이고, 상당한 기술이라고 생각"한다며 뽐내기도 했다. "값비싼 여행을 다니고 세계적으로 유명한 클래식 음악가들과 함께할 기회를 누릴" 뿐 아니라, 이 모두를 가능케 하는 상대 남성이 "잔디를 깎고 쓰레기를 버려주기"까지 한다는 것이다.

샐러먼의 의도와는 다르겠으나, 이 여성들이 완벽한 세상에 살고 있다는 것처럼 보이기까지 한다. 하지만 그들이 완벽한 세상에 살고 있지 않다는 가장 큰 증거는 생계수단이 무엇인지 밝히기를 극도로 꺼린다는 사실이다. 샐러먼이 추측하듯, 그 이유는 물론 자신들이 매춘을 하는 것으로 오해받을지 모른다는 두려움 때문이다. 그리고 이 두려움은 애초 그들이 돈을 받게 된 주된 이유가 사회적 성공에 대한 욕심 때문이라는 사실로 말미암아 더 강해진다. 클래식 음악가와 함께할 기회를 누렸다던 그 여성은 "그러니까 저는 성공한 거죠!"라고 말했다.

그들이 원하는 사회적 성공이란 물론 오로지 돈(어떤 경우에는 권력)으로만 거머쥘 수 있는 종류의 성공이고, 이들에게서 가장 눈에 띄는 점은 그들이 자신들의 생계를 지탱해주는 것이자 입에 올려서는 안 되는 돈, 그리고 상대가 자신을 위해 쓰는 것이자 입이 닳도록 이야기하는 돈을 구분하고 있다는 점이다. 어떤 정부들—샐러먼은 이들을 "전업 기회주의자"라고 부른다—은 평생토록 자신의 연인이 가게에서 터무니없는 거액을 지불할 만한 상황을 만들어낸다. 샐러먼은 "남자를 스위스의 최고급 부티크로 유인한 다음, 옷을 몇 벌 고르고는 총액이 1만 1,000파운드를 살짝 넘는 것을 보고 깜짝 놀란 척했던" 여성의 말을 인용한다. 또 다른 여성은 첫 데이트로 항상 해러즈 백화점에서 만나자고 제안한다. "남성이 백화점에 있는 수많은 물건 중 무언가를 사주지 않는다면, 그는 분명 여성에게 그만한 가치를 둘 만큼 끌리지 않은 것이다." 여기서 비싼 물건들은 단순히 그 값이 중요한 것이 아니다. 남성이 돈을 많이 쓰면 쓸수록, 또 그 물건들이 "고상한" 것일수록, 그는 여성에게 더 높은 지위를 부여하는 것이다. "그는 자신의 처지를 아랍 남성의 정부인 친구의 처지와 비교했다. 친구에게는 구두가 수십 켤레 있지만 그중에 수제화는 하나도 없다고, 또 그 남성이 친구에게 런던 고급 주택가의 집을 사주었지만, 그 집이 그렇게 멋진 집은 아니었다고 말이다." 샐러먼의 책에 나오는 기회주의자들은 대부분 학위가 있는 중상류 계층으로 자신이 베푼 호의의 대가를 당연한 것이라고 자신한다.

　모든 정부가 똑같이 냉소적인 것은 아니다. 심지어 샐러먼의 책에 등장하는 여성을 보더라도, 사랑에 빠졌는데 상대가 우연히 부자였던 것뿐이라는 경우가 왕왕 등장한다. 또 모두가 똑같이 돈에 관심이 있는 것도 아니다. "만약 그의 업무 능력이 뛰어나지 않았더라면 제가 눈길을 줄 일도 없었을 거예요. 저 역시 야망이 큰 사람이기에 관계에서 정신적 자극이 필요해요." 화장품 기업 상무이사의 정부로 지내는 어느 '고위 간부'가 샐러먼에게 한 말이다. 상사의 정부로 지내는 여성들─샐러먼이 '커리어 우먼'이라는 카테고리로 분류한 여성들─은 남편과 아내가 일 얘기를 주고받듯이 연인과 일 얘기를 나눌 수 있다는 게 반가울지도 모르겠다. 하지만 그보다 더 좋은 건 격려를 받을 수 있다는 점("제 연인은 제가

품은 가능성을 최대한 실현하길 바라는 진정한 친구랍니다"),
나아가 남들을 앞질러 손쉽게 정상에 오를 수 있다는 점이리
라. 동료들이야 싫어하겠지만, 그건 그 사람들 운이 나빠서,
또 질투심이나 능력 부족 때문에 생기는 일일 뿐이다. "커리
어 우먼 카테고리에 속한 여성들은 미심쩍은 방법으로 높은
지위를 차지했음에도 자신의 능력을 적극적으로 자신하는
태도를 보인다." 샐러먼은 경탄과 경악이 느껴지는 어투로 이
렇게 쓴다. 한때 정부였다가 버려진 여성의 입으로 일탈이 주
는 불안감에 관한 이야기를 들을 수 있었더라면 더 인상적인
부분이 있었을 것 같다.

샐러먼의 책을 읽고 있으면 이 여성들의 삶에서 특이한
요소란 그저 이들이 야망(또는 사리사욕)에 허용하는 무제한
의 자유가 특이한 수준이라는 점에 불과하다는 인상이 든다.
페미니스트들이 종종 말하는 대로 여성은 타인의 비위를 맞
추고자 하는 소망의 희생양이다. 그러나 샐러먼의 책에 나오
는 여성들에 대해서는 아무도 그런 말을 하지 않을 것이다.
비록 마음씨 고운 사람이라면 이들을 정부로 둔 남성들에 대
해서는 그런 말을 할 수도 있겠지만 말이다. 지금까지 총 네
명의 남성에게 정부가 돼주었다던 한 미국인 여성은 이렇게
말했다. "지난 일은 지난 일이에요. 관계가 지속되는 동안 저
는 마음껏 즐기며 한 인간으로서 성장하죠. 그리고 거기서부
터는 계속 앞으로 나아가는 거예요." 이 여성들이 주장하는
대로 이들은 남들과 별반 다를 바 없는 것도 같다("관심과 선

물을 넘치게 받는 게 좋다고 말하는 건 꽤 평범한 일이라고 생각해요"). 그들은 자신들이 원하는 게 뭔지 알고 있다. 다만 그것을 어떻게 얻어내는지에 대해서는, 일탈 연구자들이 생각하기에 그들이 응당 우려해야 하는 만큼 우려하질 않고 있다.

《런던 리뷰 오브 북스》 1984년 6월 7일

프로이트라는 이름의 요새

Fortress Freud

정신분석가들은 세상의 나머지, 그들이 간혹 사용하는 표현에 따르면 '고임'goyim▪과 곤혹스런 관계를 맺고 있다. 이 사실은 재닛 맬컴이 쓴 빼어난 르포르타주 『정신분석: 불가능한 직업』 그리고 『프로이트 아카이브에서』를 통해 분명히 드러난다. 프로이트의 손자는 제 할머니가 "세상을 할아버지를 아는 사람과 모르는 사람으로 나눴"으며, 후자는 "할머니 인생에서 어떤 역할도 하지 않았다"고 전한다. 이런 의미에서 볼 때 모든 정신분석가는 프로이트의 아내이며, 정신분석학적 우려로 가득한 세상을 살아가는 셈이다. 때로 그들은 진짜 삶에서 무슨 일이 일어나는지 잘 모

▪ 히브리어로 비유대인 즉 이방인을 뜻하는 'goy'의 복수형.

르는 탓에 진짜 삶을 두려워하는 것 같기도 하다. 1965년 뉴욕 정전 사태가 일어나던 밤 나의 지인이 정신분석가와 함께 있었는데, 불이 나가는 순간 (환자가 아니라) 정신분석가가 의자에서 벌떡 일어나더니 "놈들이 나를 잡으러 온다!" 하고 고함을 질렀다고 한다. 정신분석가들은 사람들이 자신들을 괴롭힌다고 생각할 이유가 충분히 있기는 하지만, 적어도 지난 20년간 세상은 그들에게 별다른 관심이 없었고 또 정신분석가들의 상상과는 달리 이들을 잡으러 갈 생각 역시 없었다. 뉴욕의 어느 정신분석가는 동료가 마치 바알 신의 신전에다가 사진을 슬쩍 갖다 두려던 걸 발각하기라도 한 듯 "제대로 된 정신분석가라면 《타임스》에 자기 사진을 싣지 않는다"고 쏘아붙이기도 했다. 맬컴은 "정신분석학이라는 싸늘한 성"을 이야기하며 그 엄격함에 경탄을 표한다. 물론 혹자는 경탄을 표하는 대신 정신분석학을 프로이트라는 이름의 요새로 간주하고, 여기에도 철통 방어가 필요하냐며 의문을 품을 테지만 말이다.

　정신분석가가 세상으로부터 보호받아야 하는 존재라는 관념은 물론 프로이트가 만들어낸 것이다. 1933년 프로이트는 "우리는 신념에 따라 인식하고 표현할 의무가 있다"고 했는데, 여기서 신념이란 "정신분석가가 되어야 얻을 수 있는 특정한 경험을 하지 않은 이는 정신분석가들의 논의에 낄 권리가 없다"는 신념이다. 기민하면서도 사람 좋다는 흔치 않은 자질을 가진 맬컴은 프로이트의 말을 인용하면서 그가 이 말을 후회했다는 사실("저는 진심으로 우리가 비밀결사대의 일원이라는 인상을 주는 게 달갑지 않습니다")을 알려준다. 맬컴은 정신분석학 논의에 낄 '권리'를 운운한 건 지나쳤다고 인정하면서도 프로이트에게는 다른 선택지가 없었다고 생각한다. "정식으로 입회한 프로이트주의자들마저 프로이트가 말한 무의식에 반기를 든다는 것을 보면, 프로이트주의자가 아닌 이들 또는 프로이트에게 반대하는 이들의 저항이 얼마나 거셌을지 추론할 수 있다." 그러나 이 '저항'이라는 관념 역시 타인의 의견을 묵살하기 위한 프로이트식 낡은 묘책이다. 또 프로이트가 정신분석학을 완전 봉쇄 구역으로 선포하고자 했다는 건 굳이 세상 나머지 사람들의 허점을 입에 올리지 않고서도 설명이 가능한 부분이다.

충성스러운 프로이트 기동대 대원들이 말하는 바와 달리 프로이트는 결코 혼자가 아니었다. 다만 그가 "현란한 고독"의 세월이라 이름 붙인 시기, 즉 플리스와 친교를 나누던 시기에는 그가 품은 자신감을 공유할 이가 아무도 없었다. 그러다 1902년 매주 수요일마다 프로이트의 집 휴게실 테이블에 둘러앉아 행해지는 정신분석학회가 생겨났다. 처음에는 네 명으로 시작했지만, 그럼에도 학회에서 나눈 토론은 충분히 흥미로운 것으로 간주되어 매주 그 내용이 《노이에스 비너 타크블라트》Neues Wiener Tagblatt 일요판에 실렸다. 비밀결사대 일원이라는 인상을 주는 게 달갑지 않다는 말을 남긴 말년에 이르렀을 무렵, 프로이트의 개념들은 학계 전반에서 (맬

컴의 표현에 따르면) '폭발적인' 반응을 얻었다. 프로이트에게
는 과학자로서 자리매김하겠다는 확고한 목표가 있었고, 이
목표를 이룰 가장 효율적인 방법은 자신이 어떤 경쟁자보다
도, 특히 짐을 싸서 프로이트의 집을 떠나야 했던, 그의 비밀
을 철통같이 지키고 있던 이들인 아들러와 융보다도 더 먼
곳을 내다보았음을 세상에 설득시키는 것이었으리라. 그는
플리스에게 "저는 정복자 기질을 타고났습니다"라는 편지를
썼고, 무의식이라는 영역을 홀로 장악하고자 치열하게 분투
했다. 온 세상이 온갖 방식으로 프로이트의 계시를 받아들였
다. 그러나 정신분석학만큼은 집안 싸움이었다.

　　오늘날에도 그리 달라진 건 없다. 가령 프로이트의 명성
이 그렇다. 맬컴의 주장에 따르면, 오늘날 정신분석가들은 전
적으로 설득력 있지는 않지만 당연하게 받아들여지는 프로
이트에 관한 이야기 앞에서 태연하다. 프로이트가 동료들을
괴롭혔다거나, 착취했다거나, 증거를 조작했다거나, 처제와 성
관계를 가졌다는 이야기들 말이다. 맬컴은 "대부분의 프로이
트학파 정신분석가들은 프로이트를 인정할지 무시할지를 알
아서 판단한다"고 쓴다. 이 문장을 읽었을 때 잠깐이나마 도
대체 어쩌다 후대 사람들이 이렇게 무모해진 것인가 의아한
생각이 들지 모른다. 하지만 맬컴이 인용한 정신분석가들로
미루어 판단해보자면, 그가 진짜 하려 했던 말은 정신분석가
가 아닌 이들이 프로이트에 대해 갖는 의견은 모조리 무시해
도 상관없다는 것이다. 정신분석가라는 직업이 가진 안정성

은 프로이트가 활동하던 시기만큼이나 오늘에 와서도 굳건하고, 맬컴의 말대로라면 지금도 "정신분석에 관한 논의에 참여하려 드는 외부인은 사실상 '가서 정신분석을 받고 다시 돌아오라'는 말을 듣는다". 그 어떤 정신분석가도 프로이트에게 의구심을 품는다고 공공연하게 말하지는 않는다.

맬컴이 쓴 두 권의 책 중 첫 권 『정신분석: 불가능한 직업』Psychoanalysis: The Impossible Profession에서는 '에런 그린'이라는 뉴욕의 한 중년 정신분석가의 경험에 바탕을 두고 오늘날의 정신분석이라는 직업을 설명한다. 에런 그린은 예민하고 불만 많은 남성으로, 프로이트의 유산을 가장 전통적인 형태로 받아들이는 한편 정신분석가라는 직업이 지닌 한계 역시 예민하게 인지하고 있다. 한 예로, 그는 뉴욕 정신분석 연구소에서 수련하던 시절을 다음과 같이 이야기한다.

"몇몇 친구는 그만두라는 통보를 받았습니다."
"오랜 수련을 거쳤는데도요?"
"예, 몇 년이나 수련을 거친 뒤에요."
"낙오되면 어떻게 됩니까?"
"모릅니다. 그런 일은 수수께끼에 싸여 있거든요."

정신분석이라는 비밀결사는 자유분방한 것과는 거리가 먼, 제도화된 방식을 띠게 되었다. 권위는 침묵과 신비화에 힘입어 효과를 발휘하며, 비밀결사대에 들어가고자 하는 후

보들이 어떤 근거로 반대표를 받는지는 아무도 모른다. 그들은 그저 사라져버린다. 맬컴이 정신분석에 어떤 감정을 갖는지를 파악하기란 몹시 어려운데, 그가 "정신분석 요법이라는 안으로 굽는 협소한 길"에 관해 이야기하면서 수련 기관과 정신분석학회를 "도저히 읽어낼 수 없는 표지판으로만 표시된 (…) 비밀리에 숨겨진 샛길"에 서 있는 "커튼을 드리운 노후한 저택"으로 표현하고 있기 때문이다. 맬컴이 상상하는 장면은 마치 찰스 애덤스의 그림*에 나오는 것처럼, 일종의 치료로 간주되는 무언가의 본부라기보다는 악령이 깃든 집 같다.

수련을 마친 정신분석가는 자기도 언젠가 정신분석 훈련가가 되리는 꿈을 품기 시작한다. 그런의 표현대로라면 이들은 정신분석의 내실內室, 자기만의 정신분석가의 침실로 향하는 입장권을 얻고자 한다. "모두가 그렇게 느끼는 것은 아니지만(제도권을 이탈해 자기만의 길을 가는 이들도 있으므로), 대다수는 나와 마찬가지로 어떤 유치한 동기로건 간에 그 침실로 들어가기를 꿈꾼다. 자기 자신도 정신분석 훈련가가 되기를 바란다." 일단 침실에 들어가고 나면 이들은 그곳에 머무르고 싶어 한다. 정신분석가들이란 주로 자기들끼리 함께 시간을 보내는 모양이다. 회의, 저녁식사, 결혼 생활을 통해서 말이다. 이들은 서로에게서 좋은 평가를 받는 데 유독 신경을 곤두세우고, 그들의 표현을 빌리자면 '외부인'과는 할 말이 거의 없다고 여긴다.

* 미국의 유명 만화 〈애덤스 패밀리〉를 가리킨다.

특정 기관에 소속된 정신분석가들은 말하는 방식은 물론 옷 입는 방식도 엇비슷하다. "에런이 뉴욕대학교 연구소에 대해 가지는 태도는 (…) 애정 어린 것"인 반면 컬럼비아대학교 소속 정신분석가들에 대해서 "그는 오로지 신랄함과 모욕으로 일관한다".

"하지만 분파가 갈라진 것도 오래전 일이잖아요." 내가 말했다. "이제 와서 뭐가 문제입니까?"
에런은 얼굴을 찌푸리더니 낮고 어두운 목소리로 대답했다. "그 사람들은 옷깨나 차려입는 멋쟁이잖아요."

1960년대 초반에 나는 한 중년의 정신분석가와 상담을 했다. 그는 여성 환자들이 미니스커트를 입는 이유가 그들 친구 대부분이 미니스커트를 입기 때문이라는 사실을 도저히 받아들이지 못했다. 분명 더 깊은 의미가 있을 것이라고 우기면서 말이다.

정신분석가들이 서로 밀담을 나누며 보내는 시간이 적정 수준을 넘어선다는 데 동의하는 분석가가 많고 그린도 그 중 하나다. 정신분석가가 이성적으로 설명할 수 있는 것이 무엇이고 또 없는 것은 무엇이냐는 질문에 대해서는 이들보다도 카우치 위에 누워 어째서 정신분석가가 45분째 아무 말도 없는지 고민하는 환자들이 한층 더 분명한 답을 알고 있다. 맬컴은 프로이트에 대해 그가 "멘셴케너Menschenkenner가 아니라는 것(즉 사람을 판단하지 않는다는 것)은 일종의 클리셰가 되었다"고 말한다. 정신분석가가 외부 세계와 연결되는 동시에 이를 거부하기 위해 쓰는, 미묘하면서도 자기방어적이고 또 성가신 방식이 낯선 이들이라면 이 말이 놀라울지도 모르겠다. 나아가 맬컴은 프로이트가 "평생에 걸쳐 과대평가에 시달렸다"고 하지만, 그가 인용하는 과대평가들(이런 맥락에서 보통 인용되는 것들이다)은 프로이트가 브로이어, 플리스, 융("이상화에서 환멸로 나아가는 프로이트의 궤도 속에 들어온 이들 중 가장 유명한 이들")을 과대평가한 내용이다. 따라서 독자는 저 클리셰란 아무리 근거가 탄탄하다 한들, 프로이트의 행동 중 그 어떤 것도 도덕적으로 비판받을 마땅한 근거가 없다는 인상을 주는 편리한 방법이기도 하다고 생각할지 모른다.

정신분석학 이론은 정신분석가가 다른 이들보다 현명할 것이라는 기대를 전혀 뒷받침해주지 못한다. 그러기에는 정신분석학이 인간 본성을 바라보는 관점, 그리고 인간의 발전 가능성은 차치하고서라도 인간의 변화 가능성을 바라보는 관점이 지나치게 암울하기 때문이다. 그린의 말에 따르면 "정신분석가는 삶에서 일어나는 단 한 가지 상황, 즉 정신분석이라는 상황에서 사소하기 짝이 없는 우위를 행사할 수 있을 뿐이다". 맬컴은 존경을 가장하여 "세계 최고의 분석가라면 맹목적이고 충동적인 평범한 인간처럼 살 수 있다"고 보다 유창하게 표현한다. 그러나 실제 평범한 인간, 즉 용서받을 수

서평의 언어

없는 죄인들은 어떤 학문이 그 자신과 추종자들에게 지나치게 많은 것, 또 지나치게 적은 것을 요구한다면 어쩐지 속임수 같다고 느낄 것이다. 맬컴의 의도는 정신분석가로부터 타인의 기대라는 무거운 짐을 덜어주려는 것이었겠으나, 동시에 정신분석이 통념대로 사람들이 자기 삶을 질서 있게 살 수 있도록 돕는 수단으로 보여서는 안 된다는 점을 분명히 하고 있다. 정신분석이 제공하는 것은 보다 겸허하면서도 권위 있는 무엇, 즉 정신분석학적 사고방식으로의 입회인 것이다.

한편 세계 최고의 정신분석가조차 우리보다 더 나은 존재가 아니라면, 프로이트주의자들은 어째서 위대한 아버지 프로이트라는 상을 유지하고자 그토록 안달복달해온 걸까? 또 그 상을 파괴하는 것을 그토록 많은 이들—대체로 정신분석학과 느슨하게 혹은 한때 연관을 맺었다—이 중요하게 여기고 이를 위해 분투했던 이유는 뭘까? 정신분석학에는 지나치게 많은 가족 로맨스가 깃들어 있다는 말을 일삼은 것은 정신분석학을 폄하하고자 한 이들만이 아니었다. (그린이 지적하듯, 프로이트나 아브라함이나 페렌치로부터 정신분석을 받았던 아무개로부터 정신분석을 받았던 정신분석가로부터 정신분석을 받는다고 자랑하는 정신분석가가 얼마나 많은가? 물론 나는 내 친척 막스 아이팅곤으로부터 정신분석을 받았다고 자랑하는 사람을 여태 한 번도 만나본 적 없다.) 어쩌면 아버지에 대한 도리라는 것이 결정적 역할을 해온 정신분석학의 역사 자체가 프로이트 이론을 지지한다는 증거인지도 모르겠다.

오늘날 정신분석학이라는 가족 안에서 검은 양이자 밀고자 노릇을 하는 이가 바로 맬컴이 두 번째 책에서 주로 다루고 있는 제프리 메이슨이다. 1970년대 초반 메이슨이 국제 정신분석학계에 처음 등장하자 학계는 넋을 잃었다. 이런 종류의 일에 정통한 맬컴은 이렇게 쓴다. "그는 국제 학회에서 흔히 만나는 다른 정신분석가 지망생들, 말수 적고 심각하며 다소 주눅 들어 보이는, 무도회에 나온 수줍음 많은 평범한 여학생들처럼 한데 모여 서 있는 젊은 정신과 의사들과는 달랐다. (…) 메이슨은 무도회에서 그 누구보다 매력적이고 인기 많은 파트너들과 춤을 추고 있었다." 메이슨은 하버드대학교에서 산스크리스트어를 공부하던 대학생 시절 처음으로 정신분석의 도움을 받았다("나의 주된 증상은 총체적인 난잡함이었다"). 하버드를 졸업한 그는 캐나다로 건너가 토론토대학교에서 산스크리트어 강의를 하게 됐으나 개강 첫날 이 일을 그만두어야 한다는 결심이 들었다("네 명의 괴짜 학생과 자리에 앉아 깨알 같은 글자를 읽을 수가 없었다. 도저히 그럴 수가 없었다"). 그래서 그는 새로운 직업을 준비할 생각으로 지역 연구소에서 정신분석가 수련을 시작하게 되었다. 메이슨의 삶에서 일어난 다른 모든 일과 마찬가지로, 그는 처음에는 희열에 사로잡혔다가 금세 지겨워졌다. 물론 처음에는 오로지 토론토 정신분석학계가 지루해진 것뿐이었다. 그는 "정신분석학계의 핵심에 들어가면 모든 게 달라질 것"이라며 스스로를 다잡았다. 1974년 그는 덴버에서 열린 미국정신분석학회 회의

서평의 언어

에서 슈레버와 프로이트를 다룬 논문을 발표했다. 이때 뉴욕의 한 정신분석가는 "캐나다가 우리에게 국보를 보내줬군요" 하고 말하기도 했다.

메이슨이 스승을 만난 건 이 덴버 회의에서였다. 쿠르트 아이슬러는 당대 정신분석학계의 귀족이자 프로이트 수호자였으며(그는 프로이트의 『서간집』을 놓고 '극점에 도달한 인류'라는 제목의 서평을 쓰기도 했다), 무엇보다도 워싱턴에 있는 프로이트 아카이브를 철통같이 지키는 수장이기도 했다. 프로이트가 융을 처음 만났을 때처럼 아이슬러는 메이슨에게 매혹되었다. "그는 아이슬러가 인간에게서 최고로 치는 가치들의 현신이었다. 지성·학식·에너지·열의·매력·생기, 나아가 일종의 야성에 이르기까지, 초기 정신분석가들은 넘치도록 갖고 있었으나 오늘날의 냉철한 실무자들에게선 찾아보기 힘든 특성들." 반대로 두 사람이 처음 만날 당시 나이가 정확히 메이슨의 두 배였던 아이슬러는 아들이 아버지에게 바랐을 만한 이상적인 면모를 모두 갖추고 있었다. 맬컴의 글대로라면 아이슬러는 메이슨을 "예상을 훌쩍 뛰어넘을 정도로" 사랑했을 뿐 아니라 그에게 아카이브를 자유롭게 이용하게 해주겠다고 약속했는데, 메이슨이 정신분석에 어마어마한 관심을 갖고 있었으며 아카이브 자료 대부분은 비공개였기 때문에 메이슨에게 이는 왕국의 열쇠를 건네받는 것에 비견할 만한 일이었다.

1980년 10월 메이슨은 프로이트 아카이브의 프로젝트

감독으로 임명되었고 그 무렵 이미 그에 대한 믿음을 잃어가던 정신분석학계의 많은 이들은 그 소식에 경악했다("그 자를 임명한 건 실수다"). 설상가상으로 아이슬러가 은퇴한 뒤에는 메이슨이 그 자리를 이어받게 되어 있었다. 그러나 아이슬러는 메이슨이 보내오는 논문을 읽지 않았으며, 또 그의 말에 귀를 기울이지도 않았던 것 같다. 1981년《뉴욕 타임스》에 실린 두 편의 기사를 통해 메이슨이 프로이트에 관한 혁신적이면서도 이단적인 개념을 만들어냈다는 사실이 온 세상에, 그리고 아무것도 모르고 그를 후원하던 아이슬러에게 알려지자 아카이브 감독 임명은 없던 일이 되었다. "이사회 측에 자네의 해임을 권고하겠네." 아이슬러는 그렇게 말한 듯하다. 가족으로부터 외면받는 것이 곧 더는 존재하지 않게 되는 것과 매한가지임을 암시하는 말이다. 메이슨은 처음에는 이상화, 그다음에는 살해가 뒤따르는 정신분석학계 선배들의 경향이 낳은 또 다른 희생자가 된 셈이다.

『프로이트 아카이브에서』가 처음《뉴요커》에 실린 것은 메이슨이 정신분석학계에서 퇴출된 이후였으나, 그가 정신분석학의 기반을 날려버릴 것이라고 믿었던 저서 『프로이트: 진실의 살인』Freud: The Assault on Truth이 출간되기는 전이었다. 메이슨은 맬컴에게 이 책은 포드 핀토 사태*처럼 1901년 이래 모든 환

■ 1970년대 초 포드사가 신형 모델인 포드 핀토에 치명적인 안전 문제가 있음을 인지하고도 이윤의 극대화를 위해 안전장치 개선 없이 그대로 출시하여, 수많은 사상자가 발생한 후 여러 건의 소송과 징벌적 손해배상을 선고받은 사태.

자에게 리콜을 해주어야 할 상황을 초래할 것이라고 장담했다. 그러나 지난해 이 책이 출간되자 서평은 다수 등장했음에도 리콜을 요구한 환자는 단 한 명도 없었으며, 이 책의 파급효과라고는 앞으로 오랫동안 그 누구도 프로이트 아카이브에 접근할 수 없을 것임이 분명해졌다는 점뿐인 듯하다. 심지어 프로이트 반대자들조차 이 책을 반기지 않았다. 그 누구보다도 프로이트를 낮게 평가하는 프랭크 치오피마저도 메이슨의 책이 "날조에 관한 한 뛰어난 업적을 달성한 (…) 프로이트 자신의 저서만큼이나 편향적이고 신뢰할 수 없는" 것이라는 관점을 취했다. 하지만 비록 메이슨이 과했고 학문의 방향을 잘못 잡았다 한들 정신분석학에 관한 그의 의견에는 공감가는 부분이 있다.

『프로이트: 진실의 살인』은 프로이트가 1895~1897년 주장했다가 철회한(메이슨의 관점으로는 억누른) 유혹 이론을 주로 다룬다. 1896년 프로이트는 「히스테리의 병인론」이라는 논문에서 영아기나 유아기 성학대 경험이 19세기 수많은 여성(그리고 일부 남성)이 성인기에 겪게 된 히스테리 증상의 불변의 원인이며, 이런 경험들이 "정신분석 작업을 통해 재현될 수 있고"이로써 증상을 완화할 수 있다고 주장했다. 간단히 말하자면 이것이 유혹 이론이다. 그리고 이 이론은 사람들이 실제로 경험한 일 때문에 고통받는다는 관념에 바탕을 둔 이론이라는 점에서 메이슨에게도 중요하게 다가왔다. 프로이트가 플리스에게 전한 바에 따르면, 이 논문을 빈 정신분석학회 회원들 앞에서 발표했을 때 그는 "멍청이들로부터 싸늘한 반응을 얻고 말았다". 학회장이던 크라프트에빙은 이 이론을 "과학 동화" 같다고 했다. 당시 프로이트는 길길이 날뛰었지만(플리스에게 동료들이 지옥으로 꺼지기를 바란다고 썼다), 오래지 않아 자기가 틀렸다고 생각하기 시작했다. 일단 그의 환자들 상태가 호전되질 않았는데, 그때까지만 해도 환자들이 빠르게 회복할 것으로 기대되었던 것이다.

결국 유혹 이론은 유아기 성욕설과 오이디푸스 콤플렉스에 자리를 내주었다. 말하자면 '정신적 현실'이 '실체적 현실'을 밀어낸 것이다. 이제 환자들이 이야기하는 어린 시절의 유혹이란 실제 과거에 일어난 사건이 아닌, 일어나기를 소망했던 사건이 되었다. 이는 일반적으로 정신분석학 역사상 가장 위대한 순간으로 여겨진다. 상식의 승리이자(어쨌거나 아버지로부터 성폭행을 당하거나 하녀로부터 유혹을 당한 어린 아이가 그렇게 많진 않았다는 뜻이니까. 언제나 그렇듯 이 이야기에 이오카스테의 자리는 별로 없다), 우리가 스스로를 자각하는 방식에 프로이트가 결정적으로 기여한 바이기도 하다고 말이다. 그러나 메이슨의 관점은 달랐다. "프로이트가 슬픔, 악몽, 잔혹함으로 가득한 실제 세계를 떠나 배우들이 스스로 만들어낸 보이지 않는 관객들 앞에서 지어낸 드라마를 연기하는 내면적 무대로 주안점을 바꾸면서 실제 세계로부터 탈주하는 경향이 시작되었는데, 내가 보기에 이는 오늘날 전 세계적으로 정신분석학과 정신의학이 불모지가 된 근원적 이유다."

포스트프로이트학파는 물론 프로이트학파 중에서도 이 문장에 얼추 동의하는 검은 양복 차림의 냉철한 정신분석가가 아주 많을 것이다(물론 이 글을 메이슨이 썼다는 사실을 모른다는 전제 아래). 유혹 이론이 되살아나는 걸 보고 싶어 하지 않는 이들, 프로이트가 이 이론을 버리게 된 이유에 대한 메이슨의 야단스러운 의혹에 공감하지 않는 이들이라 할지라도 말이다. 메이슨의 책 서평들을 통해 독자는 그의 연구가 엉성하며 이 책이 일차원적인 결론을 도출하고 있다는 사실을 쉽사리 납득할 수 있다. 실로 프로이트의 저서를 전부 읽지 않은 독자라 해도 메이슨이 대부분의 저작을 오독했다는 사실, 그리고 이 책이 질질 늘어지는 가족 로맨스 속 또하나의 볼썽사나운 에피소드라는 점에서만 흥미롭다는 사실을 알게 될 것이다. 그럼에도 정통파 정신분석학이 환자가 처한 현실과 별 도움이 안 되는 애매한 관계를 맺고 있다는 것 또한 사실이다. 대부분의 정신분석가들이 하는 식으로 "나는 당신에게 어떤 사건이 일어났는지에는 관심이 없고, 당신이 그 경험을 어떻게 생각하는지에만 관심이 있다"고 말한다면 환자들이 해석에 불만족하는 것도 당연하다. 맬컴과 대화를 나눈 정신분석가 중 가장 호의적인 태도를 가졌던 레너드 셴골드는 아동학대를 다룬 논문에 이렇게 썼다. "환자는 자신이 누구의 손에 무슨 일을 겪었으며 그것이 자신에게 어떤 영향을 끼쳤는지 반드시 알아야 한다." 이는 아주 중요한 쟁

점이고, 그리 비밀스러운 것도 아니다. 그럼에도 이런 문제를 회피하는 경우가 지나치게 잦다.

내가 다니던 상담소의 정신분석가는 만나는 시간대에 따라 행동이 달라졌다. 화요일과 목요일에는 이른 아침에 만났고 그때의 '세션'은 내 생각엔 남들과 다를 바 없이, 절제되고 꽤나 격식을 갖춘 채 진행되었다. 월요일과 금요일에는 상담이 6시였는데 이때 정신분석가는 한층 더 친근하고 외향적이었다. 그러나 수요일 6시 30분이나 7시에 찾아가면 그는 앞뒤가 안 맞는 괴상한 말을 했고 때로 발음을 흘리기도 했다. 당시에는 어찌된 영문인지 알 수가 없었는데, 때로 아침 진료에서 내가 용기를 내 지난밤에 무슨 일이라도 있었느냐고 물으면 그때마다 그는 '어째서 당신이 타인의 행동에서 걱정스러운 점을 발견하게 된 것이냐'고 되물었다. 마지막으로 그를 만난 것은 오후 5시쯤이었고, 그는 제정신이 아닌 듯 이미 대답한 질문을 되풀이해 묻기를 반복했다. 이후 나는 정신분석에 대한 믿음을 이어가고자 다른 정신분석가들을 만나보기도 했으나 반응은 대체로 엇비슷했다. 15년이 지난 뒤에야 누군가가 내가 진작 알고도 남았을 사실을 알려주었다. 그 정신분석가는 알코올중독자였던 것이다. 정신분석가가 (메이슨의 표현을 빌리자면) 환자 삶의 현실을 부인하는 일이 그토록 쉽지만 않았더라도, 또 이 정신분석가의 동료들이 그를 보호하고자 환자의 인식 능력에 중대한 문제가 있다고 판단해버리지만 않았더라도, 6년씩이나 의무감에 정신분석을 받은 내가 정신분석에 관해 지금같이 강렬한 양가감정을 느끼고 있지는 않았을 것이다. 마찬가지로 요새를 지키는 수호자들이 프로이트의 명성을 유지하고자, 그가 품은 신비로운 수수께끼를 지켜내고자, 논의를 차단하고자 그토록 애쓰지만 않았더라도, 또 예컨대 이들의 아카이브가 여느 아카이브와 마찬가지로 학자들에게 열려 있기만 했더라도, 프로이트가 완벽하진 않았다는 걸 (또는 않았을 수 있다는 걸) 보여주는 (또는 보여줄 수도 있는) 작디작은 근거를 발견할 때마다 메이슨 같은 이들이 이렇게 열을 올리지는 않았을지 모를 노릇이다.

《런던 리뷰 오브 북스》1985년 4월 18일

로더미어 공작 부인의 팬

Lady Rothermere's Fan

"샹티이에서 우리는 당신이 그리웠답니다." 1956년 앤 플레밍은 다이애나 쿠퍼[■]를 만나러 프랑스를 방문하고 돌아와 에벌린 워에게 이런 편지를 썼다. "게이츠컬 씨[◆]가 점심을 먹으러 왔다가 다이애나에게 반했거든요. (…) 그는 민트가 든 칵테일도, 매그넘 병에 든 핑크 샴페인도 처음 봤다고 했어요. 무척 행복해했죠. 저는 상류층이란 모두가 아름답고 지적이니 절대 해충들로 이 사람들에게 해를 끼쳐서는 안 된다고 거짓말을 했답니다." 앤 플레밍은 에벌린 워에게 어마어마하게 많은 편지를 써, 자신이 어디서 점심과 저녁을 먹었으며 그 자리에

[■] 영국 귀족이자 런던과 파리의 사교계 유명 인사.
[◆] 영국의 전 노동당 대표 휴 게이츠컬.

누가 동석해 제 스스로 놀림감이 됐는지를 미주알고주알 알려주었다. 이 편지들 속에 세상 사람들이 간절히 알고자 하는 무언가가 담겨 있었다고 말할 수는 없다. 앤의 어조가 공격적으로 느껴지는 사람도 있을 것이다. 다만 수신자인 에벌린 워는 이 편지들을 좋아했다. 답하기 어려운 질문은, 어째서 우리가 이제 와 이걸 읽고 있는가 하는 것이다.

이 편지들을 연재한 《옵서버》는 "이 계절의 문학적 사건"이라고 소개하며 편지를 실었는데, 중요한 게 무엇인지 영 감을 잃어버린 모양새였다. 앤 플레밍은 인생 전반에 걸쳐 사랑의 열병을 앓던 상대인 이언 플레밍과 12년간 그리 행복하지 않은 결혼 생활을 했다. 전 남편들인 《데일리 메일》 소유주 로더미어 경과 오닐 경은 그리 큰 의미가 없었다. 비록 로더미어와 함께 화려한 삶을 살았으며 오닐과 결혼 생활을 하고 있던 시기에도 몇 년간 그를 사랑하고 있었지만 말이다. 사랑에 빠지는 건 결혼 생활을 하는 것과는 달리 즐거운 시간을 보내는 방법 중 하나이며, 앤 플레밍의 글에 담긴 주된 내용은 바로 이 즐거운 시간이다. 페트워스에서 해럴드 맥밀런*과 저녁식사를 함께한 뒤 앤은 에벌린 워에게 '귀족 사회에 대한 일화가 부족할 뿐 그가 한 이야기는 전부 흥미로웠다'고 알리면서 이렇게 덧붙인다. "그가 유쾌한 농담을 즐기는 저녁을 좋아할 것 같진 않아요." 이런 편지만 놓고 본다면, 친구들과 유쾌한 농담을 나누며 보내는 저녁이야말로 앤 플레밍이 그 무

* 영국 보수당 전 총리.

엇보다 좋아하는 것이었다. 앤은 재치가 있었고(친구들과 모닥불 주변에 쿠션이며 담요를 놓고 둘러앉아 〈코지 판 투테〉 Cossi Fan Tutte를 들은 뒤 "내가 들은 것 중 가장 아늑한cosiest 판 투테"라고 말하기도 했다), 즐거운 파티, 또 로더미어 경과 결혼한 뒤엔 호화로운 파티를 열었으며, 사람들은 대개 대화에 활기를 불어넣을 수 있는 여성으로 그를 기억했다.

누구나 예상할 수 있듯 앤의 친구들 역시 유명 인사였고, 대놓고 상류계층이 아닌 이들 역시 유명하긴 마찬가지였다. 한쪽에 부피 애런*이 있다면 다른 쪽에는 굿맨 경*이 있는 식이었다. 마크 에이머리는 『앤 플레밍의 편지들』 서문에서 "앤이 아이제이아Isaiah라는 단어 중 앞에 나오는 'a'를 매번 빼먹는 바람에" 자신이 철자를 정돈해야 했다는 이야기를 하며 본의 아니게 앤 플레밍에 대한 배경 지식을 제공한다. 세실 비턴*은 시릴 코널리의 쉰 번째 생일에 자신이 열었던 파티를 놓고 "출신 계층을 막론하고 모두가 성공의 열매를 맛보았다"고 썼다. "시시한 이야기로 시간을 낭비한 사람은 아무도 없었다." 모두가, 특히 그의 남편들이 엄청난 재치를 발휘한 건 아니었지만, 당황한 외부인들 모습이 한층 더 그 자리의 즐거움을 돋워줄 가능성은 늘 존재했다. "상류층의 꿩 사냥"을 위해 채츠워스에 초청받은 앤은 다른 손님들인 "샌디스 부부▲와 라지비우 부부가 "밋퍼드와

■ 8대 애런 백작 아서 부피 고어.
◆ 남작이자 변호사 아널드 굿맨.
● 영국의 사진작가이자 일기 작가, 무대·의상 디자이너.
▲ 영국 보수당 정치인 덩컨 샌디스와 아내 마리클레르 슈미트.

세실의 재치에 당황해 침실로 도망쳐버렸다"는 편지를 썼다. 하지만 이들 중 세 사람은 외국인이었고 나머지 한 사람은 "유머 감각이라고는 없는 정치인"이었다.

앤은 이언 플레밍에게 쓴 편지를 제외하면, 편지 속에서 자신의 "유감스러운" 심리 상태와 에벌린 워를 닮은 적대감을 표현하는 것 말곤 자기 자신에 대한 이야기를 그리 많이 하지 않는다. 편지의 목적은 소식을 알리는 것이었다. 이 편지에는 모두가 어떤 기분이며("시릴은 무척 침울해져서 어쩔 수 없이 리츠 호텔에서 열흘을 보내기로 했어요"), 어떻게 행동하는지("커피가 나왔을 무렵 랜돌프와 클로드는 식탁 아래에서 의식을 잃은 채 뻗어 있었고 준은 걷잡을 수 없이 흐느끼고 있었어요"), 또 손님들이 서로 어떤 영향을 끼쳤으며 그가 참석한 여러 행사에서 대화의 질은 어땠는지("노엘은 저명한 극작가 행세를 하며 주연 여배우한테 말을 걸고 있었어요 … 그는 손님으로 오기보다는 카바레 공연을 하는 게 나았을 텐데요 … 재치의 오아시스들 사이에 펼쳐진 거만함의 사막이 드넓기 짝이 없었어요") 따위가 담겨 있었다. 디보 데번셔가 조지 위그에게 자신의 전화 통화를 엿듣겠느냐고 물었을 때 조지의 얼굴에 퍼지던 기쁨, 디너파티 자리에서 남편이 간단한 정치 질문에 대답하는 데 45분이나 걸렸을 때 이밴절린 브루스의 얼굴에 감돌던 "끔찍한 긴장감" 같은 것들도 편지의 한 부분을 차지했다. 앤은 타인이 부끄러워하는 모습을 즐겼고, 자신과 타인이 범한 결례를 신이 나서 편지에 기록했다. ("자메이카를 잘 아실 텐데, 그곳 원주민들 문제가 나소에서보다 심각합니까?"윈저 공작은 로더미어 경에게 이렇게 물었는데, 앤의 연인이던 이언 플레밍이 자메이카에 집을 가지고 있었을 때였다.) 그는 또 에벌린 워와 시릴 코널리 사이에서 험담을 옮기며 두 사람 사이가 불편해지는 데 한몫했고, 딱히 별일이 없으면 불쾌감을 자아내기 위해 없는 말을 지어내거나, 사람을 구슬려 나중에 후회할 만한 말을 하게 만들기도 했다.

에벌린 워는 앤 플레밍을 두고 "정치적 인맥의 중심에 살고 있다"는 말로 추어올렸다. 그런데 앤은 정치인들에게 유머 감각이 있다면야 그들과의 사귐을 즐겼고 세상 이야기 듣는 걸 좋아했음에도, 정치의 중심에서 일어나는 사건들에 대해서는 거의 말을 아꼈다. 어쨌거나 이는 그의 문체가 담아낼 수 있는 영역 밖에 있었기 때문이리라. 가령 앤의 편지에 수에즈 운하에 관한 갑론을박은 전혀 등장하지 않으며, 이든[•]의 갑작스런 사임에 대해 그가 어떻게 생각했는지 우리로서는 알 수가 없다. 그러나 사임 이후 이든이 보였던 까탈스러운 태도에 관해서 앤은 끊임없이 불평하고(저녁식사에 초대해도 되는 사람을 알아내기가 너무나 어려워서), 끊임없이 이를 웃음거리로 삼았다. 가령 이런 식으로 말이다. "파리에서 열린 〈제2제국〉 전시회에 갔다가, 제임스 포프헤너시[◆]가 클래리사에게 '수에즈 운하의 보석' 엽서를 보내려는 것을 말리는 수밖에 없었답니다."(여기서 말하는

■ 영국의 전 총리 앤서니 이든.
◆ 영국의 전기 작가이자 여행 작가.

'보석'이란 외제니 황후에게 진상했던 목걸이와 브로치를 가리키는 듯하다.) 앤이 가장 재미있어하던 순간 중 하나는 워에게 "에이번 부부, 데번셔 부부와 함께 보낸 시끌벅적한 저녁"을 이야기할 때였다. "엄청난 소란과 욕설이 쏟아졌어요. 디보가 로이 젱킨스에게 말했답니다. '뭔가 노동당원 같은 말을 해서 저들을 멈출 수 없을까요?' 그러나 그것은 로이가 결코 할 수 없는 일이었지요." 이런 그들만의 이야기는 물론 재미가 있지만, 아무리 세련되게 담아낸다 하더라도 문학적 사건을 구성한다고 보긴 어렵다.

이 편지들을 엮은 인물이자 앤 플레밍의 친구였으며, 앤의 유고 관리자의 친구이기도 했던 마크 에이머리 역시 본인이 단 수많은 속물적인 주석에서 분명히 알 수 있듯 강렬한 귀족 의식을 가진 사람이다. 에이머리는 주석(부정확한 것들도 있다) 외에 서문을 통해서도 이 편지들이 시작된 1946년까지 거슬러 올라가 앤 플레밍의 삶을 이야기한다. 그는 앤 플레밍이 1913년, "1차 세계대전 이전의 마지막 길고 뜨거운 한여름에 태어났다"는 말로써, 이 나라와 기후가 그 매력을 한꺼번에 잃어버렸다는 관념을 환기시킨다(나는 1911년 여름이야말로 정말 뜨거웠다고 생각한다). 앤의 부모는 둘 다 '소울스'Souls• 자제들로, 어머니는 테넌트 가문, 아버지는 차터리스 가문 출신이었다. 그는 양가 할머니들 손에 자라며 한 학기는 첼트넘 여학교에서 보내고(자랑

• 영국 귀족 가문들로 이뤄진 사교집단으로 1885년부터 1900년까지 이어졌다.

거리는 아닌 학교였다), 몇 달은 베르사유에 있는 '빌라 마리 앙투아네트'라는 피니싱 스쿨finishing school*을 다녔다. 돌이켜 봤을 때 어린 시절은 앤에게 행복한 기억은 아니었다. 훗날 그는 "우리 중 아무도 폭풍 같던 어린 시절에 애착을 가지지 않았다"고 했지만, 에이머리는 그 말을 전적으로 믿진 않는지 그가 아버지에게 쓴 반려 토끼들에 관한 편지들을 인용하기 도 한다. 1931년 앤은 사교계로 진출해 무도회를 다니며 남자들을 만났고, 앞으로 살게 될 생활 속에 자리 잡게 되었다.

앤은 젊은 남성 여럿에게 구혼받았다. 에이머리에 따르면 그는 "목록에 들어갈 만한 유럽 가문 중 가장 유서 깊은"(다른 경쟁자들도 있었겠지—하지만 누가 그런 목록을 만든단 말인가?) 가문 출신에다 시티에서 일하는 훤칠한 젊은 남성 셰인 오닐의 구혼을 승낙했는데, 그 이유는 지금 아무도 기억하지 못한다. 이 책에도 실려 있지만 노엘 애넌은 앤 플레밍의 추도식에서 다음 같은 이야기를 했다고 한다. "어느 무도회에서 앤은 오닐이 자기 파트너에게 계단에 나와 앉으라고 이야기하는 걸 들었답니다. 파트너는 '싫어요, 드레스가 망가지잖아요'라고 했다지요. 그러자 앤은 '난 드레스가 망가져도 상관없어요' 하면서 오닐 옆에 주저앉았습니다." 두 사람은 1932년 결혼했고 오래지 않아 앤은 또 한번 드레스를 망가뜨릴 준비가 돼 있었다.

그러나 드레스를 망가뜨릴 겨를도 없이 몇 년이 지나갔고,

* 귀족 가문의 딸들이 사교계 입문 전 상류사회의 사교술과 교양 등을 배우던 학교.

서평의 언어

1936년이 되자 앤은 훗날 본인 말대로라면 "사랑에 빠질 수 있다는 모든 희망을 놓았다". 1935년 8월 앤은 르 투케의 어느 수영장에서 이언 플레밍을 만났다. 하지만 아무런 소득이 없었다. 다음해 8월 오스트리아에서 앤의 운이 다시 돌아왔다. 훗날 로더미어 경이 될 서른여덟 살의 에스먼드 함스워스는, 에이머리에 따르면 "끝내주게 잘생겼고, 운동을 즐겨하는 세련된 연인이었다". 그에게는 아내와 십 대인 자녀 셋이 있었으나 그건 중요치 않다. 나중에 알려진 바대로라면 그가 부유하고 언론계의 강력한 거물이었다는 사실 역시도 앤에게는 별것 아니었다. "전 신문이라면 식료품이나 우유와 마찬가지로 취급해서, 돈을 내고 사기는 해도 관심은 없었어요." 1955년 앤이 오빠인 휴고 차터리스에게 쓴 편지다. 앤 본인 말에 따르면 그는 6년간 로더미어와의 육체적 접촉만을 위해 살았으며, 동시에 적어도 어떤 의미에서는 더 까다로운 플레밍과 사랑에 빠져 있으면서도 키가 훤칠한 오닐과 결혼 생활을 지속하고 있었다. 1944년 10월 오닐은 이탈리아에서 사망했고, 8개월 뒤 앤은 로더미어와 결혼했다. 결혼식 전날 앤은 플레밍과 저녁식사를 한 뒤 함께 공원에서 긴 산책을 했다. 훗날 앤은 이렇게 썼다. "그가 청혼했더라면 나는 승낙했을 것이다."

만약 실제 그랬더라면 전쟁 이후 런던의 사교계는 결코 이전처럼 회복될 수 없었을 것이다. 적어도 에이머리의 주장에 따르면 그렇다. "로더미어 공작 부인이 되면서 앤의 삶은 화려함의 절정에 달했다. 앤은 서른두 살이었다. 런던에 내려

앉은 칙칙함을 밝혀줄 만한 재력·스타일·에너지의 소유자였던 그는 당장 이 일에 착수했다." 몇 년간 호화로운 파티가 열렸고 로더미어 부부가 살던 워릭 하우스는 "부와 권력을 손에 쥐고 놀기 좋아하는 이들의 소음으로 가득 찼다"(때로 에이머리가 자기도 그 자리에 있었으면 좋았을 거라는 심정을 드러낼 때마다 무례한 말을 해버리고 싶은 충동을 참기가 어렵다). 우선 앤의 손님들은 (이미 그의 친척이거나 친구인 귀족들을 제외하면) 주로 정치인과 언론인이었지만, 무게중심은 점점 화가와 작가로 옮겨 갔다(화가의 경우에는 루시언 프로이드, 프랜시스 베이컨이 있었고, '로더미어 공작 부인의 팬'─누군가는 그래야 했겠지─으로 알려진 피터 퀘널▪도 손님 중 하나였다). 에이머리는 이를 앤의 '성장' 능력의 증거라고 언급하는데, 정 떨어지는 개념이긴 해도 아마 사실이었을 것이다. 끝내주게 잘생긴 로더미어는 이제 앤이 오닐과의 사이에서 낳은 두 아이에겐 잘해주지만 앤의 새 친구들을 대할 줄은 모르는, 친절하지만 무색무취인 사람으로 전락했다. 어느 익명의 조문객은 이렇게 말했다고 한다. "에스먼드는 그들에게 아무리 무례한 말을 들어도 아무런 말을 할 자격이 없었어요."

파티와 플레밍을 제외하고 앤의 주된 관심사는 남편의 신문사였는데, 그는 남편이 이를 운영할 적임자가 아니라고 여겼다. 플레밍처럼 한때 언론계에서 일했던 오빠인 휴고와 함께 새로운 편집자를 영입할

까 논의하던 앤은 이렇게 말한   ▪ 영국의 전기 작가이자 비평가.

다. "그이를 믿느니 거푸집 안에 액체로 된 사장을 붓고 잘 굳기를 기다리는 게 나아요." 기억할 만한 표현이다. 플레밍은 앤이 편집에 개입한다는 사실에 감탄했다. "당신은 그 왼손 약지를 가지고 내가 아는 그 어떤 여자보다도 남편의 사업에서 큰 역할을 하고 있군요." 1950년 그가 앤에게 쓴 편지다. 이 말은 양면적 의미를 담고 있는 것처럼 보이지만, 아마 그건 아니었을 것이다. 신문 보도에 대한 두려움은 두 사람이 사랑의 도피를 떠나길 망설였던 (여러 이유 가운데 하나의) 이유였으니까.

앤이 로더미어와 결혼하고 두 달 뒤, 플레밍은 앤에게 아마 처음이었을 '사랑한다'는 말이 담긴 편지를 보냈다. 한 달이 넘어서까지도 그 밖의 다른 말은 거의 하지 않은 것 같다. 플레밍은 어느 정도는 그가 살아온 삶 때문에, 나머지는 그가 쓴 소설 때문에 언제나 나쁜 평판에 시달렸다. '이기적이고' '버릇없으며' '믿을 수 없다'는 평판, 그리고 여자들이 남자들에게서 매력적이라 생각하는 경향이 있는, 감정기복이 심한 자기연민. 이 책에 실린 첫 편지에서 플레밍은 이렇게 말한다. "처음에 누군가가 카드를 잘못 섞었습니다. 그 이후로 계속 그렇게 흘러왔던 겁니다." 눈앞의 여행 일정을 두고 한 말인지, 자기 인생 전반을 두고 한 말인지는 확실치 않지만 둘 중 무엇이라도 상관없을 것 같다. 에이머리는 플레밍의 불운한 성향이 그가 "국내에서 가장 전도유망한 청년—그의 형 피터—의 그림자 속에서 성장했기에 검은 양이 되는 것 말고는 다른 선택지가 거의 없어서" 생긴 것이라고 했지만, 버컨[*]의 성격을 고찰할 때만큼이나 이는 과한 해석이다. 버컨Buchan보다는 해적buccaneer에 가까웠던 플레밍은 수많은 여성들에게 실연을 안겼으며 앤을 만나던 무렵에는 부유하고 아름다운 정부를 수도 없이 두고 있었다. 그렇기에 앤은 그가 붙잡아두려 하면 할수록 떠나버릴 수 있는 사람임을 늘 염두에 두고 있었다. 그렇지만 한편으로 앤 역시 그와 달랐다고 보긴 어렵다. 플레밍에게 따라붙던 악평들은 정당하든 부당하든 그 아내에게도 똑같이 붙을 수 있는 것이었다. 비록 앤에게는 남편에게 없는 자질이 있어 재미있는 편지를 더 많이 썼지만 말이다. 예를 들면 앤 역시 플레밍과 마찬가지로 자신의 관심을 한 사람에게 집중하기 어려워했다. 에이머리에 따르면 1956년에는 두 사람 모두 각자 애인을 두고 있었는데, 앤의 연인에 관해 등장하는 정보는 여기까지다. 아마 명예훼손 때문일 텐데, 그럼에도 편지에 쓰인 모든 구절이 플레밍의 주된 경쟁자는 앤의 친구들이었다는 점을 암시하고 있다. 한편 플레밍은 계속해서 정부를 만들었고, 그러면서도 자신이 혼자라는 생각을 그치지 않았다.

플레밍이 1964년 사망할 당시 두 사람의 관계는 이미 틀어진 지 오래였다. 1962년 앤은 "당신이 건강하고 우리 둘 다 젊었다면 이혼했을 거예요." 하고 말했지만, 동시에 그에게 사랑한다고 말하고, 친구들에게는 편지

[*] 수많은 정부를 둔 것으로 악명 높았던 1대 버컨 백작 존 스튜어트를 가리키는 듯하다.

를 통해 두 사람이 얼마나 잘 못 지내는지를 생생하게 설명 했다. 에벌린 워에게는 이런 편지를 보냈다. "선더버드◆의 유일한 행복은 핑크 진, 골프채, 그리고 남자들이에요. (…) 저 물녘의 빈집이 싫어요. 보라●나 스패로▲가 저랑 살겠어요?" 플레밍은 결혼 전 이미 앤에게 두 사람은 "푸른 산호초 옆에서는 행복하겠지만 켄싱턴 고어에서는 아니다"라는 말을 했다. 지극히 진부한 말이요 앤이라면 절대 하지 않았을 말이지만, 그래도 맞는 말이다. 두 사람은 카리브해에서 바닷가재를 좇을 때에는 행복했지만, 이제 플레밍은 아내의 친구들을 못 견뎌 했고 앤은 남편의 소설과 그 성공을 수치스러워했다. 이런 사실과 두 사람의 성격에 비춰보면 그들이 그렇게 오랜 세월 함께 살았다는 것이 놀라울 따름이다.

플레밍이 죽고 나서도 사교 생활은 계속됐다. 앤은 새 친구들을 사귀었고, 앤과 굿맨 경의 결혼을 점치는 사람이 많았다. 1966년 에벌린 워가 사망하자 앤은 워 대신 니컬러스 핸더슨■에게 편지를 주고받자고 제안했지만 핸더슨에게 쓴 편지에는 예전만 한 광채가 없었다. 워에게 즐거움을 주기는 어려웠을 편지들이었다. 오래지 않아 앤의 아버지가, 또 오빠가, 그다음에는 1975년 아들 캐스퍼 플레밍이 자살하면서 편지들─하여간 이 책에 수록된 편지들─은 빈도도 분량도 줄어

◆ 앤이 이언 플레밍을 부르던 애칭으로, 플레밍이 즐겨 타던 자동차 '포드 선더버드'에서 따온 것이다.
● 영국의 문학비평가 세실 모리스 보라.
▲ 영국의 학자이자 변호사, 장서가 존 스패로.
■ 전 미국 주재 영국 대사.

들었다. 역경 또한 앤의 문체가 담아낼 수 있는 영역을 벗어나는 것이었기에, 그는 자신의 역경에 관해서는 예전에 다른 이들의 고난을 이야기 하던 때처럼 아주 짧게 언급하는 데 그친다. (1951년 조카 리처드 차터리스가 익사했을 당시 죽은 아이의 어머니에게 쓰는 편지를 이렇게 시작했던 앤이다. "친애하는 버지니아, 일찍 기별을 전했어야 했지만 명절 계획이며 노엘 카워드의 승진 파티며 방송국 파티 일정이 쏟아지는 바람에…….") 자신이 내어준 동정보다 더 많은 동정을 바라진 않았다는 면에서 그는 공명정대했다 할 수 있다. 앤은 지나친 음주로 요양원에서 일주일을 보내기도 했는데, 당시 요양원에 있던 패트릭 리 퍼머[■]에게 다이애나 쿠퍼가 전화를 걸어왔다며 이런 편지를 쓴다. "[쿠퍼는] 이렇게 말했죠. '당신이 술꾼 수용소로 들어갔다는 말을 들었어요.' 그러더니 찾아와서 온갖 사람을 유혹한 다음 자기가 누워 죽을 침대를 예약하고 돌아갔어요. 이 방문으로 내 명성이 한층 올라갔지." 1981년 앤은 친구들에게 쾌활하기 그지없는 편지를 써서 자신이 암에 걸렸다는 소식을 알렸다. 에이머리는 앤의 용기에 찬사를 보냈고 물론 그건 합당한 일이다. 그 용기를 편지보다는 실제 삶에서 드러냈다면 더 생생하게 빛났겠지만 말이다.

《런던 리뷰 오브 북스》 1987년 10월 29일

■ 영국의 군인이자 작가.

서평의 언어

티격태격

Quarrelling

"어째서 시릴이 바버라를 원하는 건지 내게 설명해주십시오." 바버라 스켈턴과 시릴 코널리의 결혼 생활이 공식적으로 막을 내린 1955년 9월 에벌린 워가 앤 플레밍에게 쓴 편지다. "그 여자가 돈이 많은 것도, 살림을 잘하는 것도, 자식을 낳아준 것도 아닌데 말입니다." 코널리가 이혼한 지 2년째에 접어든 이듬해, 에드먼드 윌슨은 그에게 어째서 다른 여자를 만나지 않느냐고 물었다. 코널리가 답했다. "전 파리 끈끈이에 붙어 있는 신세입니다. 다리는 거의 떨어졌지만 그래도 아직까지 탈출할 수가 없군요." 몇 달 뒤 바버라는 새로운 남편 조지 와이덴펠드와 결혼했다. 코널리는 앓아누웠고, 윌슨의 말에 따르면 전처가 가끔 수프를 들고 병문안을 왔다고 한다.

헤어진 아내에게 공들이는 건 몹시도 코널리다운 일이었으며, 자신이 원하는 상대가 누구인지를 드러내지 않은 채로 사내를 쥐락펴락하는 것 역시 무척이나 그의 전처다운 일이었다. 사람들은 다들 두 사람의 결혼이 재난이 되리라 예상했다. 실제로는 그렇기도 했고 아니기도 했다. 바버라는 이렇게 말한다. "토요일이 이번 주 가장 즐거운 날이었다." 그날 아침 두 사람은 쇼핑을 했고, 그다음에는 점심을 먹었고, 그 뒤에 다투었다. 다투고 나서는 쇼핑을 좀 더 하고, 영화관에 갔고, 저녁을 먹은 다음, 다시 다투었다. 말다툼보다 두 사람이 즐겼던 것은 상대를 싫어한다고 대놓고 말하는 것이었다. "그의 얼굴에 잔뜩 묻은 레드 와인을 보고 나는 말한다. '얼굴에 잔뜩 묻힌 그게 대체 뭐야?' 그러자 시릴이 대답했다. '증오.'" 또 어떤 날 코널리는 반쯤 벌거벗은 채로 침대에 누워 있다. 바버라가 "원하는 게 뭐야?" 하고 묻자 그는 대답한다. "당신이 지금 당장 죽어버렸으면 좋겠어. 내가 바라는 건 당신이 지금 당장 죽는 것뿐이야." 크리스마스가 되자 바버라는 포트넘 백화점에 남편의 선물을 사러 가서 그가 절대 좋아하지 않을 만한 걸 고른다.

두 사람은 아이 대신 사람을 무는 작은 동물*을 데려와 '쿠피'라는 이름을 붙인다. 실의에 빠진 코널리가 2층 자기 방에서 침대 시트를 물어뜯을 때 쿠피도 정원에 있는 자기 집에서 자기 꼬리를 물어뜯고 있다. 다

* 두 사람이 키운 동물은 긴코너구리였다.

른 사람들이 부부의 집을 방문하는 일은 별로 없었다. 우선 코널리 부부가 손님들에게 식사 대접을 할 형편이 아니었기 때문이다. 그러나 이 집은 명성이 자자했고, 때로 코널리의 친구들은 제 눈으로 그 모습을 확인하고 싶어 했다. 그러던 어느 날 앤 플레밍이 악의를 품고 코널리 부부의 집에서 귀족들의 티타임 자리를 주선했다. "며칠 뒤, 방문했던 이들의 이야기가 들려왔다. 다들 실망했는데, 첫째, 그들은 우리 집이 훨씬 더 불결하리라 기대했었고, 둘째, 쿠피가 자기 집에서 나와 누군가의 성기를 물어뜯지 않았고, 셋째, 내가 모두에게 철저히 무례하지 않았기 때문이다." 14년간의 결혼 생활이 끝나기까지는 아직 1년이 더 남아 있었지만 사람들은 둘이 이미 갈라섰다고들 했다. 나쁜 소식을 애타게 기다리던 바버라의 옛 애인 피터 퀘넬은 에투알로 그를 불러내 점심식사를 하며 성생활이 어떤지 물었다. 그러나 그날 바버라는 남편을 헐뜯고 싶은 기분이 아니었기에, 퀘넬은 곧 지루해져 계산서를 달라고 했다. 시릴이 두 사람의 싸움을 사람들에게 미주알고주알 알렸다면, 바버라는 그에게 받은 모욕을 매일 일기장에 적어두면서 남편이 성이 나 집어 던진 책 제목들을 기록했다.

두 사람 모두 기괴한 행동을 일삼은 건 마찬가지였지만 (코널리가 책을 빌려 와 읽을 때 책갈피 대신 얇게 저민 베이컨을 책장 사이에 끼워두었다는 이야기는 유명하다), 두 사람과 동시대에 살았던 이들이 지난 20년간 남긴 회고록이며 편지를 보면 그 투박한 코널리가 당시 웬만한 사람들은 (애인은 제외하고) 아내에게 줄 엄두를 내지 못할 액수의 용돈을 주었던 모양이다. 그러나 다른 사람들로부터 좋은 평판을 받는데 목말라 있던 코널리와는 달리 사뭇 상이한 측면에서 허영심이 강한 바버라는 타인이 자기를 좋아하건 말건 아무 신경도 쓰지 않았던 것 같다. "인간이란 얼마나 지독한 시간 낭비인가." 플레밍 부부를 만나고 온 뒤 바버라가 일기장에 쓴 말인데, 플레밍 부부는 그가 유일하게 좋아하던 부부였다. 바버라는 코널리의 친구들을 만날 때마다 단점을 집어냈다. 그들의 집은 더럽고, 집사들은 무능하고, 요리사는 형편없다고 말이다. 자신의 친구들도 꼴 보기 싫은 무리인 건 마찬가지였다. "조슬린 베인스에게 전화를 걸어 짧은 술자리를 갖는데 (…) 당연히 그는 별 볼 일 없는 멍청이다." 물론 기분이 좋지 않은 날 무엇보다 최악인 것은 퉁퉁하고 성질난 얼굴("남편은 크리스마스 이후로 턱살이 1인치쯤 늘어졌다")에 "중국인 막노동꾼의 다리"를 지닌 "게으른 고래 같은 남편"이었다. 그는 오전 내내 침대에 누워서 닫아놓은 문 두 개 너머에도 들릴 만큼 쩌렁쩌렁하게 "똥 같군!" 하고 외쳤고, 욕조에서 몇 시간을 보냈으며, 밤에는 무대에서 방백을 하듯 끝도 없이 "불쌍한 시릴!" 하고 투덜거리느라("내가 자기 말을 들었는지 한쪽 눈을 뜨고 침대 위에 널브러진 채로") 밤새도록 눈도 못 붙이게 하는 존재였다.

에드먼드 윌슨은 "바버라는 정말 나쁜 인간"이라고 결론 내렸다. 얼마나 나쁜 인간이었던지 데이비드 프라이스존스는 코널리의 회고록을 쓸 때 아예 바버라에 대한 이야기를 빼는 게 낫다고 생각했을 정도였다. 반면 바버라는 회고록 편찬 과정에서 본인의 무례한 성격 때문에, 또 이 성격이 가진 매력 때문에 자신이 타인을 못살게 군 일을 조금도 축소하지 않는다. 그는 악평을 받는 것을 즐겼던 모양이고, 자신을 겨냥한 모욕이나 비난과 마찬가지로 자신이 저지른 나쁜 행동도 신이 난 듯 정교하게 기록한다. 물론 그의 책 대부분을 차지하는 일기 발췌문은 친구들, 애인들, 남편을 향한 악담 가운데 상당수를 삭제한 것임이 분명하다. 그러나 삭제하고 남은 것만 보아도 바버라는 타인에게 잘 보이고 싶은 생각이 추호도 없었던 것 같다.

코널리를 만나기 전 바버라는 주로 드레스, 애인들, 음식으로 이루어진 방탕한 삶을 살았다. 그건 외모가 뛰어난 사람만이 살 수 있는 그런 종류의 삶이었던지라 모리스 보라는 앤 플레밍에게 이런 편지를 썼다. "코널리 부인은 수준 높은 이들한테 어울리는 사람이죠." 사진만 보면 어째서 그가 그렇게 매력적인 존재 취급을 받았는지 알기 어렵지만, 자신에게 무언가가 있다고 생각하는 사람이 아니고서야 그런 표정으로 사진을 찍지는 못했을 것이다. 그리고 (가족에게는 "징그러운 놈"으로 불리던) 아이번 삼촌을 비롯한 수많은 남자들이 그 무언가에 끌렸다. 하이스트리트를 따라 차를 몰고 가는 길, 아이번이 바버라에게 자기 바지 주머니 안에 사탕이 있으니 꺼내 가라고 했는데, 바버라의 손에 닿은 것은 "구멍 난 곳에 있는 무언가 뜨뜻하고 미끈거리는 것"이 전부였다고 한다. 바버라가 "예쁜 외모로 남자들을 휘두른다"며 비난하기 일쑤였던 코널리의 친구들은 모든 게 그의 얼굴 때문이라고 했다. 코널리가 바버라와 결혼하겠다는 파멸적인 결정을 한 것도, 이어 파리 끈끈이에서 다리―중국인 막노동꾼의 다리―를 떼어내지 못했던 것도 말이다.

바버라의 어머니는 한때 게이어티 걸Gaiety Girl■이었으며 ("어머니는 미인이었다"), 허약하고 "그다지 뛰어난 특기는 없는" 직업군인과 결혼했다. 엄마는 바버라를 그리 좋아하지 않았고 아빠는 "큰 실망거리"였는데, "영리한 프로이트주의자"(엄마라면 '똑똑한 유대인'이라고 불렀겠지만)라면 훗날 바버라의 성향이 여기서 기인했으리라 여겼을 것이다. 부모 둘 다 어린 이제벨◆을 감당할 만한 이들은 아니었기에 바버라는 네 살에 기숙학교로 보내졌다. 부모는 점심을 더 안 주면 나이프로 사람을 공격하는 바버라의 행동을 훈육으로 고칠 수 있으리라 믿었던 것이다. 바버라는 학교 이야기는 거의 하지 않지만, 예외적으로 책상 속 연애편지 한 무더기를 들키는 바람에 퇴학당한 사건에 대해서는 언급하고 있다. 밝혀진 바에 따르면 편지의 발신자 '프레드'는 그저 바버라가 스스로 지어낸 가명일 뿐이었던 것으로 보인다.

■ 에드워드 시대 게이어티 극장에서 상영되던 뮤지컬의 코러스 걸.
◆ 성서에 등장하는 인물이며, 우상 숭배를 퍼뜨린 사악한 여성으로 그려진다.

(훗날 그는 여러 프레드로부터 수없이 많은 연애편지를 받았을 것이다. 답장을 뭐라고 썼는지도 알 수 있다면 흥미진진할 텐데.) 바버라는 열다섯 살의 나이에 런던으로 떠났다. 생활비는 아빠가 대주기로 한 상태였으나, 시드니라는 부자 친구가 있었던 덕에 본인이 그리 오래 돈을 댈 필요는 없었다.

시드니는 바버라에게 나이츠브리지에 있는 세련된 옷가게에서 드레스를 파는 일자리를 알선해주었다. 또 주말에는 브라이턴에 데리고 갔다. 바버라가 시드니를 좋아했는지에 대해선 회고록에 쓰여 있지 않지만, 시드니가 용돈을 주고 액스민스터 카펫*과 녹색 벨벳 커튼을 갖춘 커다란 호화 아파트를 구해준 걸 보면 바버라가 그에게 최선을 다한 건 분명하다. 그리고 곧 두 사람은 유럽 일주를 떠났다.

조지 5세 호텔의 스위트룸. 푸케에서의 샴페인 만찬. (…) 네덜란드. 벨기에. 이탈리아. 젤라토. 기베르티. 에티오피아 위기. 볼로냐에서는 앨비스 자동차를 모는 기사에게 사람들이 토마토를 던졌다. 리미니의 호텔은 슈트로하임의 영화에 나올 법한 독일 장교들과 함께 저녁식사를 즐기는 이탈리아 미녀들로 가득했다. 바젤에서는 데 트루아 루아 호텔에 묵었다.

* 왕실, 대저택, 술탄 왕궁 등에 사용되던 고급 카펫의 대명사.

솜씨 좋게 이어지는 이 장황한 설명은 바버라가 외부 세계에 어느 정도나 관심을 갖고 있는지 잘 알려준다. 한마디로 기껏해야 동사를 써주는 게 그의 최대치라는 소리다. 귀국하던 중 그는 임신 사실을 알고서 먼저 아기를, 그다음에는 시드니와의 관계를 지웠다("딱히 이유는 없이, 그저 질려서"). 다른 사람이었다면 임신중지 사실에 대해 잠깐이라도 생각이 머물렀겠으나, 바버라는 아니었다. 그는 생각하는 것 자체를 좋아하지 않았다. 그저 어느 한 가지 일로부터 (또는 한 남자로부터) 다른 일로 흘러가는 것이, 자신의 삶을 일련의 일화들처럼 제시하는 것이 더 세련된 (또는 더 상류계층다운) 태도니까. 누군가 시드니로부터 생계비를 받아내라고 권하자 그는 이렇게 말한다. "난 내 부모와 마찬가지로 무책임하기에 그런 것과는 어울리지 않아. 미래야 어떻게든 되겠지!"

인도 육군 장교였던 삼촌과 함께 한동안 인도에 체류하던 시절은, 문제를 일으키면서도 이에 대해 어떠한 생각도 않을 수 있는 바버라의 놀라운 능력을 확인해준다. 바버라는 영국 육군 공병대 대위이기도 한 젊은 시인과 사랑에 빠졌다. 바버라가 인도를 떠나자 그 시인은 귀환하는 배에 밀항하다 발각되어 군법회의에 부쳐진 뒤 북서쪽 변경 지대로 추방되었다. 부모와 함께 시골에 머물던 바버라는 〈6시 뉴스〉를 통해 시인의 죽음을 알게 됐다. 런던으로 돌아온 뒤 그는 애인이 보낸 마지막 편지를 발견해 이를 인용하는데, 그의 이야기는 여기까지다. 이 시인은 두 번 다시 언급되지 않는다.

이제 1930년대 후반에 접어든다. 11년 내지 12년 뒤 코널리와 결혼할 때까지 바버라는 자신의 나이를 숨기고자 날짜를 전혀 언급하지 않는다. 그는 스키아파렐리의 모델로 발탁되었으며, 부유한 남성과 자극에 민감한 여성으로 이뤄진 화류계를 드나들면서 무책임하고 퇴폐적인 생활을 한다. 단순히 부유하기만 한 남성들은 점차 떨어져 나가고 유명인들의 이름이 등장하기 시작한다. "당시 카페 로얄의 또 다른 단골로는 고로느위 리스가 있었다. 작가 피터 퀘넬과 셋이서 저녁식사를 하던 중 피터가 계산을 하는 틈을 타 그가 내 책장 사이에 점심식사 초대장을 슬쩍 밀어 넣었다." 전쟁이 시작되자 마담 스키아파렐리는 가게를 폐업했고, 바버라는 한동안 어느 자유프랑스 사람과 동거했다("무슈 보리스는 여자가 필요했고 내가 적임자인 듯했다"). "매일 아침 그는 커피를 준비한 다음 군복을 입고 케피 군모를 쓴 뒤 서류가방을 든 채 척척 걸어 나가 자유프랑스 임시정부 본부로 향했으며, 그곳에서 프랑스인들을 상대로 방송을 중계했다. 나는 창가에 서서 그가 큰 보폭으로 걸어가는 모습을 바라보다가 기진맥진해져 다시 침대로 가 곯아떨어졌다." 세상은 지독한 소식투성이인 데다가 커즌스트리트의 셰리 바는 12시가 돼야 문을 여니 그때까진 깨어 있을 필요가 없었다.

생계를 유지하는 건 어렵지 않았다. 애인들이 대신 해결해주었으므로. 그러나 WAAF■라든지 WRNS◆에 끌려갈까 두려웠던

■ 여성보조공군Women's Auxiliary Air Force.
◆ 여성왕립해군부대Women's Royal Naval Service.

바버라는 유고슬라비아 망명대사관 비서로 취직했다(그곳에서 가장 중요한 건 화장실이었는데, 유고슬라비아인 동료들 중 "아무도 크게 방해하지 않았다"). 그가 일기를 쓰기 시작한 것도 바로 이 전쟁 기간이었음이 틀림없다. 그리고 이제껏 매력적이지만 형식적이었던 서사들은 여기서부터 그의 삶에서 가려 뽑은, 마치 전쟁 중 런던에 살면서도 전쟁에 관해선 단 한 순간도 생각하지 않는 여성이 등장하는 소설 장면들처럼 흘러간다. 가장 뜨거운 화두는 애인들, 또 애인들 사이에서 시간을 분배하는 문제다. "피터가 전화를 걸어 11시에 오겠다고 했다. 펠릭스가 전화를 걸어 똑같은 제안을 했다." 단골로 등장하는 네댓 사람 중 이 두 사람이 주요 인물이다. 퀘넬은 "안정감"을 주는 사람이고 토포스키는 함께할 때 즐거운 사람이다. 영리한 프로이트주의자라면 이런 무분별한 일정에 관해 할 말이 있었겠으나 그자가 뭐라고 하건 바버라는 귓등으로도 듣지 않았으리라. 바버라가 원하는 것이 콕 집어 즐거운 시간인 것은 아니었지만(물론 좋은 음식은 좋아했다), 진정한 사랑이라든지 가정의 평화는 더더욱 아니었다. 그가 즐긴 것은 자기 스스로에게 자아내는 곤혹이었고, 그보다 더 즐긴 것은 타인에게 일으키는 곤혹이었다. 그렇기에 그가 코널리와 결혼한 건 보기보다 말이 되는 선택이었다.

유고슬라비아 망명대사관에서 "두 달간 매일 아침 지각했다"는 사유로 해고당한 바버라는 도널드 매클린*의 현명한 충

■ 영국 외교관이었으며, 소련 측 스파이로 일하다 소련으로 망명했다.

　　　　　　　　서평의 언어

고를 받아들여 외무부에서 암호 서기로 일하게 된다. 이윽고 이집트로 파견된 그는 그곳에서 파루크 왕과 연애 행각을 벌였고("나는 잠시도 지루할 틈이 없었다"), 다음에는 이탈리아와 그리스로 갔다. 그러다 그리스 내전으로 파견 근무가 중단되자 다시 런던으로 돌아와 이전과 비슷한 생활을 하게 됐는데, 달라진 건 주로 만나는 애인이 이제 부자가 된 존 수트로라는 점뿐이었으며 그 뒤를 코널리가 바짝 따라오고 있었다. 결정적으로 그가 코널리를 선택한 것은 수트로와 제네바에서 휴가를 보낸 뒤였다.

"1년간 결혼 이야기를 주고받은 뒤" 1950년 10월 5일 두 사람은 결혼식을 올렸다. 둘은 등기소로 가는 길에 다투었고, 돌아오는 길에도 다투었다. 그러고는 "메이드스톤에서 꿍한 침묵이 흐르는 가운데 찬 음식으로 점심을 먹었다". 모르는 게 없는 앨러스테어 포브스는 두 사람이 옥신각신했던 것이 호들갑스럽게 반응할 일은 아니라고 주장한다. 포브스는 《스펙터》에서 바버라의 책을 논하며 "그들의 친구들 대다수가 그만큼 자주 다퉜다"고 말했다. 그는 알고 있다. 그 자리에 있었으므로. 어쩌면 코널리의 경우 다툼이란 그저 그가 지닌 끝도 없는 자기연민의 능력이 자연스레 확장된 것이었을지도 모른다. 하지만 바버라의 경우 다툼은 삶에서도, 예술에서도 그의 주특기였다. 코널리는 에드먼드 윌슨에게 아내에 관한 불만을 늘어놓았다. 그는 아내가 자기 일기를 소설로 바꾸느라 바쁘다며 "쉬지 않는 타자기 소리를 견딜 수 없고, 이 집에 사는 누군가가 종이와 연필을 다 가져가버렸다"고 말했다. 윌슨은 코널리의 말에 공감하면서 귀를 기울인 다음에 그가 "다른 유형의 여자, 그를 더 잘 돌볼 수 있는 여자를 만나야 한다"고 권했다. 이를테면 종이와 연필을 모조리 독차지해버리지 않는 여자 말이다.

《런던 리뷰 오브 북스》 1987년 10월 29일

약속들

Promises

내가 아는 여성들 거의 모두가 적어도 한 번은 함께 침대에 들어서는 안 되는 남자와 잠자리를 한 적 있다. 유부남, 친구의 남자, 아니면 그저 자신의 남자가 아닌 남자. 이 여성들 중누군가는 꼬임에 넘어가 이런 일을 저지르곤 나중에 후회했을지도 모르고, 그 일로 누군가(보통 다른 누군가)는 고통받았을지도 모르겠다. 하지만 '유혹'이라는 이름이 붙는 순간이들은 더는 이런 행위를 즐길 수 없게 된다. 유혹자는 공범자가 아닌 피해자를 만들며, 누군가를 유혹한다는 건 단순히상대를 침대로 이끄는 것이 아니라 정도를 벗어난 길로 이끄는 것이기 때문이다. 피오나 피트케슬리는 고대의 무녀를 비롯해 시인과 예언자의 은신처를 찾아 두 차례 이탈리아 여행을 떠난 바 있다. 그러곤 거기서 목도한 풍경과 섹스했던 남자들에 대한 이야기를 『지하세계로의 여행』 도입부에서 놀라우리만치 솔직하게 꺼내놓는다. "나는 내가 일종의 동성애자 독신 남성, 돈 후안이나 카사노바라고 생각하는 걸 좋아한다." 하지만 그는 이내 덧붙인다. 자신은 "남자들이 불평할 만한 일을 하지도" "영원을 약속하지도" "아기를 안겨놓고 떠나지도" 않는다고. 이런 의미에서 보면 피트케슬리의 행위가 아무리 유혹적이고 도발적이라 해도 그가 글에서 묘사하고 있는 행동은 유혹이 아니라 가벼운 섹스다.

> 그리고 나중에 그 남자는 버스를 그 여자는 기차를 탔고
> 그렇게 둘 사이에 남은 것은
> 오로지 비.

제니 뉴먼이 엮은 『유혹에 관한 앤솔러지』에도 브라이언 패튼의 정형시가 수록되어 이 같은 지점을 짚어내고 있으니, 시인이 보기에 유혹이란 달콤한 말로 시작해 악에 받힌 비방으로 끝나는 과거의 유물일 뿐이다.

"순수가 무가치할 때에는 그 누구도 유혹할 수 없다." 엘리자베스 하드윅은 「유혹과 배신」이라는 글에서 이렇게 말하며 오늘날 순수가 가치 있는 것이 아님을 분명히 내비친다. 사실 오늘날에 와서 우리가 중요하게 생각하는 순수란 아이들의 순수함이 전부다. 또 어른들과는 달리 아이들은 여전히

유혹의 희생자가 될 수 있고, (프로이트에게는 미안한 소리지만) 실제로도 그렇다. 하드윅의 에세이는 클래리사와 테스를 비롯한 문학작품 속 여성 주인공들의 운명, 그리고 이들이 남성과 일탈적 관계를 맺은 대가로 치른 형벌을 이야기한다. 이 에세이는 1972년에 쓰여 배서 칼리지 학생들 앞에서 논문 형태로 처음 발표되었는데, 당시는 배서 칼리지가 이제 막 여학교를 탈피하고, 피임약이 등장해 여성들의 삶이 변화하기 시작한 무렵이었다. 하드윅은 "기술"—여기서는 피임을 가리킨다—은 "훗일을 소멸시킨다"고 했다. 잃을 것도, 치를 대가도 사라진다면, 여성은 사랑받고 찬양받고 구애를 받고 잠자리에 들 수는 있어도 일반적인 방식으로 유혹당할 수는 없다. 실제 삶에서도, 문학 속에서도 마찬가지다. 하드윅의 표현대로라면 "낡은 음모는 죽었고 한물간 것이 되었다".

그러나 알고 보니 기술이 훗일을 소멸시킨 게 아니었다. 보다 정확하게 말하자면 에이즈가 상황을 원위치로 돌려놓았다는 소리다. 본인이 HIV 감염인이라는 사실을 아는 한 젊은 남성이 어떤 사악한 의도로 자신의 건강 상태를 숨긴 채 상대를 달콤한 말로 꼬여낸 뒤 함께 잠자리를 가졌다고 가정해보자. 이 행위는 일종의 유혹이라 불러도 좋을 것이다(미국에서 이런 행위는 형사범죄다). 하지만 이는 극단적인 예일 뿐이고, 세상에는 이렇게 치명적인 대가를 가져오지는 않는 성적 접촉도 있다. 천성에 순진한 구석은 없지만 순진무구하게 성적인 덫에 걸린 남성 또는 여성이 치러야 하는 대가 말이다.

이번에는 1988년 여름 마이크 개팅으로 하여금 영국 크리켓 대표 팀 주장 자리를 내려놓게 만든 회사 여성이 개팅의 뒤를 이어 주장이 된 존 엠버리로부터 돈을 받았다고 가정해보자. 순진한 개팅, 공모자 엠버리, 그리고 이름 없는 요부가 등장하는 소설은 굉장히 저급할 테지만, 유혹적이지는 않을지언정 유혹을 주요 플롯으로 하는 소설일 것이다. 뉴먼이 엮은 이 앤솔러지에는 가상의 동유럽 국가를 방문한 영국인 학자가 등장하는 맬컴 브래드버리의 풍자소설 『환율』의 한 장면이 수록돼 있다. 마녀이자 마르크스주의자인 어느 여성의 집 욕실이 배경인 이 소설에서, 여성은 영국인 학자와 "변증법적 종합"을 일으키고자 그를 설득한다. "비누칠을 해드릴까요? 그러면서 또 일탈에 관해 함께 이야기해보는 건 어때요?" 변증법적 종합이 일어난다. 여성은 이것이 심각한 결과를 초래할 수도 있다고, 어쩌면 둘 중 한 사람이 1~2년을 감옥에서 보내야 할지도 모른다고 말한다. 울펜덴 보고서[*] 이전 영국에는 화장실에서 시작해 감옥에서 끝나는 유혹(또는 일탈)이 아주 많았다.

우리는 유혹이 마치 추파를 던지는 것과 똑같은 일인양 말하기도 하지만 유혹에는 그보다 음험하면서도 장기적인 목표가 있다. 유혹의 과정에는 물론 구애도 포함되겠으나 둘이 같은 것은 아니다. 『위험한 관계』에 등장하는 바람둥이 비콩트 드 발몽이 투르벨 부인을 유

[*] 1957년 영국에서 출간된 것으로, 성인 사이에 상호 동의한 동성 간 성행위의 비범죄화를 주장한 보고서.

서평의 언어

혹할 때 그는 섹스가 아니라 정숙한 여인을 타락시킨다는 보다 용납하기 어려운 목표를 품고 있었다. 그는 소설 도입부에서 또 다른 공모자인 메르퇴유 후작 부인에게 이런 편지를 쓴다. "그 여인이 덕망을 지니게 두되 나를 위해 이를 희생케 하시오. 죄를 두려워하되 이에 억눌리지 않게 하시오. 그러면 어마어마한 두려움을 느끼는 순간이 왔을 때 오직 내 품에서만 공포를 이기고 잊을 수 있게 될 것이오." 뉴먼의 앤솔러지에는 좀 더 까다로운 편집자라면 수록하지 않았을 작품들도 들어 있는데, 해당 작품들이 염두에 두는 잠자리란 '유혹'과 관련해 또 다른 결말 즉 보다 전복적인 결말로 나아가는 수단일 뿐이라는 점에서 그렇다. 이런 맥락에서, "안 돼요, 그럴 수 없어요"라는 말은 "싫어요, 그러고 싶지 않아요"라는 말과 같지 않다(물론 후자를 뜻하면서 예의상 전자의 말을 하는 경우가 있을 수는 있지만 말이다). 적어도 "그럴 수 없어요"라는 말은 앞으로 30분을 버텨내는 것보다 더 중요한 문제가 존재한다는 암시를 준다.

유혹을 다룬 문학에서는 "그럴 수 없어요"라는 말 속에 대개 '그러고 싶지만'이라는 의미가 담겨 있다는 점을 짚고 넘어가야 한다. 여성은 정숙한 동시에 여지를 주어야 한다. 이런 양가성이 없다면 불확실성도 플롯도 존재하지 않을 테니까. 심지어 여성 주인공 가운데 그 누구보다도 유혹에 강하고 꿋꿋해 보이는 클래리사마저 러브레이스에게 쓴 마지막 편지에서 이와 비슷한 감정을 토로하고 만다. "한때 호감을 갖고 당신을 존경했다고 말하는 것만으로도 지금은 얼굴이 붉어져 마땅합니다." 이 약점은 분명 클래리사가 러브레이스의 관심에서 벗어나지 못한 이유 중 하나였을 것이다.

뉴먼의 앤솔러지는 영국 문학 속 유혹의 장면을 모아둔 앤솔러지이지만 예외적으로 성경에 등장하는 아담과 이브 이야기가 실려 있고, 이는 다른 모든 작품에 선행하는 유혹의 원전이다. 그러나 아담과 이브 이야기에서조차 섹스는 뚜렷한 쟁점이 아니다. 넬슨 굿맨은 『정신과 그 밖의 문제들에 관하여』Of Mind and Other Matters에서 이렇게 쓴다. "에덴동산에서 추방당한 것은 선악과를 먹었기 때문이다. 욕정이 아니라 호기심 때문에, 섹스가 아니라 과학 때문에 추방당한 것이다." 굿맨의 관점은 오늘날, 특히 페미니스트 사이에서 지배적인 관점이다. 또한 기존에 교회의 관점대로 "부부 중 더 약한 쪽"이자 남성의 고귀한 목표—혹은 아담의 경우 고귀한 목표 부재—를 막은 최초의 여성이라 간주됐던 이브는 오늘날 질리언 비어의 말마따나 "최초의 과학자"로 칭송받는다(자매들과는 달리 이론뿐 아니라 실천 면에서도 페미니스트인 피트케슬리는 "에덴동산에서 쫓겨난 것은 아담뿐이었다"는 다소 궤변적인 주장을 한다). 이브가 육체적으로 약한 존재('아담보다도 약하다')라고 하는 기독교적 관점이 처음 등장한 것은 중세에 성 아우구스티누스가 최초로 에덴동산에서의 추방을 원죄와 결부시킨 이후라는 것이 오늘날 학자들, 적어도 일레인 페이절스가 "낙원의 정치학"을 연구한 『아담, 이브, 뱀』에서 주장하는 바다. 그러나 성 아우구티누스조차도 성적 욕망은 추방의 증거이지 그 원인도 결과도 아니라고 보았다. 프로이트주의자 또는 기독교 신자가 아니더라도 이 사건에서 섹스는 하나의 역할을 했을 뿐, 성경 속 뱀에게 장기적 목표는 밀턴의 사탄과 마찬가지로 불복종이었음을 알 수 있을 것이다. 아담과 이브를 낙원에서 추방하려면 어떤 방식으로든 플롯을 고안해야 했으며, 이런 의미에서 볼 때 최초로 등장한 유혹의 동인은 최초로 등장한 전복의 동인이기도 하다.

모든 작품이 주인공의 뛰어난 외모를 찬양하고 있는 ("1,000개의 별의 아름다움을 덧입은/밤공기보다도 아름다운") 이 앤솔러지를 읽노라니 크리스토퍼 릭스가 20년 전에 쓴 1960년대의 성해방을 다룬 글에서, 본인은 오늘날의 무한 경쟁이 평범한 외모를 가진 여성에게는 부당하다 여기기에 성해방에 반대한다고 했던 게 떠오른다. (평범한 남성의 경우는? 여성은 별 볼 일 없는 놈팡이로도 만족한다는 건가? 만나는 남자마다 너무 크거나 너무 작거나 너무 뚱뚱하다며 불평을 늘어놓는 나머지, 이탈리아에는 마르첼로 마스트로이안니 말고는 잘생긴 남자가 아무도 없나 하는 궁금증을 들게 하는 피트케슬리의 책만 보아도 그렇지 않다.) 이 앤솔러지만으로 영국 문학을 판단해본다면 어째서 평범한 여성이 굳이 책을 읽어야 하는지가 의문일 지경이다. 사정이 이렇게 된 데에는 일단 아첨 없이는 유혹이 불가능하기도 하거니와(몰 플랜더스의 "내 지나친 자만심이 나의 몰락을 불러왔으며, 어쩌면 나의 허영심이 그 원인이었으리라"라는 대사가 몰락한 모든 자매를 대변하는 셈이다), 뛰어난 외모에 권력이 부여된다는 점을 그 원인으로 꼽을 수 있겠다. 여성이 눈에 띄기 위해서는 아름다워야 하고, 한번 눈에 뛴 다음엔 그 아름다움이 경계해야 할 대상으로, 즉 제인 밀러가 『여성, 남성에 관해 쓰다』 Women Writing about Men에서 "남성들의 일생의 목표"라 부른 것에 대한 위협이자, 나아가 남성들의 일생의 목표와 부합하는 사회질서에 대한 위협으로 간주된다. 뉴먼은 앤솔러지를 연대순으로 배열하지 않았지만, 작품이 쓰인 연대순으로 읽어나갈 경우 에덴동산 다음에는 아서왕의 궁궐이 오게 되는데 이곳에서 이브의 딸들은 이브만큼이나 위험한 존재로 나타난다. 가령 『가웨인 경과 녹색기사』에서 베르틸락의 아내가 가웨인의 침실을 방문하는 장면은 아슬아슬하다.

그 여인은 몹시 아름답고, 몹시 화려한 옷을 입고 있다.
홈 하나 없는 외모가 희고도 눈부시다.
그의 가슴이 차오르는 기쁨으로 금세 부풀어 오른다.

알다시피 이는 계략이다. 가웨인은 시험을 받지만 왕실의 명예가 달려 있는 문제이니 여인의 눈부신 외모에도 저항할 수 있다. 그럼에도 맬러리의 작품에 등장하듯 귀네비어에 대한 랜슬롯의 정열 때문에 카멜롯이 몰락한 것이 불과 얼마 전의 일이다.

남성을 도저히 여성에게 흔들리지 않을 수 없는 존재로, 또 여성을 남성 욕망의 대상이자 구현물이기에 무질서를 불러오는 존재로 제시하는 것은 아우구스티누스적 세계관이다. 이브와는 달리 귀네비어는 문제를 일으킬 의도가 없었으나 랜슬롯의 사랑의 열병이 너무나 강렬했던 나머지, 귀네비어가 그에게 마법을 걸었다는 소문이 파다하게 퍼졌다. 마법을 부리고, 저주를 내리고, 매혹시키고, 주문을 거는 능력은 오로지 여성만이 갖는 것으로, 이 능력에는 플롯상의 필요성 또는 여성에게 넘어가 힘을 빼앗긴 남성을 면책시킬 필요성에 따라 초자연적 요소가 있을 수도 있고 없을 수도 있다. 이 능력은 오늘날 여성들이 용인하는 힘과는 그 종류가 다르다(물론 모두가 좋아하는 플러팅과 그리 다르지 않은 것이지만 말이다). 심지어 이런 능력에 관해 글로 쓰길 즐겼던 그 시절 작가들도 이를 용인하지는 않았다. 욕망이 비정상적인 것으로 보여야 했던 때에 작가들이 성적 욕망을 이야기하기 위해서는 마력이 유일한 핑곗거리였는지도 모르겠다.

남성들이 여성들에게 마력을 부여하는 것은 그들 자신에 대해 이야기하는 하나의 방식이다. 유혹이란 대체로 남성이 누리는 특권이며 남성의 주제다. 뉴먼이 앤솔러지에 수록한 80명의 작가 가운데 70명이 남성이다. 그리고 나머지 열 명의 여성 작가 가운데 오로지 세 명—앤절라 카터와 두 명의 동시대 여성 작가—만이 남성을 유혹하려는 여성을 다루고 있다. 유혹의 문학 속에서 구애의 언어는 남성에게만 주어진다.

> 그렇게 그 여자는 그 남자가 귓가에 속삭이는 말을 듣는다,
> 칭찬, 애원, 약속, 항의, 맹세를

반면 여성은 평판을 지키려면 입을 다물고 남성의 관심을 끌 수 있는 다른 방법을 찾는 수밖에 없다. 가장 좋은 옷을 입을 수도 있고, 그 옷을 벗어버릴 수도 있다. 콩그리브의 『세상사』에 등장하는 비할 바 없는 인물인 레이디 위시포트의 말을 빌리자면 여성은 때맞춰 "일종의 죽어감"과 "눈빛 속을 헤엄침"을 유발할 줄 아는 존재다. 여성은 움직임을 계산하고 어느 의자에 앉아야 가장 아름다워 보일지 가늠한다. (레이디 위시포트는 다짐한다. "어지러운 소파 위에 앉아 있는 게 가장 매혹적이야. 발을 예쁘게 보여주는 데다가 얼굴을 붉혀주고 비할 데 없는 차분한 분위기를 불러일으키거든.") 또한 여성은 마음을 끌거나 재치를 부릴 줄도 아는데, 그 언어는 표정과 몸짓의 언어다. 여성은 원하는 것을 말할 수도, 원하는 것을 얻으려 직접 움직일 수도 없다. 와일드의 살로메는 혐오스러운 인물이고, 오늘날의 평등주의적 세상에서조차 피트케슬리처럼 성적 쾌락을 좇는 것은 이데올로기적으로는 고무적일지언정 음침해 보인다(만약 피트케슬리가 섹스를 좋아하는 만큼의 절반만이라도 남성을 좋아했더라면 얘기가 달라졌을지도 모르겠지만 말이다).

서평의 언어

뉴먼의 앤솔러지에 실린 첫 작품인 콩그리브의 『사랑에는 사랑을』의 한 장면은 유혹의 법칙을 규정하고 있다.

태틀　　　나를 사랑할 수 있을 것 같소?

프루 양　그래요.

태틀　　　이런, 빌어먹을, 벌써 그렇다고 대답하면 안 되지⋯⋯.

프루 양　그럼 뭐라고 말해야 하나요?

태틀　　　당연히 싫다고, 아니면 나를 못 믿는다고, 아니면 말할 수 없다고 해야 하오.

뉴먼의 앤솔러지에 나오는 여성들은 말을 하지 않는 것이 아니라(이와는 거리가 멀다), 몇몇 예외적인 상황을 제외하고는 오로지 싫다는 말만 허락받고 있는 것이다. 남성들에게는 해야 할 이야기, 읊어야 할 대사가 있고, 이는 대부분 약속으로 가득하며, 그중 대부분은 공허한(진심이 아닌) 것이거나 비정상적인(이루어질 수 없는) 것이다. 『하얀 악마』에서 브라키아노는 비토리아 코롬보나에게 "그대는 나에게 지금부터/공국公國이고, 건강이고, 아내이고, 자식이고, 친구이고, 모든 것이 될 것이오" 하고 약속하는데, 그 결과 둘 모두 죽는다. 여성들 입에서 나오는 이야기는 정숙함에 관한 내용이거나 정숙함을 버리는 것이 불가능하다는 내용으로, 이 또한 다양한 꾸밈과 맹세를 중심에 두고 있다. 진심만을 말하는 여성들도 있으나(『준 대로 받은 대로』에 등장하는 수다쟁이 이저벨라가 좋은 예다), 대다수 여성은 그렇지 않다. 태틀은 프루 양에게 말한다. "그대는 여성이기에 생각하는 대로 말해서는 안 돼요. 말은 생각과 반대로 하되, 행동은 말과 모순되게 해야 하는 것이지요." 덕분에 이 모든 게 참 재미있어진다. 남성들, 그리고 역시 남성인 작가들에게는 말이다.

흔히 유혹자에게 중요한 것은 상대를 좇는 즐거움이라고들 하는데, 그런 의미에서 유혹자인 남성은 여성의 저항에 의존하게 된다. 이는 유혹의 달성이 영원에 가깝게 지연될 수 있는 문학 속에서라면 몰라도 남성들 저마다 다른 할 일이 많은 실제 삶과는 맞지 않는 일이다. 하지만 이를 다른 방식으로 바라볼 수도 있다. 예를 들자면 남성이 자기 마음대로 하는 데서 얻는 만족감, 그리고 남성이 자기 마음대로 하게 내버려두면서 여성이 얻는다고들 하는 만족감에 관해 생각해볼 수도 있겠다(물론 여성이 자기 마음대로 하는 걸 좋아하지 않는다는 소리는 아니지만 적어도 이 맥락에서는 그렇다). 이저벨라를 정숙하다는 이유로 욕망하는 앤젤로의 경우는 특이한 것이 아니며, 비록 그런 스스로를 부정적으로 생각한다는 점에서 러브레이스나 비콩트 드 발몽 같은 남성들과 다르기는 하지만 앤젤로는 이저벨라를 단념하지 않는다.

그 여인이 지닌 덕망 때문에
너는 그 여인을 상스러운 방식으로 원하는 것인가?

에덴동산의 교훈은 여성은 선을 넘지 말아야 한다는 것, 그리고 유혹자의 쾌락은 여성이 선을 넘어가게끔 하는 전복적인 쾌락—도덕적이고자 하는 여성을 침범하려 하는 추잡하기 짝이 없는 쾌락—이라는 것이다. 피오나 피트케슬리가 원하는 걸 얻어내는 과정을 조금 더 정감 가면서도 덜 집요하게 쓴 것만 같은 로체스터의 작품 두 편이 뉴먼의 앤솔러지에 실린 작품들 가운데 가장 외설적인 이유도 아마 이 때문일 것이다.

프리켓   들어갔소, 양털처럼 부드럽군.
스위비아   그럼 위아래로 움직여보라고요, 바보 같은 사람.

《런던 리뷰 오브 북스》 1988년 11월 10일

***

크리스토퍼 릭스는 이 글이 발표된 뒤 편집부에 다음과 같은 편지를 보내왔다.

메리케이 윌머스의 기억은 틀린 것입니다. 『유혹에 관한 앤솔러지』 서평에서 그는 "크리스토퍼 릭스가 20년 전에 쓴 1960년대의 성해방을 다룬 글에서, 본인은 오늘날의 무한 경쟁이 평범한 외모를 가진 여성에게는 부당하다 여기기에 성해방에 반대한다고 했던 게 떠오른다. (평범한 남성의 경우는? 여성은 별 볼 일 없는 놈팡이로도 만족한다는 건가?)"라고 썼습니다. 제가 1970년 쓴 리처드 네빌의 『플레이 파워』 Play Power 서평은 또다시 논할 가치가 있는 글은 아니지만, 저는 왜곡을, 또 성차별이라는 오명을 원치 않기에 윌머스의 기억 속에 있는 그 단락을 인용하고자 합니다.

성적으로 해방된 젊은이들이 중년들의 잔소리란 상당 부분 과도한 성적 열망과 질투 때문이라 생각하는 것은 온당하다. 그러나 중년들이 성적 해방이란 흔히 이에 담긴 약속 이상을 수행하는 것으로 간주돼왔다고, 또 부르주아적인 체면은 성적 해방이 가진 난잡함 속에 숨어 있는 특정한 잔혹성―난잡함 속에 끼지도 못할 이들을 향한 잔혹성―을 수반하지 않는다고 생각하는 것도 온당한 일이다. 누구든지 "언제나, 항상, 원하는 누구라도" 가질 수 있어야 한다는 선언은 이피족 Yippy 소책자에 실리기에는 안성맞춤이다. 하지만 그 누구도 원치 않는 상대는 어떻게 되는가? 『플레이 파워』 속 세상은 모든 남성과 여성(특히 모든 여성, 이곳은 남성의 세상이므로)이 아름다운, 삭막하게 표현하자면 성적 매력을 지니지 않은 이는 존재하지 않는 환상의 세계다. 이 환상의 세계를 진짜 세계로 바꾸려면 삼가지 않을 자유나 괴상한 복장만으로는 부족하다. 반면 난잡함이 없는, 체면을 차리는 사회는

서평의 언어

그 자산 일부를 이용해 보호적인 관례를 만들어내는 데 성공한다. 누군가가 그 남자 또는 그 여자를 원하건 말건 그 누구도 냉혹하기 짝이 없는 시험대에 오르지 않는다는 관례 말이다.

인용문에서 "그 남자 또는 그 여자"라고 밝히고 있는 만큼, 이 문맥을 "평범한 외모를 가진 여성에게는 부당하다"는 뜻으로 읽어선 안 됩니다. 제가 사용한 표현인 "난잡함 속에 끼지도 못할 이들", "남성과 여성", "성적 매력을 지니지 않은 이" 역시 마찬가지입니다. 물론 "특히 모든 여성"이라는 표현을 쓰기는 했습니다만, 이 표현은 이 개탄스러운 책에 등장하는 남성우월주의를 개탄하기 위해 사용한 표현입니다. "『플레이 파워』 속 세상은 모든 남성과 여성(특히 모든 여성, 이곳은 남성의 세상이므로)이 아름다운 (…) 환상의 세계다."
《런던 리뷰 오브 북스》 편집장 윌머스 씨는 불충분한 편집 과정을 거친 원고를 쓴 기고자 윌머스 씨보다 면밀한 분이었으면 합니다.

크리스토퍼 릭스,
매사추세츠주 보스턴.

이에 메리케이 윌머스는 다음과 같이 썼다. "크리스토

퍼 릭스 씨가 자신의 말을 찾아본 저를 질책하는 것은 온당한 일이지만, 그가 이 실수에 이토록 마음이 상하다니 유감입니다. 제가 이 구절을 기억해낸 건 릭스 교수께서 아름다운 외모와 좋은 시절 사이에서 보신 것 같은 연관성이 제 눈에는 보이지 않아서입니다. 제가 이 구절을 잘못 기억한 이유는, 저는 아름다운 외모란 남성들이 여성들에게 요구하는 것, 그러나 여성들은 오로지 그들 자신에게만 요구하는 것이라고 생각하기 때문입니다. 한편 다시 릭스 교수의 글로 돌아가 보면, 전 '이곳은 남성의 세상이므로'라는 말을 리처드 네빌이 묘사한 '환상의 세계'에 대한 언급으로 이해해야 할지 아니면 더 일반적인 세상에 대한 언급으로 이해해야 할지 아직까지 잘 모르겠습니다. 둘 중 어느 쪽이건 간에 릭스 교수의 편지는 『유혹에 관한 앤솔러지』에 실린 작품들 대부분이 남성의 세상을 역설하고 있는 것과 마찬가지로 우리가 오늘날 살아가는 세상도 남성의 세상이라는 저의 믿음을 흔들지는 못합니다."

냉담

Nonchalance

시빌 베드퍼드가 쓴 소설들은 독자가 알고 싶어 하는 것을 다 말해주진 않는다는 공통점이 있다. 베드퍼드의 친구였던 아이비 콤프턴버넷이 그에게 생략법을 알려준 것인지도 모르겠다. 베드퍼드가 자신의 젊은 시절을 담아낸 『직소』를 '자전적 소설'이라고 불렀으며, 이 책에 가장 깊은 공감을 보내는 서평가들이 이미 그가 살아온 인생을 다 알고 있는 것만 같은 이들이라는 사실은 우연이 아닌 것 같다. 『직소』의 한 인물은 이렇게 말한다. "진실이란 너무나 많은 것들에 대한 빈약한 변명이다." 자신을 제외한 온 세상을 낮잡아 보곤 했던 베드퍼드로서는 이 말이 아마 지루하기 그지없는 것에 대한 변명이었을 터다. 그는 1911년생이며 "모든 걸 말해버리는 이 시대"를 별로 좋게 여기지 않았으므로.

위압적인 여성이던 베드퍼드의 어머니는 언젠가는 이 책, 또는 이런 책이 쓰일 것이라 예상했다. 당시 열아홉 내지 스무 살쯤 되던 '빌리'가 프랑스 남부를 배경으로 어느 젊은 남자가 주인공인 장편소설을 쓰고 있다고 말하자('빌리'란 어릴 때 가족들이 시빌을 부르던 애칭이다), 어머니는 이렇게 대답했다고 한다. "네가 지어낸 그 젊은 남자보다야 내가 더 흥미로운 소재겠지." "절대 그런 일은 없을 거예요, 엄마." 빌리는 그렇게 대꾸했지만 엄마는 장담했다.

"언젠가. 이 모든 것이 기억날 게다."
"아뇨." 나는 대답했다. "아뇨, 그러지는 못할 것 같아요."
어머니는 냉소적인 미소를 보냈다.

엄마 말이 맞았다. 그의 어머니는 흥미로운 소재였고, 베드퍼드는 자기 자신보다 어머니에 대한 이야기를 더 많이 썼다. 그가 지어낸 젊은 남자에 대한 어머니의 의견 역시 옳았다. 이 남성 주인공의 모험을 수많은 출판사가 잇따라 거절했던 것이다. 하지만 그 뒤 시빌 베드퍼드는 네 권의 장편소설을 발표했으며 그중 한 권은 어찌 보면 전적으로 어머니를 다룬 소설이었다. 비록 이 소설에는 엄마의 생명을 위협한 모르핀 중독—"이 모든 것"—만이 묘사되고 있지만 말이다. "내가 유리병에 담긴 와인을 한 잔 다 따르자 오리안은 벨벳

처럼 부드러운 목소리로 말했다. '알잖아, 자기ma chérie, 너희 집에서는 조심해야겠어. 어쨌든 네 엄마는 모르핀 중독자잖 아ta mère est une morphiniste.'"

베드퍼드의 첫 장편소설 『유산』Legacy은 1956년 출간되 었다. 세기 전환기 독일을 배경으로 한 『유산』은 가톨릭교도 가 대부분인 독일 남부의 약소 귀족인 율리우스 폰 펠덴과 그의 복잡한 가족사—거액의 돈(주로 유대인의 돈), 그리고 빌헬름 2세를 퇴위 직전까지 내모는 스캔들이 연루된 가족 사—를 다룬 소설이다. 낸시 밋퍼드는 이 작품이 자기가 읽 은 최고의 소설 중 하나라고 했으며, 에벌린 워는 "새로운 예 술가에게 경의"를 표한다고 평했다. 돈과 계급에 천착한다는 면에서 프루스트적이기도 한 『유산』엔 소설 배경이 되는 저 물어가는 유럽의 매력이 담겨 있다. 어마어마한 부자들이 자 기 침구를 가지고 사설 객차에 올라 휴양지로 가는 세계의 매력이.

아마 당시 낸시 밋퍼드는 알고 있었음직한 사실이지만, 율리우스 폰 펠덴의 성격은 베드퍼드의 아버지 성격과 흡사 하며("율리우스가 내 아버지라고 말한다면 아니라고 말하는 것만큼이나 오해의 소지를 불러일으킬 것이다") 펠덴의 운명 은 아버지의 운명과 몹시 닮았고, 이 소설에 등장하는 가족 사 또한 베드퍼드가 물려받은 유산임이 밝혀졌다. 하지만 소 설 말미에서 펠덴의 어린 딸인 화자는 이렇게 말한다. "타인 의 경험이 내게 각인되지 않았던 적이 과연 있는지 모르겠다."『유산』이 자전적 소설임에도『직소』와는 달리 소설처럼 읽히는 까닭을 여기서 유추해볼 수 있다. 반면『직소』를 읽을 때는 자서전이 아니라고 생각하기가 불가능하며, 독자는 책을 읽는 내내 기억처럼 보이는 것이 어쩌면 허구일지도 모른다는 생각에 자꾸만 멈칫하게 된다.

있는 그대로의 자전적 사실을 서술하는 것은 베드퍼드의 스타일이 아니다. 그는 '나는 며칠에 어디에서 태어났다' 같은 평범하기 짝이 없는 서술은 하지 않는다. 사정이 이렇기에, 베드퍼드의 부모 이름을 알고 싶다면『후즈 후』를 찾아보는 수밖에 없다. 적어도『유산』에는 지어낸 이름이라도 등장하건만,『직소』에는 이름조차 나오지 않으니까. 심지어 그의 어머니가 영국인인지조차 확실치 않다. 만약『직소』가 빌리 자신의 서술을 가장한 이야기라면 이런 전개도 말이 될 테지만, 베드퍼드는 그런 형식적 가장을 위해 공을 들이지 않는다. 대신에 그는 현재 시점에서 과거를 회상하는 형식을 취하는데, 이는 어디까지가 사실이고 어디까지가 허구인지, 또 어째서 어떤 것들은 숨기면서 어떤 것들은 대놓고 드러내는지 알 도리가 없는 독자들에게는 설상가상인 일이다. 베드퍼드는 필요한 순간에만 솜씨를 부려 자신이 보고 들은 것에 국한해 설명을 해주는데, 타당한 방식 같긴 하나 이런 설명마저도 내킬 때마다 띄엄띄엄 할 뿐이기에 마치 저열한 호기심은 다른 데서 채우고 오라며 독자들을 괴롭히는 또 다른 방식처럼 느껴질 따름이다. 피터 밴시타트는 비라고 출판사에서 발

서평의 언어

간한 베드퍼드의 초기 소설 서문에 "미진한 이음새가 자극적일 수 있다"고 썼다. "그는 독자들이 상상력을 갖고 있다손 치곤 찬사를 보내면서 그 상상력으로 메워야 할 간극을 만들어낸다." 하지만 다른 종류의 소설에 쓰였다면 예술적이었을 이런 간극이, 허구인 동시에 자전적이기도 한 소설에 등장할 땐 그저 작가의 못된 심보로밖엔 보이지 않을 수가 있다.

『직소』는 『유산』이 막을 내린 1차 세계대전 종전 이후 특정되지 않은 시점에, 가족의 스캔들이 해소되고, 부모의 가망 없는 짧은 결혼 생활이 끝날락 말락 한 순간에 시작한다. 1919년 그의 어머니는 수년 전 마련해둔 성에 남편과 딸, 하녀를 내버려두고 가출했다. 베드퍼드는 이렇게 항변한다. "앞으로 그 누구도 내가 어머니를 그리워한다고 생각지 말기를." 그래도 그의 어머니가 나름의 매력을 가진 사나운 여자였던 것은 사실이다. "딸이라고 해서 달라지는 건 하나도 없었다. 어머니는 내가 굼뜰 때는 느림보라고, 빠를 때는 앵무새라고 불렀다." 어쩌면 여기서 더 중요한 건, 엄마는 딸이 자신을 그리워한다고 생각하면 짜증이 났을지도 모른다는 점이다. 그리고 빌리는 어린 시절부터 어머니의 비위를 맞추는 것이 얼마나 중요한 일인지 잘 알았다.

베드퍼드의 어머니는 이 소설 전체에 도사리고 있지만, 우리가 이 어머니의 예전 삶에 대해 확실히 알 수 있는 사실이라곤 그가 언제나 열렬한 관심의 대상이 됐다는 것뿐이다. "어머니는 외모만으로도 시선을 사로잡았지만, 남자든 여자든 처음 만나는 사람마다 어머니의 궤도로 빨려든 건 어머니의 말솜씨 덕분이었다." 베드퍼드는 아버지에 대해선 어머니만큼 비밀스레 다루지 않았으며, 『유산』에 나왔던 이야기 중 어떤 것은 『직소』에서 또다시 등장하기도 한다. 아버지 역시 잘생긴 외모로(이 소설에서 평범한 외모를 지닌 인물은 거의 없다) 젊은 시절에는 르 보 막스le beau Max(아름다운 막스)라고 불렸다(본명은 막시밀리안 폰 쇠네베크). 그러나 세계대전이 막을 내렸을 때 그는 온갖 물건을 다 가지고 있으면서("우리는 아무도 보러 오지 않는 박물관 안에 살았다"), 돈이라고는 한 푼도 없는 침울하고 별난 육십 대 남자가 되어 있었다. 가진 물건을 팔아도 되었겠지만, 아버지는 차라리 돈을 쓰지 않는 편을 택했다. 한 예로 빌리는 새 옷을 살 수 없어 오래된 붉은색 인도 의상을 입고 다녔다. 이들 가족은 직접 작물을 키우고 가축을 쳤으며 직접 빚은 와인을 마을로 가져가 자급할 수 없는 생필품과 교환했다. 하지만 식생활만큼은 풍족했다. 식료품점에서 사야 하는 햄 대신, 직접 기르고 잡아 그 자리에서 훈연한 훈제 양고기를 먹었다. 내가 이 점을 언급하는 것은 『직소』가 무엇보다도 평등사상이 부엌에 들이닥치기 전 옛 식생활, 즉 앙시앵 레짐이 물러가기 이전의 '식사법'에 대한 헌사이기 때문이다.

르 보 막스는 영리하지만 우울한 사람이었다. "종전과 바이마르 공화국 수립이 야기한 변화 속에서 아버지는 거의 총체적으로 적대적인 환경에 둘러싸였다고 느꼈다. (…) 설상

가상으로 어머니의 가출까지 가세했다. 우리의 가난도, 아버지의 말대로라면 우리의 몰락도." 어머니가 떠나기 전만 해도 사람들로 붐비던 집이 이제는 텅 비어버렸다. 빌리도 울적해진 나머지 홧김에 비스바덴의 환한 불빛 속 자유를 꿈꾸며 집을 나간 적이 있었으나, 그 사건 때문에 아직까지도 불편한 심정을 느낀다. 이 일은 그가 자식으로서의 도리를 저버린 단 한 번의 실수였다. "어린아이들이란 모두 뉘우칠 줄 모르는 걸까?" 오늘에 와서 베드퍼드는 이렇게 묻는데, 다소 의미 없는 질문 같다. 그 의문을 해결할 시간은 충분했을 테니 말이다. 가출을 끝내고 돌아온 그는 한동안 마을 학교에 다니도록 허락받지만 여학생보다는 남학생들을 사귀는 바람에 또다시 학교에 못 나가게 됐다. 3년 뒤 엄마는 그를 데려가겠다고 했다. 딱히 기쁘지는 않았으나 또 딱히 집에 남고 싶지도 않았던 그는 그렇게 엄마를 찾아갔고, 이로부터 몇 달 만에 아버지는 급성 맹장염으로 사망했다.

어머니는 새로운 삶을 약속했다. 피렌체 인근의 집, 그리고 소설 속에 이름이 등장하지 않는 "어느 정도 유명한" 의붓아버지가 있는 삶이었다. 그러나 딸이 이탈리아로 온 지 며칠 만에 엄마는 음악회에 갔다가 또 다른 누군가와 사랑에 빠지고 말았다. 베드퍼드의 어머니는 무척이나 지적인 여성으로 많은 일에 흥미를 보였으나, 뛰어난 외모 때문에 원하는 남자는 반드시 가져야 직성이 풀리는 사람이었고 결국 새로운 사랑을 좇아 떠나버렸다. 그사이(며칠일 수도, 몇 주일 수도 있

다) 빌리는 혼자 남아 책을 읽고 이탈리아의 호텔을 전전하며 같이 놀 친구를 찾았다. 그리고 아홉 살이던 그때, 베드퍼드가 '무감 교육'unsentimental education■이라 명명한 것이 시작되었다. 어머니는 떠나며 "괜찮을 거야, 그렇지?" 하고 물었겠지만 빌리는 괜찮지 않아도 곧이곧대로 답하지 않았다. 어머니가 좋아하지 않을 테니까. 그러나 어린 미식가에게 위로는 늘 가까운 데 있었다. "나는 일인용 식탁에서 식사를 했고 다정한 웨이터들은 내게 음식을 가져와 보여준 뒤 원하는 건 몇 번이고 더 내어주었다." 엄마가 마침내 정착한 상대인, 소설 속에서 알레한드로라고 불리는 남자는 빌리와 나이가 비슷했다. 외모는 엄마처럼 아름답고, 다소 수심을 띤 남자였다. 엄마는 몇 년 뒤면 그가 티치아노의 〈장갑을 낀 남자〉 같아질 거라고 했다.

베드퍼드가 가진 (애매한) 재능 중 하나는 '나는 작가가 아니라서 많은 것을 놓쳤다'는 식의 기분을 독자로 하여금 느끼게 하는 것이다. '나는 그가 알던 사람들을 모르며 그가 살던 삶을 살아보지 않았으니까'라고 말이다. 그는 자기 자신에 대해서는 상당히 말을 아낀다. 거드름을 피우지 않는 것은 물론이고 자기성찰이라고는 추호도 하지 않는다. 베드퍼드식으로 서술하는 최악의 순간이란 "그날 저녁으로 무엇을 먹었는지 기억나지 않는" 순간이다. 이런 의미에서 볼 때 그가 『직소』를 자전적 소설이라 부르

■ 플로베르의 『감정 교육』에서 따온 것으로 보인다.

지 않은 것은 옳은 선택이었다. 그는 부모를 프로이트적으로 추궁하기엔 지나치게 귀족적인 사람이며, 음식이 옛날보다 별로라는 것과 해변 경관이 꼴사납게 변했다는 것 외에 오늘날 세상의 문제란 다들 너무 징징거린다는 점이라고 말하는 종류의 사람이다.

이 소설은 딱히 모성의 냉담함을 칭송하지는 않지만 그럼에도 냉담하기 그지없는 어머니에게 경의를 표하고 있다. 젊은 남편과 함께 아프리카를 향할 때가 왔다고 마음먹은 엄마는 빌리를 영국으로 보내, 해변에서 딱 한 번 만난(어쩌면 한 번도 만난 적 없을지도 모르는) 부부의 집에 살게 했다. 잘하면 이 부부가 딸을 학교에 보내줄지도 모른다는 어렴풋한 희망을 품은 채로.

"둘 다 화가란다. 넌 예술가들을 우러러보는 아이니까……."
"그 사람들이 영국 어디에 사는데요?"
"넌 정말 꼼꼼하구나. 사실 그 사람들은 하도 옮겨 다녀서……."
"엄마, 나 어디로 가는 거예요?"
"그 사람들한테서 답이 오거든 알려주마."

빌리는 영국으로 떠났다. 우리가 아는 한 빌리는 자신의 운명과 자신이 하는 모든 일에 완벽하게 만족하고 있고, 자기확신이 무척 강하며, 내 어린 시절도 그랬으면 좋았을 텐데

싶을 만큼 몹시 자립적이다. 좀 더 창피스러운 생각이기는 해도 저런 어머니로 살아가는 것 역시 꽤나 괜찮겠다 생각하는 사람이 있을지도 모르겠다.

하지만 빌리는 결국 학교에 가는 대신 이따금 가정교사의 가르침을 받게 됐고, 그의 청소년기는 주로 (겉보기에는) 주변 어른들의 삶, 특히 어머니의 아슬아슬한 삶을 생각하는 것으로 흘러갔다. 재혼한 뒤 몇 년간 엄마는 아쉬울 것 없이 살아갔다. 겨울은 돌로미티 산맥에서, 여름은 지중해에서 보냈고, 빌리는 자기를 부를 때마다 엄마 부부에게 합류했다("오, 사람이라고는 보이지 않는 해변에서 보는 맑은 물이라니"). 파시즘이 도래해《뉴 스테이트먼》을 읽는 모습을 보이는 것조차도 위험한 시기가 닥쳐오자("어머니는 스스로를 사회주의자로 여겼다"), 이들은 프랑스 어딘가에 정착하기로 했다. "어딘가", 즉 프랑스 기차가 멈췄을 때 어머니가 더 이상의 여행은 지긋지긋하다고 선언한 지점은 알고 보니 툴롱과 마르세유 사이, "코트다쥐르 어느 곳"의 "세련된 구석이라고는 없는"(그 말인즉슨, 어마어마하게 세련된) 작은 어항漁港이었다. 그들은 사나리라는 이름의 이 마을에 머무르지만("오, 지중해의 중독성에 우리는 얼마나 흠뻑 빠지고 말았는지"), 얼마 뒤 알레한드로는 떠나고 어머니는 모르핀 중독에 빠져 영영 헤어 나오지 못한다.

오늘날의 사나리는 베드퍼드도 일찍이 지적했듯 주차장과 브리즈블록*으로 된 건물 일색이지만 1926년에는 "바다와 하늘은 투명했고, 물가는 저렴했고, 자동차가 별로 없었고, **사람도 거의 없었다**"(아직 시릴 코널리가 그곳을 찾기 전이었다). 또 그곳 음식은 엘리자베스 데이비드*조차 흠잡을 수 없을 만한 것들이었다. 한동안 어머니는 침착을 유지하여 함께 있기에 좋은 상대였다. "그렇게 우리, 어머니와 나는 햇볕에 몸을 덥힌 채로 셰 슈보브에 앉아 바다와 까닥까닥 흔들리는 배를 바라보며 약한 아페리티프를 마셨다." 하지만 물론 이런 평화는 오래 지속되지 않는다. 베드퍼드는 언제나 어머니의 마지막을 염두에 둔 채 글을 쓰고 있기에. 빌리가 런던에서 돌아오자마자 어머니는 물었다. "나 좀 달라졌니?" 빌리는 어머니 얼굴을 바라보았고 어머니가 "묻지 않았더라면 보지 못했을 것이 눈에 들어왔다. 마모되어가는 흔적. (…) 아직도 내가 했던 대답이 귀에 선하다. (…) 내게 어머니는 앞으로도 언제까지나 그 모습 그대로일 거라는 대답이었다. 정확히 무어라고 대답했는지 기억하고 싶지만, 수치스러울 만큼 적절치 못했던 그 대답을 감히 여기에 쓸 수가 없다". 이제 그는 당시 일을 "내 어린 시절 가장 고통스러웠던 순간"이라 말한다.

사나리 사람들은 교양 있었고(카페 주인이던 알자스 출신 슈보브는 "하이네와 데카르트에 대해 열변을 토해냈다"), 지적인 어린 소녀라면 꿈꿀 만한 모든 것을 갖춘 외국인들이었다. 올더스 헉슬리("내가 숭배하는 작품들을 쓴 작가"—그렇기에 베드퍼드는 훗날 그의 평전을 쓰

• 모래·석탄재를 시멘트와 섞어 만든 가벼운 벽돌.
♦ 요리책 작가이자 요리 비평가.

기도 했다)를 만나게 된 빌리는 "옷을 마음대로 입어도 된다는 허락이 떨어지기도 전에 첫 댄스파티에 초대받은 소녀들이 느낀다는 그 감정을 느꼈다"(그건 그렇고, 베드퍼드의 어머니는 『가자에서 눈이 멀어』에서 한때 "바람직함의 현신 그 자체"였으나 지금은 모르핀 중독자가 된 엠벌리 부인의 모습으로 또 한 번 등장한다). 어지간한 그곳 사람들은 예술가이고 보헤미안이며, 파격적이고, 즐거운 시간을 보내는 데 일가견이 있었다. 이들은 서로 연애 사건을 벌였고 때로는 동성끼리 벌이기도 했으며, 몇 년 뒤 빌리는 훨씬 더 연상인 프랑스 여성과 사랑에 빠졌다. 딸에게는 늘 박한 편이었던 어머니는 빌리를 '멍청이'라 부르면서, 무엇보다도 스스로를 "보들레르 같은 저주받은 변태성욕자"로 착각하지 말라고 충고하고는 정신을 차리라며 런던으로 돌려보냈다. 빌리는 사랑에 흠뻑 빠져 있었음에도 시키는 대로 했다. 그는 자기 삶에서 일어난 사건 때문에 고뇌한 적이 단 한 번도 없었던 듯하다.

프랑스 남부에서와 마찬가지로 런던에서도 베드퍼드는 사람들이 벌이는 연애 사건들, 이들이 자기 삶과 감정을 감당해내는 모습에 관심을 가졌다. 런던 북부 어느 하숙집에 방 하나를 빌린(어머니에게는 어렵잖게 숨길 수 있는 사실이었다) 그는 대부분의 시간을 두 명의 독일인 자매 중 한 사람과 보냈다. 자매 모두 그보다 나이가 훨씬 많았는데, 한 명은 영국인 서적상과 결혼했다가 이혼했고 다른 한 명은 (이 소설에 이름이 등장하지 않는) 유명한 영국인 판사의 정부였다. 자매의 삶은 잘 풀리지 않았다. 서적상은 아내에게 충실하지 않았고, 판사는 도박으로 자기 돈과 여러 유명한 친구들의 돈까지 날린 뒤 자살했다. 빌리는 자매의 이야기를 듣고 이들의 반응을 관찰했으며, 때로는 여성들이(특히 어머니가) 남성을 사랑한 대가로 스스로에게 얼마만 한 해를 끼칠 수 있는지 기록하는 가상의 문서에 추가하고자 이를 글로 써두었다.

베드퍼드는 페미니스트가 아니다. 그는 남성이 여성을 멸시한다고 보지 않으며, 여성을 남성보다 우월한 존재로 보지도 않는다. 빌리의 친구들은 대부분 여성이었고 그는 친구들이 겪는 곤혹에 공감했으나, 어머니가 가진 형편없는 "여성 특유의" 버릇을 입에 올렸으며 남성이 더 이성적인 존재라 여겼던 것 같다. 베드퍼드는 자신을 "연인들의 편을 드는 경향"이 있는 사람으로 묘사했는데, 빌리가 어머니와 함께했던 삶을 돌아보면 그랬음직하다. 하지만 혹자는 그것이 부모를 책임지고 부모의 슬픔을 나누어 짊어지며("내 어린 시절 가장 고통스러웠던 순간") 부모의 행복을 위해 애쓰는 외동아이 특유의 기질이라 볼 수도 있을 것이다. 한 예로 빌리는 젊은 의붓아버지이자 나중에는 어머니로부터 심한 학대를 당했던 알레한드로를 무척 좋아했다. 그는 자신과 알레한드로가 "마치 같은 체제에서 각기 다른 계급을 달고 복무하는 두 형제"같다고 표현했다. 이 두 사람 모두를 교육하여 대부분의 질문에는 하나 이상의 답이 있음을 가르쳐준 것은 어머니일지 모르지만, 자신들의 도덕을 케케묵은 것이라며 조롱하고 빌리를

"젠체하는 부르주아"이자 "사교가 같은" 따분한 성격이라 깎아내리는 와중에도 이런 어머니의 직무유기와 산만한 성격, 옳은 일을 행하지 않는 습관을 감싸준 것은 이 두 사람이었다. 더욱이 빛을 잃은 외모로 질투심에 시달리던 어머니가 모르핀에 중독되었을 때 수발을 들어준 것 역시 이제는 그의 곁을 지키고 있던 빌리였다.

> 한번은 내가 주사기를, 이미 귀중한 앰풀이 채워져 있던 유리 주사기를 타일 바닥에 떨어뜨리는 끔찍한 일이 일어났다. 주사기는 산산이 부서졌다. 어머니는 주사기 파편을 줍겠다며 바닥에 주저앉았다. 그러더니 내게 덤벼들어 머리채를 잡았다. 나는 내가 할 수 있는 가장 분별 있는 일을 했다. 집에서 뛰쳐나가 차에 시동을 걸고 아는 약국으로 향해 달려갔던 것이다. 다행히 시에스타 시간도, 밤늦은 시간도 아니었다. 그날부터 우리는 집에 주사기를 두 개씩 두었다.

상상력이 부족한 독자들은 베드퍼드가 이렇게 끔찍한 이야기를 반쯤 허구인 형식으로 썼다는 점을 아쉬워하지 않을 수 없겠으나, 한편으론 그가 솔직한 고백이 담긴 회고록을 쓰는 것도 상상하기 어려울 것이다. 이로써 『직소』는 독자의 마음을 사로잡는 만큼 생각하기도 지긋지긋한 책이 되었다.

《런던 리뷰 오브 북스》 1989년 7월 27일

매력 노동

Attraction Duty

나는 우리 세대 남성들에 대한 불만을 수없이 토로했다. 솔직히 말하자면 점점 더 많은 불만을 쏟아내고 있다. 하지만 지금껏 나는 이른바 여성운동이라는 일에 참여한 적이 단한 번도 없기에, 여성운동을 했거나 하고 있는 사람, 또는 그런 것을 할 생각이 조금도 없는 사람은 아마 나를 바보천치라고 여길 것이다. 나는 1960년대 후반 자매들의 의식 고양에 함께하지 않았다. 당시 나는 기혼이었으며 의식이 1밀리미터라도 더 성장하면 정신이 나가버릴 것 같았기 때문이다. 그때나는 만약 내가 찰스 다윈(또는 아인슈타인이라든지 메테르니히)과 결혼할 기회가 있었더라면 결혼에 수반되는 협의 사항을 조금이나마 더 품위 있게 받아들일 수 있었을지 모른다고 생각했다. 이혼한 뒤 오랜 시간이 지난 1980년대에는 넬슨 만델라(또는 테리 웨이트)와의 결혼 생활이 내게 잘 맞겠다고 결론 내렸다.

1970년 『여성, 거세당하다』The Female Eunuch가 출간되자 당시 나의 배우자였던 이가 내게 이 책을 한 권 사주었다(당연히 내가 겪는 모든 문제의 모든 원인이 그인 것은 아니다). 하지만 이 책을 읽었을 때 나는 여성운동을 하는 자매들에게 보인 것과 똑같은 반응을 보였다. 말하자면 감당할 수 없었던 것이다. 첫째, 그건 내가 다 아는 이야기였다. 둘째, 나는 지금 이미 생각하고 있는 것 이상으로는 내 상태에 대해 더는 아무것도 생각할 수가 없었다. 거칠게 말해 무슨 옷을 입고 무슨 요리를 할지, 1층 화장실은 무슨 색으로 칠할지 생각하는 시간을 제외한 모든 시간에 이미 충분히 생각하고 있었다는 소리다. 당연히 과장이기는 하지만 이 정도면 많이 봐준 것이다.

나는 저메인 그리어와 나이가 같고, 그렇기에 당시 내가 『여성, 거세당하다』에 공감했던 것만큼이나 그리어의 새 책 『변화: 여성, 나이 듦 그리고 완경』The Change: Women, Ageing and Menopause에 공감한다. 이 책은 내 이야기다. 적어도 내 관점에서는 그렇다. ("오, 세상에." 내가 어떤 글을 쓰는지 듣고 전 남편은 이렇게 말했다.) 세상에는 '남성 갱년기'도 있다고 주장하는 사람들—즉 남성들—도 있는데, 남성 역시 늙고 살이 찌고 죽는 것은 마찬가지다. 그러나 존경하는 그리어는 이들의 갱년기까지 다뤄줄 마음은 추호도 없다. "이 책의 한정된 지면을 '남성 갱년기'에는 조금도 할애하지 않을 것이다." 이후 그는 남성 갱년기란 "존재하지 않는 현상"이라고 더욱 노골적으로 말하기도 한다.

공명정대한 여성은 남성의 말에도 귀를 기울여야 할까? 왜 그래야 하는지 알 수 없고, 알아볼 생각도 없다. 남자들이 "나, 나, 나"라고 외쳐대는 소리가 내게는 아주 또렷하게 들린다. 나는 숨죽인 채 나직하게 "나, 나, 나"라고 으르렁거리는데 말이다. 지금까지 쓸데없는 상념 내지는 헛소리에 네 단락을 쓰고 나니, 남성에 관한 이야기를 빼고 갱년기 이야기를 할 수 있을지 의심스럽다. 창밖을 내다보니 내 또래 오동통한 중년 남자 하나가 여덟 살 난 딸아이와 팔짱을 끼고 걸어가고 있다. 그의 첫 아내라는 사람이 존재했다고 치고, 또 첫 아내가 저 남자와 엇비슷한 연배였다고 치면, 그 첫 아내는 오늘날 백만장자가 되어 있을 수도 있고, 체인 점포의 소유주일 수도 있고, 고위직 공무원일 수도 있고, 공작 부인이 되어 있을 수도 있다. 하지만 그리어의 말대로라면 그의 자궁은 아몬드만 하게 작아질 것이며 그에게 결코 없을 것을 꼽자면 여덟 살 난 딸아이가 될 것이다. 완경이란 모종의 은유가 아니며, 신의 공정함이나 인간의 생물학을 믿지 못하게 만든다.

그렇지만 한편으로 나는 완경이 사악한 조물주가 여성을 괴롭히고자 고안한 것이라고 생각지도 않는다. 아니, 그렇게 생각하는 걸까? 동물학을 보면 다른 동물 암컷에겐 완경이란 게 없다. 좋건 싫건 그들은 성인기 내내 번식을 한다. 그러나 긴 수명을 지닌 인간이라는 동물은 수명이 다해가는 어머니를 가질 형편이 못 된다. 나는 결혼 생활 내내 누군가 내게 그 일을 해야 하는 합당한 이유만 납득시켜준다면 내가 먼저 나가떨어지는 쪽이 되더라도 상관없다고 투덜거렸던 기억이 있다. 안타깝지만, 다음번에 그 오동통한 남자와 그 딸아이를 보게 된다면 인간이라는 종에 대한 이 같은 명상에 빠지지 못할 것 같다. 그러나 그렇게 될 것이다. 여성은 마흔다섯 살에서 쉰다섯 살 사이 어느 지점에 이르면 경주에서 낙오되고, 남성은 무덤에 들어가기 직전까지 승승장구하며 아버지 노릇을 한다.

내가 알던 어느 팔십 대 남성 화가는 자신감이 대단한 데다 포식동물 같아서, 보호자 없이는 같이 밤길도 걸어서는 안 될 사람이었다. 이 또한 남성으로 하여금 죽는 날까지 세계 인구에 (그리고 지구의 쇠락에) 기여하게 하려는 거대한 계획의 일부라면, 남성들은 앞으로도 노망이 나는 그날까지 활개를 치고 다니면서 클라이브 제임스가 "1등급 크럼핏"이라 불렀던 여성들을 손에 넣을 수 있다고 우쭐거리며 살아가겠지(제임스의 글 속에서는 젊지도 아름답지도 않은 포드 매덕스 포드를 향해 1등급 크럼핏이 "가미가제처럼 몸을 던졌다"). 저메인 그리어라면 분명 "스무 살 때는 매력적이고 재미있었던 남자들 중 대부분은 쉰 살에는 잘난 척하는 따분한 늙은이가 된다"고 말할 것이고, 멜빈 브래그는 오십 대에도 여전히 봐줄 만한 남자가 이 세상 급이 아닌 열여덟 살 여성과 연애하는 기분 나쁜 로맨스 소설을 써서 크나큰 지탄을 받은 바 있다. 하지만 여성들은 (이유야 뭐건 간에) 젊은 여자가 늙은 남자와 오래오래 행복하게 사는 이야기를 하는 데 지치지도 않는 모양이다. 그 반대의 일은 현실에서건 책 속에서건 잘 일어나지 않거나 별로 있을 법하지 않은 일로 들리는데 말이다. 심지어 젊은 남자와 나이 든 여자라는 개념의 선구자였던 콜레트조차 레아가 셰리를 생물학적으로 더 적합한 아내에게 양보하게 해주었다.

『아이언 존』Iron John■으로 일약 화제에 오른 블라이는 이렇게 말한다. "어느 세대에서건 남성이 더 외롭다." 인간의 (다시 말해 여성의, 다시 말해 완경의) 조건에 대한 나의 생각이 점점 격양되던 지난 며칠간, 나는 남성으로 살아가면서 자기주장을 하고 매번 자신의 훌륭함을 입증하는 게 얼마나 힘든가 하는 소리를 주야장천 듣게 됐다. 로버트 블라이는 남성에게는 남성 어머니가 있어야 한다고 하는데, 난 그것도 괜찮다고 생각한다. 그러나 나는 (과연 그런 날이 오기는 할지는 몰라도) 힘의 균형이 극적으로 뒤집어져서 여성 역시 남성을 농담거리로 삼았다는 이유로 직장을 잃거나 감옥에 가게 될 만큼 심각한 난관에 빠지는 그날이 오기 전까지는, 여성의 삶이 더 힘든 건 아니라는 믿음을 갖지

■ 1990년 출간된 로버트 블라이의 책. 남성으로 살아간다는 것을 이야기하는 내용이며 '남자만의 고독'이라는 제목을 달고 우리말로 번역·출간된 바 있다.

못하겠다. 내가 여태까지 한 이야기에 얼마나 강렬한 감정을 담았건 간에, 나는 그 어떤 사람도, 즉 그 어떤 남성도 내 말에 불쾌감을 느끼지 않으리란 생각이 든다. 솔직히 말하면 나는 지금 내가 사용하고 있는 반어법조차 단순히 지배계급에 알랑거리기 위해 택한 방법인 건 아닌가 싶다. 혹시 나만 그런 걸까? 만약 앤드리아 드워킨 같은 여성만 아니라면 남성들 역시 여성의 말에 귀를 기울이기는 하는 걸까?

한편 나는 여성이 마치 남성이 부린 저주에라도 걸린 양 살아가는 것을 전적으로 남성들 탓으로만 돌리지는 못하겠다. 여태까지 내가 쓴 글을 되돌아보니, 역시 그때 의식 고양 운동에 참여하지 않은 게 실수였던 것 같다. 환경이란 그저 남성들은 겪지 않고 여성들만 겪는 일에 불과한 것이 아니다. 어째서 남성, 세상의 모든 남성은 그들이 여성을 원하건 원치 않건, 떨어진 단추를 달아주고 책을 교정해줄 여자들을 언제든지 찾을 수 있는가 하는 의문이 중요한 것도 아니다. 우리가 알아야 하는 건 여성들이 앞으로도 영영 남성을 꿈꿀 것인가 하는 부분이다. 남자가 없다면 남자를 찾는 꿈을, 남자가 떠나면 다시 되돌아오는 꿈을, 그가 결국 떠나버리면 자기 목숨을 끊어버리는 꿈을. 세상의 거의 모든 여성과는 달리 반대 성별에 대한 집착적인 관심을 보인 적이 단 한 번도 없었던 모양인 그리어는 분명히 선언한다. 이제 탈출할 때라고 말이다. "나는 더 이상 파티에 가면서 이런 생각을 하지 않을 수 있어요." 그리어는 《인디펜던트 일요판》 인터뷰에서 이렇게 말했다. "무슨 옷을 입을지, 그 자리에 어떤 남자들이 올지, 내가 무엇을 해야 할지 같은 생각 말입니다." 어렴풋이 듣자 하니 그게 완전한 진심은 아닌 것 같지만, 절반의 진심이라도 나는 충분히 괜찮다고 생각한다.

"상대가 진짜 괜찮은 남자가 아닌 이상 완경 이야기를 입 밖에 내는 건 독미나리를 먹는 거나 마찬가지예요."《배니티 페어》에 등장한 캘리포니아주 어느 (기혼) 여성의 말이다. 나는 독미나리에 관해서는 잘 모르지만, 어느 남성 방관자(또는 동료)가 내가 겪는 증상을 알아차리고 비웃을까 겁이 나서 적도에라도 온 것처럼 후끈하게 열이 오를 때에도 늘 카디건을 걸쳤다. 그리어는 여성들이 남성―이라기보다는 남성이라는 관념―의 노예가 되길 자처하는 행위를 적극 경계하고 있는 눈치다.

매력적인 대상으로 남아야 한다는 관념은 여성의 가슴을 미어지게 하는 모순으로 가득하다. 여성은 스스로를 매력적인 존재로 만들 수 없다. 매력적으로 보일 수 있을 뿐이다. 여성이 매력적인 것은 누군가가 여전히 그를 매력적으로 느낄 때에만 가능한 일이다. 여성이 무엇을 해도 그 결과에는 영향을 미치지 못한다. 변덕스럽기 짝이 없는 상대를 이끌겠다는, 저 불가능한 일을 위한 간절한 시도야말로 수억 달러에 달하는 미용 산업의 근간이다. 여성은 평생 자신이 충분히 매력적이지 못하다 느끼며 살아간다. 삼십 대와 사십 대 내내 날씬하고 탄탄한 몸매, 찰랑이는 머릿결, 초롱초롱한 눈을 매력 있게 유지하고자 고군분투한다. 그러다 오십 대가 되면 "매력을 유지하는 것"은 온종일 매달려야 하는 노동이 되어버린다. (…) 제인 폰다의 몸매가 근사할지는 모르지만, 그의 얼굴과 목 근육이 팽팽하게 당겨진 건 아무도 눈치 채지 못한 걸까? (…) 중년 여성이 스무 살 같은 엉덩이를 가져야 하는 걸까? 그런 엉덩이가 온 세상 광고판을 도배하고 있다. 젊은 시절 만난 아내와 여전히 사랑을 나누는 남자는 아내가 아닌 다른 여자의 가슴을 상상하고 있을 것이다. 그런 이미지가 담긴 휘황찬란한 잡지들은 결코 동나는 법이 없다. 남편의 환상 속 섹스 파트너와 경쟁하고자 하는 중년 여성에겐 희망이 없다.

그리어는 페미니즘계의 노먼 테빗ᵇ이자, 여성운동계의 '자전거를 타세요'on-yer-bike 운동 창립 멤버라 할 수 있겠다. 아마 그리어는 동년배 여성들에게 더는 가망이 없다는 말을 하면서 애석해하지도 않을 것이다. 그가 "매력 노동이라는 백인의 노예노동"이라는 인상적인 이름을 붙인 일은 우리 같은 사람들에게는 이미 과거의 일이다. 그리어는 서문에서 이렇게 말한다. "욕망의 대상에서 벗어난다는 것은 자유로워진다는 의미이기도 하다." 듣기 좋은 소리다. 하지만 남성들이 늘 하는 말

■ 영국 보수당 정치인으로, 실직자들에게 '자전거를 타고 다니며 구직 활동을 하라'고 말했다는 일화가 전해진다.

서평의 언어

처럼, 여성을 믿어선 안 된다. 그리어는 저 말로 우리를 낚아채자마자 태세를 바꾸어 도저히 테빗을 연상할 수 없는 어조로 "나이 든 여성의 사랑"이란 "너무나 고요하고 깊고 따뜻해 모든 풀잎에 금박을 입히고 모든 파리에게 축복을 보내는 부드러운 감정"이라고 말하기 때문이다.

그렇다면 우리, 늙어가는 내 자매들과 나는 어쩌면 좋담? 그리어라는 신체제 뒤에 줄을 설 수 없는 우리는 누구를 역할 모델로 삼아야 한단 말인가? 조앤 콜린스,◆ 아니면 앨런 베넷의 영화 〈더 레이디 인 더 밴〉? 달리 표현하자면 호르몬 교체 요법을 받아야 한다는 걸까, 말아야 한다는 걸까? (곤란한 일이 생길까 봐 하는 말인데, 조앤 콜린스는 절대 호르몬 교체 요법을 받은 적이 없다고 한다. 그저 그 요법을 받은 것처럼 생긴 것뿐이라고 한다.) 이런 치료를 받아야 할 이유도, 받지 않아야 할 이유도 존재하고, 둘 중 어느 쪽이건 의사한테 화를 낼 이유도 있겠지만, 이 치료를 받고 효과를 본다면 기분이 더 나아지고, 외모도 나아지며, 실제로 나아진다(부러워서 하는 소리지, 실제로 해보고 하는 말은 아니다). 의문은 여기서 등장한다. '나아진다'는 건 무엇일까? '보다' 적절하다는 의미일까? 아니면, 저메인 그리어의 말대로일까? "우리는 마거릿 대처가 호르몬 교체 요법을 받았다는 소식을 듣지만 그 결과를 보고 용기를 얻어야 할지 실망해야 할지 알 수 없다."

◆ 영국의 배우이자 작가로, 마거릿 대처 정권 지지자이기도 했다.

몇 년 전, 어느 가여운 여성이 임신한 티가 나지 않는 특정 종류의 임부복을 좋아한다고 말했다가 《가디언》으로부터 호된 비난을 받았던 게 떠오른다("임신한 **상태**의 핵심을 놓친다"나?). 호르몬 교체 요법을 받은 이들 역시 마치 호시절이 지났다는 사실을 알게 되고 알아차리는 기쁨을 간과하거나 유예하는 것이 비난받을 만한 일인 양 비슷한 잡음에 시달린다. 5분 내지 10분 만에 갱년기라는 것은 아주 세련된 것이 되고 말 터다. 어쩌면 그리어와 친구들의 노고로 이미 그렇게 된 건지도 모르겠다. 문제는 내가 정원에 앉아 풀잎을 향해 인사를 건네느니 차라리 옛 시절 매력 노동에 종사하고 싶다는 점이겠지만 말이다.

《런던 리뷰 오브 북스》 1991년 10월 10일

　　　　　　　　　　　　　　　　　서평의 언어

먼 친척

My Distant Relative

내 먼 친척은 KGB 사령관이었다. 스탈린은 그를 두고 이런 말을 남겼다. "내가 살아 있는 한 그자는 털끝 하나 다치지 않을 것이다." 스탈린은 자기가 호기롭게 뱉은 말을 지키지 않았는데, 물론 그 시절에도 생경한 일은 아니었다. 하지만 내 친척은 여느 동료처럼 총살당하진 않았다. 그는 폭행과 고문을 당한 뒤 12년간 수감 생활을 했다. 전해 듣기론, 1981년 세상을 떠난 그의 침대 옆엔 스탈린 초상화가 놓여 있었다고 한다.

나는 이 친척의 이야기, 그리고 혁명이 시작되자마자 러시아를 떠난 나의 다른 가족들과 그의 관계에 흥미가 생겼다. (내 어머니와 이모들은 1917년 모스크바에 있었다. 그 시절 무엇을 했느냐고 내가 묻자, 아이들과 어른들이 각기 한 방씩 차지하고 카드놀이를 했다고 했다.)《라이프》에 실린 한 기사에서 트로츠키를 암살한 라몬 메르카데르라는 스페인의 공산주의자, 그리고 그의 멘토였던 내 친척 레오니트 아이팅곤의 정체를 밝히기 전까지 아직 살아 있는 가족 중 누구도 KGB에서 활동하던 이 친척에 관해 모르고 있었다. 지나간 세대에 관해 그 누가 말할 수 있겠는가?

내가 기울인 노력에도 불구하고 그가 내 친척이라는 사실은 정황증거로만 존재한다. 나는 민스크에 있는 아카이브로 대리인들을 보냈지만, 드네프르 강가 작은 마을들에 흩어져 살던 여러 아이팅곤 가족들이 전부 같은 가문임을 증명할 만한 자료는 찾을 수 없었다. 물론 그 가족들이 전부 다른 가문이라면 그게 더 놀라운 일일 테지만 말이다. 구소련의 정보장교는 서방에 가족이 있다는 사실만으로도 총살당할 수 있었기에, 1991년 내가 내 친척으로 추정되는 레오니트의 자식과 손주들을 만나러 처음 모스크바를 찾자 이들은 나를 선뜻 만나주기는 했지만 나를 정신이 좀 이상한 영국 여자 이상으로 반겨주지는 못했다.

우리가 같은 가문일 수도 있으며 서로의 친척 중 아는 사이가 있을지 모른다는 첫 단서는 1993년에 주어졌다. 레오니트의 사촌인 레베카라는 어르신이 1920년대 후반 내 종조부 중 한 분을 모스크바에서 만난 기억이 있다는 것이었다. 당시 종조부는 미국인이었고 큰 부자였다. 몹시 가난했던 레베카의 어머니는 만약 그 부유한 미국인에게 어린 딸을 보여 주면 돈을 좀 주지 않을까 생각했고, 실제로 종조부는 레베카를 작은 꽃이라 부르며 100달러를 주었다. 하지만 레베카는 기분이 나빴다. 어머니에게 속은 기분이었고, 작은 꽃이라는 칭찬도 마음에 들지 않았다. 집에 돌아왔을 때 돈은 잃어버린 건지, 엉뚱한 곳에 둔 건지 사라지고 없었다. 한 달쯤 지나, 레베카와 어머니는 이사를 하다 돈을 다시 찾았다. 레베카 어르신은 100달러를 어디다 썼는지 모두 기억하진 못해도 예전부터 갖고 싶었던 물건을 하나 산 것을 떠올려냈다. 그건 바로 『예브게니 오네긴』에 등장하는 타티아나의 모자와 비슷한 라즈베리색 베레모였다.

열흘 전 나는 다시 한 번 모스크바를 방문했다(그 이유는 조만간 이야기하겠다). 모스크바는 아름다운 도시였으나 내가 평소 좋아하는 장소들과는 달랐다. 사실 나는 모스크바가 싫을 때가 종종 있었다. 도시는 너무 크고(노우드에서 하이게이트까지 가는 것처럼 가도 가도 끝이 없다), 도로는 너무 넓고(어디로 가든 간에 8차선 도로를 건너야 한다), 운전자들의 위험천만한 운전 솜씨는 눈을 의심할 지경이다. 웬만한 사람은 금세 나를 투명인간 취급한다는 걸 깨닫게 된다. 이들은 나를 적대시하는 것이 아니며, 심지어 과거의 적이라 여기는 것도 아니다. 이들은 그저 나에게 아무런 관심이 없는 것뿐이다. 길거리에서 마주치는 사람들의 얼굴에는 미소가 없다. 물건을 사면 나를 향해 고함을 지르고, 길을 물으면 무시해버리거나 어깨 너머로 대답하면서 멀찍이 가버린다. 처음엔 '우리의 승리'가 당혹스러운 것이었다면 지금은 보다 직설적으로 악몽, 러시아어로는 '코슈마르'cauchmar가 되었다. 이 단어를 가리키는 러시아어 단어가 따로 없이 러시아어 발음만 있다는 점이 참 이상하다.ᵃ 러시아 시민들이 루블만큼 달러를 많이 사용한다는 것, 공항에서 시내로 나오는 도로변에 '인콤뱅크'나 '디스카운트뱅크'처럼 한몫 노리는 것 같은 이름이 붙은 벤처 기업 광고판이 줄지어 서 있다는 것, 지하철 광고—지하철 광고라니!—는 대개 최단 시간 안에 부자로 만들어주겠다는 내용이라는 것 모두 밀턴 프리드먼의 논리를 따르는 것처럼 보일지 모르겠지만, 프리드먼마저도 이곳 풍경을 '인간의 얼굴을 한 자본주의'라 표현하긴 어려울 것 같다.

최단 시간 안에 부자가 되려는 명분 때문에, 1994년 상반기 6개월 동안 모스크바에서 외국인 63명이 살해당했다(내가 실제 총성을 들어본 유일한 도시가 모스크바다, 그것도 여러 번). 구체제에서는 국가의 폭력을 조심해야 했다면 지금은 사방에 무서운 것투성이다. (여기서 내 먼 친척이 해외에서 활동했다는 사실을 밝혀둔다. 한밤중에 사람을 보내 당신 집 문을 두드린 건 그가 아니었다.) 여름이라 하늘은 새벽 1~2시까지도 쨍한 푸른색이지만 길에는 가로등이 거의 없다. 지하철은 위험하다고들 하고 택시는 더 위험하다. 며칠 전《런던 리뷰 오브 북스》기고자이기도

한, 덩치가 커다랗지만 모스크바 　　● 'cauchmar'는 프랑스어다.

　　　　　　　　　　　　서평의 언어

에서는 누가 봐도 외국인인 R.W. 존슨은 고리키 공원에 갔다가 대낮에 열 살짜리들로 이뤄진 갱단의 습격을 받았다. 옷까지 갈기갈기 찢어졌다. 목숨을 잃지 않은 게 운이 좋았다나.

내가 머물던 주택단지 구역에는 두 가족이 방 두 개짜리 아파트에서 함께 살고 있었다. 그 자체는 드문 일은 아니라고 했다. (내 먼 친척이 처음 모스크바로 와서 살던 시절, 그는 시내 한복판에 있는 큰 방을 빌려 지냈다고 한다. 이 방에 그의 어머니가 함께 와서 지냈는데, 그러다 1920년대 그가 해외 파견을 가자 노모의 두 딸과 남편들, 나중에는 자녀들까지 전부 그 방에 함께 살게 됐고 그렇게 30년을 보냈단다.) 하지만 이 두 가족이 사는 아파트에는 큰 방과 작은 방이 있었는데, 큰 방에 노인이 혼자 살고 아이가 있는 젊은 부부는 작은 방에서 간신히 버티며 지냈다. 젊은 남편이 노인에게 방을 바꾸자고 제안했다. 그런데, 그 제안을 너무 여러 번 하는 바람에 지난 4월 노인이 그를 총으로 쏘아 죽여버리고 말았다. 지금 그 노인은 여전히 큰 방에서 살고 있고 작은 방에는 남편을 잃은 아내와 아이가 살고 있다고 한다.

이런 아파트를 가리키는 '코무날카'komunalkas는 자본주의 덕택에 당장 사라지지는 않겠으나 예상 외로 많은 진전이 일어나는 중이다. 이제 크레인이 건설 현장에 가만히 서 있기만 하는 일도 더는 없다. 어느 동네에서는 배관을, 다른 동네에서는 전화선을 전면 교체했다. 식량도 늘어났고 인플레이션이 심각하기는 하지만 연금도 증액되었다. 그렇기에 이른 아침 창밖을 보아도 덩치 큰 여성들이 누비옷을 걸친 채 느릿느릿 식량배급 줄을 향해 걸어가던 익숙한 풍경이 더는 보이지 않는다. 이제는 업무차 모스크바 중심가에 출장을 왔는데 앉을 곳이 필요해 지하철에 앉아 돌아다닐 필요가 없다. 모스크바 도심에도 앉아 있을 만한 곳들이 생겼고, 심지어는 카페도 있다. 자본주의로 점철된 푸시킨 광장이 아니더라도 유행에 민감한 아르바트 거리(혁명기 이전에 내 종조모 버사가 치과의원을 운영하고 있었던 곳이다)에는 새로 생긴 맥도날드, 유행을 흉내 낸 카페가 생겼다. 모스크바 여행을 할 생각이 있다면 맥도날드 옆에 던킨도너츠까지 생기고 동네마다 바디샵이 하나씩 들어오기 전 어서 가는 게 좋겠다.

이는 전부 소련의 유럽화로 말미암아 생긴 일이다. (차르 시대에 존재하던 카페들은 다 어떻게 된 걸까? 카페 역시 정책에 의해 폐쇄된 걸까?) 늦은 밤이 되면 내가 묵는 집이 있는 거리로 덜컹거리는 소리와 함께 트램이 들어선다. 『거장과 마르가리타』에 등장하는, 모르는 게 없는 문학 편집자 미하일 알렉산드로비치 베를리오즈의 종말▪이 연상되는 장면이다. 옛 트램은 흰색과 빨간색으로 칠해진 꾀죄죄한 것들이었는데 요즘엔 선명한 파란색에다가 전면에 큰 글자로 파나소닉이라고 적혀 있는 트램도 다닌다. 모스크바의 다른 많은 것들과 마찬가지로 트램 역시 장악당하고 유럽화했다. 이번에 모스크바를 방문했을 때 눈에 띈 건 스탈

▪ 베를리오즈가 전차에 치여 죽는 대목을 가리킨다.

린 정권 시절 지어진 흉한 몰골의 고층 건물들이 마치 새로운 자본주의 러시아에서 스스로 혁명 이전 건물들에게 자리를 내주기라도 한 것처럼 배경으로 물러났다는 점이다. 내가 묵는 방에서는 한가운데 녹슨 그네가 두 개 있는 네모난 풀밭을 두고 나무를 심어 조성한 거친 부지에 지어진 낡은 건물들이 보였다. 그 옆 거리인 주도로에는 다 쓰러져가는 커다란 아파트 건물들이 서 있었는데, 그 육중함은 물론 고르지 않고 쇠락한 데다가 부자연스러운 색채 때문에 로마 유적을 연상시키는 것들이었다. 묵직한 석조 발코니는 폭풍우라도 몰아치면 지주에서 떨어져 나와 거리로 굴러떨어질 것만 같았다. 한때 내 먼 친척은 이 집에서 멀지 않은 곳에 있는, 혁명 이전 보기 좋게 조성된 구역에 살고 있었다. 이 도시의 다른 구역들, 특히 독일과 핀란드, 이탈리아와의 합작투자를 통해 복구된 신고전주의 양식의 도심 풍경은 한눈에도 코번트 가든 분위기를 풍긴다. 그것이 언젠가 대서양부터 우랄산맥까지 뻗어나갈 유럽의 유산이리라.

모스크바에서 새로이 단장한 구역들을 걸을 때면 내 먼 친척 레오니트에게 이런 변화가 어떻게 다가왔을까 하는 생각이 들곤 한다. 그러나 나는 그가 뭐라고 말했을지 안다. 아니, 안다고 생각한다. 옛 당원들은 보통 "시대는 변화하므로 사람도 이에 따라 변화해야 한다"고 말하니까. (당원이었던 사람들은 알아보기 쉽다. 그 사람들은 흥미로운 말이라고는 그 무엇도 선뜻 하는 법이 없으니까.) 몇 년 전, 나는 당시에는 꽤나 용감한 일이라 여기며 오래전 KGB에서 레오니트의 상관으로 일한 파벨 수도플라토프라는 이를 인터뷰한 적이 있다. 그는 아주 나이가 많고 한때는 엄청난 권력을 지녔던, 《뉴욕 타임스》 표현대로라면 "스탈린 최후의 늑대"였다. 스탈린의 늑대였던 그는 스탈린이 사망하여 총애를 잃자 15년간 수감 생활을 한 뒤 1968년 치욕을 얻었을 뿐 조금도 회개하지 않은 채로 세상에 나타났다. 그는 자신이 "스파이"였고, "아직 십대이던" 시절인 "1921년부터 전문가로서 그 일에 종사했다"고 했다. 당시 그는 내게 전문가로서 할 수 있는 이야기는 하나도 해주지 않았다. 그런데 이번에는 수도플라토프가 영어·프랑스어·독일어로 회고록을 출간한 것이다(처음 만났을 때 나한테는 "책에 인쇄된 내 이름은 보고 싶지 않다"더니). 『특별 임무: 누구도 원치 않았던 증인의 회고록』은 그의 아들인 아나톨리, 그리고 (여기서 전쟁과 그 후유증의 연대기에 대해 생각하지 않을 수가 없는데) 제럴드 섹터 및 리오나 섹터라는 두 미국 작가와 함께 쓴 책으로, 두 미국인은 회고록의 내용을 번역하는 것에 그치지 않고 미국인 독자들이 읽고 싶을 만한 책으로 만들어놓았다.[■]

미국인들이 이 책을 읽을지 안 읽을지는 몰라도 분명 그 책에 대한 소식은 본 적 있을 것이다. 1940년대 중반 수도플라토프 장군은 핵에 관한 정보를 로스앨

■ [원주] Pavel Sudoplativ and Anatoli Sudoplatov, with Jerrold Schecter and Leona Schecter, *Special Tasks: The Memoirs of an Unwanted Witness – A Soviet Spymaster*.

서평의 언어

러모스에서 모스크바로 보내는 첩보 활동을 했다. 1992년 인터뷰에서 내가 이 업무에 관해 묻자(내 먼 친척은 당시 그의 바로 아래 직급이었다), 그는 길길이 뛰며 고성을 질러댔다. "미국 폭탄은 외국인들, 이민자들이 만든 겁니다. (…) 우리는 모두 우리 과학자, 우리 아톰쉬키atomshiki를 써서 전부 우리 힘으로 해냈단 말입니다." 그는 나중에 입장을 바꾼 모양인데, 『특별 임무』에서는 미국 폭탄의 부모인 오펜하이머, 페르미, 보어, 실라르드가 핵폭탄에 관한 지식을 소련과 공유했을 뿐 아니라 이를 확실히 하기 위한 조치까지 취했다는 식으로 말하고 있기 때문이다. 그에 대한 미국에서의 반응은 한목소리였다. 내가 알기로 이 주제로 글을 쓴 사람들 중 분노하지 않은 이는 아무도 없다. 러시아 사람들, 특히 과학자들도 화가 났다. 나와 대화하던 때의 수도플라토프 장군과 마찬가지로, 쿠르차토프와 그 동료들이 폭탄 제조법을 따라 했던 것뿐이라는 사실을 외면하고 싶었던 이들 말이다. 새로운 러시아가 가진 독특한 점을 하나 꼽자면, 아직도 콤소몰 Komsomol♦ 운동을 기리는 이름이 붙은 한 신문에서 마치 이 문제를 객관적으로 다루는 게 가능하다는 식의 태도를 취한다는 점이다.

미국과 소련의 물리학자들은 파벨 수도플라토프의 회고록에 동요했다. (…) 미국인들은 동요하면서

♦ 전연방 레닌주의 청년 공산주의자 동맹.

도 울적해했다. 수도플라토프의 책을 통해 미국 영웅들에 대한 유해한 정보를 알게 된 탓이었다. 러시아인들은 조용했다. (…) 우리에게는 슬퍼할 더 큰 이유가 있었던 탓이다. 그러나 우리의 물리학자들은 무척 화가 났다. 수도플라토프의 말대로라면 우리는 핵폭탄을 훔친 것이다. 미국 물리학자들이 소련 스파이들에게 비밀을 발설했으며, 소련 스파이들이 베리야*에게 정보를 전달했고, 베리야가 이 정보를 쿠르차토프에게 전달하자 쿠르차토프는 폭탄을 제조했다. 그 누구도 수도플라토프의 말을 믿고 싶어 하지 않는다. 미국 물리학자들이 반역자라면 우리 물리학자들은……음. 수치일 따름이다.

—《모스콥스키 콤소몰레츠》6월 29일자

내가 모스크바에 온 것은 수도플라토프 장군의 책 때문이다. 러시아인들은 아직까지 이 책의 발췌본만을 읽어보았다. 올 연말 이 회고록의 러시아어 번역본이 출간될 예정이지만, 어쩌면 발췌본 이상을 읽는 것이 금지될는지도 모른다. 현재 수도플라토프 부자는 조사를 받고 있다. 수도플라토프 장군은 고령에 건강이 좋지 않아 자택에서, 그의 아들은 군검찰에 출두해서 조사받는 중이다. 둘 다 고문을 당하지도, 레오니트처럼 이를 뽑히지도 않았지만, 국가 기밀을 누설한 죄로 법정에 서게 될 가능성도 있다.

* 스탈린의 심복이었던 소련 정치가 라브렌티 베리야.

서평의 언어

아니면 명예훈장을 박탈당할지도 모른다. 모스크바대학교 교수인 아들은 학술의원직을 박탈할 것이고, 아버지는 사회 복귀가 취소되고 연금을 압류당하게 될 수도 있다.

그런 일이 일어나더라도 물리학자들을 제외하면 충격을 받는 이는 많지 않을 것이다. 예를 들어 수도플라토프 장군의 과거 동료나 부하의 자녀들은 회고록에 등장하는 자신들 아버지에 관한 내용이 불쾌할 것이다. 회고록 내용의 사실 여부가 확실한 것은 아니지만 이미 알려진 것보다 더 많은 정보인 데다가 지나치게 수도플라토프 장군에게만 유리하도록 쓰인 내용이기 때문이다. 또 KGB 연금을 수령하면서 기밀을 누설한 것이 부적절하다는 의견도 있고, 과거에 대해 이야기할 때는 과거의 전통을 존중해야 한다고, 즉 오늘날의 방식처럼 '나는 아무개의 암살 업무를 맡았다'라고 말할 게 아니라 '나는 몹시 중요한 당의 업무를 완료했다'라고 표현했어야 한다는 의견도 있다.

내가 수도플라토프 장군의 옛 정보장교였으며 지금은 서유럽에 살고 있는 니콜라이 코클로프를 만났을 때 그는 『특별 임무』를 한 권 사서 색인에 있는 자기 이름을 찾아보다가 여태껏 몰랐던 사실을 알게 됐다. 그건 바로 1952년 자신이 케렌스키를 암살할 뻔했다는 사실이었다. 그러나 이 사건에 대한 코클로프의 이야기는 수도플라토프 부자의 이야기와는 상당히 다르다. 코클로프는 1959년 출간한 회고록 『양심의 이름으로』In the Name of Conscience에서 자신을 살인에 질려버린 사람으로, 이름 모를 적을 소탕하기 위해 파리로 가는 것을 거부하는 사람으로 그려냈다. 심지어 그는 자신을 총살해도 마땅했을 상황에서 임무를 면제해준 수도플라토프를 칭송하기까지 했다. 그런데 수도플라토프의 말대로라면 코클로프는 그저 요원으로서의 무능함을 스스로 증명했을 뿐이며 좌우간에 작전은 취소된 것이었다. 케렌스키가 숙청당하지 않은 진짜 이유—그런 게 있기야 하겠냐만—를 어차피 누가 알겠는가? 하지만 KGB가 많고 많은 요원 중 코클로프에게 그 임무를 맡겼다면 그가 무능했을 것 같지는 않다. 이 책을 읽은 다음 코클로프의 얼굴엔 분명 승리감의 표정이 떠올랐다. 그가 아무리 KGB 요원이 되고 싶지 않았다고는 해도, 어쨌거나 그에겐 자존심이 달린 문제였던 것이다. 며칠 뒤 그는 이렇게 말했다. "아시다시피, 나는 케렌스키의 목숨을 구했소."

《런던 리뷰 오브 북스》 1994년 8월 4일

브뤼셀

Brussel

"적응은 아무리 편안해 보여도 결코 자유가 아니다." 1940년
대 후반 미국에서 출간된, 학술과 대중문화를 다룬 데이비드
리스먼의 사회학 서적 『고독한 군중』에 등장하는 말이다. 당
대에는 많이 읽히고 입에도 오르내렸으나 오늘날은 잊힌 책
이다. 얼마 전, 헤이워드 갤러리에서 열리는 도시에 관한 전시
와 연계된 사우스뱅크센터 강연을 준비하던 중 나는 이 책을
꺼내 보았다. 리스먼은 사회적 행동을 "무질서", "적응" 그리고
"자율"이라는 세 가지로 분류했다. 모두 알다시피 '무질서'는
나쁜 것으로, 오래전부터 도시적 생활양식과 연관되어온 개
념이다. 하지만 데이비드 리스먼처럼, 적응을 택한 이들보다
불편을 감수하고 '자율'을 택한 이들이 낫다고 생각할 사람이

누가 있겠는가? 물론 누군가가 적응이란 미국인의 정신에 어긋나는 것이요, 찰턴 헤스턴이라면 경멸했을 나약함의 증거라고 말하지 않는 한 말이다. 만약 당신이라면 둘 중 무엇을 택할까? 당신이라면 어디서 살고 싶은가?

나는 강연에서 내가 살았던 도시들에 대해 이야기해달라는 구체적인 요청을 받았는데, 이런 질문을 받을 때마다 곤란하다. 나는 2차 세계대전이 일어나기 얼마 전 미국에서 태어나 여러 도시와 주를 전전하며 아홉 살까지 살다가 뉴욕을 마지막으로 미국을 영영 떠났다. 당시에는 우리 가족이 미국으로 돌아가지 않으리라는 사실을 몰랐고, 앞으로 어린 시절을 일종의 망명 상태에서 보내게 되리라는 사실 또한 훗날에야 알 수 있었다.

1940년대 후반 우리 가족은 유럽으로 갔다. 구체적으로 말하자면 우리는 으슥하고 비가 자주 내리며 무뚝뚝한 도시, 어떤 매력도 흥미도 유혹도 느껴지지 않는 도시 브뤼셀에 가서 살게 됐다. 그러나 그 시절의 나는 이런 생각들 가운데 그 무엇도 입 밖에 낼 수 없었다. 우선 내게는 그런 평가를 할 자격이 없었다. 우리는 브뤼셀에 살아야만 했고, 어머니는 내가 이 도시를 싫어하는 건 좋아하려 노력하지 않아서라고 했다. 그 시절 나를 데이비드 리스먼이 보았더라면 상당히 흡족해했을지도 모르겠다. 나는 브뤼셀에 잘 적응하지 못했다. 이곳에서도 우리는 이사를 자주 했다. 그 자체가 문제는 아니었다. 브뤼셀에서 우리는 미국에 살 때처럼 이웃과 알고 지낸다든지 옆집이나 아랫집 아이들과 어울려 놀지 않았다. 우리 같은 가족들이 가입하는 테니스 클럽이 있긴 했지만 가족에게서 떨어져 시간을 보낼 만한 장소는 없다시피 했다. 나는 만화책(집에서는 만화책을 못 읽게 했기에 한층 더 그리웠다), 센트럴파크의 롤러스케이트장, 렉싱턴 애비뉴의 드러그스토어, 허쉬 초콜릿과 햄버거헤븐 등 뉴욕 어린이가 이 세상에서 차지하는 자리를 나타내는 표식이자, 추구할 게 많은 세계의 기표이기도 한 장소들이 그리웠다. 벨기에 아이들은 부모를 따라 쓰디쓴 초콜릿을 먹었고 혼자서는 아무 데도 가지 못했다. 아이들은 부모에게서 떨어지지 않았으며 여왕을 보필하는 에든버러 공작처럼 어디서나 부모를 졸졸 쫓아다녔다.

으슥하고 비가 많이 내렸다는 점 외에 브뤼셀에 관해 가장 선명하게 기억하는 부분은 그곳에서 차리던 격식이다. 학교에서는 친구들과 하루에도 서너 번씩 악수를 주고받았고, 길에서 음식을 먹는다거나(학생과 직장인은 모두 집에 가서 점심을 먹었다) 마음에 안 드는 아이에게 혀를 내민다거나 하는 별일 아닌 일조차 하면 안 된다고 꾸지람을 들었다. 유럽연합에 가입하기 이전 아주 작은 세계이던 브뤼셀에서 아버지는 상당한 유명 인사였으므로 나는 "윌머스 집 어린 딸아이"로 불렸으며, 무슨 잘못이라도 저지르면 반드시 나를 아는 누군가가 부모님에게 일러바쳤다. 토니 태너는 브뤼셀이 배경인 샬럿 브론테의 『빌레트』에 대해 이런 이야기를 했다. "『빌레트』속 수상쩍은 세계에서는 모두가 서로를 몰래 지켜보고, 감시자마저도 누군가에게 감시당한다. 몹시도 관음주의적인 세계다." 보들레르 역시 브뤼셀에서 흔한 감시의 눈길을 알아차렸는데, 그는 감시의 이유로 지루함을 꼽았다.

1950년대 초반 열네 살이 된 나는 드디어 브뤼셀을 떠날 수 있었다. 아버지가 영국인이었기에 영국 기숙학교로 가게 되었던 것이다. 그렇게 나는 오늘날까지 영국에 살게 되었다. 대학을 졸업한 뒤 어떻게 살아가야 할지 고민하던 나는 달갑지 않은 여러 조언을 받아들여 젊은 여성들에게 비서 실무를 가르치던 켄싱턴 하이스트리트의 교육기관에 매일같이 다니기 시작했다. 첫날 아침 지하철에서 막 내린 순간이었다. 누군가가 길가에서 고함을 지르는 소리를 듣고 나는 경악했다. '경악'한 것은 그래야 할 것 같아서였다. 잠시 후 어느 미친 여자가 나타났다. 부랑자도 걸인도 아닌, 한눈에도 중산층이 분명해 보일 만큼 옷을 잘 차려입은 이 미친 여자는 온 세상을 상대로 고함을 지르고 있었다. 그 동네에서는 이런 일이 상당히 주기적으로 일어나는 듯했는데, 여자들의 나이는 제각각이었으나 하는 행동은 대개 비슷했다. 그런데 그들에게 눈길 하나 주는 이가 아무도 없었다. 런던이야말로 내가 살아야 하는 곳이라는 사실에 의심의 여지가 없었다.

1960년대에 우리 가족은 브뤼셀을 떠났고, 나는 이후 수십 년이 흐른 뒤에야 브뤼셀에 한번 가봐야겠다는 생각이 들었다. 그리고 막상 그곳에 도착하니 어린 시절 느꼈던 이곳의 음울함은 내 상상 속에만 존재하는 것이 아님을 알게 됐

서평의 언어

다. 브뤼셀은 동네 드러그스토어와 강제로 이별한 슬픔의 은 유도 아니요, 일찍 온 사춘기 또는 늦된 어린 시절의 우울 속 에서 내가 상상으로 빚어낸 도시도 아니었다. 내 기억은 전 부 사실이었다. 문제는 그것이 누구, 또는 무엇 탓이었는가였 다. 어떤 사람은 오줌 누는 어린 소년의 동상을 숭배하는 도 시는 경멸해도 싸다고 할지 모르겠다. 하지만 이 동상이 있는 곳은 중세에 지어진, 블루 가이드가 유럽에서 가장 아름다운 광장으로 선정한 그랑플라스였다. 브뤼셀에는 파리나 보르도 에서라면 각광받을 고색창연한 골목길이 넘쳐났고, 눈을 사 로잡을 만큼 아름다운 옛 건물들도 있었다. 나무가 많았다. 가로등은 나트륨등이 아니었다. 상점도 있고, 가게도 있고, 도 로가 지나치게 널찍하지도, 인도가 지나치게 좁지도 않았다. 갤러리에는 근사한 작품들이 있고, 오페라하우스며 오케스트 라는 물론이거니와 없는 게 없었다. 대체 브뤼셀은 뭐가 문제 일까? 어린 시절의 나였다면 음식이 문제라고 답했을 것이다. 먹을 게 너무 많고, 식사 시간은 너무 길고, 식당도 너무 많 고, 사람들은 너무 뚱뚱하다고. 여전히 그 생각에는 변함이 없지만, 그렇다고 해도 아무도, 심지어 벨기에 사람들마저도 브뤼셀이라는 도시에 전혀 관심이 없는 이 상황이 설명되진 않는다. 해외에서도 유명한 벨기에 소설가는 세 명인데, 그중 누구도 고국을 소재로 글을 쓰지 않았다. 심농은 프랑스로, 에르제는 땡땡의 세계로, 마테를링크는 파랑새를 타고 날아 가 버렸다. 브뤼셀을 소재로 글을 쓴 영국 소설가는 샬럿 브론테 한 사람뿐이었고 그는 이곳을 "거대하고 이기적인 도시"로 표현했다.

『암흑의 핵심』 화자는 여행에 필요한 서류를 얻으러 브뤼셀을 경유한다. 도착하자 그곳엔 "암흑의 문을 지키는" 두 노파가 있다. 화자는 뜨개질을 하고 있는 두 사람을 이렇게 묘사한다. "따스한 관보를 닮은 시커먼 털실을 짜면서 한 사람은 내내 미지의 무언가를 향해 구시렁거리고 나머지 한 사람은 지나가는 이들의 명랑하고도 실없는 얼굴을 무심한 노인의 눈으로 뚫어져라 바라보고 있다. 안녕히 계시라! 검은 털실을 짜는 늙은이들이여. 바야흐로 죽으려는 저희들이 폐하게 인사를 올리나이다. 이 노파가 바라본 사람 중 그를 다시 볼 수 있는 사람은 그리 많지 않을 것이고, 조만간 절반도 남지 않겠지." 암흑의 문, 콩고로 가는 관문. 이 비유에 브뤼셀의 거의 모든 것이 담겨 있다. 내가 어렸을 때, 유나이티드 프루트가 과테말라를 소유했던 것과 같은 방식으로 콩고를 소유했던 유니온 미니에르가 여전히 존재하는지 궁금하다. 유니온 미니에르는 부모님이 종종 언급하던 몇 안 되는 기업 중 하나였다. 이 기업들 중 가장 자주 입에 오르내렸고 또 나를 가장 혼란스럽게 했던 곳은 기분 나쁠 정도로 특색 없는 이름을 가진 '소시에테 제네랄'이라는 기업으로, 사실상 유니온 미니에르를 (따라서 콩고 역시도) 소유했을 뿐 아니라 그 밖에도 수많은 것을 손아귀에 쥐고 있던 회사였다. 브뤼셀을 벗어날 날만 꿈꾸며 앤절라 브라질의 여학교 이야기를 읽어대는 대신 콘래드의 책을 읽었더라면 나의 불만(아버지는 "신성한 불만"이라고 표현했지만 나는 딱히 그렇게 생각하지 않았다)도 상쇄되었을 텐데.

마르크스와 엥겔스는 지금은 식당이 되어 있는 그랑플라스 근처 어느 집에서 『공산당 선언』을 썼다. 몇몇 프랑스 작가—보들레르, 랭보, 베를렌, 빅토르 위고—도 각자의 이유로 프랑스를 떠나 있어야 하던 시절 브뤼셀에 머물렀다. "애국심만으로는 충분치 않다"는 말을 남긴 영국인 간호사 이디스 카벨은 1915년 탈영병들이 네덜란드로 탈출하는 것을 도운 죄로 독일군의 손에 처형당했다. 브뤼셀에서는 방금 말한 것들 외에는 상상력을 자극할 만한 그 어떤 사건도 일어나지 않았다고 말하려던 찰나, 문득 리치먼드 백작 부인의 무도회와 잇따라 벌어진 전투*가 떠올랐다("누가 알았겠는가…… 그토록 즐거웠던 밤이 지난 뒤 이토록 잔혹한 아침이 밝을 줄을").♦ 하지만 바이런이 브뤼셀에 실제로 가보았을 것 같지는 않고, 이 도시는 워털루 전투 외에는 그 무엇도 연상시키지 않는 곳이다. 브뤼셀에서는 보이는 것이 전부다. 브뤼셀을 떠난 우리 가족의 행선지였던 제네바 역시도 따분한 곳이기는 했지만 이 도시가 품은 역사와 이곳이 연상시키는 대단한 것들 덕분에 내 머릿속에선 더 낫게 느껴졌다. 브뤼셀에는 어딘가에서 다른 곳으로 흐르는 강조차 없었다. 한때는 강이 하나 있었지만 메워져버렸다. 그래도

■ 콰트르브라 전투.
♦ 바이런의 시 「차일드 해럴드의 순례」에 나오는 구절.

브뤼셀의 장점을 하나 들자면 런던처럼 땅 주인이 아니라 좀 더 유용하고 대단한 일을 한 사람 이름을 따서 길 이름을 붙인다는 것 정도다. 지금 나는 프림로즈 힐 근처에 산다. 인근에 있는 거리 이름? 오피던스 로드, 킹 헨리스 로드.* 물론 이 이름들은 모두 땅의 원 소유주였던 이튼 칼리지를 기리는 이름이다.

차라리 브뤼셀이 폭격이라도 당했더라면 내 눈엔 더 흥미로워 보였을 것이다. 1947년인가 1948년 유럽에 오게 된 나는 전쟁의 흔적을 보고 싶었다. 하지만 독일군에게 점령을 당했던 브뤼셀에는 볼거리라고는 하나도 없었고 그저 정치자금을 대는 부역자가 있다는 소문만 무성했다. 이 부역자들 중에는 같은 반 친구의 아버지도 있었다. 낙타털 코트를 입고 다니던 사람이었는데, 오래지 않아 자식들은 전부 어머니의 성을 쓰게 되었다. 독일과 지나치게 긴밀한 관계를 맺고 있던 벨기에 국왕 역시 곤경에 빠졌다. 이로 인해 민심이 격앙되어 있었던 시절이었고, 내 방을 포함해 온갖 곳에 일방통행 표시 위를 가로질러 '농'non이라는 단어가 적힌 모양의 스티커가 붙어 있었다. 국민투표가 이뤄지고 반대자들이 승리했으며, 국왕의 아들인 우울한 보두앵이 왕위를 계승했다. 종전 이후 콩고 사태가 일어나기까지 25년이라는 세월 동안 브뤼셀이 유일하게 흥미진진했던 시절이 바로 보들레르가 "오로지 개들만 살아 있다"고 표현한 이

* '오피던'은 이튼스쿨의 교외 기숙생을 가리키는 단어이며, 이튼스쿨 창립자는 헨리 6세다.

서평의 언어

때였다.

브뤼셀에 대해 이렇게 긴 이야기를 늘어놓을 생각은 없었기에, 나는 브뤼셀이 온건하며 위협적이지 않은 형태의 디스토피아로서 의미를 가진다고 생각하기로 했다. 내가 하고 싶었던 말은 보다 포괄적인 의미로서의 도시적 억압, 어떤 도시를 방문할 때 드는 마치 형편없는 소설, 심지어 잡지 속에 들어가 버린 것 같은 기분에 관한 이야기였다. 가령 뉴욕은 어린 시절 나에게는 아주 멋진 동화책이었다. 그러나 이제는 뉴욕에 가면 내가 바라보거나 지나쳐 가는 모든 것이 테두리 안에 들어 있는 것처럼 느껴진다. 뉴욕의 화려한 부분은 물론이고 너저분한 구역마저도 그렇다. 화려한, 아니면 너무 세련된 나머지 화려하지는 않은 잡지 페이지의 테두리인 것이다. 업타운의 현관 계단과 거기 앉아 있는 가족에서부터 곳곳에 설치된 비상구에 이르기까지, 한때 뉴욕을 매력적으로 보이게 했던 모든 요소는 패션 에디터들의 손에서 전유되었다. 광휘를 덧입히지 않고 예전 모습 그대로인 건 단 하나, 길바닥의 쇠 살대 사이로 뿜어져 나오는 지하철역의 김이다. 이를 제외하면 맨해튼은 리버사이드 드라이브에서 미트 디스트릭트에 이르기까지 스타일로 도배되어 있다. 심지어 내가 오래전 켄싱턴 하이스트리트에서 본 미친 여자처럼 이곳에서 고래고래 욕지거리를 하고 돌아다니더라도(이 나이가 되고 보니 상당히 있음직한 일이다), 사람들은 그저 나를 패션을 통해 내 가치관을 표현하는 사람으로 여길 것 같다. 물론 그런 짓을 할 생각은 없지만 말이다. 적응과 자율은 조화를 이루기 어렵다. 하지만 데이비드 리스먼은 자율이 고통스러운 만큼 무의미할 수도 있다는 사실까진 몰랐던 것 같다.

《런던 리뷰 오브 북스》 1999년 7월 29일

집에 없었더라면

What if You Hadn't Been Home

이야기는 이렇게 시작한다. "2010년 7월 26일. 오늘은 그 애의 결혼기념일이 되었을 날이다." 조앤 디디온의 딸 퀸타나 루는 2003년 뉴욕 암스테르담 애비뉴의 세인트 존 대성당에서 결혼식을 올렸다. 날짜는 중요하다. 디디온처럼 꼼꼼한 작가에게 날짜는 크나큰 무게를 지닌다. 세부 사항들 역시 중요하다. 때로는 중심보다, 어쩌면 중심 대신.

7년 전 오늘 우리는 플로리스트가 보낸 상자에서 레이 화환들을 꺼냈고 상자 속의 물은 잔디 위로 털어냈다. (…) 새하얀 공작이 날개를 펼쳤다. 오르간 소리가 울려 퍼졌다. 그 애는 굵게 땋아 등 뒤로 늘어뜨린 머리에 하얀 스테파노

티스 꽃을 꽂고 있었다. 머리에 튈로 된 베일을 쓰자 헐거
워진 스테파노티스 꽃이 땅에 떨어졌다. 플루메리아 꽃송
이 (…)

디디온이 이 글에서도, 다른 어떤 글에서도 언급하지 않
은 것이 있다면 퀸타나의 생김새다. 퀸타나가 키가 컸는지 작
았는지, 통통했는지 깡말랐는지 누가 알겠는가.

『푸른 밤』은 퀸타나에게 바치는 책이다. 책 제목은 밤하
늘의 빛깔을 가리킨다. "프랑스인들은 하루 중 이 시간을 뢰
블뢰l'heure bleue라고 불렀다." 4월 말, "문득 여름이 가능성, 어
쩌면 약속처럼 가까이 다가올" 때 처음 보이는 이런 하늘빛
은 특정 위도에서만 보이는 색이다. 예를 들면 디디온이 지금
살고 있는 뉴욕에서는 볼 수 있지만 그의 출신지이자 이 책
의 주된 배경인 캘리포니아주에서는 볼 수 없는 빛깔인 것이
다. 해가 짧아지면 푸른색은 흐려진다. "푸른 밤이 끝날 때가
다가오면(끝날 것이다, 끝난다) 실제로 한기가 느껴지면서 병
에 걸릴까 걱정이 된다." 퀸타나의 결혼식과 『푸른 밤』사이,
먼저는 디디온의 남편인 작가 존 그레고리 던이, 그다음에는
퀸타나가 죽었다. 책 제목의 의미는 여기서 분명해진다.

던은 2003년 심장마비로 사망했다. "나는 샐러드를 섞
는 데 몰두하고 있었다. 존은 말을 하고 있었는데, 그러다가
더는 말을 하지 않았다." 남편의 죽음, 그리고 그 앞에서 보인
디디온의 반응 ─ 무척이나 복잡한 방식의 애도, 불확실한 감

정 상태, 남편이 돌아올 것이라는 끈질긴 환상(그에게 신발이 필요할 것이다), 죽어간다는 남편의 말을 믿지 않았다는 죄책감—이 2005년 출간되어 오래지 않아 버네사 레드그레이브 주연 브로드웨이 연극으로 각색된『마술적 사유의 한 해』의 주요 주제다. 던은 12월 30일 사망했다. "저녁 식탁에 앉는 순간 당신이 알던 삶은 끝이 난다." 이로부터 여드레 전, 화씨 103도의 열과 "지독한 기분"에 시달리던 퀸타나는 어퍼이스트사이드에 있는 베스 이즈리얼 노스 병원 응급실에서 독감 진단을 받았다. 크리스마스 당일 퀸타나는 입원 허가를 받았고, 그날 저녁 중환자실에 들어갔다. 방사선 사진을 통해 양측성 폐렴 진단이 내려졌다. 혈압 측정 결과 패혈성 쇼크 가능성이 보였다. 딸을 만나러 가는 택시 안에서 던이 말했다. "마음의 준비가 안 된 것 같아." 디디온은 대답했다. "당신은 선택의 여지가 없어." 나중에 디디온은 자신이 틀린 게 아니었나 생각하게 된다. 당시에는 퀸타나가 살아날 수 있을지 확실치 않았다. 퀸타나의 병은『마술적 사유의 한 해』의 두 번째 주제다. "우리가 죽음에 관해 이야기하는 것은 우리 아이들에 관해 이야기하는 것이다."

1월 중순 퀸타나의 안정제 투여량이 줄어들었고, 그는 아버지의 죽음을 전해듣는다. "8개월 전 그 애가 결혼했던 바로 그 성당"에서 열린 던의 장례식에서 퀸타나는 자신이 아버지의 기억을 담아 쓴 시를 읽는다. 이틀 뒤, 새로운 삶을 시작할 준비가 된 퀸타나는 남편과 함께 로스앤젤레스로 떠난다. 3월, 처음 병에 걸린 지 3개월 만이었다. "제가 캘리포니아에서 잘 지낼 수 있을까요, 하고 그 애가 물었다. 나는 그렇다고 대답했다." 공항을 나와 대기 중인 차를 향해 걸어가던 퀸타나가 쓰러졌다.

그들이 비행기에서 내렸다.
그들은 함께 쓰던 가방을 찾아 갔다.

《파리 리뷰》인터뷰에서 디디온은 힐턴 앨스에게 이렇게 말했다. "책을 쓸 때 저는 제가 썼던 문장을 끊임없이 다시 고쳐 입력합니다. 매일 첫 페이지로 돌아가서 지금까지 쓴 것을 그저 다시 입력하는 거예요. 그러다 보면 리듬 속으로 들어가게 됩니다." 『마술적 사유의 한 해』를 쓸 때도 그랬을까? 디디온은 대답했다. "이 책의 경우에는 그런 작업이 더 중요했어요. 이 책의 대부분은 메아리에 기대고 있었기 때문입니다." 『마술적 사유의 한 해』 그리고 그 책의 동반자인 『푸른밤』 속에서 긴 단락 다음에 이어지는 한 줄짜리 단락 두세 개, 날짜, 이탤릭체로 쓰인 꼬리말, 기도서를 연상시키는 반복으로 이루어진 리듬은 마치 덫, 빠져나갈 수 없는 무언가, 주문, 유혹처럼 느껴지기도 한다. 우리는 자기만의 문장을 쓰고 있다고 생각하지만, 이내 그의 문장을 모방하고 있음을 알게 된다.
퀸타나는 이제 UCLA 의료센터 신경수술병동에 입원

해 있다. 넘어지는 바람에 뇌출혈이 생겼을 수도 있고, 뇌출혈 때문에 넘어진 것일 수도 있다. 어느 쪽인지는 중요치 않다("두 가지 가능성이 있었고, 둘 다, 상관없다는 사실을 알게 되었다"). 이번에도 중요한 건 퀸타나가 살아날 수 있느냐였다. 디디온은 로스앤젤레스로 가서 다시 촛불 기도를 시작한다. "그는 꽤나 쿨한 손님이었습니다." 뉴욕의 병원에서 존 그레고리 던의 사망 선고를 한 이들이 디디온을 가리켜 그렇게 말했다. 디디온은 그 말을 부적절하다고 여기진 않았다. 다만 쿨하지 못한 손님에겐 무엇이 "허락될지" 궁금해할 뿐이었다. 그런 이들이라면 고함을 지를까?

디디온은 고함을 지르지도, 무너지지도, 안정제를 요구하지도 않았다. 신경수술병동의 다른 친지들처럼 의사에게 '예후'를 계속 묻지도 않았다. 대신에 그는 자신도 모르게 "한 인턴에게는 수종이 생겼다고 지적하고, 다른 인턴에게는 폴리 도뇨관 속 혈뇨 확인을 위한 소변배양검사를 재차 부탁했으며, 다리의 통증이 색전에 의한 것인지 여부를 알 수 있도록 도플러 초음파검사를 고집했다". 이 때문에 "젊은 남녀 직원들"이 자신을 좋아하지 않는다 해도 상관없었다. 디디온은 독자를 사로잡는 작가다. 굳이 다른 사람에게 호감을 살 필요도, 다가가기 쉬워 보일 필요도 없다.

"어린 시절부터 나는 곤란한 상황에서는 읽고, 학습하고, 해결하고, 참고문헌 보는 훈련을 해왔다. 정보가 곧 통제력이었다." 그는 의사들이 지시하는 뇌신경검사의 이름들("기무라 박스 검사, 두점식별검사")과 퀸타나의 코마를 측정하는 척도("글래스고코마척도, 글래스고결과척도")를 알았고, 마찬가지로 베스 이즈리얼 노스 병원에서 퀸타나가 복용한 항생제의 이름도 알았다. 아지트로마이신, 젠타마이신, 클린다마이신, 반코마이신. 이 모든 것이 리듬을 이룬다. 그가 '예후'를 묻지 않았던 것은, 예후라는 것이 없다는 걸 잘 알고 있었으며("그 애의 뇌가 어떤 상태인지 알려면 적어도 사흘은 더 있어야 한다는 말을 들었던 게 기억난다"), 무의미한 질문을 할 필요 없다는 걸 잘 알고 있었기 때문이다.

5주 뒤인 4월 말, 퀸타나는 응급이송 헬기로 뉴욕에 돌아올 수 있을 만큼 회복되었다. 다음 단계는 뉴욕 병원의 회복병동이었다. 아직 급식튜브를 꽂고 있었지만 이제는 꼭 필요한 것은 아니었다. 오른팔, 오른다리, 글을 읽기 위해 필요한 오른쪽 눈의 움직임이 돌아오는 중이었다. 주말에 퀸타나의 남편이 그를 데리고 근처에 점심을 먹으러 갔다. 그건 그렇고 남편의 이름은 제리다. 디디온의 이야기 속 그에게도 약간의 자리가 있다. 그를 빼놓는 법은 없다.

디디온은 2004년 12월 31일 『마술적 사유의 한 해』를 완성했다. 한 해가 끝났다. "지난해 존은 이날을 보지 못했다. 존은 죽었다." 그는 더 이상 이 사실을 반박하지 않는다. 더는 남편의 신발에 매달리지 않을 터였다. 안 그러면 남편의 눈으로 자신을 바라보게 될 테니까. "스물아홉 살 이후 처음으로 올해 나는 타인의 눈을 통해 나 자신을 보았다." 2004년 12월

31일 퀸타나는 아직 살아 있었다. 퀸타나가 베스 이즈리얼 노스 병원에 머물던 지난해, 그를 위한 선물들은 회복을 기다리며 옛 침실에 쌓여 있었다. 하지만 이제 선물에 관한 언급은 등장하지 않는다. 나쁜 징조일까?

퀸타나는 여덟 달 뒤인 2005년 8월 26일, 『마술적 사유의 한 해』가 출간되기 두 달 전에 죽었다. 스무 달 내내 퀸타나는 쭉 아팠다. 디디온은 『푸른 밤』에서 말한다. "그 애가 혼자 힘으로 걸을 수 있을 만큼 호전된 날은 다 합쳐도 기껏해야 한 달이었을 스무 달."

『마술적 사유의 한 해』보다 한층 불안하고 자기의문으로 가득한 책 『푸른 밤』은 디디온의, 그리고 주로 퀸타나의 두려움에 관한 책이다. 버려지는 것에 대한 두려움, 지나가는 시간에 대한 두려움, 통제를 잃는 것에 대한 두려움, 죽음에 대한 두려움. 또한 이 책은 디디온과 던이 캘리포니아주에 살고 어린 퀸타나가 자라나던 1960년대 중반에서 1980년대 말 사이의 기억에 관한 책이기도 하다. "기다란 줄기 끝에 매달려 새파란 별 모양 광채를 뿜어내는 아가판투스, 나일강의 백합이 있던" 매혹적인 시절. 아이들이 캐비어의 맛을 알기 시작하던 시절. 생일이면 할리우드 힐스 위로 풍선들이 둥실 떠가던 시절. 두려움을 알아차리지 못한 채 얼버무리고 넘어가던, 디디온이 책을 쓰는 어머니이던 시절.

그 애의 그네가 매달린 협죽도 가지가 눈에 익고, 너울지는 파도 사이로 그 애가 발길질하며 걷던 굴곡진 해안도 눈에 익다. 옷가지는 당연히 눈에 익다.

한때 나는 이 옷가지를 매일 보고, 매일 빨아 내 서재 창밖 빨랫줄에 널었다.

이 빨랫줄에 매달려 나풀거리는 그 애의 옷가지를 보며 나는 책을 두 권 썼다.

멋지다. 창작물 속에서는 아이를 기르는 동시에 책을 쓰는 일을 마다할 사람이 누가 있겠는가? 하지만 아이들은? 퀸타나는 1966년 3월에 태어났다. 그는 디디온과 던의 생물학적 자녀는 아니다. 디디온은 이십 대 중반, 뉴욕에 살며《보그》에서 일하던 시절 아이를 갖고 싶어 했다. 이제 그는 서른한 살이었다. 쭉 아이를 갖고자 했지만 잘 안 됐던 걸까? 아니면 다른 생각들이 그 자리를 대신한 걸까? 디디온은 『마술적 사유의 한 해』에서 과거에는 모든 게 얼마나 쉬웠는지를 이야기하며 "어떤 일을 해도 대가를 치르거나 손을 쓰지 않아도 되는 것만 같았던 시절"이라고 쓴다. 입양을 하기로 결정한 것도 마찬가지였을까? 1960년대의 경솔한 여러 순간 중 하나? 1966년 새해 디디온과 던은 친구들과 함께 배를 타면서 다음에 마실 술을 생각하는 중이다. 친구의 친구이자, 딸을 입양한 "어스카인 부부가 거기 있어서였을지도" 모르고,

어쩌면 내가 아이를 원한다고 언급한 적이 있기에, 어쩌면

우리가 마시려던 술을 다 마신 뒤였기 때문에, 입양이라는 주제가 입에 올랐다. (…)

그게 다였다.

하지만 그다음 주 나는 블레이크 왓슨을 만나고 있었다.

블레이크 왓슨은 어스카인 부부가 입양한 딸의 분만을 도운 의사였다.

석 달 뒤 왓슨은 디디온 부부에게 전화를 걸어, 방금 아이를 키울 수 없는 산모로부터 "아름다운 여자 아기"가 태어났음을 알려주었다. 두 사람도 관심이 있었던 걸까? 디디온 부부는 병원을 찾아가 아기를 본 뒤 키우기로 마음먹고는 던의 형과 형수를 베벌리 힐스로 불러 축하주를 마셨다("누군가가 항상 1층에서 술을 만들며 〈위네트카에서 빅 노이즈가 찾아왔네〉를 부르는 장면이 나오는 나의 초기 소설을 읽었을 때에야 비로소 나는 우리 모두가 얼마나 술을 많이 마셨고 이에 대해 별생각이 없었는지를 깨달았다"). 디디온의 동서인 레니가 다음 날 아침 삭스 백화점에서 만나 아기옷 세트layette를 사자고 제안했다(1960년대에는 아직도 'layatte'라는 단어를 썼다). 삭스에서 아기옷을 80달러어치 사면 요람basssinette을 덤으로 준다면서 말이다.

나는 잔을 받아 내려놓았다.

요람이 필요할 거라는 생각은 해본 적이 없었다.

아기옷이 필요할 거라는 생각도 해본 적이 없었다.

아기를 갖는 것과 아기용품을 사는 것이 같은 산업 안에서 불가분의 일로 여겨지는 오늘날에는 상상하기 어려운 일이다.

그렇다고 디디온이 물건, 특히 옷과 그 출처에 관심이 없었던 것은 아니다. 날짜와 마찬가지로 옷에도 의미가 담겨 있다. 이는 시간의 흐름("검은 울로 된 샬리 드레스를 산 건 벤들 백화점이 여전히 웨스트 57번가에 있던 시절이었다"), 그중에서도 좋은 시절("그 애는 크리스티앙 루부탱 구두를 신고 있었다", "그 애가 제단 앞에 무릎을 꿇자 빨간 밑창이 보였다")을 떠올리게 하는 것으로 한 시대로부터 다른 시대를("지금 그 사진들을 바라보니 사진 속 여성들 중 얼마나 많은 수가 샤넬 정장을 입고 데이비드 웹 팔찌를 하고 있는지 놀라울 지경이다"), 하나의 정조로부터 다른 정조를 구분해준다. 요람은 전환점이 됐다. "요람을 사기 전까지 모든 것은 그해 우리 모두 입던 잭스 저지라든지 나염된 면으로 만든 릴리 퓰리처 시프트 드레스와 다를 바 없이 가볍게, 나아가 태평하게 느껴졌다."

요람을 사기 전 그들은 사이공으로 갈 계획을 세우고 있었다. "우리는 잡지사의 기사 청탁을 받았고, 신임장을 받았으며, 필요한 것은 모두 갖춘 참이었다. 갑작스럽지만, 아기까지도." 미국 전투기가 베트남 북부에 폭탄을 투하하기 시작했

서평의 언어

으므로 그런 여행을 하기에는 특히나 좋지 않은 해였지만 그는 계획을 변경하거나 포기하겠다는 생각은 전혀 하지 않았다. "심지어 필요할 것 같은 물건까지 산 뒤였다. 내가 입을 도널드 브룩스의 파스텔 리넨 드레스, 아기에게 그늘을 만들어줄 꽃무늬 포르토 파라솔, 그 애와 내가 당장이라도 팬암 항공기에 올라 르 세클 스포르티프에 내릴 것처럼." 이 여행은 실현되지 않았지만 "당연해 보이는 이유" 때문은 아니었다. 알고 보니 던이 책 한 권을 마무리할 일이 있었던 것이다.

퀸타나, 릴리 퓰리처 시프트 드레스와 함께 머지않아 두려움이 찾아왔다. "그 애가 태어나자 나는 두려움을 버릴 수 없었다." "수영장이, 고압선이, 개수대 아래 있는 가성소다가, 약장 속 아스피린이, (…) 방울뱀이, 역조逆潮가, 산사태가, 문간에 나타나는 낯선 이가, 알 수 없는 고열이, 운전원 없는 엘리베이터가, 텅 빈 호텔 복도가 두려웠다." 매혹적인 목록이다. '역조' 옆에 '산사태'가 나란히 놓이니 어감이 좋다. 퀸타나가 생후 6개월이 되고 입양이 법적으로 완료되기 전까지 디디온은 아이를 돌려주거나, 잃어버리거나, 빼앗길 것도 걱정했다. 몇 년 뒤 그는 이런 종류의 두려움을 느끼는 사람은 "이 집에 나 혼자가 아니었다"는 사실을 깨달았다. "왓슨 박사님이 전화했을 때 엄마가 집에 없었으면 어쩌죠?" 퀸타나가 그런 말을 하기 시작한 것이다. "엄마가 집에 없었더라면, 병원에서 박사님을 만나지 못했더라면, 고속도로에서 사고가 났더라면, 그러면 난 어떻게 됐을까요?" 디디온의 반응은 즉각적이었다. "이런 질문에 맞는 적절한 답을 알 수 없었기 때문에 나는 더 이상 고민하지 않으려 했다." 말을 곧이곧대로 듣는 사람이라면 이 정도로 됐다 싶을 것이다. 그러나 디디온은 사람들이 어떤 말을 하는 이유보다는 말 자체에 관심이 많고, 어떤 감정을 느끼는 이유보다는 감정 자체에 관심이 많다. 프로이트와 그 동료들은 디디온에게는 별 도움이 안 되었을 것 같다. 디디온에게는 이런 일을 이야기하는 자기만의 언어가 있었으므로.

퀸타나에게 무언가 문제가 있다는 것, 그 아이의 기분이 너무나 휙휙 변하기에 자라서는 우울하고 불안해지리라는 것 ("우리는 다양한 진단, 다양한 병명으로 불리는 다양한 상태를 거쳐갔다")을 디디온은 언제 깨달아야 마땅했을까? 아이가 차고 문에다가 "이 닦아라, 머리 빗어라, 엄마가 일할 땐 조용히 해라"라는 내용이 담긴 '엄마의 말들' 목록을 붙였을 때? 아니면 더 일찍, 기껏해야 다섯 살 무렵 부모가 없는 틈을 타 아이가 "만약 미치면 어떻게 해야 하는지 알아보려고" 동네 정신과 병원에 전화를 걸었다고 이야기했을 때? 아니면 아이가 20세기 폭스사에 전화를 걸어서 "스타가 되려면 어떻게 해야 하는지" 물어보았을 때? 아니면 그보다 몇 년 뒤, 아이가 오로지 "엄마 아빠에게 보여주고 싶어서" 장편소설을 쓰고 있다고 말했을 때? 퀸타나가 죽고 나서 디디온은 퀸타나라는 이름을 가진 이 소설의 주인공이 죽는다는 것과 그의 부모는 "조금도 신경 쓰지 않았다"는 것을 알게 된다.

어린 시절 퀸타나의 사진을 바라보며 디디온은 어째서

"그 애의 표정이 가진 깊음과 얕음, 순식간에 변하는 기분"을 알아차리지 못했던가 생각한다. 하지만 여기서 기준이라는 게 있을까? 과거를 돌아보며 후회하지 않으려면 부모가 얼마나 민첩해야 하는 걸까? 얼마나 운이 좋아야 하는 걸까? "아이들에 대해 이야기할 때 (…) 우리는 (…) 부모로 살아간다는 그 모든 혼란스러운 일에 관해 이야기하고 있는 것일까?" 디디온은 묻는다. 퀸타나에 대해 이야기할 때마다 그는 항상 자기 자신을 생각하는 걸까?

"내가 문제였을까? 언제나 내가 문제인 걸까?" 다섯 살 난 퀸타나의 이를 어떻게 뽑아야 할지 도무지 알 수 없던 그는 이렇게 묻는다.

> 내가 가진 가장 앞뒤가 맞는 기억은 어머니가 내 흔들리는 이에 실을 묶고 다른 쪽 실 끝을 문고리에 묶은 뒤 문을 쾅 닫았던 것이다. 나도 그렇게 해보았다. 이는 꿈짝도 하지 않았다. 그 애는 울었다. 나는 차 키를 움켜쥐었다. 문고리에 실을 묶는 것으로 내 임기응변식 양육에 대한 의욕이 동이 나서, 이제는 시내로 30마일쯤 떨어진 UCLA 의료센터 응급실에 데려가야 한다는 것 말고는 아무런 생각도 들지 않았다. (…)
> 다음번에 이가 흔들리자 그 애는 직접 자기 이를 뽑았다. 나는 권위를 잃어버렸다.

"내가 아는 이들 중에는 자기가 부모로서 성공했다고 여기는 사람이 많지 않다." 디디온은 코웃음을 치며 이렇게 말한다. "[자신들이] 세상에서 차지하는 위치를 나타내는 표지들을 입에 올리기 좋아하는 사람들. 스탠퍼드 졸업장, 하버드 MBA, 아이비리그 출신들이 드글거리는 로펌과 함께 보내는 여름." 이런 것은 모두 디디온에게 감명을 주지 못할 표지다. 아무렴 그러니까 꼽은 것들일 테지만. 어쨌든 그에겐 상관없는 일이었다. 그는 퀸타나가 자기를 빛내주길 바라지 않았으니까. 그러나 부모에겐 더는 필요치 않았던 성공의 표지들이야말로 퀸타나의 머릿속을 사로잡고 있는 표지들이었다. 디디온과 던은 소설 외에도 영화 시나리오를 썼고, 할리우드 인맥이 있었고, 원하는 만큼 할리우드의 삶을 살 수 있었다. 퀸타나가 소설을 쓰고, 20세기 폭스사에 전화를 걸었던 것은 모두 그 때문이었다. 퀸타나가 네다섯 살이던 무렵 디디온은 퀸타나를 데리고 〈니콜라스와 알렉산드라〉를 보러 갔다. 영화가 재미있었느냐고 묻자 아이는 이렇게 대답했다. "엄청난 히트작이 될 것 같아요." 이에 디디온은 "우리가 하는 일의 연대기적 계획 어디쯤에 자신이 위치해 있는지, 그 애는 혼란스러웠던 걸까?" 하고 질문을 던지는데, 나는 보통 사람이라면 어째서 대여섯 살도 안 된 퀸타나에게 〈니콜라스와 알렉산드라〉를 보게 했는지가 의문일 거라고 생각한다. "그 애한테 무언가를 책임질 능력이 생기기 전부터 우리가 그걸 요구한 걸까? 우리의 기대 때문에 그 애가 아이다운 반응을 하지 못하게 된 걸까?"

이런 질문은 다양한 형태로, 다양한 맥락에서 자꾸만 반복된다. 어떤 답을 기대하고 하는 질문은 아니다. 디디온이 필요로 하지 않는 또 한 가지가 바로 확신의 말이니까. 그는 과거의 무게를 달아보고 옛이야기를 되뇌며 스스로를 상대로 혼잣말을 하고 있다. 자기 자신을 무대 위에 올린 채. 이 뽑기 소동을 묘사한 뒤 그는 "내가 문제였을까?" 하고 물었고, 아마 그 말이 맞을지도 모른다. 하지만 의사에게 이를 뽑아달라 하겠다며 30마일을 달려 UCLA 의료센터에 가기로 한 그의 결정은, 우습고 흥미롭기는 해도 이 질문의 대답이 되어주지는 못한다. 실현되지 못한 사이공 여행과 마찬가지로 이것은 우리—여기서 '우리'란 여성을 의미한다—가 스스로 자기 자신에게 해주는 우스운 이야기다. 보통 우리는 이런 이야기를 할 때 애교스럽게 스스로를 낮추지만 디디온은 우울감에 파묻혀 있을 때조차 훨씬 더 신랄하다.

퀸타나의 문제—"휙휙 바뀌는 기분" 등—를 살펴보자. "그토록 명백한 것을 어째서 놓칠 수 있었던 걸까?" 디디온은 스스로에게 묻는다. 물론 이 또한 대답이 필요 없는 질문이다. 나중에는 이름이 등장한다. "조울증은 (…) OCD가 되었고 OCD는 강박장애obsessive-compulsive disorder의 준말이었으며 강박장애는 또다시 다른 것으로 바뀌었지만 무엇인지는 도저히 기억나지 않는다." 그렇게 진단들이 차례차례 이어지는 가운데 디디온은 점점 도를 넘어선다. "나는 지금까지

한 번도 '진단'이 '치료'는 물론이거니와, 확진받은 탓에 더욱 확실시된 장애 이외의 다른 결과를 낳는 것을 본 적이 없다." 마침내 경계선 인격장애라는 결론이 난다. 편람에 따르면 "이런 환자들은 매력적이고 차분하며 심리적으로 문제없어 보이다가도 다음 순간 우울해져 자살을 시도할 수 있다". 적어도 이 설명만큼은 디디온도 받아들일 생각이 있다. "나는 매력을 보았다. 차분함을 보았다. 자살에 이르는 우울도 보았다."

그 애가 브렌트우드 파크의 자기 거실, 분홍빛 목련을 바라볼 수 있는 거실에 누워 죽고 싶어 하는 모습을 보았다. 그냥 바닥에 누워 있을게요, 하며 그 애는 계속 울었다. 그냥 바닥에 누워 있다가 잠들게 해줘요.

분홍빛 목련에 주목할 것. 아무리 고통스러운 순간이라 한들 디디온이 리듬과 꾸밈을 놓치는 일은 없다. 책에는 드문드문 외부인이 등장하는 순간이 한두 군데 나온다. 그중 한 사람이 퀸타나의 생물학적 어머니로, 이 에피소드는 금세 지나가버린다. 디디온은 약간 당황하지만 그렇게 큰 관심을 보이지는 않는다. 또 하나는 좀 더 성가신 에피소드로, 버네사 레드그레이브의 딸 나타샤 리처드슨의 이야기다. 나타샤(타샤)는 부모와 마찬가지로 디디온과 가까운 사이였으나 2009년 초에 스키를 타다 사고로 사망했다. 퀸타나보다 서너 살 많은 나타샤는 퀸타나와는 상당히 달랐던 것 같다(르 니 뒤 뒦Le

Nid du Duc은 생트로페즈에 있는 나타샤의 아버지 사유지였다).

존과 내가 도착했을 때는 (…) 타샤가 서른 명이 여름 내내 즐길 하우스 파티의 열일곱 살짜리 주인이 되어 르 니뒤 뒥을 꾸리고 있었다. 타샤는 이곳에 있는 여러 채의 집에 머무는 이들의 식사를 책임지고 있었다. 누구의 도움도 없이 요리를 하고 상을 차려서 기본 서른 명의 손님 외에도 우연히 찾아오는 그 누구에게건 하루에 세 끼를 내주었다. 타샤는 퀸타나와 룩사나가 해변의 정확한 지점에 이르렀는지 확인했다. (…) 타샤는 퀸타나와 룩사나가 이탈리아 소년들과 제대로 된 인사를 나눴는지 확인했다. (…) 타샤는 완벽한 뵈르블랑을 만들었다. (…) 타샤는 이야깃거리를 궁리했다. 타샤는 로맨스를 썼다.

가여운 퀸타나. 타샤가 서둘러 뵈르블랑을 만드는 동안 그 애는 죽었으면 하는 심정으로 카펫 위에 누워 있다. 디디온이 친구들의 딸에 대한 글을 쓸 때 자기 딸에 대해 쓰는 것과 다른 방식을 취하는 데는 몇 가지 이유가 있다. 타샤는 아무리 열렬히 칭송한들 외부인이고, 어쩌면 외부인이기 때문에 열렬히 칭송받는다(게다가 칭찬받아 마땅한 게 분명하다). 퀸타나와는 달리 타샤는 디디온의 리듬 속에 접혀 들어가지 않는다. 디디온과 주고받는 대화 속에서 어떤 행도 할당받지 못하며, 어떤 방해도 허락받지 못한다. 퀸타나와의 고통스러운 대조를 보면, 여기서 타샤가 이 책에 다뤄지는 기간 동안 디디온이 겪은 또 하나의 상실 외에는 무슨 역할을 하는지 알기 어렵다.

『푸른 밤』은 퀸타나에 대한 책으로 알려져 있고, 퀸타나에게 헌정된 책이며, 뒤표지에는 마치 20세기 폭스사를 통해 이미 스타가 된 것만 같은 매혹적인 그의 사진까지도 실려 있다. 이 책의, 정확히 말하면 디디온의 기억의 초점이자 상실의 대상은 퀸타나다. 하지만 디디온 자신이야말로 이 책의 주제, 가장 우세한 주제다. 이는 그가 퀸타나를 그리워하지 않는다는 의미가 아니며, 그런 것과는 거리가 멀다. 그가 스포트라이트를 독차지하거나 스스로를 슬쩍 눈감아주거나 보통 이상으로 자신에게 몰입한 것처럼 보이는 것도 아니다. 디디온의 글은 절제되어 있으며 특유의 자기도취적 우아함을 지니고 있다.

책이 끝을 향해 나아가고 퀸타나의 이야기가 점점 줄어들면서 디디온은 지금의 자기 자신에 관해 쓴다. 그는 병약하고, 불확실하며, 불안정하고, 아이가 없으며, 접이식 의자에서 일어나기를 두려워하고, 처음 타보는 종류의 차에 시동 거는 법을 모른다고 털어놓길 두려워하고, 더는 이야기를 할 수 없을까 봐, "다시는 제대로 된 단어를 내놓을 수 없을"까 봐 두려워하고, 죽는 것을 두려워하는 동시에 죽지 않는 것을 두려워한다. 그는 스스로에게 징징거리지 말라고, 혼자인 것에 익숙해지라고 한다. 그는 기절했다 바닥에서 눈을 뜨고, 움직

서평의 언어

일 수 없어서 집 안에 있는 열세 개나 되는 전화기 중 어느 것도 집지 못한다. 한마디로 그는 자신이 늙어가는 것이 아니라 이미 늙었다는 사실을 알아차린다.

어느 날 우리는 1968년 파리에서 열린 크리스챤 디올 쇼에서 찍힌 소피아 로렌의 매그넘 사진을 보고 있었고, 나는 그래, 이게 나일 수도 있었어, 내가 이 드레스를 입을 수도 있었어, 나도 그해에 파리에 있었어, 하고 생각했다. 눈 깜짝할 사이 우리는 또 다른 진료실로 옮겨 가 무엇이 이미 잘못됐는지, 어째서 더는 4인치 굽이 달린 빨간 스웨이드 샌들을 신을 수 없는지, 다시는 금색 후프 귀걸이를, 에나멜로 장식된 비즈를 달 수 없는지, 이제는 소피아 로렌이 입고 있는 그 드레스를 입을 수 없는지에 관한 이야기를 듣고 있다.

디디온은 책 초반부에 이렇게 쓴다. "이 글을 쓰기 시작할 때 나는 이 책의 주제가 아이들이 될 거라고 생각했다. 우리가 가진 아이들과 갖기를 소망했던 아이들, 아이들이 우리에게 의지하는 것에 우리가 의지하는 방식, (…) 우리도 그들도 상대의 죽음이나 질병이나 나이 듦을 생각하면 견딜 수 없다는 것." 그러다가 그는 말한다. "글을 쓰면 쓸수록 이 글의 진짜 주제는 나이 듦, 질병, 죽음이 가진 확실성을 직시하는 데 대한 실패라는 생각이 들었다. (…) 글을 계속해서 써 나간 뒤에야 나는 그 두 가지 주제가 사실 같은 것임을 이해하게 됐다. 죽음에 대해 이야기한다는 것은 아이들에 대해 이야기하는 것이다." 우리가 죽을 때 우리를 애도해주지 못할 아이들 말이다.

《런던 리뷰 오브 북스》 2011년 11월 3일

피터 캠벨

Peter Campbell

2011년 11월 17일에 발행한《런던 리뷰 오브 북스》표지에는 여우 한 마리가 피터 캠벨이 1963년부터 아내와 함께 살았던 사우스런던의 집 앞을 걸어가는 장면이 그려져 있다. 피터는 10월 25일 바로 이 집에서 눈을 감았고, 이 표지가 그가 그린 마지막 그림이다.

피터는 언제나《런던 리뷰 오브 북스》의 중심부에 있었다. 1979년 10월,《뉴욕 리뷰》유럽판에 28페이지 분량으로 삽입된 형태로 처음 선보인《런던 리뷰 오브 북스》창간호를 디자인한 사람이 바로 피터다. 6개월 뒤 두 지면이 분리되어 나올 때 한 번 더, 그리고 1997년에 다시 한 번 더 디자인을 새로 손보기도 했다. 하지만 그가《런던 리뷰 오브 북스》

에서 얼마나 중요한 존재인지를 이런 말로는 다 전할 수 없다. 피터는 창간 당시 《런던 리뷰 오브 북스》가 꼴을 갖추는데 당시 편집자들과 창간인 칼 밀러만큼이나 크게 기여했다. 그는 우리처럼 이성을 잃고 화를 내는 법이 절대 없었다. 자신이 원하는 것과 필요로 하는 것이 무엇인지 알았기에 타인의 요구도 그만큼 잘 수용하는, 동료로서 귀감이라 부를 만한 이였다.

피터는 1937년 뉴질랜드에서 태어났고(터널 안을 지나는 택시 안에서였다. 그가 우리에게 이 이야기를 해준 적은 한 번도 없었지만 말이다), 남자아이들에게 종종 도움이 되는 존재인 누이가 둘 있었다. 그는 웰링턴에 있는 대학에서 "여러 주제를 뒤섞어도 되는 종류의 학위 과정"에 들어가, 1학년 때 철학·지리학·영문학을 공부했다. 1992년 조지 랜도의 《하이퍼텍스트》에 실린 서평에서 그는 이렇게 말했다. "이런 과목들을 완전히 이해하진 못했지만, 철학과 심리학을 배운다는 것이 어떤 기분이었나 하는 기억만은 남아 있지요. 그래서 이런 분야에서 벌어지는 논쟁에 관한 글을 읽을 때마다, 비록 전부 따라갈 수는 없을지라도 어떤 논란이나 찬사가 일어나고 있는지는 안다고 믿습니다." 세상에는 완전한 이해라는 것과는 안 맞는 사람, 제약받는 것을 원치 않는 사람이 있다. 누군가는 세상을 깊이, 또는 폭넓게 파고들며 받아들일 수 있을 테지만, 그 세상에는 피터가 받아들이고 싶지 않은 측면들도 있었다.

민들레: "잡초에게 주어진 패권은 일시적인 것에 불과하므로 추후 보다 분수에 맞는 역할을 할 것으로 기대한다." 무지개: "만약 무지개에 관해 다 안다고 생각한다면, 아리스토텔레스에게 심각한 문제를 안겨주었던 고민들이 당신의 머릿속에 뜯지 않고 미뤄둔 우편물처럼 놓여 있다는 놀랍지 않은 사실을 조만간 겸허한 마음으로 깨닫게 될 것이다." 신체와 의복: "신체는 장소마다, 인종마다, 사람마다, 또 살이 쪘을 때와 말랐을 때 다 다르다. 의복은 이 같은 차이에 맞서 싸운다. 의복은 무엇이 품위 있고, 인상적이고, 위엄 있고, 사랑스럽고, 에로틱하고, 매력적인가를 정의하는 규범에 신체가 순응하도록 돕는다." 사이클링: "네덜란드 출신으로 탄수화물과 지방의 신진대사 전문가인 아스커르 유켄드뤼프는 칼로리 섭취 단위를 치즈버거 개수로 나타냈다. 산 코스를 완주하면 하루 치즈버거 28개에 달하는 칼로리가 소모된다." 오리: "그 수오리의 몸에 길쭉한 분홍색 기생충이 매달려 있는 것처럼 보였다. 1~2년 전 언론을 통해 접한 연구 결과가 떠올랐다. 음경을 가진 새는 많지 않지만 붉은돛꼬리오리한테는 음경이 있다는 내용이었다." 말: "기마상은 키 작은 장군들에게 위엄을 불어넣는다. 프레더릭 레밍턴이 그려낸 꾀죄죄한 카우보이며 인디언은 말에 올라타는 순간 파르테논 신전의 부조와 형제가 된다." 포트 선라이트: "이곳만큼이나 내가 속물이 된 기분이 드는 곳, 또 속물성이 이토록 얄팍한 감정이라는 느낌이 드는 곳은 없으리라." 마지막으로, 애도: "우리는 메이지가 알

았던 것을 (대강) 알지만, 메이지가 입었던 옷은 모른다."

피터는 1958년 철학사로 졸업했으나, 학부 시절부터 일찍이 견습 식자공으로 일하고 있었다. 《하이퍼텍스트》 인터뷰에서 그는 이렇게 회고했다. "저는 책을 집었다가 내려놓았다가 하는 고질적인 습관이 있었습니다. 어떤 모습일지가 궁금했거든요. 저는 책 내용보다 책이 어떻게 조합되고 구성되는지에 관심을 갖게 되었습니다." 1960년 그는 여태 식자와 삽화로 번 돈으로 웰링턴에서 출발하는 배표를 샀고, 한 달만에 런던에 도착했다. 그러고는 BBC 출판부에서 학교 팸플릿을 디자인하는 일을 구했다. 그가 타고 온 빌럼 라위스호에는 나중에 아킬레 라우로라는 새 이름이 붙었다. 이 또한 그가 우리에게는 해주지 않았던 이야기다.

칼 밀러와 내가 피터를 알게 된 것은, 몇 년 뒤 그가 BBC에서 1960년대 후반부터 1970년대 초반에 방영한 유명 TV 시리즈들—케네스 클라크의 〈문명〉, 〈인간의 진보〉, 〈지구상의 생물〉—에 맞추어 출간할 단행본을 디자인하기 시작하면서부터였다. 당시 칼과 나는 강연 내용을 싣던 《리스너》에서 일하고 있었다(클라크의 강연이 시작되자 《리스너》 출간 부수가 1만 6,000부 늘었고, 강연이 끝나고 나자 1만 6,000부 줄었다). BBC 출판부는 메릴본 하이스트리트에 있었고 《리스너》 사무실은 오늘날의 랭엄 호텔 자리에 있었다. 클라크의 첫 번째 강의 단행본에 실을 사진이 필요했기 때문에 피터가 칼을 만나러 온 것이 우리의 첫 만남이었다. 피터는 대기업

생활에는 큰 흥미가 없었다. 그저 여기저기 돌아다니고 사람들과 대화하며 그들이 무슨 일을 어떻게 하는지 알아내는 것을 좋아했다. 그는 거물 강연자들과도 아주 잘 지냈는데, 거만하기 짝이 없던 클라크마저도 피터가 올버니에 있는 자기 집에 방문했을 때 《펀치》 삽화가였던 찰스 킨의 유화 작품을 알아본 것을 계기로 그에게 넘어갔다. 피터가 세인트 폴 대성당이 고딕 양식으로 지어졌다는 것, 로마 유적지 사진 속에 실린 작품들이 피라네시▪의 것이라는 이야기를 한 뒤부터, 클라크가 (이런 사실들을 처음 알았기 때문인지, 아니면 뉴질랜드 출신 디자이너가 이런 것을 안다는 사실이 인상적이어서인지는 모르겠지만) 그를 보는 눈은 사뭇 달라졌다.

오래지 않아 칼은 피터에게 《리스너》에 글을 써달라고 청했고, 1960년대 후반 그는 첫 단편으로 클라스 올든버그 관련 기사를 작성했다. 나는 무더기로 아무렇게나 쌓여 있는 《리스너》 과월호들 속에서 이 글을 찾아보려다 실패한 뒤, 칼의 편집장 임기가 끝나갈 무렵인 1972년에 발행된 세 권에서 피터의 글을 찾아냈다. 피터가 전시에 관해 쓴 다른 글과 마찬가지로 이것들도 독자를 그가 있는 갤러리 속으로 끌어들이는 듯한 글들이다. 첫 번째 글은 화이트채플에서 열린 사진전에 관한 내용("침울하고, 냉소적이고, 뚱하고, 피곤한 얼굴들이 당신을 바라볼 땐 그들이 응시하고 있는 대상이 당신이 아니라 사진작가임을 기억할 것"),

▪ 고대 유적을 세밀하게 그린 것으로 유명한 이탈리아 판화가이자 건축가.

두 번째 글은 콜나기 갤러리에서 열린 판화전에 관한 내용("휘슬러의 … 에칭은 갈수록 단순해지는 바람에 에칭 클럽 동료들이 그의 부족한 노동량에 걸맞게 판화 가격을 다시 책정해야 한다고 생각할 정도였다"), 세 번째 글은 테이트 미술관에서 열린 찰스 1세 시대 회화전에 관한 내용("이런 초상화들은 국제 양식의 승리다. 예술가는 한때 영화배우들이 제작사에 반기를 들었던 것처럼 왕실에 반기를 들어야 하며, 또 빈틈없이 보호받아야 한다는 사실을 상기하게 된다")이었다.

피터가 모든 전시를 좋아한 것은 아니었다. 그는 취향이나 감각에 맞지 않는 작품에 관해서는 대체로 글쓰기를 피했고, 아무리 생각해도 흥미로운 점이 없으면 그저 다른 전시나 길가의 가로수를 주제로 글을 썼다. 그가 《런던 리뷰 오브 북스》에 처음 쓴 전시회 기사는 1930년대 미술을 총망라한 전시에 관한 것이었는데, 이 전시가 기획에서부터 잘못되었다고 생각하며 작품을 "증거품 상태"로 격하시키는, "모든 것을 기억하고자 했던 시도"라고 표현했다. 하지만 그렇게 정곡을 찌른 다음에는 더 이상 투덜거리지 않았다.

누군가에게는 (…) 고상한 이론 따위 집어던져 버리고 머닝스가 그린 말의 엉덩이가 내는 광채를, 니컬슨의 부조에 담긴 조심스러움을, 수지 쿠퍼의 찻주전자가 가진 산뜻함을, 오메가 워크숍의 색칠한 테이블이 보여주는 가정주부와 같은 아마추어리즘을, 셸 포스터가 가진 위트를 순수한 마음으로 한껏 즐길 기회인지도 모르겠다. 작품 제작자들은 그럴 수 없었겠지만 역사가들이라면 지금쯤 가능할 것이다. 지식인들이 예술품을 썩고, 망가지고, 해체될 때까지 쌓아두는 것은 50년이면 충분한 것 같다.

피터는 회화 작품이 그려지는 과정을 기발한 방식으로 들려주기도 한다. 가령 앨리스 닐의 누드 자화상에 대해서는 이렇게 쓴다. "그의 얼굴은 입 주위로 웅크린 듯 모여 있는데, 방금 거울 속에서 본 세부 요소를 어떻게 하면 붓질 한 번에 담아낼지 고심하는 화가가 바로 이런 얼굴을 하고 있었으리라." 그리고 다른 누구도 눈치 채지 못했을 이야기를 쓰기도 한다. "모델의 발을 보게 되면 (…) 이 풍경은 당신이 들어갈 수 있을 만큼 널찍하다는 생각이 들 것이다." 간혹 그림 속으로 들어가고 싶지 않은 이유를 설명해줄 때도 있다. 루이즈 부르주아를 다룬 글을 보자. "테이트에 전시된 그의 작품을 보고 있노라니 작가가 어째서 이 작품들이 중요하다고 생각하는지 영문을 알 수 없어서 소외된 기분이 든다. 때로는 그 점이 감사하다. 이 사물들 중 몇몇은 잠가두는 게 나을 뒷문을 통해 당신의 상상력으로 침투하고 싶어 할 테니까."

부르주아건 티치아노건, 피터는 예술가의 궤적과 맥락, 한계를 나름의 방식으로 설명해낸다.

부르주아는 동시대 가장 위대한 예술가들과 종종 만나거나 잘 알고 지냈다. (…) 이들이 예술을 창조하는 단일한 방법을 추구했던 반면, 또 지난 수천 년간 쌓여온 역사에 걸맞게 모더니즘이 다가오는 미래의 문턱에 그들 자신이 서 있다는 말을 들었던 반면, 부르주아는 부엌에서 마사 스튜어트 행세를 하며 겉보기에는 이들의 딱히 조화롭지 못한 모방작 같은 것을 요리해냈으나 오늘날에 와서 이는 오히려 정반대로 보인다.

앞의 글에서 마사 스튜어트를 소환했다면, 다음 글에서는 화가를 총독에 비유하기도 한다.

자신을 놓고 서로 경쟁하는 위대한 인물들이 있었기에 자립할 수 있었던 화가와, 이미지를 통해 권력에 실체를 불어넣을 수 있는 화가의 능력에 매혹된 군주의 관계는 오늘날에 와서는 상상하기 어렵다. 이런 관계가 실상 어떠했건 간에, 화가와 군주가 서로를 실제 통치자, 또 재현의 왕국의 통치자로서 동등하게 대우할 수 있게 해줬다는 사실만으로도 화가의 재능은 엄청난 가치를 지닌다.

피터는 앵그르의 초상화에 관해 이렇게 썼다. "마무리가 매끈하고 정확하며 뛰어나다. 붓이 지나간 자국이 거의 눈에 띄지 않아서, 자세히 보지 않으면 물감을 무엇으로 칠했는지 알기 어렵다. 마치 이 인물들이 값비싼 화장술이라도 써서 앵그르풍의 살결로 변해버린 것만 같다." 실제 세계에서 얻을 수 있는 만큼의 쾌감을 그 재현인 예술에서도 얻는다는 점에서 피터는 특별하다. 이는 앵그르풍의 살결은 물론 붉은돛꼬리오리의 해부학까지 이해하고 있기에 가능한 일이다. 이런 식으로, 나는 그가 그림을 볼 때만큼이나 그림에 대한 글을 쓸 때에도 쾌감을 느꼈으리라 상상한다.

머지않아 피터의 손을 거치지 않은 그림이 《런던 리뷰 오브 북스》 표지에 등장하게 될 거라는 사실이 믿기지가 않는다. 다른 사람들에게 표지를 어떻게 작업해달라고 설명하게 된 지금에서야, 피터 덕분에 우리가 그간 얼마나 응석받이가 되었는지 깨닫고 있다. 때때로 피터는 수채화가 서너 점이나 든 커다란 폴더를 겨드랑이에 끼고 사무실에 들어와 "표지를 좀 만들어봤어" 한 뒤, 우리가 그림을 보는 사이에 나가버렸다. 개중엔 우리가 안 좋아하리라는 걸 피터도 이미 알고 있는 그림이 하나씩은 섞여 있었다. 주로는 여성을 그린, 주로는 1950년대 분위기를 풍기는 금발에, 늘 반쯤 잠들어 있을 것 같은 인물을 그린 표지였다. 때로는 여성이 아니라 가령 손에 꽃을 든 남성일 때도 있었지만 우리는 이런 그림 역시 좋아하지 않았다. 피터는 원본 드로잉과 함께 지난 호 글자들이 담긴 레이아웃을 가져와, 이번 호 표지의 글자 배치가 어떻게 들어가야 할지를 보여주곤 했다. 충분히 이해할 수 있는 일이지만 그가 글자를 싫어하는 바람에(우리가 선택한 글자뿐 아니라 글자 자체를 싫어했다), 때로는 어쩔 수 없이 글자 들어갈 자리가 없는 표지와 글자만 가득한 표지 사이에서 암묵적인 신경전이 벌어지기도 했다. 우리는 격주로 목요일마다 다음 호 표지를 골랐다. 고려할 점은 단순했다. 계절(겨울에는 해변이 등장해선 안 되고, 여름엔 헐벗은 나무가 등장해선 안 된다), 일반적인 적합성(전쟁 중에 아이스크림선디는 안 될 일이다), 그리고 이 표지 속에 몇 편의 글이 제시될지 정도였다. 때로는 1년 전에 그려둔 표지가 갑자기 쓸모를 찾는 경우도 있었다. 지금도 서랍 안에 표지가 한 점 들어 있는데, 한밤중 깜깜한 숲가에 서 있는 노란 버스를 그린 표지다. 나로서는 무섭다는 생각이 들어서 자꾸만 꺼냈다가 집어넣었다가 하고 있다. 표지와 내용 사이에 직접적인 연관관계가 있었던 건 제니 디스키의 작품이 실린 호의 표지뿐이었는데, 결국 그 그림은 디스키의 책 『스케이트를 타고 남극으로』Skating to Antarctica 표지가 되었다. 당시 피터는 극지방의 지형 위로 달이 차고 기우는 과정을 연속적으로 그린 아름다운 그림을 그려냈다. (아무도 기억하지 못하기에) 순전히 우연이었을 테지만, 아무튼 이 그림이 표지를 장식한 1997년 제1호에는 앨런 베넷의 「1996년에 내가 한 일」이 실려 있었다. 피터가 하지 않은 일을 하나 꼽자면, 바로 스케이트를 타고 남극으로 가는 것이었다.

《런던 리뷰 오브 북스》 2011년 11월 17일

플러팅은 즐겁다

Flirting Is Nice

.

이저벨라 로빈슨의 불명예는 '색욕'에서 비롯했다.

에든버러에서 만난 직후 컴이 이저벨라의 두개골을 검사했다. 그는 이저벨라의 소뇌, 즉 목덜미의 옴폭 파인 곳 바로 위쪽에 있는 장기가 보기 드물게 크다고 했다. 소뇌는 색욕, 즉 성적인 사랑이 깃드는 곳이라는 설명이었다.

자연철학자이자 에든버러의 박식가 조지 컴은 스코틀랜드를, 어쩌면 영국을 선도하던 골상학자였다. 그는 남성의 소뇌가 여성의 소뇌보다 더 크며, 이런 사실은 "숫양이나 황소, 비둘기같이 성욕이 강한 동물이 다른 생물에 비해 목이 통통한 것과 마찬가지로 〔남성의〕 목이 더 굵다는 점을 통해 식별할 수 있다"고 주장했다. 또 남성 역시 보통 이상으로 굵은 목을 가지면 문제가 생길 수 있다고 보았다.

컴의 또 다른 피험자이던 아홉 살 영국 왕세자 역시 비슷한 형태의 두개골을 지녔다. 빅토리아 여왕과 앨버트 공이 골상학자에게 자제들의 양육에 대해 상의해 오자, 그는 어린 왕세자의 "색욕이 대단하여 조만간 문제가 발생할 것으로 추정된다"는 의견을 내놓았다. 컴 자신은 색욕 영역이 작았던 탓에 젊은 시절에도 "아침의 왕성한 혈기"를 알지 못했다고 했다.

이저벨라의 두개골 융기는 본인에게 불리하게 작용했다. '만족감'과 '고집'에 대한 사랑이 너무 크고, '조심성'과 '존경심'은 너무 작다는 메시지를 주었기 때문이다. 이저벨라에게도 곧 곤경이 닥칠 참이었다. 물론 그 사실을 아는 이는 별로 없었고, 만약 이저벨라가 일기를 쓰지 않았더라면, 또 혼인관계를 해소하고자 새로이 등장한 세속적 이혼법정에 영국 최초로 섰던 이들 중 한 사람이 이저벨라의 남편이 아니었더라면 우리가 이저벨라를 알 길은 없었을 것이다.

이저벨라는 1813년 런던에서 태어났다. 할아버지는 조지 3세의 재무장관, 할머니는 광산 상속인인 부유한 가문 출신이었다. 1837년 그는 스물네 살의 나이로 사십 대의 해군

중위와 결혼했으나 몇 년 뒤 사별했다. 그것이 이저벨라의 첫 번째 어리석은 결혼이었다. 이후 북아일랜드 출신의 프로테스탄트 헨리 로빈슨이 두 번이나 청혼하자 그는 "눈이 번쩍 뜨이다시피 하여" 청혼을 받아들였다. 그 무렵에는 더 마음에 드는 남편감을 찾을 전망이 없어 보였던 것이다. 이저벨라는 서른한 살인 데다가 예쁜 얼굴이 아니었고(우리로서는 그가 어떻게 생겼는지 알 도리가 없지만 그는 스스로를 '평범한' 외모라고 묘사했다), 이미 아이까지 있었기 때문이다. 그렇기에 이저벨라는 자신이 얻을 수 있는 상대를 택했던 것이며, 헨리 역시 같은 생각이었다. 헨리는 결혼하자마자 이저벨라에게 모든 경제권을 넘겨달라 요구했다. 이저벨라는 아이를 둘 더 낳고 영국 이곳저곳에 있는 커다란 저택에서 편안한 삶을 살았으며, 볼로뉴에서 시간을 보냈고, 책을 읽었고, 신앙을 버렸고, 자식 교육에 매진했고, 아이들의 개인교사들과 추파를 주고받았다(어떤 경우에는 '유혹했다'고 표현하는 게 나을 정도였다). 케이트 서머스케일은 이저벨라를 "영국의 마담 보바리"로 본다. 헨리가 플로베르의 소설을 읽었더라면 그 역시 이 말에 동의했을 것이고, 이저벨라가 아내 노릇을 제대로 하지 못했다는 증거로 아내의 일기장을 이용했듯 이 소설 역시 이용했을 것이다.

　　우리가 이저벨라에 대해 아는 거의 전부가 이 일기장을 토대로 한 것이다. 하지만 이는 아마도 헨리가 없애버렸을 실제 일기가 아니라, 그가 친구들에게 보여주고 법정에서 증거로 읽었던, 신문에 장문으로 인용되었으며 나아가 공식 재판 기록에 담긴 발췌본이다. 아내에게 불명예를 안기려는 의도를 가진 글이자, 서머스케일의 책에 근거가 되는 글이 바로 이 발췌본인 것이다.

열 살 많은 이저벨라와 사랑에 빠졌을 때 에드워드 레인은 스물일곱 살이었으며 결혼한 지 3년 된 상태였다. 이저벨라의 주장에 따르면 "못 배웠고, 옹졸하고, 성마르고, 이기적이고, 오만한" 헨리와는 달리 에드워드는 "잘생기고 의욕적이며 명랑했다". 한마디로 그는 "매력적이었다". 에드워드는 이저벨라가 흥미를 느끼는 것들, 그러니까 문학·정치·철학을 비롯한 이런저런 최신 정보를 화제에 올렸다. 반면 헨리에게는 오로지 "돈벌이가 전부였다". 지루한 중년의 남편을 택할 것인가, 잘생긴 청년을 택할 것인가? 용기만 있다면, 아니, 용기만 있다면 그 누가 다른 선택을 하겠는가. 서머스케일은 이렇게 쓴다. "갈망이 그를 사로잡았고, 그는 이를 떨쳐버리기 어렵다는 걸 알게 됐다." 이저벨라의 이야기가 독특하게, 또는 덜 뻔하게 느껴지는 이유는 그 이야기를 하는 사람이 이저벨라 자신이기 때문이요, 그에게 공감하는, 또는 나아가 그를 자신과 동일시하는 동시에 그를 벌하고자 하는 타인이 쓴 소설 형태로 전해지지 않기 때문이다.

1849년, 결혼한 지 5년 차가 된 로빈슨 부부는 에든버러로 이주했다. 서머스케일에 따르면 이 무렵 이저벨라는 헨리가 돈을 노리고 자신과 결혼했으며 그에게 정부와 두 명의 혼외 딸이 있다는 사실을 알고 있었다. 그는 남편을 경멸했다. 스코틀랜드로 간 직후 이저벨라는 에드워드 레인을 처음 만났는데, 두 사람이 만난 곳은 에드워드가 아내와 함께 살고 있던, 혼자된 장모 레이디 드라이스데일이 남긴 일종의 오픈하우스 역할을 하는 집이었다. 에드워드와 만나고 1~2주 뒤, 해안 지방으로 여행을 떠난 이저벨라는 해변에 앉아 자신의 결점을 일기장에 적어 내려갔다.

어린 시절 저지른 잘못들, 형제자매에게 냈던 화, 가정교사를 향한 무모한 행동, 부모에 대한 불복종과 의무감의 결여, 삶에 대한 꾸준한 원칙의 결여, 내 결혼의 양태와 결혼생활 동안의 내 행동, 아이들에 대한 편향적이고 종종 폭력적인 행동, 과부로서의 내 경솔한 행동, 두 번째 결혼과 이에 뒤따른 모든 일.

갈망이 그를 사로잡았고, 일기장에 따르면 이는 헨리가 부정을 저지른 것과는 큰 상관이 없었다. 이저벨라는 사랑에 빠져 있는 게 좋았고, 사랑에 관해 글을 쓰는 게 좋았다.

이저벨라가 에든버러에서 사귄 새로운 친구들인 레이디 드라이스데일의 손님들은 작가와 지성인, 예술가와 배우였다. 서머스케일은 이들을 "진보적인 부류들"이라 부른다. 그중 몇몇은 자유사상가이자 최초의 다윈 지지자들이었지만(예를 들면 『창조라는 자연사의 흔적』Vestiges of the Natural History of

Creation의 숨은 저자인 출판인 로버트 체임버스, 그리고 조지 컴), 다윈과 마찬가지로 그들 역시 신념을 대놓고 입 밖에 내기는 꺼렸다. 드라이스데일 가족 역시 우주를 대체로 유물론적 관점에서 바라보았으며, 신을 믿기 어려워하는 동시에 고통스럽고 불편하게도 신을 믿지 않는 것 또한 힘겨워했다. 이저벨라와 만난 무렵 에드워드 레인은 에든버러 왕립병원의 수련의였다. 환자들이 회복하지 못하는 것이 병원에 감도는 울적한 분위기 때문이라 믿었던 에드워드는 오늘날에 와서는 전인의학이라 불리게 될, 깨끗한 공기와 좋은 환경에서 하는 운동으로 이루어진 치료법에 몰두했으며, 몇 년 뒤 이 치료법을 시행하기에 딱 맞는 장소를 찾아 손에 넣었다. 그곳이 바로 서리의 파넘 근처 너른 터에 조성된 수치료水治療 시설 무어 파크였다. 수치료는 특히 지식인들 사이에서 유행한 요법으로, 다윈 역시 무어 파크에서 짧은 기간 에드워드로부터 치료받은 뒤 사촌에게 "나는 만성질환에 대한 유일한 해법이 수치료라고 크게 확신한다"고 말하기도 했다.

레이디 드라이스데일의 세 아들, 즉 에드워드의 처남들도 의학을 공부해 의사가 되었다. 이들 역시 에드워드와 마찬가지로 엄격한 정통만을 따르지는 않았다. 세 아들은 또한 각자 어느 정도씩 사회개혁가였으며, 육체적·정신적 제약을 무너뜨리는 것, 여성의 삶을 나아지게 하는 것, 성적 욕망을 인정하는 것을 관심사로 두었다. 특히 둘째 아들인 조지 드라이스데일은 젊은 시절 극도로 심각한 자위행위 충동으로 미치기 직전까지 가는 바람에, 수치스러운 나머지 유럽 도보 여행 도중 익사한 척 다뉴브강 강둑에 옷을 벗어둔 채 종적을 감추었다(가족의 지인인 콕번 경은 『젊은 베르터의 고뇌』로 인한 "두뇌의 갑작스런 독일화"가 아닐까 두려워했다).

그러부터 2년 뒤, 헝가리 출신 외과의사의 고문에 가까운 치료에도 완치되지 못한 조지가 에든버러로 돌아왔다. 마침내 한 프랑스인 내과의사가 조지에게 성관계를 권했고, 파리의 길거리 매춘부가 이 치료를 제공했다. 이런 경험이 남긴 좋은 것이라면 의학 공부를 쉬는 동안 그가 섹스를 다룬 책을 한 권 썼다는 사실이다. 《피플스 페이퍼》가 "육체의 바이블"로, 주류 언론이 "매음굴의 바이블"로 맞아들인 이 책은 피임에 대한 도움말을 제공했고, 자유사상과 자유연애의 관계를 널리 알렸으며, 남성뿐 아니라 여성에게도 성적 욕망은 자연스러운 것이고 결혼은 "여성을 전락시키는 주요 제도 중 하나"라고 주장했다. 다른 '진보적인 부류들'처럼 조지도 비밀리에 이 책을 썼으니, 저자가 누군지는 1904년 그가 사망하고 이 책이 35판을 찍은 시점에야 밝혀졌다.

이저벨라는 레인, 컴, 그리고 드라이스데일 집안 사람들과 썩 잘 어울렸다. 특히 종교나 결혼같이 관심 있는 주제에 관해서는 그들보다 더 급진적이었으나, 자기통제력이 부족하다며 그를 겨냥하는 말들이 암시했던 것보다는 더 신중한 사람이기도 했다. 《체임버스 에든버러 저널》에 실린 「여성과 그 주인」A Woman and Her Master이라는 결혼을 다룬 글을 쓴 장본인이 이저벨라일 가능성이 높지만, 이 글의 저자는 조심스럽게 '한 여성'이라고만 자신의 신원을 밝혔다. 그 뒤 이저벨라는 종교에 대한 자신의 견해를 담은 글을 발표하고자 했는데 컴의 조언을 받고는 그만두었다. "당신은 보통의 교육받은 여성보다 훨씬 더 명석하고 설득력 있는 데다가 인과관계를 꿰뚫어볼 줄 아는 뛰어난 지성을 지녔습니다." 컴은 이저벨라에게 이런 편지를 써서 부디 나서지 말라고 말렸다. 나중에 컴은 신을 전면 부정할 필요가 없는 골상학 덕분이었는지, 같은 주제를 가지고 좀 더 방어적인 자기 글을 썼는데, 당시 그가 초고를 보여준 "극소수" 중 하나가 이저벨라였다(이 극소수 중에는 조지 엘리엇도 있었다). 컴은 이 글이 세상에 알려지면 자신은 "에든버러를 떠나야만 할" 것이라고 경고했다. 하지만 그 글에 큰 감명을 받지 않았던 이저벨라는, 컴과 달리 자신은 "우리와 정신적으로 연결된 위대하고 온정적인 지배자가 존재한다는 낙관적 믿음 없이 살아갈 (…) 수밖에 없다"고 지적했다. 그러곤 마치 '나는 내 분수를 안다'고 말하듯 덧붙였다. "이 점에서 당신과 의견이 일치하지 않는 건 제 불찰일지도 모르지요." 자고로 위대한 남성이라면 오류를 범하는 순간조차도 옳아야 하는 법이었으므로.

이저벨라의 일기를 보면 그와 에드워드가 여러 가지 공통 관심사를 지녔고, 두 사람의 관계가 훗날 어떤 취급을 받았건 간에 키스와 부적절한 행위만으로 이루어졌던 것은 아님을 분명히 알 수 있다. 알맞은 상대만 있다면 그 어떤 주제로건 서로 추파를 던질 수 있다는 사실 또한 더불어. 레인 집안 사람들이 묵으러 왔을 때 에드워드와 이저벨라는 티타임을 즐기며 "정치·세습·기금·빈민·이민 등의 주제로 한 시간이나 대화를 나누었다". 그리고 저녁에는 "바이런 경, 승마, 용기, 풍선, 서늘함에 대해" 이야기했다. 밤이 오고 달이 뜨자 두 사람은 "인간의 정신, 인생, 무덤, 불멸, 신, 우주, 인간의 이성과 인간이 가진 짧고 덧없는 본성"에 대한 이야기를 나누었다. 이저벨라는 에드워드에게 자기 친구들 사이에서 "기독교 신념이라는 온갖 환상"을 믿지 않는 사람은 자신뿐이라 말했고, 에드워드 역시 본인이 품고 있던 의혹을 털어놓으며 "기도할 수 있기를, 믿음을 가질 수 있기를 간절히 바랐다"고 했다.

그날, 1852년 오순절은 최고의 날 중 하나였다. 서머스케일의 책에 따르면 두 사람은 아침에 "새뮤얼 테일러 콜리지와 조지 컴 같은 '위대한 남성들'에 대해 이야기했다". 그러고 나서 에드워드는 이저벨라에게 상상력을 다룬 셸리의 글 한 구절을 읽어주었다. 점심("털을 뽑은 비둘기를 쇠고기 스테이크 위에 올린 뒤 페이스트리를 바삭하게 입혀 구운 것")을 먹은 뒤에는 함께 산책을 나갔다가 그녀가 있는 곳에 "한참이나" 머물렀다. "L씨가 나를 하늘 높이 밀어 올렸다. L부인은 구경하고 있었다." 그때 L부인이 어디론가 불려 나가자 에드워드와 이저벨라는 가파른 강둑에 있는 쉼터에서 휴식을 취했다. "스패니얼 개 F가 내 무릎 위로 올라왔고 L씨는 내 옆에 앉았다. 내가 오랫동안 갈망하고 상상해오던 바로 그 장면이 드디어 실현된 것이다." 티타임에는 에드워드가 이저벨라의 옆자리에 앉았다. 저녁에 L부인이 불가에 앉겠다며 집 안으로 들어가자 이저벨라와 L씨는 신과 신의 부재에 관해 대화를 나누었고, "이 장면의 아름다움에 사로잡힌" 에드워드는 이대로 밤새 바깥에 있고 싶다고 했다.

그러나 그는 그러지 않았다. "11시를 조금 넘긴 시각", 두 사람은 "L부인이 자신을 혼자 두는 우리가 너무하다고 생각할지 몰라" 집 안으로 들어갔다. 몇 년 뒤 헨리가 낸 이혼 청원이 재판에 부쳐졌을 때, 헨리 측이 주장하는 이저벨라의 유책 사유 논거는 1854년 10월에 쓰인 두 편의 일기였다. 10월 7일 일요일 아침, 에드워드는 이저벨라에게 함께 무어 파크 부지를 산책하자고 청했다. 한참 산책을 한 뒤 두 사람은 "격자무늬 천"을 깔고 앉아 이야기를 나누고 책을 읽었다. "그의 행동에는 어딘가 평소와는 다른 데가 있었다. 말투와 눈빛이 평소보다 부드러웠다." 그러나 이저벨라는 이런 태도가 "무엇에서 기인한 것인지" 알 수 없었고, "괴테, 여성복, 또한 분위기에 걸맞고 적절한 것들"에 관해 "명랑하게 떠들었다". 다음 순간, 중대한 사건이 일어났다. "그다음에 일어난 일은 잘 기억이 나지 않는다. (…) 열정적인 키스와 속삭임, 과거에 대한 고백. 오, 세상에! 이런 순간이 오리라고는, 내 사랑이 보답을 받을 수 있으리라고는 감히 바라지도 않았는데. 그런데 그 일이 일어났다." 저녁이 되자 에드워드는 서재에 있던 이저벨라를 찾아가 또다시 키스했고, "누군가에게 들킬지 모른다는 두려움이 없었던 것은 아니지만 그럼에도 환희가 모든 것을 압도했다". 그날 밤 헤어질 때 에드워드는 "따뜻하기 그지없는" 악수를 건넸으며, 반지에 짓눌린 이저벨라의 손가락에는 "한 시간이나 그 감촉이 남아 있었다".

　다음 날 또다시 산책, 또다시 휴식, 그다음에는 차마 글로 쓸 수 없는 엄청난 사건이 일어났다. "그 뒤에 무슨 일이 일어났는지는 쓰지 않겠다." 이틀 뒤, 그 엄청난 사건은 역으로 향하는 유개마차 안에서 또 한 번 일어났다. 에드워드는 이저벨라의 옆자리에 앉아 있었고, 이저벨라의 아들은 마차 위, 운전수 옆에 앉아 있었다. "그날 일어난 일을 모두 말하지는 않겠다. 그저 말 없는 기쁨 속에서 그리도 꿈꿔왔던 품에 기댔다는 말이면 충분하다." 서머스케일은 못마땅한 듯 이 장면이 '퇴폐적'이라고 기술한다. "마차 안에서 이저벨라가 저지른 행동은 특히나 수치를 모르는 일이었다. 어린 아들이 지붕 위에 앉아 있는 동안 에드워드 레인과 밀어를 속삭이며 서로를 더듬다니 말이다."

　이저벨라는 헨리가 볼로뉴에 빌려둔 집에서 가족과 함께 그해 겨울과 그다음 해 겨울을 보냈다. 에드워드와의 관계는 거기까지였다. 마지막 만남에서 에드워드는 두 사람 사이가 끝났음을 효율적인 방식으로 통보해 왔다. "박사가 내 방을 찾아오더니 한참이나 앉아서 인생, 명성, 운, 신중함 그리고 내 배우자에 대해 차디찬 말을 늘어놓았다." 이저벨라는 그의 머리카락을 한 줌 간직하려 잘랐고, 오래전부터 정말로 그를 사랑했다며, 그의 "잘생긴 얼굴과 입술" 그리고 "사랑이 담긴 눈"을 입에 올리면서 온 힘을 다했다. 하지만 "이번 만남은 키스조차 없이 끝났다". 볼로뉴의 날씨가 최악인 가운데 이저벨라는 헨리와 함께 뱃놀이를 했다. 수작을 주고받을 만한 다른 젊은 남자들, 우선은 아들의 개인교사들 중 에드워드만큼이나 사랑이 담긴 눈을 가진 이는 없었다. 이저벨라는 비탄에 빠졌다. 1856년 봄 그는 디프테리아로 추정되는 병에 걸려 섬망 상태에서 비밀을 털어놓고 말았다. 아내의 일기장을 찾아낸 헨리는 아내를 무너뜨리고 말겠다며 굳게 마음먹었다.

이저벨라는 헨리의 자식이 아닌 큰아들 하나만 데리고 영국으로 돌아왔다. 가족이 살던 집으로 돌아가지 못하게 된 둘은 라이게이트에 방을 빌려 지냈다. 그가 가진 모든 것이 헨리에게로 넘어갔다. 어린 자식들도 만날 수 없었다. "저는 경솔하고 생각이 없으므로 고통을 받아 마땅합니다." 그가 컴에게 한 말이다. 그러나 아무리 불행하고, 아무리 자식들을 그리워한다 해도 이러한 분투는 대개 내면에서, 즉 용기와 용기 사이에서만 이루어지는 법이다. 가을이 되자 이저벨라는 무어 파크를 찾아가 에드워드에게 상황을 고백하고 무슨 짓을 해서라도 이 이야기에서 당신이 차지하는 몫은 비밀로 지키겠다며 그를 안심시켰다. 다음 해 헨리가 감독법원에서 판사의 별거 판결을 받아냈다. 이저벨라는 에드워드에게 약속한 바대로, 항소하지도 그의 이름을 언급하지도 않았다.

그사이 에든버러의 지인들 사이에서는 일기장 발췌본이 돌고 있었다. 글을 읽고 경악한 에드워드는 모든 사실을 부인했다. 그는 이저벨라가 "광상과 허세뿐인 바보"라고 했다. 이저벨라와 수작을 나눈 적도 없고, 이저벨라와 함께 있으면 금세 지루해졌으며, 이저벨라에게 "시장에 세운 십자가 앞에서 공표할 수 없을 만한" 편지는 한 번도 보낸 적 없다고 말했다. 모두가 입을 모아 헨리가 짐승이라고, "인간이 가진 비열함, 천박함, 파렴치함, 잔인함의 극치"라고 했으며, 친구들 역시도 그만큼이나 이저벨라를 안타까워했다. 하지만 평판을 두려워한 나머지 이저벨라의 편이 되어준 이는 아무도 없었다. 컴은 "우리 부부는 그를 전혀 좋아할 수 없었다"고 단언했고 그가 총명하다 생각지도 않는다고 했다(이저벨라의 "관상부가 덜 발달되어 지적 발현이 저해되었고, 이 때문에 우리는 그에 대한 흥미가 일절 없었다"). 이제 와서 컴에게 중요한 건 오로지 에드워드를 구해내는 것(그리고 자신도 빠져나오는 것)뿐이었으며, 그 목표를 이루는 가장 쉬운 방법은 정신이상을 호소하라고 이저벨라를 설득하는 것이었다.

잠깐이었으나 이저벨라는 분노해서 (또 유창한 달변으로) 저항했고, 처음에는 자신의 남편을, 그다음에는 헨리의 지령에 따라 "스스로가 호기심에 이끌려 기사도 정신이라고는 없는 졸렬한 손으로 내 사적인 글을 아무렇게나 비틀어 열고 일람하고 검열하고 취사선택해도 된다 여기는", "어떠한 권위도 없는 그저 낯선 이들"을 맹렬히 비난했다. 더 이상은 이들의 "상스러운 기도와 한밤중 잠결에 속삭이는 말들이며 섬망에 빠진 말씨를 듣고만 있을 수 없다"고 했다. 그러다가 지난번과 마찬가지로 결국 그는 굴복하고 말았다. 컴에게 보낸 마지막 편지에서 이저벨라는 당신이 시킨 대로 했다고 적고는, 자신의 일기장에 쓰인 내용을 "기나긴 세월이라는 횡포에 시달린 정신이 떠올린 말도 안 되는 상상"이라 표현하며 자식들 다음으로 소중히 여겼던 일기장을 저버렸다.

헨리가 새로운 법정에서 이혼소송을 했다는 소식이 세상에 알려지자 컴은 에드워드를 구제하고자 런던의 모든 신문사 편집인들에게 로비를 했으나, 그건 불필요한 일이었다. 모두가 이미 "로빈슨 부인은 미쳤다"고, 또 레인 박사는 "아무런 죄도 없다"고 결론을 굳힌 뒤였기 때문이다. 달리 표현하면 이저벨라는 미쳤거나, 아니면 《타임스》 주필이 표현한 대로 "여성의 허울을 뒤집어쓴 그 어떤 생물보다 부정하고 방종하"거나 둘 중 하나라는 뜻이었다(《새터데이 리뷰》는 그것이 이저벨라가 지닌 "요염한 감상성" 때문이라고 했다). 이저벨라의 친구들, 그러니까 옛 친구들은 평판이 떨어질세라 아무도 나서지 않았다. 평소 에드워드의 치료법에 반감을 가지던 의학 잡지조차도 에드워드 편에 붙었다. 《브리티시 메디컬 저널》은 만약 이저벨라의 일기장이 증거로 받아들여진다면 얼굴이 잘생긴 의사는 물론 "덜 호감 가는 인물의 의사들"까지도 언젠가 "완전한 파멸에 (…) 빠지고 말" 것이라고 주장했

서평의 언어

다. 나는 남성과 마찬가지로 여성에게도 "강렬한 성욕은 무척이나 뛰어난 덕목"이라고 주장했던 조지 드라이스데일이라면 이저벨라를 위해 목소리를 높여주지 않았을까 기대했지만, 그가 자기 비밀을 지키려 전전긍긍하고 있었다는 사실을 간과했다. 딱히 할 말이 없었던 이저벨라의 변호사는 그가 "자궁 질환"을 앓고 있었다고 주장했는데, 자궁 질환이란 모든 중산층 여성, 특히 남자가 여자를 좋아하는 정도로 남자를 좋아하는 여자들의 행동이 상궤를 벗어날 때마다 두루뭉술하게 쓸 수 있는 핑계였다.

의회가 에드워드의 주장을 중요하게 받아들이고 이혼법이 그에게 유리하게 개정된 덕에, 에드워드는 공동 피고가 아닌 단순 증인으로 출석할 수 있었다. 엄밀히 따졌을 때 간통 사건인 것은 맞지만, 간통을 저지른 자는 이저벨라일 뿐 괴상하게도 에드워드는 간통을 저지른 게 아니라는 것이었다. 중요한 것은 이저벨라의 나쁜 인품, 철면피함, 병적인 상상력, 불균형, 광기, 그리고 에드워드의 무죄였다. (재판을 참관하러 런던에 간 컴은, 에드워드가 이 재판에 연루되지 않으리라는 소식이 전해지기도 전에 병으로 사망했다. 다음 날 슬로먼과 워크먼이라는 장의사들이 그의 두개골을 골상학 분석에 쓰기 위해 그의 몸뚱이에서 머리를 떼어냈다. 머리가 없는 컴의 시신은 아내와 함께 에든버러로 돌아왔다.)

법정은 1858년 5월 영국 최초의 이혼 판결을 내렸다. 헨리의 공판은 한 달 뒤였다. 9월, 판사들은 판결을 내렸다. 이저벨라는 무죄였고, 헨리는 노발대발했지만 이혼은 성립되지 않았다. 여태까지는 에드워드에게 유리하게 작용했던 '일기장의 내용을 신뢰할 수 없다'는 주장이 이제는 이저벨라의 편이 되어주었던 것이다. 이저벨라는 탄원서를 썼고, 재판장은 사건 개요에서 "기존 진술에 대해서는, 우리가 추론을 통해 어떤 것도 덧붙일 여지가 없다"라고 밝혔다. 이 판결로 마음이 바뀐 사람은 없었다. 이 일기는 여전히 허구였고 이저벨라는 여전히 미친 사람이었으며, 에드워드는 오명을 벗었다. 한편 헨리를 제외한 그 누구도 이저벨라를 더 이상 벌할 필요를 느끼지 못했다. 이저벨라는 음독하지도, 기차에 뛰어들지도 않았다. 그는 사망할 때 가장 아끼는 아들에게 전 재산을 남겼고, 그 아들은 1930년 사망하며 유산의 절반을 1차 세계대전 중 부상을 입은 독일 징집병들에게, 만약 이를 입증하기 어려울 시에는 보어 전쟁에서 영국군에 의해 부상을 입은 군인들에게 남겼다. 내가 보기엔 이를 일종의 메시지로 받아들여야 할 것 같다.

이저벨라가 실제 간통을 저지른 것인지, 상상만 한 것인지 누가 알겠는가? 사건 개요를 통해 판사는 이저벨라를 "보통 이상의 지성과 낮잡아볼 수 없는 성취를 이룬 여성"으로 표현했다. 이저벨라는 세계에, 사상에, 다른 사람의 생각과 글에, 그리고 자식들에게 관심이 많았던 일종의 지식인이었다. 일기를 쓰는 것이 그토록 매혹적인 일이었다면, 분명 이 일기는 읽기에도 매혹적인 것이었으리라. 케이트 서머스케일

은 재능과 지식을 겸비한 이야기꾼이다. 그의 유일한 흠을 꼽
자면 이저벨라를 동시대 사람들의 적대적인 시선 속에 붙들
어놓으려는 듯 에마 보바리와의 유사성을 지나치게 강조했다
는 점이다.

《런던 리뷰 오브 북스》 2012년 10월 11일

무슨 이런 어머니가

What a Mother

메리앤 무어는 어머니가 어린 시절 쓰던 방에서 태어났다. 어머니가 사망할 때까지 그는 어머니와 함께 살면서 주로 한 침대를 썼다. 어머니가 여든다섯을 일기로 사망했을 때 메리앤은 쉰아홉 살이었다. 그 뒤로 그는 행복한 독신 여성이자 유명 시인, 그랜드 데임으로서 25년을 더 살다가 1972년 사망했다.

문제의 어머니인 메리 워너 무어가 어머니 없이 자라났다는 점을 지적해야 하리라. 메리의 어머니는 딸을 낳고 2년 뒤 사망했고, 어머니의 역할을 대신한 이모는 1년도 채 되지 않아 태만하다는 판단을 받고 떠나가게 되었다. 메리는 세 살이 되기 전에 어머니를 둘이나 잃었던 것이다. 한편 이 집안은 스코틀랜드계 아일랜드 출신으로, 엄격하고 독실하고 애국적이었다. 메리의 아버지 워너는 게티즈버그의 장로교회 목사였다. 그는 지붕에 난 작은 문으로 게티즈버그 전투를 지켜보았으며 전투가 끝난 뒤 자신이 목격한 바를 동부 해안의 교회와 강연장에서뿐 아니라 하원에서도 발표했는데, 이때 링컨도 청중의 한 사람으로 자리했다.

일설에 의하면 메리는 마음에 드는 남자를 고를 만한 '미인'이었다고 한다. 메리가 택한 남편이 존 무어(그에 대해 알려진 바는 유머 감각 뛰어난 연극 애호가였다는 것이 전부다)라는 점은 처음엔 의아하게 느껴지지만(메리는 착실한 성격으로 보였으니까), 알고 보니 메리 역시 공연을 좋아했던 모양이다. 털이 복슬복슬한 작은 동물이나 『버드나무에 부는 바람』 등장인물처럼 다른 무언가의 흉내를 내는 일이 메리의 적성에 맞았다. 자신의 목소리를 내는 일은 그만한 흥미를 주지 못했다. 1885년 메리는 아버지의 교회에서 존 무어와 결혼한 뒤, 남편이 전망이 있다고 판단한 보스턴 교외에서 신혼 생활을 시작했다. 이듬해, 메리앤의 오빠 워너가 태어났다. 존 무어가 기대한 전망은 실현되지 않았고, 1년 뒤 메리앤이 태어났을 때 존 무어는 정신병동에 있었다. 메리는 남편을 시집 식구들에게 맡기고는 아이들을 데리고 아버지에게로 돌아갔다.

메리앤은 제 아버지를 한 번도 만난 적 없었고 중년이 될 때까지 아버지의 얼굴조차 몰랐다고 했다(그가 아버지의 붉은 머리를 고스란히 물려받았다는 사실을 그 누구도 말해주지 않았던 걸까?). 아버지가 무슨 일을 하느냐는 질문을 받으면 기억이 안 난다고 답했다. 아버지 쪽에서 반박해 온 일은 없었다. 메리는 자신이 원하는 것을 모두 가졌다. 자녀들을 혼자 키웠고, 아이들은 이 점에 대해 불만을 표하지 않았다. 어린 워너가 "우린 세상에서 가장 행복한 사람일 거예요"라고 했을 때 메리는 전혀 놀라지 않았다. '작은 아씨들'도 같은 말을 했을 테니까. 프로이트가 등장하기 전 미국에서 행복이란 권리인 만큼 의무이기도 했으며, 행복하다는 것은 하느님이 미국을 보우한다는 사실을 인정한다는 뜻이었다. 그러나 메리는 하느님이 너희들 그리고 엄마를 각별히 잘 보살펴주고 있다는 걸 자녀들에게 알려주었다. "우리 셋은 '특별한' 사람이라는 걸 잊지 말려무나." 메리가 아이들에게 종종 했던 말이다. "성경에 나오는 표현으로는 **구별된**set apart 사람들인 거지." 또 메리는 세 사람이 서로 너무 가까운 나머지 "우리는 마치 사랑을 나누다가 외부인이 들어오는 바람에 방해받은 사람들 같았다"고 말하기도 했다. 꺼림칙한 표현이지만(헬렌 벤들러는 무어 가족에게 "끔찍한 병적 측면"이 있었다고 언급한다), 린다 리벨은 메리앤 무어의 일생을 이해하기 쉽게 다룬 전기에서 세 사람의 관계를 "가족 목가시牧歌詩"라 표현하며, 메리앤 무어가 훗날 쓰기 시작한 자서전은 "어린 시절을 유토피아로" 만들고자 한 시도였다고 기술한다. '구별된' 것에는 쓰임이 있었으며 메리앤은 때때로 안달하기는 했으나 불평하지는 않았다. 세월이 흐른 뒤 메리앤은 어머니가 "실재에 대한 소유욕이 거의 없는" 사람이었다고 표현했다. 어떤 의도로 한 말인지는 알 수 없으나 어느 정도 맞는 말임은 분명하다.

세 사람의 유토피아에 단도직입적인 것이라고는 아무것도 없었다. 단어에는 자기들만의 용법이 있었으며 나이와 젠더는 고정된 것이 아니었다. 곳곳에 공상이 스며들어 있었다. 일찍이 메리앤은 자신이 워너의 누이가 아니라 형제라고 마음을 굳혔으며, 가족이 주고받은 편지 속에서(필라델피아에 있는 로젠바흐 아카이브에는 3만 통 이상의 편지가 보관되어 있다) 메리앤은 쭉 '그'he라고 지칭된다. 리벨은 이렇게 쓴다. "그들은 오랜 세월에 걸쳐 다양한 페르소나를 취했으나 어린 시절부터 변치 않았던 것은 메리앤이 자신이 워너의 **형제**이기에 집에서는 그he라고 불려야 한다고 고집했다는 사실이다."

리벨은 이런 일에 대해서 깊이 고찰하지 않는다. 프로이트와 그 동료들이 소환되는 법도 없다. 그 자체만으로도 뻔한 이야기니까. 건장한 남성인 워너의 경우 자신의 모습을 그만큼 민첩하게 바꿔대는 일이 없었으나, 메리는 토끼였다가 새끼 사슴이었다가 때로는 집에서 나오지 않는 두더지가 되는 식으로, 언제나 그의 "두 삼촌"이 어르고 보살펴주어야 하는 섬세한 생물로 행세했다. "어머니에게 가족이 있다면 집으로 가야겠죠. 하지만 어머니는 고아가 된 새끼 사슴이니 제가 어머니를 키우고 돌봐야 해요." 메리앤이 1904년 쓴 편지다. 이건 수백 개의 사례 가운데 한 가지일 뿐이다. 자녀들이 어머니의 응석을 받아주고, 어머니에 대한 배려를 최우선으로 두는 것을 규칙으로 삼았던 덕에 메리는 제멋대로 지낼 수 있었고, 이와 동시에 두 자녀는 이를 참아내야 했다.

메리는 자녀들이 언젠가 자라서 집을 떠날 것을 걱정하지 않았다. 아이들이 성장하는 일은 없을 것이라고 일찍이 마음을 굳혔기 때문이다. 1911년 여름 그는 메리앤을 데리고 처음으로 유럽(특히 런던과 파리)에 갔다. 메리가 워너에게 말한 대로라면 이 여행에서 가장 중요한 일정은 켄싱턴 가든을 찾아 피터 팬에게 경의를 표하는 것이었다. 메리는 아들에게 이런 편지를 보냈다. "난 유년기의 로맨스에 몹시 약한 데다 거의 종교적인 태도로 그런 것과 함께 명절을 보냈으니까, 그저 **무릎을 구부리고** 기도 시간 종소리 듣는 동양인이나 로마인처럼 경배했단다." 이는 무어 가족 동화 속에서 메리가 스스로에게 정해준 또 하나의 역할이었다. 메리는 메리앤에게 "다시 어린아이가 되려무나"라는 조언을 일삼았으며, 늘 이를 염두에 두고 살았다. 심지어 자녀 둘 모두 이미 대학에 들어간 뒤에도 둘 중 어느 누가 가족 공통의 관심사 외의 것에, "우리 같은 부류"가 아닌 친구들에게, 자신이 좋아하지 않는 것에, 공유할 수 없는 생각에 관심을 두지 못하도록 최선을 다해 단속했다. "날아가는 모양새를 신경 쓰기 전까지 피터 팬이 얼마나 잘 날았는지 잊어선 안 돼." 메리가 워너에게 쓴 편지다. "아! 자아성찰 같은 건 하지 말거라!" 아마 이 말의 의미는 '나에게 아무것도 숨기지 말거라'였을 것이다. 이때 워너

서평의 언어

는 열여덟 살이었다.

메리앤은 1905년 펜실베이니아주의 영향력 있는 여자 대학인 브린모어에 입학했다. 2학년 때 그가 같은 학교 학생 페기 제임스를 좋아하게 되자 메리 역시 페기에게 "구애했다"('구애했다'는 건 리벨의 표현이다). 윌리엄 제임스의 딸 페기는 무척이나 '우리 같은 부류'였던 데다가, 가족이 언제까지나 함께일 거라 기대했던 메리는 당연히 페기 역시 가족의 일원이 될 것으로 여겼고, 이때 페기가 메리앤의 짝이 되건 워너의 짝이 되건 그것은 중요한 문제가 아니었다. 그러나 페기에 대한 메리앤의 감정은 사그라졌고("더는 페기와 놀지 않으려고요"), 이로써 메리앤의 삶에는 성별이 어느 쪽이건 메리가 구애할 만한 그 누구도 등장하지 않았다. 그때에도, 그 이후로도 쭉. 이와 관련해서는 메리앤의 남성적인 외모가 언급되기도 하지만, 그가 헐렁한 재킷을 입고 다녔다는 이야기일 뿐이라 좀 부당한 감이 있다. 훗날 메리앤이 이야기한바 그는 "결혼 생활에 대한 포부를 갖기에는" 지나치게 저체중이었다고 한다.

메리의 관점으로 볼 때 브린모어는 안전한 곳이었다. 멀지 않은 데다가 지형도 익숙한 곳이었으니 말이다. 게다가 메리 역시 여자대학에서 강의를 한 적이 있었는데, 당시 그는 동료 선생이나 학생들에게 열을 올리곤 했다(뒤에 나오는 이야기를 참고하면 된다). 메리는 워너와는 메리앤만큼 가깝지 않았음에도, 아들이 1904년 예일대학교에 입학하기 위해 집을 떠나자 한층 더 속상해했다. "예전의 생활이 끝났다고 생각하니 슬퍼 견딜 수가 없구나." 그가 워너에게 쓴 편지다. 풋볼이라든지 데이트 같은 대학 생활의 의례들이 메리에게는 너무도 낯선 것이어서 이를 깎아내릴 만한 어휘를 찾기조차 어려울 지경이었고, 세속주의가 팽배하던 시대적 분위기도 여기에 한몫했던 것이다. 몇 주 뒤 그는 아들에게 이런 편지를 썼다. "오, 네가 '이 세대'라는 거치디거친 바다로 나가지 않았으면 얼마나 좋았을까."

평범한 사내애처럼 군다는 이유로 워너를 벌하는 일은 여기서 끝이 아니었다. 워너가 차를 구입하기로 마음먹자(당시 그는 스물여덟 살로 할아버지처럼 목회자가 되어 있었다), 메리앤은 그에게 편지를 써서 차를 사면 메리의 건강에 악영향을 미치게 된다며 경고했다. "오빠가 차를 산다고 해서 두더지가 다시 앓아누울 수도 있다는 생각이 아마 오빠에겐 소름 끼치게 느껴지겠지만 (…) 두더지는 다른 사람이 뭐라고 하지 않아도 오빠 스스로 그 일이 부적절하다는 사실을 깨닫기를 바랄 테니 그렇게 말도 안 되는 생각도 아니야." 얼마 뒤 워너가 결혼을 결심하자 메리는 미래의 며느리에게 두 사람의 혼인을 인정하지 않는다는 편지를 썼다. 그는 상대가 자신의 말에 귀를 기울일 거라 생각했으나, 돌아온 반응은 그게 아니었다. 결국 간신히 제 어머니와 합의를 보았을 때 이제막 중년으로 접어드는 나이였던 워너는 스스로를 "다시금 살아난 약하디약한 소년"이라고 묘사했다.

이런 규칙이 메리 자신에게는 적용되지 않았다. 두 자녀 모두 집을 떠나기 전이었던 1900년 언젠가 메리는 한 영어 선생과 관계를 맺기 시작했는데, 상대는 메리 노크로스라는 연하의 여성으로 가족의 지인이자 역시 '우리 같은 부류'였다. 여성을 사랑하고 여성과 같이 자고 때로는 여성과 함께 사는 것. 리벨은 이런 일이 조금도 대수로운 게 아니었다고 강조한다. 그 시절엔 그런 일들이 흔했으며 누구도 이를 '레즈비어니즘'이라고 부르지 않았다는 것이다. 노크로스는 10년간 이 집안의 네 번째 식구나 마찬가지였다. 그러다가 1909년 그는 부유한 사촌과 사랑에 빠진다. 메리는 심란해했으며, 메리앤은 덫에 걸리고 말았다. 1910년 노크로스는 메리앤에게 이런 편지를 보냈다. "아마 올겨울 새끼 사슴이 너를 필요로 하는 만큼 네가 누군가에게 필요해지는 일은 영영 없을 거야." 그 뒤로 37년간 메리앤은 어머니와 살면서 리벨의 표현대로라면 "귀여운 토끼를 돌보는 너그러운 삼촌"이라는 "역할"을 수행하게 된다.

1940년 발표한 「조개낙지」The Paper Nautilus는 메리앤이 쓴 시 중 가장 자전적인 작품에 가까운 것으로, 어미가 제 몸과 알을 지키기 위해 숨기고 있는 "얇은 유리 껍데기"를 묘사하고 있다. 메리앤을 껍데기 안으로 소환해 두 마리 두족류처럼 함께 양식장에 재착생再着生하는 메리를 연상하지 않고 이 시를 읽기란 쉽지 않다. 첫 연에서는 덫에 걸린 듯 꼼짝하지 못하는 상태를 이야기하지만, 마지막 몇 행에서 조개낙지는 조그만 구조물에 꼭 매달려 다음과 같이 암시한다.

사랑은
믿을 수 있을 만큼 강한
단 하나의 요새라고

사랑이란 메리앤이 오로지 메리가 원하는 방식으로만, 즉 어머니의 딸로서, 또 워너의 누이이자 형제로서만 경험할 수 있도록 허락된 감정이었던 것 같다.

메리앤은 브린모어대학교 교지《티핀 오보브》Tipyn o’Bob 에 처음으로 몇 편의 시를 발표했는데, 다음에 인용한 예처럼 쾌활하면서도 자기성찰적인 면이라곤 없는 작품들이었다.

그는 종종
기이한 소망을 드러냈다
인간이 되었다가 물고기가 되었다가
하고 싶다는 소망
낚싯바늘에 매달린 미끼를
야금야금 썹겠다고
그는 말했지,
그다음에는
유령처럼
바다로 미끄러져 사라지겠다고.

이 시는 "몰개성적"이고 "자연스러운" 정신을 담은 시다
(이 시의 초고는 철학 수업에서 쓴 것으로, 원래는 '따분해하는
여인'The Bored Lady이라는 제목이 붙었지만 최종적으로는 '권
태'Ennui라는 제목을 달게 되었다). 단순하다는 점만 제외하면
훗날 엘리엇이 그를 "동시대 유럽과 미국에서 가장 '흥미진진
한' 여섯 시인 가운데 하나"의 반열에 올리게 할 후기 시들과
그리 다르지 않다. 선생이 이 시의 의미를 묻자 메리앤은 "다
만 순간의 기쁨 속에서 살아가는 것"이라고 에둘러 대답했다.
수십 년 뒤, 시인 도널드 홀이 진행한 《파리 리뷰》 인터뷰에
서 메리앤은 "직물이 중력의 당기는 힘에 지배되듯 나는 문
장의 당기는 힘에 지배된다"고 말했다. 그를 가르친 선생들은
대개 케케묵은 취향을 지니고 있었으며 이들이 우러러보던
작가들은 그가 좋아하는 작가들―브라우닝, 예이츠, 제임
스―과는 달랐다. 그는 에드워드풍 정조에는 관심이 없었으
며 당시에 유행하던 경건함 역시 피했다. 몇 년 뒤 메리가 딸
의 작품에는 "진실의 통렬한 위대함과 고매한 원칙"이 없다고
불만을 표했을 때에도 메리앤은 동요하지 않았다. "영적 야심,
사랑과 명상이란 주제를 제대로 다룰 수 있는 하룻강아지는
없어요." 다 큰 개라 한들 비슷하게 생각했을 것이다.

1907년 여전히 학생 신분이던 메리앤은 한 친구의 초대
를 받아 뉴욕에서 며칠을 보낸다. 이때 그는 어머니에게 보
낸 150페이지가 넘는 편지 속에서 뉴욕에서 본 것을 몹시 상
세하게 묘사했다. 티파니 보석상에 있는 보석뿐 아니라 가게

의 생김새까지도, 카네기 홀에서 열린 음악회뿐 아니라 공연 장의 설계까지도. 사물의 주변부에 관한 관심, 메리앤 자신의 표현에 따르면 "중요한 것의 주변 요소"에 관한 관심은 좋은 성적을 받는 데는 도움이 안 됐으나(어느 선생은 메리앤의 학업 성취도가 "숙성되지 않은 커피" 같다고 했다), 세월이 지난 뒤 그의 시를 정의하는 특성이 되었다. 그의 시는 전혀 연관이 없어 보이는 한 사물에서 다른 사물로, 한 인용구에서 다른 인용구로, 한 이미지에서 다른 이미지로 넘어가며, 리벨의 말을 빌리자면 "심지어 독자들이 '의미'를 놓치더라도 시의 리듬이 분위기를 형성하도록" 했다. 메리앤은 「문어」An Octopus 라는 시에서 이렇게 부르짖는다. "정갈한 마무리! 정갈한 마무리!"

가차 없는 정확성이야말로 진실의 능력을 갖춘
이 문어의 본성이다.

도널드 홀이 '어떻게 예술가가 되었느냐'고 묻자 메리앤은 이렇게 대답했다. "끝없는 호기심, 관찰, 연구, 그리고 사물에서 얻는 어마어마한 기쁨."

메리앤은 일기장 대신 공책을 썼다. "나는 가능성을 지닌 것들을 모조리 수집해 작은 공책에 써두었다." 이 공책에는 그의 감정이나 자기 자신에 관한 이야기는 쓰지 않았다. 그는 자기가 쓸 시의 운명에 흥미가 있을 뿐 자신이 어떤 기분을 느끼는지에는 관심이 없었다. 그의 어머니는 자기성찰에 빠지지 말라는 경고를 줄곧 해왔는데, 의식적이건 무의식적이건 그는 이 가르침을 마음에 새긴 듯하다. 어쩌면 가르침이 필요 없었던 건지도 모른다. 자기 자신보다는 이것저것에 대한 관념이나 태도가 더 가치 있는 것, 생각하기에도 비웃기에도 더 재미있는 것이었으니까. 그러나 근본적으로 그에게 즐거움을 주는 것은 언어였다. 그는 자신이 꾸준히 만들어낸 문장·은유·비유는 물론 어머니를 포함해 다른 이들이 만들어낸 것까지도 공책에 적어두고 시 속에 다시 한 번 등장시키는데, 이때 가족이 쓰던 일반적인 표현들뿐 아니라 메리의 특유한 말버릇도 다수 빌려 온다. 메리의 말에 담긴 감상성이 아니라 연극적으로 과장된 어조, 유아적인 장식, 환유나 수사를 사용하는 경향을 말이다. 메리앤은 자신이 우러러보던 월러스 스티븐스처럼 농담을 했지만, 이 농담은 스티븐스의 것보다 더 교묘한, 오로지 자신만이 즐길 수 있을 정도로 감지하기 어려운 수준으로 존재했다. 하지만 이 모든 아이러니에도 불구하고, 메리앤 무어의 시에는 알 듯 모를 듯 교훈이 담겨 있는 경우도 있다.

1909년 대학교를 졸업한 메리앤은 그 뒤로 5년 동안 이런저런 사무직을 전전하면서 매년 발간되는 브린모어대학교 문예지 외 모든 잡지의 거절 통보를 견뎌냈다. 그의 작품을 처음 알아본 이는 《매시즈》Masses의 편집자 플로이드 델이었다. 델은 메리앤의 시를 게재할 생각은 없었으나 (또는 아직은 없었으나) 그가 하고자 하는 바를 알고 격려해주었다. 이것이 1914년 3월의 일로, 메리앤으로서는 최초로 인정을 받는 동시에 그―또는 모더니즘―의 운명을 바꿀 전조와 마주하게 된 셈이었다. 그해 7월에는 《포에트리》Poetry 편집자 해리엇 먼로가 메리앤의 시 다섯 편을 실어주었고, 이듬해 4월에는 리처드 올딩턴이 발간하던 《에고이스트》Egoist에 시 두 편이 실렸다("시가 실린 게 너무 기쁜 나머지 내가 돈을 내야 한다고 해도 좋을 것 같다"). 이어 9월에는 HD*가 그를 런던으로 초대했으며(그는 이 초대를 거부했다), 10월에는 《아더스》Others 편집자 앨프리드 크레임보그가 시 다섯 편을 받아주었다. 모두 메리앤이 인정하는 모더니즘 계보를 따르는, 그가 주의 깊게 연구했던 글들을 싣는 지면이었다. 그리고 11월, 또 한 번 며칠간 뉴욕에 초대받은 메리앤은(메리도 함께 오라는 청을 받았으나 이들은 새 옷을 두 벌이나 살 여유가 없다고 했다) 리벨의 표현대로라면 "모더니스트로서 데뷔해" 예술가·시인·편집자 같은, 자신이 이해할 수 있는 이들이자 자신을 이해하는 이들을 만났다. 열흘 뒤 메리앤은 잔뜩 들떠 메리와 함께 살던 펜실베이니아주의 작은 마을로 돌아왔다. "그he는 자기가 리버뱅크에서 뭘 먹고 뭘 봤는지도 몰라." 메리가 워너에게 일러준 내용이다. "자기가 묵었던 너른 바다의 한 귀퉁이만 생각하지. 그가 겪은 일을 조금씩 풀어놓는 동안 나는 꾸짖지 않으려고 그를 심각하

* 미국의 시인이자 소설가 힐다 둘리틀.

게 쳐다보았어. (…) 11시가 지나자 (…) 나는 그를 욕조에 밀어 넣었고, 그는 약간 진정하는 듯싶더니 나와서 몸을 닦는 동안에도 끝없이 떠들어대더구나." 이후의 삶은 쭉 이렇게 전개된다. 뉴욕에서는 시인이며 편집자와 어울리다가, 다음 순간 욕조에 들어가 토끼에게 횡설수설 이야기를 늘어놓는 식으로 말이다.

메리는 딸의 시를 이해하지 못했다. 리벨의 설명에 따르면 메리앤의 "틀에 박히지 않은 음보를 향한 끈질긴 추구, 비감상적 소재와 암호 같은 언어는 영어 교사인 어머니가 중히 여기는 모든 것을 거슬렀다". 메리는 시에 의미가 담겨 있어야 한다고 생각했으며 그의 생각에 메리앤의 작품에는 의미가 거의 없었다. 1921년 메리앤의 첫 시집인 『시집』Poems이 출간되었다. 원래 메리앤은 책 출간을 원치 않았던바(브라이어◆가 은밀히 진행한 일이었다), 수록 작품 수가 지나치게 적었던 데다(총 24편) 시기도 좋지 않았기 때문이다. 주류 지면의 비평가들은 그의 작품을 "피상적으로 전통을 벗어났다"며 비난함으로써 그의 의도를 증명해주었다. 이들과 마찬가지로 당황했던 메리는 딸의 시집을 "무함마드의 베일 쓴 여인"에 비유하며 당혹감을 설명했는데, 이 이미지는 두 여성 사이의 거리를 보여주는 동시에 이들이 공유한 언어의 즐거움도 보여준다. 메리는 언제나 자녀들의 언어 사용에 수선을 떨었고("무어 집안에서 언어는 결코 사소한 문

◆ 당대 메리앤과 가까이 어울리던 시인이자 소설가, 편집자 위니프리드 엘러먼의 필명.

제가 아니었다"), 메리앤의 시는 그 안에 담긴 내용이야 어쨌건 간에 적어도 영어 선생인 어머니가 바라던 만큼 정확한 어휘와 올바른 문법으로 이루어진 것이었다. 메리앤은 그 뒤로도 평생 자신이 쓴 모든 것을 다른 외부인 눈에 보이기 전 메리에게 먼저 보여주었고, 메리가 단어의 용법이 잘못되었다고 지적하면 다른 단어로 바꾸었다. 메리로부터 합격을 받아내지 못할 때는 그 어떠한 시도 집 밖으로 나갈 수 없었다. "어젯밤, 그가 오랫동안 입을 다물고 부단히 애쓴 끝에 몇 달 만에 완성한 시들이 아직은 제대로가 아니라는 말을 하느라 머리가 하얗게 세고 10년을 더 먹어버린 것 같구나." 1921년 6월 18일 메리가 워너에게 쓴 편지. 다음 날 메리앤은 워너에게 이런 편지를 쓴다. "난《다이얼》에 보낼 시 몇 편을 마무리하기로 마음먹었어. 하지만 두더지가 보내지 말라고 하는 바람에 내키지 않는 마음으로 괴로워하며 그 시들을 폐기했어." 리벨은 메리앤이 어머니로부터 작품을 승인받길 원치 않았다고 확신한다. 실상은 그렇기도 했고 아니기도 했다. 메리앤은 이해받길 원하면서도 원하지 않았던 것이다. 메리앤이 1918년 발표한 「열렬한 플라톤주의자」An Ardent Platonist는 드물게 어수선한 시로, 어느 시집에도 재수록된 바가 없다. 하지만 메리앤이 작품, 그리고 어머니와 맺었던 관계를 이야기하려는 비평가들이 종종 인용하는 시이기도 하다. 이 시에서 그는 이렇게 쓴다.

서평의 언어

누군가를

이해한다는 것은

상대가 만만찮다 여기는 것이 아니며 (⋯)

철학적이 된다는 것은 더는

수수께끼로 남지 않는다는 것이고, 이는 더는

특권을 얻지 않는 것이며, 이해받고자

자신이 생각하는 바를 말하는 것이다.

무함마드의 베일 쓴 여인은 문간에 섰다.

모녀는 1918년 뉴욕으로 거처를 옮긴다. 여태 모녀가 살아온 뉴저지주와 펜실베이니아주의 작은 동네에서 메리앤은 말이 없는 "작고 소심한 사람" 취급을 받았다. 그러다 뉴욕으로 간 순간 마술 지팡이를 휘두른 것처럼 모든 것이 변했다. 동료 모더니스트들과 어울릴 때 그는 (크레임보그의 묘사대로라면) "금갈색 머리에 (⋯) 다음절어를 유창하게 쏟아내어 모든 남자를 경외감에 사로잡히게 만드는" "눈부신" 인물로 변신했다. 메리앤이 고지식하다고, 어머니를 향한 그의 헌신이 성가시다고, 그의 견해가 지나치게 매섭다고 여기는 이들이 있기는 했으나, 이제 그를 무시하는 이는 아무도 없었다. 모더니즘의 영웅들은 메리앤의 시가 자신들이 중시하는 가치를 담고 있다며 추어올렸다. 윌리엄 칼로스 윌리엄스는 그가 모더니즘의 "굴레를 벗은 도약"을 이루어냈다고 했고, 엘리엇은 그가 이 "전통"의 항구적인 구성원이라고 했다. 스티븐스는 그를 낭만주의자라 했고, 파운드는 그가 처음부터 낭만주의적 충동에 저항한 이라고 했다. 어쨌거나 파운드도 엘리엇도 그를 응원했다. 심지어 메리앤은 시를 쓰고 돈을 받기까지 했다.

그러나 마술 지팡이를 휘두른 뒤에도, 호박이 마차로 변해 두 사람이 임대한 뉴욕의 아파트 문 앞에서 기다리고 있는 일 따위는 없었다. 그들은 마치 삶을 정확히 어떻게 살아야 하는 건지 모르는 사람처럼 살았다. 보헤미안처럼 살았다기보다는, 침대보다 대리석 벽난로를 갖고 싶어 하는 동화 속 인물들처럼 살았다고나 할까. 모녀가 사는 아파트는 그리니치 빌리지의 예쁘장한 거리에 있었고 그게 중요하긴 했지만, 이 집은 지하층에 위치한 데다 침대 하나, 소파 하나, 의자 몇 개 간신히 들어가는 크기의 방 하나가 전부였다. 부엌도, 냉장고도, 전화기도 없었다. 리벨은 "메리는 그곳에 살던 11년 내내 욕실에 핫플레이트를 두고 식사를 마련했다"고 전한다. 두 사람은 욕조 가장자리에 걸터앉아서, 또는 욕조 안에서 식사를 했다. 메리는 메리앤이 너무 말랐다고, 너무 연약하다고, 너무 섬세하다고 주야장천 걱정했으나("어머니는 하루에 열여섯 번 들어와 사과며 먹을 것들을 가져다준다") 식사 준비를 할 땐 자기 마음대로였다. 한번은 메리가 "양파와 말린 자두를 점심으로 낼 생각이었다. 그러다 그는 손님을 초대하기로 마음먹고 재료를 그러모아 구운 사과, 통조림 옥수수, 샐러드드레싱과 코코아를 차려냈다".

다양한 시 전문지며 집단이 나타났다 사라지던 시절이었다. 메리앤과 가장 가까웠던 잡지 《아더스》가 1919년 폐간되었고 《에고이스트》도 같은 수순을 밟았다. 그래도 메리앤의 가장 든든한 지지자였던 스코필드 세이어가 《다이얼》을 인수한 다음, 1925년 프로이트의 정신분석을 받으러 빈으로 가면서 메리앤에게 편집장 대행을 부탁했다. 2년 뒤 현실에 대한 열의를 잃은 세이어가 어쩔 수 없이 사임하자 메리앤은 그의 자리를 이어받았다. 훗날, 당신이 편집장을 맡던 시절 《다이얼》이 그렇게 좋은 지면이 될 수 있었던 이유가 무엇이냐는 도널드 홀의 질문에 메리앤은 "두려움이 없어서"라고 대답했다. "우리는 다른 사람들이 뭐라 생각하건 신경 쓰지 않았죠. (…) 그가 하는 일을 모두가 좋아했고, 엄청난 실수를 저지르면 안타까워하면서도 다들 웃어넘겼어요."(그 실수가 얼마나 심각한 것이었는지 궁금하다. 또, 실제로 사람들이 웃었는지도.) 「《다이얼》을 회고하다」The Dial: A Retrospect라는 글에서 메리앤은 세이어가 편집장이던 시절이 훨씬 재미있었다고 쓴다. "바깥에서 어떻게 생각하건 직원인 우리들 사이엔 언제나 들뜬 승리감이 감돌았다. 편집인도 발행인도 특유의 번뜩이는 재치를 더해주는 바람에 지면에 채 담을 수 없을 정도였다." 메리앤의 편집은 세이어의 것보다 균형 잡히고 신중했지만 때로는 마땅히 받아야 할 만큼의 인정을 못 받기도 했는데, 리벨은 특히 남성들이 그를 인정하지 않았음을 암시한다. 하지만 윌리엄스는 자서전에서 특유의 과장된 표현으로 메리앤이 "우리 불완전한 건물의 상부구조를 떠받치던 서까래, 기둥에 새겨진 여인상, (…) 우리의 목적이 다 함께 하나의 흐름을 형성하고 있다는 사실을 본능적으로 느끼게 해준 성녀"였다고 묘사한다.

1929년 《다이얼》은 폐간되었다. 《다이얼》의 두 소유주 중 한 명은 미쳐버렸고, 나머지 다른 한 명, 부유한 독지가 제임스 시블리 왓슨은 새로운 관심사가 생겼던 것이다. 메리앤은 불쾌감을 느끼면서도 이를 그들의 "대체로 기사도적인" 결정이라 설명하는 쪽을 택했다. 그는 《다이얼》 기고가 중 하나였던 영국인 저술가 조지 세인츠버리에게 "저는 제 작품을 쓸 시간이 없었어요"라고 말했다. 워너가 설득한 끝에 메리앤과 메리는 그리니치 빌리지를 떠나 브루클린에 있는 좀 더 적합한(아마 '넓은'이라는 뜻이리라) 아파트로 이사했다. 원한다면 침대를 따로 쓸 수도 있었을 만한 집이었다. 메리앤은 1924년 「원숭이 퍼즐」The Monkey Puzzle■ 이후로 1931년 해리엣 먼로에게 「시」Poetry 또는 이 시의 한 버전(늘 그랬듯 여러 버전이 있었다)을 보내기 전까지 시를 한 편도 쓰지 않았다. 시간이 흘러 윤활낭염·기관지염·후두염이 처음에는 메리의, 그다음에는 메리앤의 하루를 채웠고 때로는 두 사람이 동시에 앓아눕기도 했다. 메리에게 병은 메리앤의 동정심을 한층 더 불러일으키는 수단이 되어주었으며, 메리앤에게는 글을 쓸 수 있는 고요한 시간을 주었다. 그

■ '원숭이 퍼즐'은 칠레소나무라고도 하는 나무 종을 가리킨다.

러나 세계와의 연결이 느슨해지면서(훗날 때늦은 반동을 일으키게 되지만) 그의 시는 좀 더 꾸밈없는 어조, 나아가 설교조를 띠게 됐다. 달리 말하자면 메리가 좋아할 만한 형태에 가까워진 것이다.

1935년 『시선집』Selected Poems이 페이버 출판사에서 출간되었다. 서문은 엘리엇이 직접 썼는데, 그가 메리앤의 작품이 "오래도록 남을, 우리 시대의 시라는 작은 실체의 일부"를 형성한다고 표현한 것이 바로 이 서문에서였고, 이 문구는 이후 메리앤의 모든 시집 표지에 인용된다. 처음에 메리는 이 선집에 실린 시들에 "개탄했다". 메리앤이 워너에게 전한 대로라면 "(어머니가) 내 몸에 있는 벼룩까지도 새빨개질 만큼 나를 샅샅이 조사하는 바람에 엄청난 양의 작업을 처음부터 다시 해야 했"고, 메리앤은 《다이얼》에 실릴 자신의 (그리고 다른 사람의) 산문을 어머니와 함께 편집할 때 사용했던 "유의어 책이며 소사전들"을 꺼내고야 말았다. 《다이얼》 편집을 처음 시작하던 시절 메리앤은 세이어에게 자신이 기고자들을 만나거나 편지를 쓸 시간은 없을 거라고 말했다. 하지만 편집장 생활이 끝날 무렵에는 편지 쓰기가 그의 일과를 채웠는데, 메리가 초안을 쓰면 메리앤이 몇 시간에 걸쳐 완성하는 식이었다. 리벨은 이렇게 쓴다. "《다이얼》 독자들은 메리가 편집에 어느 정도로 개입했는지 알면 충격을 받을 것이다." 하지만 리벨의 책을 읽는 독자들은 그런 개입이 없었다고 한다면 더 놀랐을 것 같다. 《다이얼》에서 함께 일한 동료이자 메리앤에게 그 누구보다 친구에 가까운 존재이던 앨리스 그레고리는 세이어에게 보낸 편지에서 "맙소사! 무슨 이런 어머니가 있을까요"라고 했다. "엄청나게 덩치가 크고, 창백하고, 고상하고, 세월의 흔적을 고스란히 떠안은 사람으로, 가차 없이, 변함없이, 꿈쩍도 않고 버티면서 그칠 줄 모르고 말을 쏟아내는데, 문장에 시작도 끝도 없는 데다가, 끼어들어 말을 막을 틈조차 주지 않더군요." 메리는 리벨의 책에서도 끈질기게 존재감을 드러낸다. 메리앤에 대해 무슨 말을 하고 싶을 때마다 눈앞에 메리가 버티고 있는 형국이다.

메리는 1947년 사망했다. 그러자 메리를 대신해 수년간 불안에 시달려오던 메리앤도 무너져 내리고 만다.

그는 물건을 떨어뜨리고, 잃어버리고, 망가뜨렸다. 머리는 하얗게 셌다. 피부는 축 처졌다. 너무 많이 운 나머지 눈은 부어버렸다. 지친 탓에 예순이라는 실제 나이보다 훨씬 늙어 보였다. 다른 사람과 함께 있을 때는 잘 먹었지만 집에 돌아오면 혼자 저녁을 먹는 게 싫어 거의 먹지 않았다.

이때 워너가 몸소 나섰다. 얼마 전 메리앤은 《보그》에 실릴 사진 촬영을 위해 세실 비턴의 카메라 앞에 선 참이었는데, 사진을 보고 우쭐해하기는커녕 자신이 지독한 꼴이라고 생각했다. 워너는 그에게 이런 편지를 썼다. "자, 내 형제, 너랑 내가 '그 얼굴'을 **어떻게 해볼 수 있을 거야**." 메리앤은 아주 조금씩 회복하기 시작했다. 그리고 9월이 되자 어머니와 함께 쓰던 침실을 떠났다.

명성은 순식간에 쏟아지듯 밀려왔다. 리벨의 기록에 따르면 1950년 2월 28일 메리앤은 뉴욕 현대미술관에서 "정장을 차려입은 다수의" 청중을 앞에 두고 오든과 함께 강연을 했다. 1952년에는 『시 모음집』Collected Poems이 전미도서상, 볼링겐상, 퓰리처상을 수상했다. 《라이프》 1953년 9월 21일자에는 사진 에세이가 실렸으며, 1957년에는 《뉴요커》에 프로파일 기사가 (그리 우쭐할 만한 것은 아니었지만) 실렸다. 1968년에는 시즌 개막을 맞아 양키 스타디움에서 시구했고(그는 오래전부터 다저스의 팬이었다), 캐시어스 클레이*의 《아이 앰 더 그레이티스트》 앨범에 들어가는 해설을 쓰기도 했다. 그는 자신이 "엄청나게 좋아했던" 노먼 메일러를 만났고, 조지 플림턴 그리고 "근사한 청년" 제임스 볼드윈도 만났다. 1968년에는 해리 벨라폰테가 페튤라 클라크, 디온 워릭과 더불어 그를 〈투나잇 쇼〉에 초대했다. 처음에 벨라폰테는 로버트 케네디를 함께 초대하려 했지만 메리앤이 로버트의 형*을 좋아하지 않았으므로 그만두었다. 메리앤은 아이젠하워와 닉슨을 지지하는 한편, LBJ* 역시 (베트남 전쟁까지 포함해) 지지했고 "그의 가장 열렬한 추종자 중 하나"라 자처할 정도였다. 이제 노인이 된 메리앤은 1969년 뉴욕주 올해의 시니어 시티즌으로 선정되었으며, 잘못된 부류의

* 무함마드 알리의 개종 전 이름.
◆ 존 F. 케네디.
● 린든 B. 존슨.

여성―내부자―인 동시에 잘못된 부류의 시인―엘리트 유명 인사이자 시인들의 시인―이 되어 있었다. 리뷀이 불편한 기색을 담아 지적하듯 앤 섹스턴과 에이드리엔 리치가 그보다 더 중요한 여성 시인으로 각광받았다. 메리앤의 어머니는 딸이 남들의 관심에 취약하다고, 너무 연약해서 세상으로 나갈 수 없다고, 집을 떠나는 것도 새로운 사람을 만나는 것도 큰 모임에 나가는 것도 건강에 나쁘다고 끊임없이 걱정했다. 그러나 메리앤 무어만큼 세상을 전폭적으로 즐긴 시인, 세상으로부터 강력한 지지를 받은 시인은 없었던 것 같다. 여성 시인 중에서는 더더욱.

《런던 리뷰 오브 북스》 2015년 12월 3일

감사의 말

이 단편들에 새로운 생명을 불어넣는 데 도움을 준 모두에게 고마움을 전하고 싶다. 수 배럿, 폴 포티, 앤드루 프랭클린, 데버라 프리델, 제러미 하딩, 존 랜체스터, 진 맥니콜, 앤드루 오헤이건, 니컬러스 스파이스에게 감사한다. 그리고 나 자신을 포함하여, 이 단편들이 처음 실린 지면의 편집자들에게 감사한다.

서평 도서

나르시시즘과 그 불만

진 리스Jean Rhys, 『웃어주세요: 끝나지 않은 자서전』Smile Please: An Unfinished Autobiography

토머스 스테일리Thomas Staley, 『진 리스: 비평적 연구』Jean Rhys: A Critical Study

리안 드 푸지Liane de Pougy, 『나의 푸른 공책』My Blue Notebook, 다이애나 앳힐Diana Athill 옮김

루스 로즌Ruth Rosen·수 데이비드슨Sue Davidson 엮음, 『메이미의 편지들』The Maimie Papers

휴고 비커스Hugo Vickers, 『말버러 공작 부인 글래디스』Gladys, Duchess of Marlborough

죽음과 소녀

진 스트라우스Jean Strouse, 『앨리스 제임스』Alice James

루스 버나드 예젤Ruth Bernard Yeazell 엮음, 『앨리스 제임스의 죽음과 편지들』The Death and Letters of Alice James

나와 이혼해주오

조너선 개손하디Jonathan Gathorne-Hardy, 『사랑, 섹스, 결혼 그리고 이혼』Love, Sex, Marriage and Divorce

패티와 신

퍼트리샤 허스트Patricia Hearst·앨빈 모스코Alvin Moscow, 『비밀스런 모든 것』Every Secret Thing

성인전

데이비드 플랜트David Plante, 『어려운 여자들: 세 사람에 관한 회고록』Diffucult Women: A Memoir of Three

비타 롱가

빅토리아 글렌디닝Victoria Glendinning, 『비타: 비타 색빌웨스트의 삶』Vita: The Life of Vita Sackville-West

자매들의 수호자

에드나 샐러먼Edna Salamon, 『감춰진 여자들: 1980년대의 정부들』Kept Women: Mistresses in the Eighties

프로이트라는 이름의 요새

재닛 맬컴Janet Malcolm, 『프로이트 아카이브에서』In the Freud Archive

로더미어 공작 부인의 팬

마크 에이머리Mark Amory 엮음, 『앤 플레밍의 편지들』The Letters of Ann Fleming

티격태격

바버라 스켈턴Barbara Skelton, 『잠들기 전 흘리는 눈물』Tears Before Bedtime

약속들

제니 뉴먼Jenny Newman 엮음, 『유혹에 관한 앤솔러지』The Faber Book of Seduction

피오나 피트케슬리Fiona Pitt-Kethley, 『지하세계로의 여행』Journeys to the Underworld

냉담

시빌 베드퍼드Sybille Bedford, 『직소: 무감 교육』Jigsaw: An Unsentimental Education

집에 없었더라면

조앤 디디온Joan Didion, 『푸른 밤』Blue Nights

플러팅은 즐겁다

케이트 서머스케일Kate Summerscale, 『로빈슨 부인의 불명예: 어느 빅토리아 귀족 여성의
사적인 일기』Mrs Robinson's Disgrace: The Private Diary of a Victorian Lady

무슨 이런 어머니가

린다 리벨Linda Leavell, 『거꾸로 매달리다: 메리앤 무어의 삶과 작품』Holding On Upside
Down: The Life and Work of Marianne Moore